ジュリー・アン・ロング

あなたのために踊らせて

ソフトバンク文庫

WAYS TO BE WICKED

by Julie Anne Long

登場人物

シルヴィ・ラムルー…………パリ・オペラ座のプリマ・バレリーナ
クロード・ラムルー……………シルヴィの育ての親
エティエンヌ……………………シルヴィの恋人
キット・ホワイトロー…………子爵
スザンナ・ホワイトロー………キットの妻
デイジー・ジョーンズ…………踊り子
トム・ショーネシー……………劇場主

1

皮肉なものね。シルヴィは思った。じっとしているより動いているほうが慣れている身には、このおんぼろの木の船が縦横に揺れたところで、いつもと同じように胃が揺れるだけなのに。そう、シルヴィは毎日跳んだり、手足を伸ばしたり、爪先立ちで回転《ピルエット》したりして、空を飛ぶようなまねをしても、まったく平気だった。せいぜい筋肉が少々痛んだり、ムッシュ・ファーヴルが率いるバレエ団の群舞《コール・ド・バレエ》のダンサー全員から嫉妬を買ったりするくらいだ。嫉妬されたところで、彼女には喜びにしかならないが。シルヴィ・ラムルーは欲望と羨望の的であるパリ・オペラ座バレエ団の花形であり、美しさと優雅さの象徴だった——つまり、船べりから胃の中身を吐きだすなんて、慣れていないのだ。

こうして気分が悪くなるのは、自分が身体をコントロールしていないせいかもしれない。踊っているときは、いつも自分自身が身体に命令を下しているから。まあ、ムッシユ・ファーヴルにもほんの少し命じる権限があるけれど。「蝶のようにと言ったはずだぞ、シルヴィ。牛じゃない。その格好はなんだ！　モーモー鳴きたくなってくる！」

「腕だよ、シルヴィ。まるで丸太じゃないか。こんなふうに上げるんだ――そう、それでいい。わたしの天使《モナンジュ》、きみは最高だ。きみなら踊れると思っていた」ムッシュ・ファーヴルはやや大げさなところがあるが、彼にとってシルヴィが最高のバレリーナであるならば、それは彼がそう育てたからであり、自信をもつことは彼の皮肉から身を守る最強の鎧《よろい》だった。

だが、英仏海峡の荒波に揉《も》まれて大きく揺れている忌々しい木船に身を任せているくらいなら、彼の言いなりになっているほうがましだった。

ムッシュ・ファーヴルはシルヴィがいなくなったと知って、喜んではいないだろう。手提げ袋《レティキュール》のなかの手紙には、わずかなことしか書かれていなかった。だが、そのわずかなことがシルヴィを砲弾のように飛ばして、生まれて初めて海峡の向こうのイギリスに渡らせた。この二週間、シルヴィは傷つき怒り、心を躍らせる希望と胸の奥で燃えあがる真実を求める気持ちに駆り立てられながら、ひそかに旅の計画を練ってきた。その計画については、誰にも話さなかった。自分に明かされずにきた秘密の重大さを考えると、ぜったいに話すべきではないと思ったのだ。

たった数行の英語にそんな力があるとは、思いがけないことだった。手紙は、またクロードを煩わせて申し訳ないという言葉からはじまっていた。また——この言葉を思い出すたびに、怒りの炎が燃えあがった。つまり、こうした手紙が送られてきたのは初めてではないということだ。いや、明らかに二度目でさえない。そして次の行には、シルヴィという若い女性の情報があれば教えて欲しいと記されていた。〝その女性はわたしの姉だと思うのです〟

手紙のいちばん下には、〝グランサム子爵夫人スザンナ・ホワイトロー〟と署名されていた。

わたしの、姉。シルヴィは生まれてから一度も、このふたつの単語で呼ばれたこともなければ、呼ばれることを思い浮かべたこともなかった。

シルヴィにとって、この手紙はまったく知らない過去であり、一度も夢見たことのない未来であり、半分も気づいていなかった秘密の宝庫だった。両親は死んだ。クロードからはそう聞かされていた。神よ、ふたりの御霊《みたま》を休ませたまえ。そして、クロードの子どもとして育てられたのだ。毎年この時期にそうしているように、クロードがシルヴィの両頬にキスをして、オウムのギヨームの世話を忘れないようにと言い残して、休暇を過ごしに南フランスに出かけていかなかったら、この手紙を読むことはなかっただろう。

シルヴィはギヨームの世話を家政婦に頼んで、家を出た。ギヨームが危ない目にあう恐れはなく、せいぜい退屈するくらいだろう。彼は家政婦よりふたつばかり多く外国語を話せるから。そして、それよりふたつ多く話せるのがエティエンヌだった。

エティエンヌは情熱も贈り物も、惜しむことなく与えてくれた。何百人ものファンがいても、彼ひとりにしかできない方法で気を引くのだ。彼は何ひとつ拒まれたことがない者の自信に満ちた寛大さで、世の中を渡り歩いている。そして、シルヴィには信じられないほどの目が眩《くら》むような約束をした。彼女が手に入れようと努力し、夢見てきた暮らしを与えるという約束を。

だが、彼の怒り方は……シルヴィには決して理解できないものだった。シルヴィ自身は怒りを爆発させる性格だった——短気で、派手に怒って、われを忘れる。一方、彼は冷静で辛抱強く、情け容赦なかった。時機を見て、計画を練るのだ。仕返しをするときは常にぞっとするほど徹底的に、正義に則っていると信じて行なっていた。

エティエンヌに最後に会ったのは一週間まえで、夜明けまえの藤色の薄明かりのなか、彼は片方の腕を頭の上に投げだし、裸の背中をシルヴィに向けて眠っていた。シルヴィは〝ごめんなさい。すぐに戻ります〟とだけ書いた手紙を枕の上に置いた。

彼はシルヴィを愛していた。だが、あまりにも軽々しく、愛という言葉を口にした。パリを離れることを伝えていたら、彼はきっと思いとどまらせようとしただろうし、いま頃はきっと自分を探しているだろう。そして、そのあいだずっと、腹立ちを抑えているのだ。

シルヴィはやっと知ることができる事実を知るまでは、彼に見つかりたくなかった。

船が乗客を吐きだし、シルヴィはついにイギリスの地に足を着けた。すると、目くるめくような達成感がこみあげてきた。こんなに遠くまで、ひとりきりでやってきたのだ。だが、胃はまだ海にいる気分から抜けきれず、さまざまな色や、動きや、音が、波のように押し寄せてきた。船に群がって荷物を降ろしている男たち、青空から降りそそぎ、穏やかな海で反射している早朝の陽ざし、銀と白の輪を描きながら旋回しているカモメたち。空には照りつける太陽を遮って、暑さをやわらげる雲ひとつない。シルヴィは初めて、本物のイギリスの空気を胸の奥深くまで吸いこんだ。それは熱く、波止場のにおいが染みついていて、胃はすっきりするどころか、さらに気持ち悪くなった。

それなら、それでもいい。胃に言うことを聞かせればいいのだから。これまで、シルヴィが身体に言うことを聞かせようとして、聞かせられなかったことはない。

シルヴィは自分の旅行かばんをかついだ男にうなずき、ロンドンまで乗せていってくれる郵便馬車のほうにきびきびと身体を向けた。ひとりで旅をするのは初めてだが、これまでのところ完璧に身元を隠しているし、英語もまずまず悪くない。男の世話や保護が必要な小娘ではないのだ。それにバレエと同じように複雑で美しくて難解な街であるパリで暮らしてきたのであり、どんな街に行っても怖気《おじけ》づくことはない。大都市なんてみな、根本的にはどこも同じようなものなのだから。

そのとき、シルヴィが目を上げると、人混みの向こうに彼の背中が見えた。広い肩も立ち方もそっくりだ。エティエンヌの姿を目にした衝撃は大きく、シルヴィの自信にひんやりとした波風が立った。ありえない。まだ、くるはずがないわ。こんなに早くには。だが、危険は冒せない。シルヴィは郵便馬車のほうを見て、心を決めた。

トム・ショーネシーが郵便馬車のなかでひとり、今回も首尾なく終わったケント行きについて考えこんでいると、とつぜんひとりの女が膝に飛びのって、両腕を首に巻きつけると、身体をぴったり寄せて、顔をくっつけてきた。

「いったい、何を――」トムは小声で文句を言った。そして、首から女の腕を引きはがそうとして手を上げた。

「シーッ」女が切羽つまった様子で言った。「お願いですから」

男の顔が馬車のなかをのぞきこんできた。

「これは失礼」男はあわてて顔を引っこめると、見えなくなった。

膝の上の女は息を荒くしているだけでなく、身体をすっかり硬くしている。しばらくのあいだ、トムも女も身動きしなかった。彼はカサカサいう黒っぽい生地と、しなやかな身体と、香辛料とバニラと薔薇と、それから……女性のにおいを感じた。そして、その女性のにおいで、少しだけ頭がくらくらした。

そう、確かにびっくりはした。だが、不愉快だとは言えなかった。

どうやら、女はもう安全だと判断したらしく、トムの首に巻きつけていた腕を外し、膝から滑りおりて、少し離れた席にすわった。

「さてマダム、やっとあなたに慣れたところで」トムは茶化して言った。そして、女の腕にそっと触れた。「自己紹介を――いたっ！」

あわてて手を引っこめた。いったい、何を――？

女の膝で光っているものを目で追った。

手袋をはめて、きちんと組んでいる手から突きでているのは……あれは何だ、編み針か？

そう、編み針だ！　この女はあの編み針で、自分を突いたのだ。力はそれほど強くなく、傷ついたのは誇りだけだった。だが、目的を果たすには充分だった。

「あなたに差しこんだのは後悔しています。でも、また触れられるのを許すわけにはいかなかったのです」女の声はやさしく落ち着きがあり、上品だった。だが、ほんの少し震えていた。そして、道理にはあわないが、心から後悔しているように聞こえた。

トムは戸惑い、女を睨みつけた。「差しこんだ？　ああ！　〝突いた〟という意味か。編み針で突いたことを後悔しているのかい？」

「そうです！」彼女はとても役に立ち、またいつか使うにちがいない言葉を教えてもらったというように、感謝せんばかりに答えた。「あなたを突いたことを後悔しています。あなたの上にすわってしまったことも。でも、あなたにまた触れられることを許すわけにはいかなかったのです。わたしは……」彼女は片手をむなしくふりまわした。そうすれば、空中に浮かんでいる、とらえどころのない言葉を捕まえられるかのように。

　この女は……何なんだ？　正気じゃないのか？

　だが、トムはやっと、その話し方で察しをつけた——彼女はフランス人なのだ。妙な言葉の選び方に加えて、おかしなところで上がったり下がったり、微妙な抑揚がつくことにも合点がいった。それに、編み針で突いてきたことさえも。そんなことができるのは、フランス女だけだろう。声が震えていることはさておき、彼女は並はずれた冷静さをもちあわせているようだった。だが明らかに、何か、あるいは誰かを恐れている。おそらく、いましがた馬車をのぞきこんできた男にちがいない。

　トムは彼女をじっと見つめたが、その顔はまだほんの少しよそを向いている。彼女は喪服を着ていた。膝の上からどいて、初めてわかったのだ。帽子とベールの下から、華《きゃ》奢《しゃ》なあごと、きらりと光る髪がわずかにのぞいている。赤毛に見えるが、それは彼の願いが生んだ勝手な思いこみかもしれない。首は長く、背筋はドリス様式の円柱のごとく、優雅にまっすぐ伸びている。身体はほっそりしているが、ドレスがその線をほとんど隠してしまっている。そして、そのドレスも仕立てはいいが、彼女にはあっていなかった。おそらく、借り物だろう。トムはそう判断した。女性に衣装があっているかどうかを判断することに慣れているのだ。だいたい、このドレスは大きすぎるだけじゃない。まったく別人のために仕立てられたものだ。

一分近くたっても、トムが見とれているだけで何もしなかったので、彼女はもう手を出してくるつもりはなさそうだと納得して、編み針をそでに滑りこませた。まるで、繕い物が入ったかごを椅子の下にしまうかのように。

「誰に追われているんだい、マダム？」トムは穏やかに訊いた。

彼女の肩がほんの少しこわばった。これは、面白い。冷静な心に、またしてもさざ波が立ったらしい。

「ムッシュ、おっしゃっていることがわかりません《ジュ・ヌ・コンプランドゥ・パ》」片方の肩をすくめて、ずいぶんと簡潔なフランス語を返してきた。

「そんなことはないでしょう《オ・コントゥレール》。わたしの質問を理解している《コンプランドゥ》はずですよ」礼儀正しく否定した。じつは、トムもフランス語が話せるのだ。何といっても、一流の高級娼婦たちは、みなフランス人なのだから。それにホワイト・リリー劇場を通りすぎていった踊り子たちの多くも同様で、だからこそフランス女が気まぐれであることをよく知っていた。

彼女の顔を覆っているベールが揺れた。呼吸が少し速くなっている。

「事情を話してくれれば、力になれるかもしれない」トムはやさしく促した。とつぜん膝に飛びのって、編み針で突っついてきた女にどうして手を差し伸べるのか、自分でもわからなかった。おそらく、好奇心だろう。それに、この華奢なあごのせいかもしれない。

ベールをふわり、ふわりと揺らしながら、彼女は次の言葉をひねりだした。「まあムッシュ、もう助けていただきましたから」

その言葉に含まれた、かすかだけれど紛《まぎ》れのない控えめなユーモアと――図々しい思いこみだろうか？――気を引くような様子が、かえってトムを魅了した。

トムは口を開けて何か言おうとしたが、彼女はきっぱりと窓のほうを向くと、彼に対する意識をすぐに、ショールか帽子ででもあるかのように、きちんとしまいこんだようだった。

これでは、惹かれずにいられるはずがない。

トムはもう一度彼女の注意を引きたくてたまらなかったが、話しかけたところで、無視されるだろうと感じていた。おそらく、ドレスのそでをかすめただけで、動物学者の蝶の標本のように、見事にすばやく、馬車の座席に手を〝差しこまれる〟だろう。

トムはあまりにも熱心に彼女を見つめていたので、ほかの客たちが乗ってきた重みの反動で馬車が揺れると、驚いた。かわいらしく内気そうなふたりの若いレディを連れている家庭教師。結婚制度が自分たちだけの大発見であるかのように、満ちたりた様子で顔を輝かせている新婚夫婦。いかにも副牧師のような顔をした若い男。丸々と太った、裕福そうな商人らしい男。トムは乗客たちの服装と身のこなしから、そう察しをつけた。みな、トムがこれまでの人生ですれちがってきた人々のなかで見た職業や状況だった。小柄なフランス人の未亡人は、まるで乗客の誰かの影のようだった。ほっそりとした身体と黒いドレスのせいで、座席にいてもほとんど目立たない。それに、声をかけられたくなさそうにしていれば、彼女を煩わせたり、話しかけたりする者はいないはずだ。彼女は未亡人で、悲しみに沈んでいるのは明らかなのだから。

だが、トムは疑っていた。喪服を見たとき、ただの衣装でしかないと気づいたからだ。暑さと人間のにおいで破裂しそうになるほど、馬車には大勢の人々が乗りこんできて、喪服の女はついにトムから見えなくなった。馬車は満員になると、がくんと揺れて、ロンドンに向けて出発した。

トムは忙しい男であり、当然ながら、思いは馬車とともにロンドンのほうを向いた。〈紳士の殿堂《ジェントルマンズ・エンポリアム》〉に関する投資家たちとの会合が、その思いのひとつ。そして、デイジー・ジョーンズにホワイト・リリーの最新の出し物でヴィーナスを演じるのは彼女ではないと、いかにして伝えるかが残りのひとつだった。

ヴィーナス。これはトムがひらめいた華々しいテーマであり、パートナーである〝将軍〃の並はずれた才能をもってしてもやりがいのある挑戦だった。将軍はトムがある伯爵に乙女たちと城が出てくる作品を——一週間以内に——上演すると約束したこともほぼ許していた。将軍はものすごい勢いで振付をし、舞台装置を作り、罵詈《ばり》雑言《ぞうごん》を並びたてて、見事に組み立てられた小さな城と、わずかな布きれしか身につけていない乙女たちと、直感でひらめいた扇情的な槍の歌から成る作品を完成させた。そして、大喝采が沸き起こる成功を収めたが、そのあと何週間も、トムとほとんど口をきかなかったのだ。

トムは乙女たちのショーが成功するとわかっていた。きらきらと輝くコインが深い井戸に降ってきたかのように、とつぜん丸ごと頭にひらめいた直感は、決まって成功を収めるからだ。それ以降、乙女たちのショーはホワイト・リリー劇場の夜の出し物のなかでも、人気公演のひとつとなった。だが、観客たちが何度も劇場に足を運んでくるのは、トム・ショーネシーなら常に自分たちを驚かせ、目新しいものに対する飽くなき欲求を満たしてくれると期待しているからであり、観客を退屈させずにおくには、そろそろちょっとした驚きが必要なのはわかっていた。

だが、ヴィーナスは……ヴィーナスは井戸にコインが降ってきたようにひらめいたわけではない。ある夜、劇場そのものが与えてくれたひらめきだった。劇場の壁を覆っている絵のなかで飛びまわっている男神や女神にトムが目を走らせると……貝から現われる、ボッティチェリが描いたヴィーナスが頭に浮かんだのだ。ヴィーナスは大傑作《トゥール・ドゥ・フォルス》になって、期待通りの莫大な利益と、重要な投資家数人の支援を獲得して、〈紳士の殿堂〉をつくるという夢を実現してくれるだろう。

あとは、デイジー・ジョーンズに貝から現われるのは彼女ではないと告げるという、細心の注意が必要な問題が残っているだけだ。

そう考えると頬がゆるみ、トムは顔を上げた。すると、正面にすわっている副牧師がためらいがちに、かすかな笑みを返してきた。自分より大きくて堂々とした犬に腹を見せる小型犬そっくりだ。

「この時期にしては、やけに暑いですね」副牧師が思いきって話しかけてきた。

「ええ、確かに。海の近くでさえこんなに暑いのですから、ロンドンに着いたら、さぞかし暑いことでしょう」トムは礼儀正しく答えた。

そう、気候の話がいちばんだ。世界じゅうのあらゆる社会階級の橋わたしをする話題。この話題がなかったら、みんな何を話すのだろうか？

馬車の車輪が道に轍《わだち》をつけていくあいだ、乗客たちは汗びっしょりになって互いのにおいをかぎながら、面白くもない会話を愛想よく交わして何とか二時間耐えており、会話が途切れることはめったになかった。そのあいだ、まわりの会話から、フランス語なまりの英語が聞こえてくることは一度もなかった。

副牧師のおしゃべりが一瞬やむと、トムはポケットに片手を滑りこませて、懐中時計のふたを開けた。あと一時間かそこらで、ウエスタリーにつづく道に建つ宿場《コーチング・イン》に着いて、まずい昼食にありつけるだろう。トムは夕食の時間までにロンドンに戻って、投資家たちと会い、ホワイト・リリーの最新のショーについて指示を出したかった。そして、そのあとは誰よりも親切なベティーナと一緒に、〈ベルベット・グローブ〉で深夜のお楽しみを満喫することになるだろう。

そのとき、つかの間の静けさを破って、鋭い銃声が鳴り響き、馬車ががくんと止まって、乗客が互いに重なるようにして倒れた。

追いはぎだ。くそっ。

トムは副牧師をそっと起こして座席にすわらせると、彼の上着の汚れをはらい、それから自分の上着をはらった。

白昼堂々と郵便馬車を止めるとは、図々しい追いはぎだ。だが、この道は往来がほとんどなく、ときおり馬車が通ると、追いはぎに止められることで知られていた。当然ながら、追いはぎにとって、満員の郵便馬車は袋のネズミだった。大勢の客が乗っている馬車を止めるほど大胆だということは、外には少なからぬ数の仲間がいて、全員が武装しているのだろう。

トムは懐中時計をすばやくブーツに隠して、同時に拳銃を取りだした。副牧師は目をまん丸にして警戒し、少しだけうしろに下がった。くそっ。必要とあらば、撃つことを怖がってはいられないんだ。トムはじれったくなり、心のなかでつぶやいた。そして上着のそでを引っぱって、銃を隠した。神経が逆立っている追いはぎに見つかったら、弾を無駄にさせることになるだろう。

「指輪を外して、靴に入れろ」追いはぎが新婚夫婦に静かに命令した。夫婦は物干し綱に干されたシーツのように手を震わせながら、命令に従った。この異常な状況では、追いはぎの命令を聞くしかないのだから。

相手が何人いるにしろ、追いはぎを思いとどまらせる見込みがほとんどないことは、トムにもわかっていた。それでも、このまま何もせずにいるつもりは、これっぽっちもなかった。トム自身、これまで何ひとつ盗まなかったわけでもあるまいし。まだ若くて貧民街に住んでいた頃は、食べ物でもハンカチでも、その身に隠せる小さなものなら何でも盗んだ。だが、ついに、自分の持ち物はすべて働いて買うことに決めたのだ。そのほうが、ずっと残るものが欲しい、何かを残したい……という気持ちを満たせると知ったから。だからこそ、何とか逃れる手段さえあれば、自分が稼いだものを誰かにみすみす奪われるのを許すつもりはなかった。たとえ、それがわずか数ポンドの金と懐中時計であっても。

「全員、外に出ろ！」重々しい声が命令した。「おれから見えるように、両手を上げるんだ」

乗客たちは暗い馬車から陽光のもとによろよろと出ると、青ざめた顔で目をしばたたいた。ひとりの婦人はいまにも気を失いそうで、がくがくと震えている膝を見たところ、すっかり狼狽している夫に扇子《せんす》であおいでもらう必要があるようだった。

暑さで陽炎《かげろう》が立っている。乾いた草とひび割れた道がつづく見通しを遮っているのは、わずか数本の痩せた木だけだ。トムはひと目で追いはぎ一味の様子を見てとった。全部で五人、マスケット銃と拳銃をもっている。薄汚れた冴えない服装で、顔をスカーフでおおい、髪は長くまっすぐで、自分たちの短剣で切ったかのように不ぞろいだ。五人のうちのひとりで、どうやら指揮を執《と》っているらしい男は、口にナイフをくわえている。トムは思わずにやりとしそうになった。演出を心得ているショーマンだ。少しやりすぎかもしれないが、ほかの者に欠けている劇的な効果を上げているのは、まちがいない。

トムはショーマンに対する持ち前の好奇心から、その男をじっくり見た。この男には、どこか……。

「おい、いったい……」商人が腹を立てて怒鳴ると、すぐさま五丁の拳銃と一本のナイフが向けられた。商人は真っ青になって、音が聞こえるほどピタリと口を閉じた。強盗にあって銃を突きつけられたのは明らかに初めてらしく、撃たれないようにおとなしくしているという作法をわきまえていない。

そのとき、トムは気がついた。もう十年近くまえになるが、波止場近くの酒場で働いていた、ひどく辛くてとても忘れられない数カ月のあいだ、多くの時間をともに過ごした男がいた。その男はいちばん強い酒を飲み、いちばん下品な冗談を言い、いちばん気前よくチップをはずみ、まだ若いトムにどの娼婦を避け、どの娼婦を誘ったらいいかを伝授し、ほかにも独特な知恵を授けてくれたのだ。

「ビグシー?」トムは思いきって声をかけた。

男はふり返り、不機嫌そうな顔でトムを睨みつけた。

そして手を伸ばして、古い垣根の柱のように茶色い歯のあいだからナイフを引き抜くと、顔つきが変わった。

「トム? トム・ショーネシーか?」

「ああ、そうだ。まちがいなく本物だよ、ビグス」

「トミー、久しぶりだな!」ビッグ・ビグシーは拳銃を左手にもちかえると、トムの手を握って、心から喜んでその手を上下にふった。「ブラッディ・ジョーの店以来か。まだ青くさい坊主のままか?」ビグシーは痰がからまった声で笑い、トムの肩を陽気に殴った。「ずいぶん出世したみたいだな、トミー。上等な服を着ているじゃないか」

トムはたくさんのビリヤードの球がポケットに転がっていくように、乗客の目が自分に集まり、そしてまたそれていくのを感じた。まるでトムを恐れて、尻ごみしているように。それは武装した追いはぎと名前で呼びあう仲だからだろうか、それとも〝出世した〟ということは、トムにいまとはちがう時代があったことを暗に示しているからだろうか。

「出世したっていうのは大げさだよ、ビグシー。でも、それほど悪くないと思ってもらっていい」

「おれも、それほど悪くない」ビグシーは誇らしげに言って、真新しい立派な家具であるかのように、自分を取り囲む男たちを身ぶりで示した。

トムは異議を唱えたり、さらなる説明を求めたりしないほうが利口だろうと考えた。そして賢明にうなずくことに決めた。

「おまえのことが誇らしいぜ、トミー」ビグシーは感傷的になって付け加えた。

「何よりの言葉だ」トムはまじめな顔で言った。

「で、デイジーはどうしてる?」ビグシーはトムをせっついた。「〈グリーン・アップル〉のあとも会っているのか?」

「ああ。彼女は元気だよ。とても元気だ」

「あれは、最高の女だった」ビグシーはしんみりと言った。

「いまでも、最高の女だよ」トムにとっては最高に大きな悩みの種であり、財産の大部分を稼いでくれた存在だった。図々しくて、腹立たしくて、最高にすばらしいデイジー・ジョーンズに、神の恵みを。

トムは顔をゆがめて、得意のなだめすかすような笑顔を見せた。「なあ、ビグシー、馬車を行かせてくれないか？　誰にも訴えさせないと、名誉をかけて約束するから」

「いまや、名誉をかけて約束するのか、トミー」ビグシーは驚いたふりをして後ずさり、また笑った。トムもまた愚かではないので笑い、おまけに腿を軽く叩いたりもした。

ビグシーは目をこすって、しばしトムを見つめ、茶色い歯で下唇を噛むと、その場の状況について思いめぐらしながら、ほんの少し考えこんだ。それからため息をつくと、拳銃を下ろした。そして、あごをぐいと動かして、武装して馬に乗っている残りの男たちに、自分にならうよう命じた。

「昔のよしみだからな、トミー。それに、デイジーと、いまは亡きブラッディ・ジョーのためだ。だが、何もいただかないわけにはいかない。わかるだろう？　おれたちも食っていかなきゃならないからな」

「わかるよ」トムは理解を示して言った。

「旅行かばんは置いていくが、ポケットの現ナマはいただいていく。おまえたちのほとんどが、そこに金を入れてるだろう」

「あんたは寛大だよ、ビグシー、寛大だ」トムはつぶやいた。

「それから、若いお嬢さん方のひとりにキスをしてもらおう。そうしたら、行ってやるよ」

ドスン。膝がガクガクと震えていた新妻が倒れ、それに引っぱられた夫も重なるようにして倒れた。妻が完全に倒れこんでしまうのを止める間がなかったのだ。身体が地面にぶつかる音は、決して気持ちいいものではない。

ビグシーは少し軽蔑するような目で、ふたりを見た。それからトムに視線を戻すと、何てまぬけな夫婦だとでも言うように、ゆっくりと頭をふった。

「それじゃあ、誰がキスしてくれる？」ビグシーは明るく訊いた。そして期待をこめて、美しい娘たちを見わたした。

トムは追いはぎと一緒にいると、自分の強面《こわもて》がこんなにも力を発揮するとは思いもしなかった。

ついさっきまで心ひそかに自分から距離を置こうとしていた乗客たちが、いまは泣きつくように顔を向けている。だが、トムはその皮肉をそれほど楽しんではいなかった。どうすればビグシーの要求から乗客たちを救えるのか、あまり自信がなかったからだ。

「なあ、ビグシー」トムは愛想よく、おだてるような口調で言った。「ここにいるのは、何も知らないお嬢さん方だ。ロンドンにきてくれたら、喜んで相手をする娘たちを紹介する——」

「このお嬢さん方からキスしてもらうまでは、ここから動かねえ」ビグシーは頑固に言いはった。「おれを見てみろ、トム。しょっちゅうキスされてると思うか？　若い娘はもちろん、歯もアソコもぼろぼろの――」

「ビグシー」トムはあわてて口をはさんだ。

その口調で、うしろにいた男たちがビグシーの気持ちの変化を嗅ぎとり、拳銃に手をあてた。

「キスは譲れねえ」

トムはビグシーの目から視線をそらさず、淡々とした愛想のいい表情を装ったままでいたが、頭はすばやく回転していた。くそっ。ここにいる娘たちにくじを引いてもらうか。それとも、自分がキスをしてやろうか。それとも――。

「わたしがキスをするわ」

追いはぎの一味を含む全員が驚いて顔を向けると、小柄なフランス人の未亡人がまえに進みでた。「キスをしたら、馬車を行かせてくれるのですか?」

〝ヴァシャ〟と言ったように聞こえると、トムはぼんやりと思った。彼女の声は鈴のように澄んでいて力強く、いらだっているようにも聞こえた。だが、その声はまたもやかすかに震えていて、それでトムは妙に安心した。震えていなかったら、もう一度正気を疑い、編み針で何かしでかすのではないかと不安に思ったかもしれない。

「名誉をかけて約束する」ビグシーはへりくだらんばかりに言った。少し面くらっているようだ。

トムの心は、彼女を止めたいという気持ちと、本気でそんなことに耐えるつもりなのか見極めたいという意地悪な好奇心のはざまで揺れ動いていた。彼女は態度からも声からも、ふしだらな女には見えなかった。〝わたしは……〟そう言いかけた彼女は、必死に何かを伝えようとしていた。きっと、軽々しく男性の注意を引く女ではないと言うつもりだったにちがいない。それ相応の理由がない限り、普通であれば、見知らぬ者の膝に飛びのる女ではない、と。

トムは彼女が編み針でばかな真似をするつもりではないことを願った。心から。

ビグシーが落ち着きを取りもどした。「それをいただこうか」手を伸ばして、すばやく彼女の手提げ袋を取った。彼女が文句を言おうとして息を吸いこむ音が聞こえたが、賢明にも自分を抑えたらしい。どうやら、判断力も優れているようだ。

トムが見ていると、彼女は伸びあがる準備をするかのように、背筋をしゃんとした。そして、息を大きく吸いこんだ。

それから爪先立ちになり、ベールを上げ、ビグシー・ビゲンズの唇にまともにキスをした。

その瞬間、ビグシー・ビゲンズはまるで花婿のように幸せそうな顔をした。

2

宿場に向かう馬車での席順はこうだった。一方の端にトムがすわり、残りの乗客は互いを守るために、ほとんど固まるようにしてすわっている。そして、もう一方の端が未亡人だ。

誰ひとりとして、口を開く者はいなかった。あの場の英雄はトムと未亡人だったかもしれないが、誰もそれを認めたくなかったし、関わりたくなかったし、ふたりのことなど知りたくもなかったからだ。

馬車が引きつづきロンドンに向かうまえに、ひどい昼食が供される宿の中庭に着き、乗客たちがあわただしく降りていくと、トムは未亡人が人目を盗んで、あたりを見まわすのを目にした。

彼女はほかの乗客たちについて宿に入っていくのではなく、こっそりと、けれども目的をもった様子で、厩舎に向かった。そして角を曲がると、姿が見えなくなった。トムは歩調を速め、彼女が厩舎の側壁に寄りかかっているのを目にすると、足を止めた。半分は陰になっていて見えないが、背中を少し丸めている。

その辛さへの同情と人目をはばかる状況への気づかいから、トムは声をかけるのをためらった。彼女はひそかに吐こうとしているのだ。トムもビグシーの息がにおってくる距離にいた。あの息を間近で嗅ぐのがどんなことかは、容易に察せられた。

彼女はトムの気配を感じてとつぜんふり向き、手の甲で口を拭った。トムは編み針が届かないように一歩下がった。彼女はじっと動かず、ベールの向こうから見つめている。トムは何も言わず、用心しながら上着に手を入れ、携帯瓶《フラスコ》をとりだすと、彼女に差しだした。

彼女はフラスコを見下ろし、それからトムを見あげた。冷静に頭を二度動かして。だが、受けとろうとはしなかった。

「追いはぎの味が口に残っているほうがいいのかな……マドモワゼル」

その言葉に、彼女のあごが少し上がった。

まもなく、彼女が謎めいた儀式を行なうかのように、手袋をした手でゆっくり、ゆっくりとベールを上げた。自分の魅力に自信をもっている女だ。それでますます期待が高まり、トムは驚き、愉快になった。すっかり飽きているとは言わないが、いまや女のことでは、めったに驚かなくなっていた。ベールか。トムは心のなかで自分に言いきかせた。ホワイト・リリーで、もっとベールを使うことにしよう。おそらく、ハーレムの寸劇か何かで……。

だが、どんなことをしても、彼女がついに顔を上げ、トムを見たときの衝撃はやわらがなかったろう。

トムは彼女の美しさを身体で感じた。下腹部に甘く熱いものが走ったのだ。意志の強さと優雅さを同時に感じさせる尖ったあごは、誇りのためなのか、横柄なせいなのか、それとも自分を守るためなのか、いまやつんと上がっている。唇は胸を突かれるほどやわらかそうで、下唇はふっくらとした曲線を描き、上唇はそれより小ぶりで、どちらも薄いピンク色だ。そして透きとおるほど白い肌では、目が輝いている。その知的で生き生きとした淡い緑色の目には、さまざまな色の斑点が浮かんでおり、その上には細くてまっすぐな二本の栗色の眉が伸びている。

彼女と視線があうと、トムはその瞳に隠しようのない炎がすばやく燃えあがるのを見て、大いに満足した。美しいふたりが互いに惹かれていることに気づく瞬間は、いつだってすばらしく、甘やかだ。トムはその思いを伝え、彼女と分かちあうように、自信と思い入れをこめて微笑みかけた。

だが、彼女はゆっくりと――何の関心もなさそうに――顔をそむけた。あたかも、厩舎のまわりを物憂げに突っついている鳩のほうが、目のまえに立ってフラスコを差しだしている男よりも、はるかに面白いと思っているかのように。

彼女はまるで鳩に決心を固めてもらったかのように、トムに視線を戻すと、差しだされたフラスコに手を伸ばした。そして、難しい顔でやわらかな唇までもっていき、口に少し含んだ。

目が大きく見開いた。トムはにっこり笑った。

「何が入っていると思ったんだい、マドモワゼル？　ウイスキー？　わたしにはウイスキーが似あっていると？　そいつはフランス産だ。そのワインは。さあ、飲んで。安物なんかじゃないから」

彼女はしばらく口に含んだままだった。そして、ついにしっかり飲みこんだ。

トムはお辞儀をしたが、それはとても深く優雅で、敬意がこめられた礼儀正しいものだった。「わたくしはトム・ショーネシーでございます。いつでも何なりとお申しつけくださいませ。それで、マドモワゼル、あなたさまは……？」

「マダムです」彼女はそっけなく正した。

「いいや、ちがうな……わたしは勘《アンテユイシヨン》がいいものでね」トムはフランス語の発音で言った。この言葉は英語でもフランス語でも綴り方が同じで、意味もまったく同じだった。「そのわたしが、マドモワゼルだと思うのだから」

「ずいぶん遠慮がないのですね、ミスター・ショーネシー」

「厚かましいことで、ずっと運をつかんできたんだ。厚かましさで暮らしを成りたたせているといってもいい」

彼女は緑色の目を上下にすばやく動かしてトムをじろじろと見つめ、顔つきと身なりからある結論を導きだして、追いはぎと知りあいだという事実からすでに感じていた印象に付け加えたにちがいない。トムはその目が自分を怪しみ、用心深くなったことに気がついた。けれども、意外なことに、怖がってはいない。そう、この女はおそらく未婚《マドモワゼル》だろう。だが、自分について怪しい男だという結論を下したのであれば、無垢《むく》というわけでもなさそうだ。さまざまな男を知っていることを意味するのだから。

「勇敢だった、きみのしたことは」トムは言った。

「ええ」彼女も同意した。

その答えを聞いて、トムは笑った。そして、彼女も笑いそうになったのは、まちがいない。

「金はあるのかい?」トムは尋ねた。ぶしつけな質問だった。

また、背筋がこわばった。「あなたには関係ないことだと思いますが、ミスター・ショーネシー」

「編み針と未亡人を装う喪服も悪くないが、何よりも大事なのは金だよ、マドモワゼル。

目的地まで旅をつづけられる金はあるのかい？　追いはぎに手提げ袋を盗《と》られただろう」

「ええ、あなたのお友だちのミスター・ビグシーに手提げ袋を盗られました。勇気の対価を知っていたら、あれほど勇敢にはなれなかったかもしれません」

「きみは賢そうだから、ドレスのすそに金を縫いこんでおいたんだろうな」トムはさらに追いつめた。「それとも、武器と一緒にそでに入れてあるのかな？　女中の付き添いもなしに旅をするなら、分けてもっているのがいちばんだから」

彼女は黙っていた。そして、口を開いた。「ミスター・ショーネシー、どうしてわたしのお金に興味をもつのですか？」

「きっと、紳士として、きみの無事が心配なだけだろう」

「あら、そうは思いませんわ、ミスター・ショーネシー。わたしも勘《アンテユイション》がいいものですから。それに、あなたが紳士だなんて思えませんし」

トムが差しだしたワインのように、ぴりっとした辛口だ。それに、刺激的だった。そして、トム自身が驚いたことに――ほんの少し胸に突き刺さった。

「いいだろう。わたしが興味をもつのは、きみが美人で、好奇心をそそられるからかもしれない」

彼女はひと呼吸おき、首をかしげて、もう一度トムを見つめた。

「かもしれない？」おうむ返しに言った。栗色の細い眉の片方が、口角とともにぴくりと上がった。あたかも、ずっと本能と闘ってきたのに、ついに負けてしまったとでもいうように。

喜びがトムの背筋を走った。ここにいるのは、なまめかしい女だ。ずっと、そう感じていた。だが、それは曇った窓ガラスを通して見ているかのようだった。どうにかして、彼女の不安と不信を拭いさり、生身の女を、活気に満ちた、まちがいなく関心をそそる女をじかに見てみたい。

彼女の顔色はもうよくなっていた。頬に健康的な赤味が差している。今度は、自分が上質なワインの役割を果たす番だ。

「わたしなら、力になれる」トムはすかさず言った。

「ご心配くださるのには感謝します……ミスター・ショーネシー」どこからか借りてきた言葉をそのまま話しているかのようだった。「でも、あなた……の力を借りるつもりはありません」

この世でいちばん頼りにしたくないひとですわ、ミスター・ショーネシー。

いまの状況を考えれば、彼女のことは責められない。トムはひどくがっかりしたが、自分を信用しないことに決めた彼女の分別は評価した――あの手提げ袋に有り金を残らず入れてはいたが、この女は愚かではないらしい。というのは、もちろん、その判断が正しいからだ。彼女に援助を申し出たのは、親切心からだった。だが、それがいちばん大きな理由ではない。それに、もしも自分が女だったら、自分のような男は決して信用しないだろう。銃とナイフを突きつけている追いはぎと、なごやかに思い出話を語りあったあとでは尚更だ。

「それなら仕方ない。ただ、きみに……〝差しこまれた〟ことを〝後悔〟してはいないとだけ言わせてくれ、マドモワゼル。膝に飛びのられたことも」

彼女はしばし彼を見つめてから、首を少しかしげた。

「わたしの英語をからかっているのですか、ミスター・ショーネシー？」やや好奇心を刺激されたような声だった。

「もちろん、からかっている。少しだけ。少しだけね《アン・プ》」トムは自分の言葉にわずかな腹立ちが混じっていることに驚いた。

そして、びっくりしたことに、そのとき彼女が微笑んだのだ。輝くような満面の微笑み、心からの笑顔で、目が細くなって、ランプのように眩《まばゆ》いほど輝いた。それは、ほかの状況であれば、彼女が気軽によく笑うことが察せられる笑顔であり、トムの下腹部にまたしてもすばやく、妙に甘いうずきを感じさせる笑顔だった。

トムは急に彼女をしょっちゅう笑わせたくて仕方なくなった。

だが、彼らしくもなく黙りこみ、頭を下げて、その場を去った。

そして、さまざまな思いで頭を混乱させたまま、昼食をとるために、明らかに退屈なほかの乗客たちのあとを追って、宿に入った。

ミスター・トム・ショーネシーに勧められた意外なほど上質なワインで力をつけていなかったら、シルヴィはまだ震えていただろう。所持金を残らず盗られ、妹からの手紙を失い、昼食になって初めて恐怖に襲われたのだ。これまでは、追いはぎとの遭遇を乗りきるために、どんなに不快なことにも耐えたことで、恐怖を押しのけてこられた。だが、いまは水っぽいスープと、まずいパンと、硬くて灰色がかっている肉を飲みくだすことさえ、ままならない。まったく。この昼食から学ぶことがあるとすれば、イギリス人が料理について何もわかっていないということだ。

シルヴィは静まりかえった昼食から、ちらりと目を上げた――誰も話しかけてこようとしなかったし、自分もまた話しかける気にはならなかった。ミスター・ショーネシーは副牧師や新婚夫婦と打ちとけたらしく、四人で英語のしゃれか何かを言って、一緒に笑っている。

シルヴィは四人から顔をそむけると、ふたたび灰色の肉に目を向けた。

落ち着きを取りもどすために、男から目をそらす必要に迫られたのは、いったいいつのことだろう。確かにエティエンヌはハンサムで、群舞のダンサーたちを魅了し、夢中にさせた。全員の欲望をかきたてた。でも、シルヴィはエティエンヌを見ても、息が止まったりはしなかった。

それなのに、トム・ショーネシーを見たときには、固くて小さなげんこつで、肺のあいだを殴られたような気がした。

トム・ショーネシーの目は太陽の光をまともに浴びると、ほとんど透明に見え、まるで二枚の窓ガラスのようだった。銀色と言ってもいいかもしれない。顔は美しいとしか言いようがなかったが、決して甘くはなかった。とても、はっきりした顔つきなのだ。力強い直線や曲線が多く、くぼんでいる部分は目を引きつけ、異教徒の雰囲気がかすかに漂っている。名字と、ウエーブして赤味がかったブロンドの髪から察するところ、アイルランド系なのだろうが、薄い黄金色の肌を見ると、外国の血も少し混じっているのかもしれない。おそらく、スペイン人の血だろう。

それに、あの笑顔。あの笑顔に、目を眩《くら》まされる。きっと、彼はそれを承知で微笑んでいるのだろう。理性を失わせて、その隙に乗じるために、笑顔を武器にしているのだ。彼が笑うと、口の片側にえくぼが浮かんだ。小さな三日月が。

そして、あの服装――正統的ではないからこそ選んだにちがいない、やわらかな緑色の上着、まばゆいほど派手なベスト、ぴかぴかに磨かれたブーツ、きらきらと輝くボタン――ほかの者が身につけていたら、どれも悪趣味でいかがわしく見えただろう。だが、彼が身につけると、商売の神メルクリウスのくるぶしに付いた翼のように、どういうわけか自然に見えた。

乗客全員が暑い陽ざしのもと郵便馬車のわきに立っていたとき、シルヴィは彼のそでのなかできらりと光ったものに気づき、それをじっくりと見た。彼はそでに銃を隠し、手で銃身をつかんで、いつでも取りだして使えるように準備をしていたのだ。シルヴィにはなぜか、彼が銃の使い方をよく知っているように思えた。

あの場所にいたほかの男たちはみな、ただ追いはぎの言いなりになっていたのに。

どうやら、ミスター・ショーネシーはたくさんの武器をもっているようだ——あの容姿、簡単に信頼を勝ちとって敵意を取りのぞく魅力、とても上等で、わざと斬新さを狙った服装、隠したピストル、そして危険な友だち。危険に対してここまで準備していると、ある意味では、危険なのは彼自身だけかもしれない。

だが、何を考えていたにしろ、昼食はもっと食べておくべきだった。次はどこで食事をとれるかわからない。いまは空腹を感じなくても、生身の人間なのだから、過酷な動きに慣れている身体はたっぷりとした食事を欲し、お腹をぐうぐう鳴らして、激しく要求するだろう。

旅行かばんのなかには、上等な衣類や手袋や靴など、必要とあらば売れそうなものが入っている。どこで、どうやって売ればいいかはわからなかったが、差し迫った状況になれば、どうすべきかわかるだろう。これまでもずっと、必要に迫られれば、そうしてきたのだから。

でも、バレエシューズを使うイギリス人がいるだろうか?

ついに目的地のロンドンに着いて、郵便馬車ががくんと揺れて止まると、乗客はみな虫眼鏡から逃げるアリのようにすばやく、ふり向きもせずに、愛する者の腕のなかや、ほかの馬車に急いで散らばっていった。道中で体験した恐怖をふり払い、話すべきことをたっぷりためこんで。今夜はロンドンのあちらこちらの夕食の席で、自分のことが話題にのぼるのだろうと、シルヴィは想像した。

そう思うと、シルヴィは少し寂しくなった。でも、ほんの少しだ。実際には大家族と一緒に食卓を囲んで、一日の出来事を語りあうことがどんなものなのか知らなかったし、知らないものを恋しがるのは難しいからだ。

それでも、想像することは決して難しくなかった。そして、その想像を欲することも。クロードと過ごしてきた人生は——彼女はやさしかったけれど——常にお金に困っていたので、とても慎ましくて用心深く、不安なことも多かった。

シルヴィには、ほかの女の子たちと一緒に、真夜中に馬車で運ばれた記憶があった。見知らぬ、親切そうな声の男が、シルヴィたちを何とかなだめて、静かにさせようとしていた。シルヴィはそれまでずっと泣いていたのを憶えている。そのあと、ほかの女の子たちが泣いたり怖がったりしないように手を握っているためには、自分が泣いていてはいけないと思ったことも。

それで、シルヴィは泣くのをやめた。

そして、その晩以来、めったに泣かなくなった。

わたしの姉妹。シルヴィは思った。あの子たちは、わたしの姉妹だったんだ。きっと、そうにちがいない。それなのに、あの夜の記憶も、それまでにあったすべてのことも、関わりがあったひとたちのことも、とぎれとぎれになって薄れていき、ついには女の子たちのことは夢だったのだと思いはじめていた。

そして、クロードもそう考えることを止めようとしなかった。いまではもういきさつを憶えていないが、シルヴィは物心がついたときには、すでにクロードと一緒に暮らしていた。彼女は事故が起こり、母親はもう帰ってこないとしか話さなかった。姉妹のことは何も言わず、それでシルヴィにとっては、女の子たちは単なる夢だったのだと信じるほうがたやすかったのだ。

シルヴィは片手を胸にあてた。母親の姿を描いた細密画《ミニアチュア》をリボンで吊るし、ドレスの下にぶらさげているのだ。そこであれば、細密画を守ることもできるし、逆に、細密画がお守りの役割を果たしてもくれる。まもなく望みが叶えば、グランサム子爵夫人ことスザンナに対して、同じ母をもつ者である証拠にもなるはずだ。

こうしていま、宿の中庭で旅行かばんの隣に立っているシルヴィは、それぞれの目的をもった大勢の人々のなかで、黒い服を着た小島のようだった。そう、ここがロンドンなのだ。

公正を期すために言えば、宿場の庭に立っただけでは、街の様子はほとんどわからない。それでも、道路の丸石や店先を見たかぎりでは、ほかの大都市とあまり変わらないように思えた。シルヴィが首を伸ばすと、建物の合間から波止場に停まっている船の高いマストが見えた。漂ってくるのは都会のにおいであり、何千という人々がひしめきあって暮らしているにおいだった。腐ったり、調理されたりした食べ物、立ちのぼっている石炭の煙、馬やほかの動物のむっとするような生々しいにおいだ。

シルヴィは思わず、ほんの少し興奮して、不安を忘れた。ついにやった。自分はいまロンドンに立っている。たったひとりで英仏海峡を渡りおおせ、まもなく、知りたいと願ってきたことを知るのだ。

「マドモワゼル、そんなふうに首を伸ばしていると、あまり評判のよくない輩《やから》に、ロンドンに不慣れなことがばれて、強盗にあうよ――いや、キスをされるかな――もう一度」

シルヴィがふり向くと、ミスター・ショーネシーが片手に帽子をもって立っていた。彼は深くお辞儀をした。「迎えはくるのかい?」腰を伸ばして、言った。

「ええ」シルヴィは即答した。

彼は片方の眉を上げて、信じていないことを露《あら》わにした。「それなら、仕方ない。でも常に、これから行く場所のことはよく知っているというふうに装わないとね、マドモワゼル。わたしに会いたくなったら、ホワイトー・リリーを訪ねてきて」

彼はぱっと笑顔を輝かせると、シルヴィが何も答えられずにいるうちに、きらきらと輝く髪に帽子を押しつけ、人ごみのなかに消えていった。

シルヴィはあたりを見まわした。すると、貸し馬車の近くに立っている太った男と目があった。御者だ。男は服装と身のこなしでシルヴィを値ぶみし、いい評価を下したようだった。

「馬車が必要ですか、マダム？」

話し方はていねいで、目つきも淫らでもなければ、強盗を企んでいる様子でもなかった。それでも、身を守る必要に迫られたときに備えて、シルヴィは編み針と並はずれた反射神経で身を固めた。でも、実際には選択の余地がなかった。

「ええ、お願いするわ。グローヴナー・スクエア……まで」

とたんに、御者の目がわずかに輝いた。「一シリングです」そっけなく言った。

頭をすばやく回転させることが必要なのは、明らかだった。「わたしの妹は、グランサム子爵夫人なの。そこに着いたら、妹がお代をお支払いするわ」

すると、御者の表情が変わった……が、それは奇妙な具合だった。彼のような立場の者が貴族の名前を出されたときにありがちな表情ではない。まったく、ちがう。戸惑っているシルヴィの目のまえで、その表情は次第にこわばっていった。それから急に詮索するような顔つきになった。そして最後は、不可解なことに……

面白がっている?

「妹さんがグランサム子爵夫人?」

「そうよ」シルヴィは顔をしかめた。

「レディ・グランサムが妹だって?」

「〝そうだ〟と言ったでしょう」シルヴィは歯を食いしばって、気持ちを落ち着かせた。

御者は口をつぐんで、もう一度シルヴィを値ぶみした。「それで、旅行かばんと一切合財をもってきたってわけだ」感心したように言った。そして明らかに驚いた様子で、首をふった。

シルヴィは自分の英語は悪くないはずだと思っていたが、ロンドンの中心地では、まったく異なる方言が話されているのかもしれないと考えた。ヴェネチアの住民がイタリア語の方言を話しているように。ロンドンなまりの抑揚は、通常とまったく逆の意味になるのだろう。

「それで、そこに着いたら、妹さんが代金を支払ってくれるんだね?」御者は面白がるように言った。あたかも、おかしな女に調子をあわせているかのように。「レディ・グランサムが?」

「さっきも言ったはずよ……そうだって」いまや国王のような口調で、冷ややかに答えた。

御者はしばらくシルヴィを見つめていた。そして、甘んじて奇妙な運命に従うかのように、機嫌よく肩をすくめて、にっこり笑った。

「いいだろう。あんたの妹さんに、レディ・グランサムに会いに行こうや」

御者はシルヴィに従ったが、その口調は依然として皮肉にしか聞こえなかった。

3

グローヴナー・スクエアは堂々たる建物と数階建ての屋敷がぴったりくっついて並んでおり、シルヴィのような侵入者を割りこませまいとしているかのようだった。

「さあ、着いた。妹さんに会ってきなよ。かばんを運ぼうか?」

「まだ、いいわ」シルヴィは答えた。

「そうだろうな」御者が言った。

またしても、皮肉っぽい口調だ。まったく。だが、御者もいらだっているようだった。

シルヴィはためらうことなく戸口への階段をのぼっていったが、建ち並ぶ屋敷の窓のカーテンが開き、それに気づいてすばやく顔を向けると、すっと閉じられたことはわかっていた。

踵《きびす》を返して逃げだしたい衝動に駆られたが、そんなことはできないともわかっていた。

旅は、ここで終わらせなければ。

重々しい扉の上では、牙をむいている真鍮の獅子が金属の輪をくわえている。シルヴィは自信をつけるために深呼吸をしてから、両手でノッカーを握って、大きく二回ふり下ろした。

いまや、シルヴィの呼吸は速くなっていた。この家に住んでいる女性が自分とまったく関係ないひとだったらどうしよう？　親切なひとだろうか？　姉がバレリーナだと知って驚くだろうか？　ここに住むような女性たちから賞賛され、羨《うらや》まれはするが、あくまでも遠く離れた世界に住む者だと知って、驚くだろうか？　その女性たちの夫から言いよられ、追いかけられることも少なくない身の上だと知って、驚かないだろうか？　でも、エティエンヌは家を買ってくれると約束してくれた。彼は多くの家を、シルヴィが見たこともないような家を、この家の何倍も広い家をもっているのだ。

まもなく扉が開き、執事がシルヴィを見つめた。執事の顔は平静で、この家の壁と同じくらいに無表情だった。髪も肌も同じように白いのは、生涯のほとんどを屋内で過ごしてきたからだろう。

「何かご用でしょうか、マダム？」あたりさわりがない、使用人たちが得意とする礼儀正しさで言った。執事はシルヴィが何者で、どんな社会階級に属しているのか、まったく知らない。だから、そうなるのだ。執事の目がすばやく動いて、階段下の貸し馬車に気づいた。そして、またシルヴィに戻った。もっと温かい声を出すべきかどうか、判断の手がかりを求めている。

このひとは、わたしが何者か知らないのよ。シルヴィは自分に言いきかせた。バレリーナであることも、恋人がいることも、英仏海峡の向こうから逃げてきたことも知らないのだ。

「レディ・グランサムはご在宅ですか？」シルヴィは弱気に聞こえないように気をつけた。そして、フランス人ぽく聞こえないようにも注意したが、それはとうてい無理だった。

執事の無表情な顔は少しも変わらなかった。「グランサム子爵と奥さまはお留守です、マダム。よろしければ、お名刺をいただけますか？」

「お、お留守？」きっと……買い物か散歩に行ったという意味よ。シルヴィは必死にそう考えようとした。だが、どういうわけか、こんなに遠くまでやってきた道中のことを思うと、それはあまりにも楽観的すぎる考えだとわかっていた。

「お留守というのは、おふたりはフランスにいらっしゃったのです、マダム」執事が眉《み》間《けん》にしわを寄せて、暗い顔をした。

とつぜん、子爵とレディ・グランサムが行きちがいでフランスに向かったことが飲みこめた。

「もしかしたら……レディ・グランサムの姉を訪ねたのでは？」

「〝姉〟とおっしゃいましたか、マダム？」ややきつい口調だった。

一瞬のうちに、執事の無表情な顔が、皮肉っぽく警戒した顔つきに変わった。

「わたしはレディ・グランサムの姉です」シルヴィは威厳をもって言った。

すると、通りから、感想を雄弁に物語る咳ばらいが聞こえてきた。貸し馬車の御者だ。

「そうでしょうとも、マダム」シルヴィは目をしばたたいた。執事の口ぶりは、蔑んでいるも同然だった。「あなたも、好機をうかがっているヨーロッパじゅうのほかの女性たちも、みんな同じです。あの裁判から。あなただけの思いつきではないんですよ。まあ、喪服を着てきたのは、斬新な取り入り方だとは思いますが」

「裁判？」〝裁判〟という言葉はどんな言語においても、あまりいい響きではない。

「さあ、もういいでしょう、お嬢さん。ミスター・モーリーの裁判ですよ。何て下劣な話だったことか。ミスター・モーリーがリチャード・ロックウッド殺しに関わっていたり、アンナ・ホルトさまが濡れ衣を着せられていたりで、レディ・グランサムに――いいですか、とても裕福な子爵の奥さまにですよ――まだ、お小さかった頃に行方不明になったふたりのお姉さまがいらして、その後の消息がわからないことが公《おおやけ》になったんですから。手紙は何通も届くし、若い娘たちはお屋敷を訪ねてくるしで……。奥さまの身の上が、何かいい話はないかと待ちかまえていたヨーロッパじゅうの娘たちに火をつけたのでしょう。マダム、あなたと同じことを考えたひとは大勢いるんです。まったく迷惑なことに、たくさんの若い娘がやってきたし、姉だと申し出る手紙も届いています。でもマダム、あなたのために言えるとすれば、未亡人のふりをするというのは斬新な方法です。それに、なかなか大胆だ——まあ、愚かだとも言えますが——ご夫妻が不道徳な者たちを訴えはじめたときに、こんな話をしてくるなんて。じつのところ、おふたりはそういった者たちを捕まえるために、多額の報酬を出すとおっしゃっているんですから」

手袋をしたシルヴィの手は、じっとりと冷たい汗をかいていた。そして、太陽がうなじを照りつけ、黒い喪服がその陽ざしをすべて吸収していたにもかかわらず、急にむかつきと激しい悪寒を感じて、胃が空っぽであることを改めて実感した。

「でも……わたしは手紙をもらいました。レディ・グランサムからの手紙です。スザンナからの。イギリスにもってきたのだけれど、追いはぎに……追いはぎに……盗られてしまって……」

シルヴィの声が消えいると、執事の表情はますます不審そうになった。「レディ・グランサムのお姉さまはフランスにいらっしゃいます」厳しい口調で言った。「奥さまはお姉さまを探すために、フランスにいらしたのです」

「わたしはフランスからきました。フランス人なんです」シルヴィは怒って言った。

「あいにくですが、そうおっしゃる方がたくさんいるんですよ」

シルヴィは辛抱できなくなり、細密画を取りだそうとして胸もとに手を突っこんだ。すると、執事は卵のように目をまん丸にして、腕で顔をおおった。「マダム、肌を見せても、わたしは——」

シルヴィは短い黒いリボンが付いた細密画をやっと取りだした。「これを見てください」何とか冷静に言った。

執事はまだ片腕で目を覆っている。

「細密画です」穏やかな声で執事をなだめた。

沈黙が流れた。階段の下では、いまいましい御者が茶化すように口笛を吹きはじめた。

「細密画？」執事が不安そうに訊いた。腕の下で口だけを動かして。

〝わたしの母、アンナを描いた細密画です。レディ・グランサムの母親でもあると思います〟とだけ答えれば充分なはずだった。だが、シルヴィのなかの悪魔はもっと強気で、いたずら好きだった。「その目でご覧になったら、ムッシュ？」

結局、彼も男なのだ。執事はゆっくりと顔から腕を外した。そして、目を向けた。シルヴィは笑いを嚙みころした。

執事はすばやく落ち着きを取りもどすと、シルヴィが差しだした、リボンの付いた細密画を見た。

すると、ひと目見た瞬間に身体がこわばり、細密画を凝視した。

シルヴィはこの見知らぬ男に、母の美しい顔をじっくり見つめさせた。笑って目尻が下がっている淡い色の目、ブロンドの髪、優雅で華奢な骨格、これまでずっと大切にしてきた細密画だ。失った家族を思い出す唯一の手がかりなのだ。クロードを別にすれば、この細密画を誰かに見せるのは、いま警戒するような目で見つめているこの男が初めてだった。

そのとき、執事の表情が変わった。冬から春へ、春から夏へと季節が徐々に移りゆくように、考えこんでいた顔が心もとなげになり、それから――シルヴィはあとで、それが意味することを知って、息を飲んだのだが――ついに、かすかな同情が浮かんだ。

執事は咳ばらいをした。まったく、もう。咳ばらいばかりする男たちだ。「その細密画を手に取っても――」

「いいえ」シルヴィの返事はそっけなかった。また、辛抱と神経がすり切れてしまったのだ。「わかってください」なだめるように付け加えた。「とても大切なものなの」

「わかっているつもりです」執事は答えたが、上の空のようだった。「どうやってこの細密画を手に入れたのか、うかがってもよろしいですか？　ミス……」

「シルヴィ・ラムルーです。物心がついたときには、もっていました。それが母だと教えられて。ミスター……」

「ベイルです。ミスター・ベイルと申します」

執事は口をつぐんだ。道ばたで、御者が咳ばらいをした。

「お願いだから《モン・デュー》、もう少し待って」シルヴィはふり向いて、ぴしゃりと言った。

シルヴィがベイルのほうに向きなおると、口もとがぴくりと引きつったのが見えた。彼はまだ考えこんでおり、何も言わない。シルヴィは細密画を裏がえした。「ここを見て。言葉が書いてあるでしょう」

「シルヴィ・ホープ、母のアンナ」ベイルは半分は自分のために、ゆっくりと声に出して読んだ。とても驚いた顔をしている。

シルヴィはベイルがこの言葉の意味を理解するのを待った。それから、細密画をもう一度胸もとにしまいこもうとすると、ベイルは目をそむけた。男にしては、ずいぶんと真面目だ。

「ここを訪れたほかの女性たちは、細密画を見せたかしら、ミスター・ベイル？」シルヴィはやや辛辣な口調で問いただした。

執事はすっかり考えこんでいた。「アンナ・ホルトさまの細密画については、何もうかがっていないのです、ミス・ラムルー」

「ホルト？」シルヴィはその名前に食らいついた。「母の名前はアンナ・ホルトというの？　わたしは母のことを何も知らないの。ずっと知りたかったのよ……」

ベイルは何も答えなかった。そして上下の唇を交互に嚙みながら、考えこんでいた。

「グランサム子爵ご夫妻は、パリのクロード・ラムルーというひとを訪ねていったんじゃない？」

執事は沈黙の殿堂のようだった。仕えている屋敷の壁のように揺るがない。

それは職務に忠実で、主人のプライバシーを守っているだけだとわかっていたが、このときばかりは、執事の沈黙が言いようのないほど残酷に思えた。だが、その沈黙は少なくとも執事が迷っていることを物語っており、ありがたいことに、その迷いのおかげで、ひどく横柄な態度は消えていた。

「ふたりは、いつ帰ってくるの？　レディ・グランサムとご主人は」

「申し上げられません、ミス・ラムルー」名字の発音まで完璧だ。

「それなら、これだけは教えて、ミスター・ベイル。レディ・グランサムはわたしに似ているかしら？」

「お答えできません」

「答えられないの？　それとも、答えるつもりがないの？」シルヴィはいらだちが募り、必死に問いつめた。

だが、そのとき急に、そのまえの執事の表情の意味が、同情を抱きはじめた理由がわかった。

「母に似ているのね」シルヴィはひと息ついた。「スザンナ……レディ・グランサムは……。たぶん、わたしはスザンナに似ていないけれど、スザンナは細密画の女性に似ているのでしょう。そうなのね？」

シルヴィは執事の顔に答えを見つけ、彼が結論を導こうとして、目鼻立ちをひとつずつ調べるかのように、自分の顔を見つめている様子を見守った。湧きあがる希望に、めまいがした。

「お願いよ、ミスター・ベイル。これまでずっと、家族について知りたかったの。わたしは何も知らなかったし……」シルヴィは口ごもった。「どうやら、真実ではないことを教えられてきたから」

「ミス・ラムルー、この件で、レディ・グランサムがどれだけご苦労なさっているか、どんなに言っても言いたりません。実際に、子爵はある詐欺師が逮捕されるように手配されていますし、逮捕に協力した者には報奨金を出すとおっしゃっているんです。ミス・ラムルー、わたしの立場がおわかりですか？　見えすいた嘘をついているなら、ぜひともやめていただきたい」

わたしの立場がおわかりですか？　頑固な愚か者だから、たったひとりで、無一文で、家から何百マイルも離れたところにいるのよ。

手づまりになって、沈黙がつづいた。

シルヴィは〝嘘じゃないの〟と言うことを考えたが、効果はなさそうだった。そこで、尊大な態度に出てみることにした。

「ミスター・ベイル、あなたが本当の姉を追いかえしたと知ったら、レディ・グランサムは怒るんじゃないかしら？」

効きめがあった。ベイルは明らかに悩み、いらだち、自分の屋敷に現われたりしなければよかったのにと思っている顔で、シルヴィを睨みつけた。

「ミス・ラムルー、ロンドンにいらっしゃるあいだは、どこにお泊りですか？」執事はついに譲歩して訊いた。

「わからないのよ、ミスター・ベイル」シルヴィは苦々しく答えた。罰として、正しいことをしたのかどうか思い悩めばいいわ。シルヴィは意地悪く、そう考えた。「もしかしたら、ホワイト・リリーにいるかも」

シルヴィは執事がふたたび目を丸くするのを見ると、うしろを向いて、階段を下りた。英国陸軍だって、シルヴィ・ラムルーほど気高く退却しなかったろう。

「知っていたのね」シルヴィは貸し馬車の御者を責めた。「どうして、何も言わなかったの？」

「何も言わなかったって？　何をするつもりか承知してのことだと思っていたし、しっかりとした計画を立てているように見えたんだ。衣装も、旅行かばんも準備していたし

――じっくり考えを練っているように見えたのさ。試してみる価値はあるってね」

いまいましいことに、御者は面白がって、すき間だらけの歯を見せて笑った。「で、どこに行く？　ほかの親戚を訪ねるかい？　国王陛下がおられるかどうか見にいくか？」

シルヴィは一瞬考えたあと、ふいに唯一の選択肢と思われる結論にたどりついた。

「ホワイト・リリーに行ってちょうだい」

御者の眉が釣りあがった。「ホワイト・リリーって……言ったかい？」

「ええ」シルヴィはその驚き方をどう解釈していいかわからなかった。「ミスター・トム・ショーネシーがお代を払ってくれるわ」これが嘘ではないことを祈った。頭はどうにかして金を手に入れなければという思いでいっぱいで、その方法を考えだしては、すぐさま打ち消していた。

「ショーネシー？　トミー・ショーネシーのことかい？」今度は温かみのある心からの笑顔を見せた。

まったく。誰も彼もがトム・ショーネシーを知っているのかしら？　おそらく、執事にもトム・ショーネシーが子爵の屋敷に出入りを許されているかどうか、尋ねるべきだったのだろう。

「ミスター・ショーネシーか！　そうか！　今度は真っ当な仕事を探しにいくんだな？

あんたみたいな娘さんにふさわしい仕事だろ？　もう詐欺からは足を洗うんだな？」

「わたしは詐欺師なんかじゃないわ、ミスター……」

「ミックだ」御者は簡単に答えた。

「わたしは〝真っ当な〟仕事を探しにいくんじゃないわ、ミスター・ミック。ミスター・ショーネシーは……親戚なの」

　御者は目を大きく見開いた。「親戚？」一本調子で言った。

「ええ」この男は、どんどんうるさくなってくる。

「トム・ショーネシーは、あんたの親戚か」御者はくり返した。すると、唇が震えだし、目の縁が赤くなって、涙が滲みだした。シルヴィは不安になって、後ずさった。

すると堰《せき》が切れたかのように、それまで一日じゅうためこんでいたかのように、御者はとつぜん身体を折って大笑いしはじめた。

「親戚か！」御者は大声で言って、音を立てて腿を数回叩いて、ズボンのなかで肉を震わせた。「ロンドンじゅうの人間と親戚なんだな？　子爵さまから、トムのような男まで」

　トムのような男？　とてもいい意味には聞こえない。この日の運を考えてみると、トム・ショーネシーは何らかの罪を犯した派手な犯罪者にちがいない。だが、いまさらホワイト・リリーがどんなところで、トムが何者なのか、尋ねるわけにはいかない。御者はさらに大きな声で笑うだろうし、そうされたら、とても耐えられそうにないからだ。

大笑いがようやく途切れてまばらなしゃっくりに変わり、最後に満足したかのような深いため息になって終わりを告げた。御者は涙を拭ったが、シルヴィには大げさに見えた。

「いいだろう、娘さん。きょうはまったく稼ぎがないが、あんたはついてる。おれが最高に上機嫌だからな。さあ、乗ってくれ」

4

馬車に乗ってグローヴナー・スクエアからホワイト・リリーに近づいていくと、そのふたつが属する社会の落差が明らかになってきた。シルヴィは馬車の窓から、景色が次第に暗く、狭く、汚くなっていくのを見つめていた。立派な身なりのイギリス人の男女がそぞろ歩いていた、大きくてすっきりとした広場は、迷路のように入り組んだ通りに取ってかわり、腐った果物にハエがたかるように、立ちならぶ行商人のまわりに薄汚れた子どもたちが群がっていた。明らかに酔っ払い、うなだれて壁に寄りかかっている者も数人いる。

ホワイト・リリーの入口の看板からぶら下がっている大きなけばけばしい花を見ても、シルヴィはここがどういう場所なのかわからなかった。ここは売春宿だろうか？　それとも、酒場だろうか？　いや、それよりも劇場に見える。売春宿であれば、あれほど誇らしげに看板を掲げないだろう。だが、自分は思っていたほど大都市のことを知らないのかもしれないし、結局のところ、ロンドンはほかの街とはちがうのかもしれない。おそらく、ここは劇場なのだ。それは、あまりにもひどい皮肉だった。シルヴィは生涯のほとんどをある程度の規模の劇場で過ごし、こういった劇場で過ごさないようにずっと努力してきたのだから。

「それじゃあ、行ってきな」御者はまだ癪にさわるほど面白がっており、にっこり笑って促した。

シルヴィは喜劇役者のように扱われることに慣れていなかった。そこで、つんとあごを上げると、ホワイト・リリーの扉を押した。そして深呼吸をして、なかに入った。

その瞬間はひと気がなく薄暗く感じたが、たちまち仰々しいほど豪華で、古典主義のまがいものを見ているような印象に襲われた。ルビーのような赤が主色になっていてビロードの絨毯や装飾品、それに舞台の正面から床まで垂れさがっている大きな重々しい緞帳《どんちょう》に使われている。舞台まえの中央にはピアノが置かれ、その両わきはほかの演奏者が並ぶように空いていた。そして、シルヴィが立っている場所から上に向かって、座席が並んでいる。その上では、金メッキや凝った模様に彫られた漆喰《しっくい》で飾られたバルコニーと観覧席がぼんやりと輝き、舞台に最も近い壁からは、観客の素性を隠すカーテンが特徴となっている桟敷席がいくつか迫《せ》りだしている。シルヴィが顔を上げると、巨大なシャンデリアが微妙に丸くなっている天井に鎮座していた。何重にもなってぶら下がっているクリスタルを、絡みあった真鍮が支えている。シルヴィはもう一度ゆっくり視線を戻すと、壁には寸分のすき間もないことに気がついた。薄衣をまとった男女の神々が――その姿に〝まとった〟という言葉は過剰かもしれないが――例のごとく、追いかけたり追いかけられたりしている姿が描かれているのだ。

そこは恥ずかし気もなく、けばけばしさを楽しんでいる場所だった。男ならまちがいなく同意するだろう見方で――性は必要なものであり、楽しいものであり、おそらくはゲームでもあるという見方で――言い訳することなく、性を賛美する場所なのだ。

「わたしと離れがたかったのかい、マドモワゼル？」左側から、やわらかな声がした。シルヴィが飛びあがって見ると、トム・ショーネシーがいた。

シルヴィはしばらく口がきけなかった。トムの顔に、新たな衝撃を受けたからだ。彼の顔はその角度と影の組みあわせによって、見る者が常に新しい発見をするらしい。銀色の目が、ほの暗い劇場で輝いている。

トムが肩幅の広い身体を深く折りまげて、ばかにしているのではないかと思うほど優雅にお辞儀をすると、シルヴィは自分がまだひと言も話さず、口をぽかんと開けて、この男の虚栄心を満足させていることに気がついた。

「あんたの親戚だって言ってるぜ、トミー」貸し馬車の御者が入口から顔をのぞかせた。

「どうやら、あんたには親戚が大勢いるみたいだな。みんな、女だ。だが、ということは、その大勢の女たちを産ませた男がどこかにいるはずだ」

トムは笑った。「いったい何て言えばいいんだよ、ミック。きっと、ショーネシー家は特別に……多産なんだろうな」

御者のミックも一緒になって笑った。シルヴィは思わずため息をつきそうになって、こらえた。自分をだしにして笑う者がもうひとり増えたら、何か投げつけるものが必要だろう。

そのとき、トムがシルヴィのほうを見て、まったく思いがけないことを訊いた。「腹がへってないか？　何か、食べるかい？」

シルヴィは疲れはてて頭がくらくらし、御者に代金を払ってもらうかわりに、何を要求されるのだろうかと考え、無作法なことはやめて欲しいと願った。まるで詩に描かれているような彼の顔を目にしたいま、もう一度編み針を使えるかどうか自信がないからだ。だが、食べ物はいらない。お腹は空っぽだが、この日宿で出されたような食べ物をまた食べるかと思うとぞっとして、胃が締めつけられた。

「いいえ」シルヴィは答えた。「つまり、お腹は空いていないということです。ありがとう」

「宿では、ほとんど食べていなかった」

彼は自分を見ていたのだろうか？　もしかして、自分が彼を気にしていたように、彼も自分を気にしていた？　彼のような男は、何を考えているのかわからなかった。職業がら、シルヴィはトム・ショーネシーと同じくらい、異性の気を引くことに長《た》けていた。それはほぼすべての女性に気前よく教えてあげたい技であり、磨きつづけていきたい手段だった。

「たぶん、わたしはほんの少しで満足するのだと思います、ミスター・ショーネシー」

そう聞くと、トムはゆっくりと微笑んだ。そうして、シルヴィの言葉を仄《ほの》めかしに変えた。「それはどうかな、マドモワゼル。きみは少々のことでは満足しないと思うが」

シルヴィは自分がそれに応えて、唇の両端をきゅっと上げようとしていることに気がついた。手だれの遊び人が、別の手だれの遊び人にする反射的な行為だ。だが、笑顔にはならなかった。ひどく疲れていたし、警戒していたし、ほかの選択肢がないことで、自分に怒りを感じていたからだ。

それに、自分にさえ認めたくなかったが……正直に言えば、内心では怖かった。

御者が咳ばらいをした。

トムは御者のほうを向いた。「ああ、そうだ。すまなかった、ミック」ポケットに手を突っこんで、ひと握りの硬貨を取りだすと、ミックに押しつけた。御者はすぐに消えると、シルヴィの旅行かばんをもってふたたび現われ、劇場の床に乱暴に置いた。

「ミック、彼女の面倒を見てもらって、恩に着るよ」トムは真顔で言った。「やっと……そばにきてくれた」

ミックは帽子を取って、ふたりに挨拶した。そして扉が閉まり、劇場は急に静まりかえった。

やっと、そばにきてくれた――シルヴィは頭のなかでくり返した。

「さて……これで、きみに貸しができたと思うが。どうやって返してもらうか、話しあわないかい？」

シルヴィの心臓が走りはじめた。シルヴィはバレエと同じくらい、恋愛ゲームの駆け引きにも関心があったが、いまは神経がすりへっており、身なりのいいネコの足に押さえつけられたネズミのような気分だった。だが、それを彼に知られるわけにはいかない。

「あなたに借りができたことは、お互いに承知しているわ、ミスター・ショーネシー。あなたの考えを聞かせてください」

面白がるように、眉が上がった。「いいだろう。まず、名前を教えてくれ」

「ミス・シルヴィ……」シルヴィはためらった。そのとき、レディ・グランサムの姉をかたった者を告訴しているという執事の警告を思い出し、ロンドンにも自分の名前を知っている者がいるかもしれず、正体をまったく明かさずにいるのが最善だろうと考えた。

「シャ……シャポーです」

「ミス・シルヴィ・シャポー」トムは単調にくり返した。

シルヴィは弱々しくうなずいた。

「ミス・シルヴィ……帽子《シャポー》」トムはもう少しまともな名前を選ぶ機会を与えるかのように、注意を促すかのように言った。

「そうです」シルヴィはあごをぐいと上げた。

トムは考えこむようにうなずいた。「どこから……」

「パリです」

「それで、ロンドンには何のために……」答えを促した。

「見物してみたかったから」じつはレディ・グランサムの姉なのだと話して、このハンサムな顔が御者や執事のように皮肉っぽく変わるのを見たくはなかった。

トムは笑った。「ねえ、ミス・シャポー！　お互いに正直になったほうが、うまくやれると思うが。質問を変えてもいいかな。きみは誰から逃げているんだい？」

「わたしは誰からも逃げていません」何とか苦労して、声を平静に保った。

「それなら、誰のもとに逃げこもうとしているんだい？」トムは楽しそうに言いなおした。

「ミスター・ショーネシー、わたしたちが話しあっているのは借金の返し方であって、わたしの旅の理由ではないはずです」言葉の端々に腹立ちが滲んだ。

「金の代わりに、きみに関する情報をもらうのもいいかもしれない」

彼が紳士でなければ、無理のない要求であり、シルヴィは黙ったまま、少しだけいらだちはじめた。

「英語がうまくなった」とつぜん、彼が言った。

「たぶん、もう……」不安じゃないから。シルヴィはそう思ったが、彼には白状しないほうが賢明だと考えなおした。

「誰にも追われていないから？」トムが助け舟を出した。

シルヴィは背を向けて、出ていくふりをした。彼はほかに当てがないことを知らず、引き止めようとするかどうかもわからなかったが、自分の言い分を通すには最高の手段だと考えたのだ。

「きみの言うとおりだ」彼は笑いが混じった声で、あわてて言った。「またしても、好奇心を満足させようとしたのはあやまるよ、ミス・シャポー。いいだろう、借金に関わることだけを訊こう。この公正なる街には、いつまでいるんだい？」

シルヴィは口ごもった。「わかりません」

「それで、本当に一文無しなのかい？」

また黙った。

「とても簡単な質問だよ、ミス・シャポー」声にいらだちが混じりはじめた。「〝はい〟

か〝いいえ〟で答えられる。きみがここホワイト・リリーを訪ねてきたのは、一文無しで行く当てがないからなのか、それともわたしに抗《あらが》いがたい魅力を――」

「いいえ」すばやく答えた。

彼はにやりとした。いやなやつ。シルヴィは彼に追いつめられて、最大の弱点を白状したも同然だった。いまは、まったくの文無しであることを。彼の笑顔があまりにもまぶしく、その服装があまりにも派手で、この劇場がけばけばしいからといって、彼より自分のほうが利口だなどと決めつけないほうがいいだろう。彼は御者や追いはぎとも友だちで、ほかにどんな友だちがいるとも知れないのだから。

「きみは金をもっていない」トムは物思いにふけりながらそうくり返し、まばたきもせずにシルヴィを見つめた。その目は少しずるいくらいに澄んでいて、シルヴィにはその奥にある考えが読めなかった。

こっちの心を揺さぶるくらい、広い肩をしているわ。シルヴィはぼんやりと見つめていた。

「泊まる場所が必要かい？」

シルヴィはそう訊かれると、また少しだけためらったあと、うなずいた。

「ダンスは踊れるかい、ミス・シャポー？」

「もちろん」シルヴィの口から答えが飛びだした。

「ワルツじゃないよ」

「ええ、わたしもそのつもりです」

彼は黙りこみ、おかしなことにほんの一瞬だが、後悔らしきものが顔を曇らせたように見えた。「きみは運がいいな。わたしはここの劇場主で、きみを雇って、寝泊まりさせられる立場にある。絶好のタイミングだ。ついてきて」

トムはうしろを向くと、舞台の裏に歩いていった。シルヴィはホワイト・リリーに入ってきた扉のほうを見やった。その向こうには昼間の、まだ不慣れなロンドンがあった。それから、顔を劇場に戻すと、トム・ショーネシーの広い背中ときらきらと輝く頭がすばやく離れていくところだった。

どちらに飛びこみたいかはわかっていた。

シルヴィはよろよろと、トムのあとをついていった。

トムはあるドアのまえで立ちどまり、ノックをした。シルヴィはそのうしろで、笑い声や衣ずれの音を耳にした。聞き慣れた音だ。部屋いっぱいに女がいれば、喪に服してでもいないかぎり、必ず聞こえる。いや、喪に服しているときでさえ――。

ドアが開いて、はっとするほど美しい女が顔を出した。

「こんにちは、ミスター・ショーネシー」女は息を切らして言った。そして、膝を折ってお辞儀をした。

「やあ、リジー。入ってもいいかな。みんな、服を着ているかい？」トムはふざけて訊いた。

「そんなことを気にするの？」リジーはうつむいて、まつ毛越しにトムを見あげた。

トムは笑ったが、シルヴィの耳には気を引くためというより、礼儀正しくふるまっているように聞こえた。そして、彼はある種の落ち着いた威厳を漂わせて、そのまま待った。結局のところ、彼はここを取り仕切っている男であり、リジーはわきにどいて、トムと、そのうしろにいたシルヴィをなかに入れた。

シルヴィは紛れもない女の巣に飛びこんだことを知った。部屋には窓がないが、数十個の小さなランプで照らされており、鏡や化粧台や使い古した木の椅子があちらこちらに散らばっていて、強烈で挑発的な女のにおいがした——粉おしろいや、さまざまな香水や石けんや舞台用の化粧品や目のまわりに塗るコール墨や口紅が混ざりあったにおいだ。シルヴィはこれまで何度も公演のまえに、この手の部屋で仕度をしたことがあり、なじみのあるにおいだった。

シルヴィは女たちを見わたした。ある者は黒髪で黒い目、ある者は大理石のように白い肌でシルバー・ブロンドの髪、そしてある者は温室の桃のような色の頬をしている。それぞれ個性的だが、ひとつだけ共通点があった。みな官能的な丸みを帯びた身体つきなのだ――腕も、胸も、お尻も――男たちがありがたがる程度に。シルヴィには、多くの男たちがお気に入りの女を愛《め》でるために――そして、きちんと礼儀を果たせるだけの金があれば、追いかけるために――夜な夜な劇場に詰めかけている様子が想像できた。トム・ショーネシーも箱入りの菓子を分けあって食べるように、この若い娘たちを味わっているのだろうか。

箱入りの菓子たちは、見知らぬ女の視線をはねかえした。

「何なの、それ？」美しい娘のひとりがシルヴィを見てささやいた。すると、忍び笑いが一斉に漏れた。

トムはその問いかけが聞こえなかったのか、聞こえないふりをしたのかわからないが、シルヴィは後者だろうと踏んだ。

「やあ、モリー、ローズ、リジー、サリー……」

シルヴィはイギリス人の名前をすべては憶えられず、かわりに娘たちをじっと見つめた。どの女も美しく、なかにははっとするほどの美人もいた。

「みんなにミス・シルヴィ・シャポーを紹介しよう。きみたちと一緒に舞台に立つ。歓迎してやってくれ。親切に面倒を見てくれるね？　さあ、そろそろ将軍がリハーサルを行なう。ミス・シャポー、きみが慣れるまでいられなくて悪いが、大事な約束があるんだ」

シルヴィはトム・ショーネシーをちらりと見た。悪魔が浮かれ騒いでいるかのように、目が輝いている。その無言のメッセージはこうだ。ここでも編み針が役に立つかどうか、確かめてみるといい。

それからトムはきびきびとお辞儀をすると、シルヴィを女たちに任せて出ていった。

全員の茶や青やグレーの美しい目が、シルヴィを見つめつづけた。たとえ氷柱《つらら》だって、もう少し温かく受け入れてくれただろう。

「まるで男娼《チキン》ね」モリーという女が考えこみながら、先ほど自分が発した問いかけに答えた。「羽をむしられたチキンだわ。ひとをにらみつける大きな目をしたニワトリ」

かき鳴らされたハープのように軽やかで、魔女のように意地悪い笑い声が、部屋じゅうに響いた。

シルヴィはあごを上げて、笑い声を聞き流した。嫉妬なんてピクニックのアリみたいなものだ……主役の重大さを裏づけるだけの、ちょっと煩わしい存在。

当然ながら、シルヴィは主役だと思われることに慣れていた。

「あれって、すごく辛いんでしょ?」笑い声がやむと、モリーは同情するように額にしわを寄せて尋ねた。栗色の巻き毛、長いまつ毛にまん丸の青い目、柔らかそうなピンクの唇──それがモリーだ。

何らかの罠におびき寄せられているのは明らかだったが、耳が聞こえないふりでもしないかぎり——ダンサーにはありえない——答えるしかなさそうだ。シルヴィは最初は礼儀正しくしてみようと考えた。

「ごめんなさい、あれって何のことかしら、マドモワゼル？」

「お尻でヤルことよ。すごく辛いんでしょ？」

また、くすくすと笑いが起こった。今度は、先の展開を予期して、ほんの少し張りつめている。

「ああ、でも妬まれるほうが辛いんじゃないかしら」シルヴィは穏やかに答えた。「聞いたかぎりでは」

女たちは仰天して黙りこんだ。

それから、「フー」という音がした。踊り子のひとりが、モリーの反撃を期待してなのか恐れてなのか、息を大きく吸いこんだのだ。おそらく、その両方だろう。

モリーのすべすべとした顔が真っ赤に染まった。ヘアブラシを握る手に、力が入っている。

「妬まれるのって、辛いの？」ローズという娘が心の底から興味を引かれた様子で、ささやいた。隣の娘がひじで強く突っついている。

「どうして、このあたしが羽をむしられたニワトリを妬まなきゃいけないの？」モリーは鏡のほうを向き、誰よりも美しい自分の姿を見て——さっきより少し顔が赤いかもしれないが――改めて満足した。肩から力が抜け、落ち着きが戻った。そして、軽く撫でて自信を取りもどすかのように、もう一度きらきらと輝く髪をブラシで梳かした。

シルヴィがニワトリという言葉に反論しようとしたとき、仕立てがよさそうな服を着た小さな男が――とても小さな男が――勢いよく部屋に入ってきて、全員が飛びあがった。

「もう五分すぎている」男が怒鳴った。「きみたちは何を――」シルヴィが目に入ると、男はとつぜん言葉を切り、濃い眉を寄せて睨みつけた。「きみは誰だい?」

ああ、ホワイト・リリーのムッシュ・ファーヴルにちがいない。「ミス・シルヴィ・シャポーです」シルヴィは膝を折って、お辞儀をした。

男はお辞儀もしなければ、自己紹介もしなかった。そして、シルヴィがその場にいることがあまりにもそぐわず、その目的を理解することは決して叶わないとでもいうように、眉を寄せて見つめつづけた。

「ミスター・ショーネシーに雇われたんです」シルヴィはとうとう、わけを話した。

「ああ」小さな男は言った。これまで耳にしたことがないほど、皮肉な響きで。

男は肩から胴へと視線を走らせ、腕から顔に戻して、そのまま見つめつづけた。好意的な評価を感じないわけではなかったが、女性を見ているというよりは、金を使う対象、すなわち馬車や雌牛や銀皿を見る目つきだった。シルヴィはバレエを表現する身であり、冷静に評価されることには慣れていたし、ある程度の冷静さは予期していた。

それでも、この小男は自分を知らないし、自分もこの男を知らないと思うと、少しずつ腹が立ってきた。

シルヴィは男を対等に見つめかえすと――いや、見下ろしていたかもしれないが――背筋がほんの少ししゃんとするのを感じた。

それから、男は何らかの結論に達したようだった。その顔から、妙に慎重に考えこんでいる様子から、読みとったのだ。

「ミスター・ショーネシーと……話してくるとしよう」男は皮肉っぽく言った。「ミス・シャポー、話がすむまで、ここで待っていてくれ。きみたちは、何をすればいいかわかっているな。わたしもすぐに行くから」

女たちは立ちあがり、将軍のあとから部屋を出ていった。通りすぎるときに、爪のように鋭い視線でシルヴィを見つめながら。

書斎に将軍が勢いこんで入ってきても、トムは飛びあがりはしなかったが、書類がふわりと浮きあがった。彼はそれを手で押さえた。

「あの女は本物のダンサーだ。バレリーナだよ、トム」

「ああ、わたしが雇ったんだ。どうしたらいいか、彼女に教えてやってくれ」

トムは少しばかりいらいらしていた。そでをまくりあげて目をやると、今朝は彼が読むのを待っている書類の山が、威嚇するかのように高く見えたからだ。請求書に招待状、経費と利益と国王陛下の家臣であるクラムステッドに支払う賄賂の勘定書――ホワイト・リリーが上演する猥褻な作品を見逃してもらうためだ――それに、逢引をねだる女たちの手紙など。いつか自分の代わりに、この書類を片づけてくれる者を――分類し、順番をつけ、対処してくれる者を――雇うつもりだった。じつのところ、あと一時間かそこらで、それを可能にする計画で、投資家連中を夢中にさせるつもりなのだ。〈紳士の殿堂〉が成功したあかつきには――。

トムは顔を上げ、シルヴィに対する将軍の評価に驚いた。率直に言えば、その口調に。そこには警告と憤り、そして……詩的な男だったら、憧れと呼ぶような感情が入り混じっていた。自分はそういう類の男ではないが。

「彼女が自分の口でバレリーナだと言ったのか」

「いや」将軍はそっけなく答えた。そして、それ以上は何も言わなかった。

トムはぼんやりと友を見つめた。将軍が言ったことが本当かどうかは疑っていなかった。ふたりが組んで何年たっても、将軍の身の上についてはほとんど語られず、時折ちらほらと話が出るくらいだった。トムは辛抱強く、詮索しないことを学んだ。そして、少しずつ話が打ち明けられるのを楽しんでいた。

「将軍、どうして、バレリーナのことを〝本物の〟ダンサーと呼ぶんだい？」トムは多少いらだって言った。「バレリーナでは、金は稼げない。国王陛下が観たがるだけだ。それから、女たちも」

「いいか、あの娘は揉めごとの種になる。ぴんとした背筋を見れば、わかる」将軍は謎めいたことを言った。

思わず、トムの頬がゆるんだ。それは少しずつ顔全体に広がっていった。「どこを見たってわかるさ。賭けてもいい」

一瞬、将軍は黙りこんだ。「おいおい、トミー」声がひっくり返っている。「あの女に……にっこり笑いかけたなんて言わないでくれよ」トムの笑顔は必ず揉めごとを引き起こすのだ。

「笑ったって彼女には効かないさ、将軍」自分でも物足りなさそうな声に聞こえた。「何をやっても効きめがない」

将軍は目をぎゅっとつぶって、明らかに五つ数えて、ふたたび目を開けた。「それで、彼女を雇ったってわけか？　効きめがある方法が見つかるまで、いろいろと試せるように」

「それはないぜ」トムは椅子の上でのけぞった。「落ち着いてくれよ、将軍。彼女はかわいい。仕事を探しにきた。だから、仕事をやった。それに知ってのとおり、わたしは踊り子たちとは……問題を起こさない。その点については、厳格な方針を守っているはずだ」

「あの女はかわいいんじゃないよ、トム。美しいんだ。さらに厄介なことには、面白い女かもしれない。自尊心が高いのは明らかだ。それに、余計な肉が少しもついていない。観客たちがどこを見るっていうんだ？　胸がなければ――」

「将軍、彼女はこれまでの踊り子とはちがう」トムは穏やかに言った。「うちにくる観客は目新しいことが好きだ」

「彼女は揉めごとの種になるぞ」将軍は険しい顔で言った。「もうすでに、揉めている。猟犬の群れがキツネを襲おうとしているみたいに、ほかの踊り子たちが彼女を睨んでいた」

　トムはそれを聞いて、かすかに笑った。「彼女ならへこたれないさ」

「じつを言えば、モリーが顔を赤くしていた」将軍は怒ったように言った。

「モリーが？」トムは心の底から興味をもって訊いた。あの冷静なミス・シャポーが、見たところ桃のように柔らかいが、中身は石のように硬い女であるモリーの顔色を変えさせるなんて、いったい何を言ったのだろうか？

　それでもトムはおそらく、かなり自分勝手に、自分らしくなく、まったくの思いつきで、将軍の毎日を複雑にしたことはわかっていた。小さな踊り子のグループに危険分子を入れたことで、ダンスを練りなおしたり、衣装を縫いなおしたり、踊り子の組みあわせを作りなおしたりする必要があるからだ。こうした理由から、普段であれば、何か変化を起こす場合は、あらかじめ全員に充分な説明をしていた。出し物を新しくする場合は計画を立て、話しあい、稽古を積んだ。そして、驚くほど大勢の娘がホワイト・リリーの仕事を求めて競いあっているからこそ、じっくりと考えて、踊り子としてふさわしい娘を選んで雇えるのだ。トムはほんの少し恥ずかしくなった。

本当のことを言えば、トムは自分の手が届かないように、シルヴィをわざと踊り子たちのなかに放りこんだのだ。彼女はとつぜん現われて、矛盾し、混乱している無数の感情を彼のなかに引き起こしながら、突き進んできた。トムはマスケット銃の弾や彗星《すいせい》をかわすかのように、反射的に彼女を避けた。必ずしも、そのことを誇らしく思っているわけではない。だが、実際にそうしてきたのだし、自分は頑固であり、将軍を喜ばせるためだけに、それをやめるつもりはなかった。

「いつものように、うまくやってくれると信じているよ、将軍」

トムはそう言うと、友の胸が大きく息を吸いこんでふくらむのを面白そうに見ていた。胸が辛抱強さを大げさに主張するように息を吐きだして、ふたたびしぼむと、机の端に積み重なっていた書類が首巻き《クラヴァット》と一緒にふわりと浮きあがった。将軍の背丈は机とほぼ同じなのだ。トムは書類が飛ばないように片手で押さえた。文鎮《ぶんちん》を買ってこなければ。

「トム、わたしはきみのために、あのいまいましい城を一週間で作った。文句は言わなかった。それに、あの乙女たちの衣装もきちんと間にあわせた。文句は言わなかった。それなのに、また――」

「で、すごく受けたじゃないか。観客たちに。悲嘆に暮れた乙女たちは、すごく評判がよかっただろう？　槍の歌も。ちがうかい？」

黙っているのは、認めている証拠だった。

「それに、ポケットで硬貨がジャラジャラいう音が好きだろう？　ちがうかい、将軍？」

「いや、わたしは音がしないポケットのほうが好きだね」

トムはそれを聞いて、にやりとした。そう、将軍は癇癪もちだった。それに、皮肉もうまい。だが、その口調は怒りから皮肉に変化しており、まもなくあきらめに変わるのはわかっていた。だから、トムは何も言わず、ただ待っていた。いったんこうと決めたら、自分の魅力を使い果たしてでも通すのだ。

「トム、彼女を雇うまえに、わたしに相談すべきだった。いつもはそうしている」

「ああ、相談すべきだった」トムは穏やかに認めた。「それは、あやまるよ。でも、もう、わたしの直感を信用してくれていると思ったんだ」

「経営者としての直感は申し分ないよ、トム。だが、男としての直感は、決闘騒ぎを起こさずにいられない。いつかきっと、命を落とす」

将軍は挑むように見つめ、トムが調子のいい言葉を思いつかないことが明らかになると、その挑むような態度は満足感のようなものに変わった。だが、そこには何ひとつ成果がなかった。

「将軍、リハーサルの時間を十五分すぎている」とうとう、トムが言った。ひどい言い草だが、これが唯一残された防衛線なのだ。

将軍は飛びあがって毒づくと、駆けるようにして書斎から出ていった。

トムは半ば笑いながらため息をつくと、手紙の束に手を伸ばした。

そして、一通の手紙に触れると、顔をしかめた。

ゆっくりと手に取って、見下ろした。そして、記されている住所を見ると、身動きしなくなった。ケント州リトル・スワシング。

封を切った。

〝また、いらしてくださることを楽しみにしております〟

冷たく、型どおりで、儀礼的。だが、トムがしつこく説得したことで、自尊心を飲みこんで、ついに拒絶するのをやめたことは伝わってくる。

トムはここ数カ月のあいだ、週に一度はそこに通っていた。だが、きょうはケントの小さな田舎家の住人は留守にしていた。そして、いまこれを読んだのだ。

トムは手紙をもって見つめ、この皮肉を思わずにいられなかった。ここ数週間、しつこいほど求めてきた許しを得てみると、自分が本心からそれを望んでいるのかどうかわからなくなったのだ。

楽屋でひとりになって十分ほどしかたたないうちに、ローズという娘が戻ってくると、シルヴィは思わず笑いそうになった。そう……この独特な劇場のなかで、ローズがいちばん棘《とげ》の少ない花なのね。それに、将軍はまちがいなく戦略家らしく、たとえばモリーのように、もっとずっと……挑戦的な女とふたりきりにしないほうがいいと決めたようだった。

ローズはぼんやりとした好奇心以外には、取り立てて何の感情も抱かずに自分を見つめており、それが表情を乏しくしているのではないかとシルヴィは考えた。それは、とても惜しいことだった。なぜなら、ローズは男たちのあごを外すだけの美しさをもっているのに——髪と目は艶やかで、カラスの濡れ羽のように黒く、象牙のような頰は柔らかで、自然な赤味が差していた——男にほかのものをすべて捨てさせるほどの情熱や自覚が欠けているからだ。いつの日か、ローズは無理な要求をしない愛人を欲しがる年配の金持ちに好きなだけ甘やかされるにちがいない。

ローズは衣装でも着るかのように、自らの美しさを無頓着に身につけていた。まるで、それが一時的なものであり、ショーの一部でしか着ないことを知っているかのように。「それで、あなたはフランス人なの？」ローズはかろうじて質問だとわかる程度の抑揚をつけてそう尋ねると、大きな木の衣装だんすを開けた。「本当に？」

いいえ。そうよ。そうかもしれない。「そうよ」それが、いちばん簡単な答えだった。

「将軍は、今日はあなたに妖精をやらせたいみたい。あたしたちと同じように。そうなると……杖が必要だから……」衣装だんすを探すと、いろいろなものが転がり出てきた。そして、てっぺんに色が塗られた星が付いている杖が、床にゴトンと落ちた。ローズはそれをつかむと、わきに置いた。「これはキティのだったの。あなたのまえのひとよ」

考えるのをやめると、生活費を稼ぐために妖精の格好をするという事実にめまいがしそうだった。そこで、シルヴィは質問をすることにした。

「わたしのまえのひとって？」

「ここをやめたひとよ。二、三カ月まえに。ミスター・ショーネシーに暇を出されたって話だけど。とても……困った状況になっちゃって」ローズは〝困った〟という言葉を意味ありげにささやくと、腹を意味ありげに両手で抱えた。

「それで……〝暇を出された〟の？」シルヴィはひどく驚いて、おうむ返しに訊いた。その女性が〝困った〟状況に陥ったのであれば、この〝暇を出された〟という独特な言いまわしの意味ははっきりわかる。追い出されたのだ。

「こんなふうにお腹が大きくなったら、舞台に出せないでしょ？」ローズは目には見えないカボチャを抱えているかのように腕を伸ばしながら、現実的な話をした。「ある日、キティはここで泣きながら、困ったことになったからミスター・ショーネシーと話しあうってモリーに言ったの。そして、次の日に出ていったのよ。それ以来、姿を現わしていないの」

ローズはふり向くと、シルヴィの顔をじっと見つめ、これからする話をしてもいいかどうか考えているようだった。その表情から察するところ、面白い話にちがいない。

「モリーは、ミスター・ショーネシーが父親だって言ってるの」

シルヴィはぞっとして、胃がぎゅっと締まった。

ローズはシルヴィの顔に浮かんだ表情に満足してうなずいた。「でも、モリーはあれこれ言うから」ローズはやや怪しむ顔で付け加えた。あたかも、どうして必要ないことまで話したいのか、ちっともわからないとでも言うように。

「信じてないの？」

ローズはためらったあと、肩をすくめた。「ミスター・ショーネシーは……ここで働いている女の子には手を出さないと思うわ」

「どうして、わかるの？」シルヴィは思わず尋ねていた。だったら、誰に手を出すわけ？

「わたしたちみんな、がんばってみたのよ」ローズはそう言うと、にっこり笑った。「でも、ミスター・ショーネシーには効果なし。ホワイト・リリーと、ここで働く女の子たちに関しては、絶対にばかげたことをしないの。あたしたちがあきらめるまで、ただ笑っているだけなのよ」

彼が軽薄で危険に見えたことを考えると、面白い話だった。

「それなら、モリーはどうしてそんなことを言うのかしら？」

「モリーは何度言い寄っても、彼が手を出してくれないから、キティのせいだと思ってるの。キティはミスター・ショーネシーのお気に入りだったって言ってるわ。あたしたちみんながそう思ってる。彼はキティのことがいちばん好きみたいだった。キティと一緒にいると……よく笑ってた。それに、新しい女の子を雇わなかったしね……今日までは。何カ月もよ。だから、モリーはあのひとを――ミスター・ショーネシーを――自分のものにしたいと思ってるの。あたしたちみんな、そうじゃない？」

いいえ。そうね。そうかもしれない。

シルヴィはそつなく、その質問を無視した。何にしても、少し大げさな気がした。ミスター・ショーネシーの魅力は誰にでも通用し、どんな女にも理解され、好意をもたれるかのような、ずいぶんと陽気で、率直な物言いだった。

「でも、ミスター・ショーネシーは……キティがやめてから……週に一度くらいずつケントに行ってるって、将軍に話しているのを聞いたの。ただ、その理由は誰にもわからないんだけど。将軍にも。女王さまにさえも」

「女王さま?」シルヴィは、イギリスは国王が統治していると記憶していた。おそらく、これも将軍と同じように、敬意をこめた呼び名なのだろう。

「デイジーよ」それだけで説明がつくかのように、ローズは簡潔に言った。「デイジーには専用の楽屋があって、そこでお客さんを迎えられるの。あたしたちみたいな者と一緒の部屋は使わないのよ。きっと、すぐに会えると思うわ。ただし、あなたみたいなひととは口をきかないだろうけど」

ああ、プリマドンナね。シルヴィはそういった類の人間に慣れていた。ある意味では、自分自身もそのひとりだから。

「ああ、でも、ミスター・ショーネシーに会いにくるレディたちはいるわよ」彼が踊り子たちに手をつけないという事実が、男としての能力に疑問を抱かせるかのように、ローズがあわてて請けあった。「彼に会いたいって、泣いて頼むんだから。それに、だんなさんたちはしょっちゅう、ミスター・ショーネシーに決闘を申し込んでくるし。彼はジェントルマンじゃないけど、射撃が得意だから」

「決闘? 彼は決闘するの?」

「ロンドン一の射撃の名手よ。相手の心臓を撃ちぬくの」

シルヴィは気が遠くなりそうだった。ロンドンではパリとちがって、決闘が合法なのだろうかと考えたが、そんなことはありそうにない。彼女は追いはぎに囲まれて立っていたとき、トム・ショーネシーのそでのなかで拳銃が光っていたのを思い出した。

「彼は人殺しなの?」

「人殺し?」ローズは少し驚いたようだった。ほんの少しだけ。ローズは激しい感情を抱くことがあるのだろうか? シルヴィはさまざまな感情で大荒れになる自分を思い、人生という劇場で気楽にいられるというのはどんな感じなのだろうかと、かすかに嫉妬のうずきを感じた。

「いいえ、ちがうわ。決闘では撃ちあうけど、誰も当たらないみたい」

トム・ショーネシーは普通のことのように相手を撃って、相手にも撃たせるのだろうか? ほかの男たちの妻をめぐって?

「それから、将軍は——彼が……」シルヴィはためらい、言葉を選んだ。「ダンスを指導しているの?」

「そうよ。それに、ショーも考えているの。ただし、将軍でもミスター・ショーネシーの言うことは聞くけどね。すっごい案を考えるのは、ミスター・ショーネシーだから。日曜以外は毎晩一回ずつショーがあって、最低三つは出し物があって、普通は六曲から八曲くらいうたうわ。ミスター・ショーネシーはいろんなことをやりたがるところがあって、毎週新しいことを思いつくみたい。だから、あたしたちも忙しいってわけ。将軍がやるって言うかぎり、毎日稽古があるし。かなりたいへんな仕事だけど、お給金はいいし、ミスター・ショーネシーが面倒を見てくれるから」

かなりたいへんな仕事? いったい、どんなダンスなのだろうか?

「あなたはこの劇場に住んでいるの、ローズ?」

「劇場に?」ローズは驚いて、目を大きく見開いた。「通りの向こうに、自分の部屋があるわ。ミスター・ショーネシーが家賃を払ってくれているの。みんな、そうよ。自分の部屋をもっているの。女の子たちも、関係者用の入口の番をしているポーとスタークも、楽屋のドアの番をしているジャックも、将軍の下で働いている男の子たちも。でも、ホワイト・リリーにも、階段の上に部屋があるわ。まえは立派な部屋だったのよ。あなたはどこに住むの、シルヴィ?」

シルヴィは何と答えていいかわからなかった。だが、ローズが上半身を衣装だんすに突っこんで、なかを探しはじめたので、答えずにすんだ。

ローズはドレスを、淡いピンク色がかった銀色の薄手の衣装を手にして、顔を出した。ほの暗い場所でははっきりとは見えないが、霞くらいにしか身体を隠していない。シルヴィは不審そうに衣装を見つめた。

「ほら。将軍が曲あわせをするまで、あと五分よ。ひもをほどいてあげる」

シルヴィはほかの女性たちのまえで着がえることに慣れていた。バレリーナが公演の準備をしているときは、慎みなどに構っていられない。だが、そのとき急に、自分がひどく痩せていて、ここにいる女たちが鮮やかに咲いている花だとすると、自分は柳の枝にしかすぎないと痛切に思い知った。バレエに邪魔なものはすべて肉体から消え、ムッシュ・ファーヴルの指示に従うのに必要なものだけが——優雅な筋肉だけが——残ったかのようだった。

シルヴィが向きを変えて背中を見せると、ローズは喪服のひもをほどいた。そして、シルヴィがドレスを着がえると、好奇心を隠さずにじっと見つめた。

衣装は大きすぎて、身体からだらしなくぶら下がり、襟もとが大きく開いて、危うく胸がすべて見えそうだった。リボンで首から下げている細密画も。シルヴィは片手を上げて、細密画を隠した。

「将軍はコルセットを着けさせたくないんだろうけど、あなたは胸が大きくないものね」

こんなふうに言われたら、ひとは何て答えるのだろう？　皮肉なことに、シルヴィの答えは決まっていた。「ええ、大きくないわ」

「うーん、コルセットをすれば、こうして——」ローズは自分の丸い胸を両手でつかんで、見本を示すように押しあげた。「もう少し大きく見えると思うわよ」

ローズが役に立とうとしてくれるのはありがたかったが、シルヴィのような職業にとって、胸は突きでた腹と同じくらい役に立たないものだった。つまり、邪魔になるのだ。シルヴィは怒りで身体が熱くなるのを感じた。

そして、ローズから大きな木の杖を受けとり、ふり向いて鏡で自分の姿を見ると、怒りは頂点に達した。いや、それで終わりではなかった。ローズはまだ衣装だんすを引っかきまわしており、一対の羽を取りだした。ひもが付いている針金の枠に、薄くてきらきらと光る生地をぴんと伸ばして張ってある。たしかに、見事な出来ばえだった。自分が付けなくていいのなら、もっと賞賛しただろう。だが、ローズがそれを差しだすと、シルヴィは黙って受けとった。真ん中に、腕を通す輪がふたつ付いている。シルヴィは細い腕を輪に通した。ほうら、見て《ヴワラ》！　妖精のできあがり。

羽がかわいいことは、認めざるを得なかった。最も腕がよく、独創的なお針子たちが雇われているパリ・オペラ座でも、ここの衣裳係は高く評価されるだろう。

「ミスター・ショーネシーは、どうしてあなたを雇ったの？」ローズは知りたがった。シルヴィの身体つきがホワイト・リリーの踊り子らしくないと知ると、訊かずにはいられないようだった。

シルヴィは劇場にいるあいだは、謎めいた雰囲気をつくりだすことが最強の盾になると考えた。

「ミスター・ショーネシーとわたしは同じ郵便馬車に乗っていたんだけど、強盗にあって、わたしが追いはぎにキスをしたことで、逃げられたのよ」

ローズが黒い目でじっと見つめた。「なにそれ!」大声をあげた。

つまり、追いはぎにキスができるなら、ほかにどんなことができるのだろうと思っているのだ。

シルヴィは妙な満足感を覚えていた。自分は痩せっぽちで、妖精の衣装が似あわないかもしれないが、それでも感心させることはできる。

「面白いわ。急に決まったことなのね。ミスター・ショーネシーは新しい女の子を入れるときは、いつも時間をかけるのよ。その話を残らず聞かせてよ。キティの代わりは入らないと思っていたの。だから、あなたがきて驚いたってわけ」

そうでしょうとも。

5

将軍は冷静にシルヴィを観察した。ぶかぶかのドレス、杖、不自然なほど厳しい顔つき。

「衣装は……だいぶ……直す必要があるな。針仕事は得意かい、シルヴィ？」

「〝ミス・シャポー〟という意味ですね？」シルヴィはほとんど反射的に答えていた。おそらく、まずいことをしたのだろうが、衣装のことやローズに胸の大きさをとやかく言われたことで誇りが傷つき、少しいらだっていたのだ。「針仕事はそこそこできると思います」

「気づいているだろうが、ここでは堅苦しいのは抜きだ、シルヴィ。さあ、みんな。位置について。シルヴィ、背の順だから、きみはモリーとジェニーのあいだに立って――」

「あなたのお名前は？」シルヴィは空腹だと怒りっぽくなることを自覚しており、ミスター・ショーネシーに勧められたときに、何か食べておくべきだったかもしれないと思った。いま、すごく危ういことをしそうなのだ。

将軍はまちがいなく、威圧しようとする目つきでシルヴィを見た。「将軍だ」冷静に答えた。「将軍《ザ・ジェネラル》」将軍は鋭く黒い目で見つめた。「さあ、ジョゼフィーン、はじめて――」

「あなたのファーストネームは〝ザ〟？」シルヴィは静かに訊いた。

一斉に息を吸いこむ音が聞こえた。ほかの娘たちだ。

将軍はゆっくりと顔を向けて、驚いた様子でシルヴィを見あげた。

「それなら、あなたのことを〝ザ〟と呼んでいいかしら？」シルヴィは穏やかに迫った。無茶くちゃで向こう見ずな喜びを感じていた。

「まあ、まあ、まあ！」ローズが大はしゃぎでささやいた。

「やめて、やめて、やめて」別の娘が小声で言った。

将軍が何事かをつぶやいた。きっと、トム・ショーネシーの名をむなしく呼んでいるにちがいない。深呼吸をして、数をかぞえているみたいだ。

それから、シルヴィを見てにっこり微笑んだ。「いいとも。わたしのことは〝ザ〟と呼んでくれ。〝抱っこしたいひと〟でもいい。何だったら、〝あの麗しい男〟とでも。わたしを呼ぶ必要があるときは、何て呼んでくれてもかまわない。わたしが、きみを〝シルヴィ〟と呼ぶほうが多いだろうが。さて、モリーとジェニーのあいだに立ってくれるかな。きみは……音楽にあわせて動けるね？」

最後の言葉が身震いするほど皮肉っぽく、シルヴィは少し戸惑った。

「できるだけ、がんばります」シルヴィは真面目に答えた。

「ジョゼフィーン」将軍が怒鳴った。

劇場のほかの娘たちと比べると、驚くほど地味なブロンドの女性が――田舎の主婦のように肉づきがよく、気立てのよさそうな顔をしていて、健康そうだった――はっとしてピアノのまえにすわり、ワルツの拍子の曲を元気よく弾きだした。

舞台に並んだ娘たちが、頭上で弧を描くように杖を優雅にふりながら、身体を揺らしはじめる。

これなら難しくなさそうだ。シルヴィはすぐに身体の揺らし方を覚えた。

シルヴィは将軍の視線を感じた。面白がっているにちがいない。

だが、杖と破廉恥なほど薄い衣装と羽はともかくとして、身体を揺らす振りつけはそれなりにかわいらしく、無邪気だった。出し物のなかで脚光を浴びていたら、きらきらと輝いて美しく、見ていてとても楽しいだろう。

「みんな、笑って！」将軍が怒鳴った。

とたんに、全員のかわいらしい歯並びがむきだしになった。自分の顔は笑顔というより、しかめ面に近いだろう。シルヴィは何となくそう感じた。それでも唇はゆがめていた。

　音楽が数小節進むと、娘たちは頭上で杖を揺らして小さい円を描きながら、身体を回転させて、観客に背を向けた。それから互いに腕を組んだが、シルヴィも支障なく動きについていった。モリーにはあまり触れたくなかったが、とりあえず腕を組み、ジェニーの腕も取って、身体を左右に揺らしつづけた。

　こんなのは子どものお遊戯だわ。居眠りをしながらだってできる。ぐっすり眠ったって——。

　一列に並んだ女たちが身体をふたつに折りまげて、お尻を高く突きだし、「ヘイ！」と叫んだ。シルヴィは仰天し、引きずられるようにして、あわてて頭を下げた。

　それから、女たちは身体を起こし、またゆっくりと揺らしはじめた。

「ジェニー、次はもっとお尻を突きだして！　高く上げるんだ！」将軍は軍隊で作戦を指示しているかのように命令した。

　女たちは杖をふりながら、もう一小節分身体を揺らすと、ああ、やめて！

「ヘイ！」

　また膝にあごをつけ、お尻を高く上げて、シルヴィを引っぱった。

今回身体を起こしたときには、シルヴィの目は大きく見開き、おぞましさで涙があふれそうになっていた。

「シルヴィ、お尻がほとんど見えてない。すぐに衣装係のところに行って、直してもらうんだ」将軍は音楽に消されないように怒鳴った。「それから、かけ声は〝ヘイ!〟だ。大きな声で叫ぶんだ。さあ、一、二、三、一、二、三……」

そのとき急に、何の前ぶれもなく、シルヴィはモリーとジェニーの腕から組んでいた腕を外し、やみくもに舞台の小さな階段を駆けおりた。人生のすべてを賭けて努力し、決して身を落としたくないと思っていた場所から、反射的に逃げだしたのだ。

シルヴィはどこに向かっているのか、自分でもよくわからなかったが、いまは〝離れる〟だけで目的地としては充分だったし、大まかに言えば、ホワイト・リリーの出入口に向かっていた。

夢中で走って、布がかけられた整理棚が並ぶ壁に突きあたり、とつぜん足を止めて見あげると、トム・ショーネシーの顔があった。

「もうダンスに飽きたのかい、ミス・シャポー?」

「お尻を突きだして……身をかがめて……ヘイ! だなんて」シルヴィはおぞましさを残らず伝えきれないかのように、途方に暮れて手をふりまわしながら、猛烈な勢いで、つかえながら言った。「あんなのはダンスじゃないわ、ミスター・ショーネシー」

「あそこに立って、身体を動かして、にっこり微笑む」トムは明らかに戸惑っていた。

「もちろん、それがダンスだ。観客たちはお尻と〝ヘイ！〟のために高い金を支払うのさ、ミス・シャポー。フランスでは〝ダンス〟にほかの意味があるのかい？」そのとき、トムは合点がいって、眉をひそめた。「そうか！　きみの言っていることが、やっとわかった。でも、悪いが、誰も――」心のなかでほかの言葉と距離を置くかのように口ごもったあと、ぴしゃりと言った。「バレエを見るために、金は払わない。きみが言いたいことが、そういうことなら。バレエじゃ、金は稼げないんだ」

シルヴィの動きが止まった。どうして、わたしのことを――。

それから、深呼吸をした。「この劇場で、ほかに何かお手伝いできることはありませんか？」どうにかして声を落ち着かせて尋ねた。「生活費が稼げるように」

どうか、どうか、彼がこの質問を淫らな意味に取りませんように。

その心配はいらなかった。「歌はうたえるかい？」彼が訊いた。どうやら、頭のなかで時計がカチカチと進んでいるらしい。

「ええっと――」音を操ることもできるが、音に操られることのほうがはるかに多い。音楽をよく理解しているのは声ではなく、肉体なのだ。「はい」その答えは、事実のほんの一部でしかない。

「その……うまいわけ？」そのことに困っているような口ぶりだった。「つまり、その……観客をぎょっとさせたくないんだ……見事な歌声で。たいていの男は、ソプラノだったら自分の家の居間で聴ける。男たちは居間で聴くソプラノから逃げるために、ここにくるんだ。きれいなソプラノなんかを聴かせたら、奥方との長い夜を思い出してしまうからね」

「わたしを居間に呼んで、うたわせるひとはいないわ」シルヴィは正直に言った。

「だったら、卑猥な歌をうたってみるかい？」

シルヴィは目をぱちくりさせた。「卑猥な歌って――」笑いをこらえて言いかけたが、彼が真顔であることに気がつくと、口ごもった。単純に質問されただけなのだ。彼は資産を活用する経営者で、自分はその資産なのだから。

「色気のある歌だ」トムはじれったそうにくり返した。「たとえば、そうだな……」少し考えこんだあと、頭をのけぞらせ、驚くほどすばらしいテノールでうたった。

　ネルは若くて、きれいな娘
アデア卿に会うまでは、操《みさお》をだいじに守ってた
ある暑い夏、彼は娘を馬に乗せ
安物の首飾りをかけてやった

安物の首飾り、首飾り
首飾りをかけてやったのさ

トムはシルヴィを見た。「これが色気のある歌だ」そっけない言葉で締めくくった。

トムの表情があまりにも歌の内容とそぐわなかったので、シルヴィは懐疑心と愉快な気持ちがせめぎあうなか、どう言おうか考えた。

「かわいい歌ね」結局、真面目な顔でそう言った。「わたしじゃなくて、あなたが歌うといいわ」

「もちろん、うたうさ」トムは真剣に請けあった。「口紅を塗って、ドレスを着ているわたしを見るために、金を払ってくれるお客がいれば」

「それじゃあ、いまは誰も払ってくれないと思っているのかしら」

抑える間もなく、口を滑らせていた。同じような状況であれば、どれほど洗練された色恋に長けた女でも言わずにはいられない言葉だからだ。シルヴィはすぐに後悔した。

だが、次の瞬間には、トム・ショーネシーがどんな言葉を返してくるか、息もできないほどわくわくしており、シルヴィはそんな自分に驚いた。

だが、何も返ってこなかった——少なくとも、しばらくは。そのかわりに、トムはシルヴィを見つめた。その目は純然たる喜びに輝き——彼女がそこにいることを、心から喜んでいた——次に何を言うべきか考えているかのように、口もとをぴくりと上げた。「フランス語版もうたえるんだ」トムが出しぬけに言った。「友だちのアンリに歌詞を教わった。聴きたいかい?」

「ほかに選択肢があるのかしら?」

トムはシルヴィの問いかけを無視して、目をつぶり、歌詞を思い出しているようだった。

そして、ついに目を開け、口を開いて——。

トムがうたっているのは、たしかにフランス語だった。

だが、歌はとつぜん、ネルやアデア卿とはまったく関係なくなった。

うたわれているのは、ひとりの男がひとりの女にしたいことであり、それをしたい場所であり、女もまちがいなく、それを気に入るという内容だった。安物の首飾りも確かに役割を果たしており——歌詞がフランス語に変わっているように、この歌ではまったく異なる呼び名になっていたが——くり返しにも熱がこもっていた。

おそらく、何よりも衝撃的だったのは、すべて美しく韻が踏まれていたことだろう。

そして、彼の歌のとおりに、シルヴィは熱を感じはじめた。頰が、みぞおちが熱くなり、その熱が腕を駆けのぼっていく。トムがどの部分についてうたっても、頭のなかで、その情景がありありと浮かぶのだ。

この男は即興でこの詞を考えたにちがいない。

まったく、もう！　国王陛下の御前で踊ったこともあるのに。こんなに赤くなったのは、いつのことだろう。それなのに、この男は三角形に並んだビリヤードの球をキューで突いたかのように、シルヴィの冷静さを見事に蹴散らしてしまった。

トムがうたい終わると、あの立派な重々しいビロードの緞帳が下がるように、沈黙が垂れこめた。トムの顔は聖歌隊のように真面目くさっていたが、その目は悪魔のように輝いている。彼は背中で両手を組み、目を大きく見開いて、シルヴィが感想を言うのを待っていた。

シルヴィは頭から抜けでてしまった言葉を思い出せなかった。まるで裏切り者のように、頭から去っていったのだ。

「それは……」声が少しかすれた。シルヴィは咳ばらいをした。「それは同じ歌ではないわ、ミスター・ショーネシー」

「ちがう？　そうなのかい？」まったく知らないふりをした。「くそ。アンリにだまされたのか。ちゃんと、彼に伝えておくよ。わたしのフランス語は思っていたほど、きちんとしていないのかもしれないな」

シルヴィは少し間を置いた。「ええ」ゆっくり同意した。「あなたのフランス語は〝きちんとしている〟とは言えないわ、ミスター・ショーネシー」シルヴィは返事を待ち、期待で鼓動が速くなった。

「それじゃあ、乱れている?」トムはすばやく言った。「きみは〝乱れている〟って言うつもりかい?」算数の問題で答えを探している生徒のように、熱心に訊いた。

シルヴィはもうがまんできなかった。おかしさがこみあげてきたのだ。そして、笑いだした。トムはまさに次の恋愛遊戯の駆け引きで言うべきことを口にしたのであり、シルヴィは大いに楽しみ、ふたりで踊った《パ・ド・ドゥ》かのように息を切らした。

シルヴィが笑ったことで、当然ながら、トムはその気になった。そして、何か企んでいそうな笑顔を輝かせた。「ミス・シャポー、歌のどの部分がいちばん気に入った?」

「最後がいいわ」シルヴィは落ち着きを取りもどして、すばやく答えた。

トムは考えこむように、もう一度シルヴィを見た。「なるほど」そして、答えについて考えた。「それは本当かもしれないが――」指を一本伸ばして、シルヴィの情熱的なあごにあてて、軽く撫でた。「歌のほかの部分が、きみの頬をどんなに魅力的に染めたか知っておくべきだな」

シルヴィは身をこわばらせた。何て無作法で、厚かましい――。

トムは手を離すと、しばらく指を見つめていた。やや困惑した様子で、眉を少し寄せている。

そしてシルヴィは怒りで目を輝かせながらも、トムが手を離したあとでさえ、彼に触れられた衝撃が残って、すっかり気が動転していた。

　おかしな沈黙がつづいた。

「それでも、ある種の思いを起こさせる歌だと認めないのかい、ミス・シャポー？」ととうとう彼が言った。

「美しいテノールが聴きたいと思っただけだわ、ミスター・ショーネシー」何とかがんばって距離を置き、ばらばらになった冷静さをかき集めた。

　トムの眉が釣りあがった。「そうかい？　それは悪かったな」トムは心からがっかりしているようだった。「きみなら歌詞を理解してくれると思ったんだが。どうやら、きみにはわからなかったようだから、きみのことを見誤っていたんだろう。やっぱり、きみはただの純情なお嬢さんなんだ」

「わたしはただの純情なお嬢さんでは――」

　白い歯と三日月のようなえくぼが、また見えた。「そうなんだろう？」

　純情ではないと言いはって名誉を守るなんて、何て滑稽なのだろうかと気づいたときには遅かった。おかしいとは思うけれど、〝ただの〟という言葉を聞いて、腹が立ったのだ。どんなことであれ、自分は〝ただの〟存在ではない。

　シルヴィはこの状況からどうやって抜けだしたらいいかわからず、そのまま口をつぐんでいた。

「なるほど。どういうわけか、わたしもそうじゃないと思っていたんだ」トムはぼんやりと言うと、ポケットに手を突っこんで時計を取りだした。ほの暗い劇場のなかだと、小さな星のように光って見える。トムは親指でふたを押しあけて時刻を見ると、急にきびきびと動きだした。

「最初の話に戻ろう、ミス・シャポー。わたしは慈善活動をしているわけじゃない」

シルヴィは目をぱちくりさせた。これではまるで午後の軽食をすばやくすませて、残りの用事に取りかかるために、テーブルを立とうとしているみたいだ。

「どういう意味かしら」シルヴィは言った。

「簡単な話だ。きみはわたしが選んだ卑猥な歌をうたうか、ほかの女の子たちと一緒に踊るか、それともここを出ていくかだ。それが、きみの選択肢だ。たしかに、きみの器量は合格点だが、もう気づいたと思うが、ここホワイト・リリーでは美人は貴重な存在ではなくて、必要最低限の条件なんだ。きみの器量が悪かったら、さっさと追いはらっていただろう。さっきも言ったとおり、慈善活動をする余裕はないからね」

シルヴィは唖然とした。合格点？　少しまえまで、美人と言っていたのに？

「これは仕事だ、ミス・シャポー。きみの国の言葉では、トラヴァーユと呼ぶはずだ。それとも、この言葉の意味にはなじみがないのかな？」

非難する言葉の重さが胸にまともにのしかかり、まるで本物の木箱が載っているかのようだった。怒りがふつふつと湧いてきて、息ができない。

シルヴィが人生で大切にしているもの――毎朝目覚めるやわらかいベッド、拍手喝采の音、夜の公演後に届く花、畏敬の念と羨望から生じる楽屋の女たちの嫌《いや》み、そしてパリの多くの人々から贈られる物静かな追従《ついしょう》と、エティエンヌのような男から受ける献身的な愛情――このすべてが、鍛練と一心不乱の専心と揺るぎない決意でつかんだものだった。言いかえれば、仕事で得たものだ。それなのに、この……この……街をうろついている金ぴかのごろつきに、自分を見ることで人々がわれを忘れ、自分が踊ることで人々を舞いあがらせるようになるまで、流した汗と苦労の何がわかるというのだ？

シルヴィは――むら気で、大げさで、すぐに腹を立てる性格であり――憤りで口がきけないほどだった。

「あなたは、わたしのことを何も知らないわ、ミスター・ショーネシー」シルヴィの声は低く、張りつめていた。

「それは誰の責任だい、ミス・シャポー？」陽気に言った。シルヴィが発する激しい怒りの波が、彼には夏のそよ風にしか感じられないかのようだ。

シルヴィは不信感に満ちた顔で、何も言わずにいた。

「きみには、仕事とはどんなものか、わかるということか」黙ったまま自分を睨みつけている緑色の目に向かって、辛抱強く言った。

「ええ、そのとおり」シルヴィは皮肉っぽく答えた。「仕事とはどういうものか、あなたにも少しは教えてさしあげます、ミスター・ショーネシー」

トムは小さく笑った。「きみの言うとおりかもしれないな、ミス・シャポー。たとえば、わたしの仕事だ。きれいな女の子たちに指図することなんか造作もない。単なる子どものお遊戯だからね。きみから仕事についてご指導いただくのを楽しみにしているよ。ということは、きみは将軍に指示されたとおりの衣装を着て、指示されたとおりに動いて、ほかの子たちと一緒にうまく踊らなければならない。それができるかい？　それとも、いますぐここを出ていく？」

シルヴィはトムの話に耳を傾けていたが、どういうわけか、棘のあるアザミのように胸でこすれているのは、〝合格点〟という言葉だった。

笑っちゃうわ。この男に言われた言葉のなかで、その言葉がいちばん気に障るなんて。その条件を拒んだら、彼は本当に自分を追いだすだろうか？　彼が言うほど自分に関心がないとは思えず、シルヴィは思いきって、その仮面を剝がしてみたくなった。

本当に、合格点としか思っていないのか、どうか。

いや、彼は暇つぶしに目新しいものをもてあそんで、すぐに飽きる男かもしれない。彼のような顔の男だったら、あの……不思議な……魅力を失ったとしても、女性のことを陳列棚に並んでいる売り物として見られるのだろう。トム・ショーネシーはまるで鏡のようで、彼を通すと、世の中が逆さまだったり、新しかったり、腹立たしかったり、いつもとはちがって見える。また、彼は勢いこんで飲んだウイスキーのようで、気付けにもなるが、危険で癖になるのだ。

いいわ。シルヴィは誇りを失わないことにした。

でも、お金は必要だ。

「報酬はいつもらえるの？」

劇場に射しこんでくる光が変わっただけだろうか？　それとも、安堵したことが、彼の表情を一瞬だけやわらげたのだろうか？

「観客がいる舞台に立ったらだ、ミス・シャポー。それまでは、きみは見習いで、ホワイト・リリーの施しで生活する。じゃあ、残ることにしたんだね？」

シルヴィ・ラムルーが見習いで、施しで生活する、ですって？

「残ることにしたんだね？」彼の声には、かすかな焦りが滲んでいた。それは、いまにも自分が出ていこうとしていたからだろうか、それともじれったそうに時計をちらりと見た様子から判断すると、どうやら自分のせいで出かけられないらしい何かの約束のせいだろうか？　もしかしたら、この劇場の資金の出所は追いはぎの略奪品で、これからビグシー・ビゲンズと会って、分け前をもらうのかもしれない。

「残るわ。そして——」シルヴィは大きく息を吸いこんだが、皮肉としか思えない言葉を言えずにいた。「踊ります」

トムは少し間をおいてから、口を開いた。シルヴィのうぬぼれは、その沈黙を安堵だと解釈した。

「いいだろう。稽古に戻ったら、将軍にあやまるんだ。彼は、きみが問題を起こすにちがいないと言っていた。そんなことはないと、彼を納得させられるね？」

その口調と、そう言いながら見せた一瞬の笑顔が、シルヴィにそれができるかどうか疑わしいと語っていた。

シルヴィもまた、その考えを正さなかった。

「シルヴィ、稽古が終わったら、きみが使う部屋までジョゼフィーンに案内してもらうといい。何か食べられるように頼んでおいたから。飢え死にさせたくないからね」

シルヴィはトムをじっと見た。彼も辛抱強く見かえした。

「ありがとう」シルヴィは堂々とした様子で、やっとそう言うと、きびきびと向きを変え、友好的ではない女たちのもとに勇ましく戻っていった。

だが、どうしてもがまんできず、トムが後姿に見とれていないかどうか確かめるために、一度だけふり返った。

だが、彼は見とれてはいなかった。おかしなことに、またしても下を向いて、指を見つめている。その顔はまるで取りつかれているようだった。

6

　彼ら全員が協力しあえば、英国陸軍にいまの二倍以上は資金が出せるだろうが、彼らのなかで爵位をもっているのはふたりしかいなかった。その彼らとは、男爵であるケンブリー卿、造船で財を成したジョージ・ピンカートン＝ノウルズ、ウイリアム・ゴードン少佐、ハワス子爵、それにあと数人だ。みな、金を相続したか、自分で稼いだか、何らかの合法的な手段でほとんど盗むようにして儲けたか、そのいずれかだ。だが、トムにとって重要なのは、彼らがしばしば退屈してそわそわし、目新しいことを探したくなるほど充分に金をもっているということだけだった。トムが頼れるだけの権力と地位と人脈を手に入れられるだけの金を。トム自身の大きな目標を達成するために、ほんの少しばかり融通してもらう必要ができたときのために。彼らは以前もトムを援助して、おそらくはちょっとした遊びで、ホワイト・リリーに高額の投資をし、トムもそれを三倍以上に増やして返していた。そうしたことが一度あれば、トムがもう一度同じことをするのであれば、彼らは話を聞きたいと思っているはずだった。それで、トムはゴードン少佐が会員になっているクラブに招かれたのだ。彼らはここを出たらディナーを食べにいき、そのあとはきっと、ホワイト・リリーにくるだろう。

うまいブランデーと上質の葉巻が、財布のひもをゆるめるのに必要な気さくさをつくりあげていた。ランプや肉づきのいい赤ら顔のまわりで、紫煙が輪を描いて立ちのぼっている。ピンカートン＝ノウルズは上着のボタンを外して腹を出し、楽そうに膝に乗せていた。「話を聞かせろよ、ショーネシー」彼がせかした。

トムはこのなかの誰に対しても、怖気づくことはなかった。そして、このなかの誰に対しても、なりかわりたいと思うことはなく、それがまさに彼らが多少なりともトムを気に入り、トムのようになりたいと思う者がひとりならずいる理由だった。トムは自分以外の人間になろうとはしないし、明らかに自分が自分であることを大いに楽しんでおり――私生児であることにも言い訳じみたことは言わなかった――だからこそ、彼らはトムを羨み、一緒にいたがったのだ。

娘の結婚相手にしたいとは、決して思わなかったが。

「みなさん」トムが立ちあがった。このなかの誰よりも痩せていて、誰よりも背が高く、誰よりもずっと見栄えがいい。男たちは首を伸ばした。「本日はお集まりいただき、ありがとうございます」

「いや、ありがとうと言いたいのはこっちだよ、ショーネシー。メリンダの件では世話になった。あの娘もよろしくと言っていた」ゴードン少佐が声をかけた。笑い声が一斉にあがった。メリンダはホワイト・リリーで働いていたのだが、説き伏せられて少佐の愛人になり、とても大切にされている。

メリンダと少佐の彼らなりの幸せを思うと、トムの頭はホワイト・リリーでのたわいない瞬間と、ミス・シルヴィ・シャポーのことに切りかわった。あんなことは身体に触れたとも言えず、これまでだって何度も、ごく気軽に、何気なく、戯れでやってきたことだ。だが、彼女の肌があんなにも……胸がうずくほど、きめ細かいとは思わなかった。シルヴィは気高く、鋼のように強く、炎のように激しく、機知に富んでいるように見えた。だから、肌があんなにも弱くてやわらかいと知って驚いたのだろう。だが、そう知ったことで、どういうわけか戸惑い、不安になった——どんなことであれ、戸惑ったり不安になったりしたことなど記憶になく、それでトムはいらだったのだ。

「美しいメリンダに、よろしく伝えてください」トムはふざけて、もったいぶった調子で言い、グラスを手に取った。「とてもすてきなおふたりの幸せに貢献できて、うれしいです」

「メリンダと少佐の幸せを祈って！」全員がそろって叫び、グラスの残りを飲みほした。

そして感謝の言葉がひととおり終わると、グラスがテーブルに置かれた。

「それでは、事業の話ですが」トムは声の調子を改めた。「みなさん、ホワイト・リリーはここ数年、われわれ全員の……」効果を高めるために、間をあけた。「……幸せと生活水準に多大な貢献をしていると言っても差し支えないでしょう。そして、先ほどの自信たっぷりの様子を拝見したところ、少佐はとりわけ賛成してくれるのではないかと思います」

多くの低くて重々しい笑い声とつぶやきが聞こえた。「賛成！　賛成！」少佐が賛同して叫んだ。

「上出来だよ、ショーネシー。わたしの金を二倍以上にしてくれたんだから。この手の才能があるんだな」

同意する声があがった。

トムは控えめにうなずいて、賛辞を受けた。「みなさんほどすばらしい共同事業者もいません。だからこそ、今晩ここに集まっていただいたのです。誰よりも早く、みなさんのお耳に入れたくて……」トムは効果を充分に考えて間を取り、わずかに声をひそめた。「……ほかでは得られない絶好の機会について」

ピンカートン＝ノウルズが慎み深く、片手でげっぷが出るのを抑えた。「絶好の機会だと、ショーネシー？　どんな機会なんだ？」

「みなさんが生涯で巡りあう事業のなかで、最高に挑戦的で、確実で、最も儲かる事業です」トムは穏やかに言った。「先をつづけても？」

男たちはいまや口を閉じ、猟犬のように注意深くなり、それぞれの事業家と山師の部分が勝って、気さくさがすっかり消えうせていた。

「みなさん、これが――」骨の髄までショーマンであるトムが、窓にかかっていた房飾りの付いたビロードのカーテンをさっと開けると、光が入ってきて、イーゼルに立てかけてあった美しい透視図が見えた。「〈紳士の殿堂〉です。劇場、紳士クラブ、賭けごとの楽園、そして特別なショー……すべてが、ひとつの洗練された建物の各階に入っています。想像してください。もしもホワイト・リリーと紳士クラブのホワイツが一緒になったら、そしてホワイツにジェントルマン・ジャクソンのボクシングクラブがあったら、そして、その高級会員制クラブの会員だったら、夜のショーのあとに、美女たちと個人的に食事ができるのです」

「〝食事〟だけ？」誰かががっかりした声で言った。いくつか野次があがった。

「食事だけです」トムは同情するような声を出した。「もちろん、食事のあと、みなさんが美女をどう説得するかは、まったくの別問題ですが」笑い声と冷やかしが部屋に響き、トムは間を置いた。「現在の計画では、〈紳士の殿堂〉には宿泊施設がありませんので、そういった場合はほかの場所を見つけていただく必要がありますが」

そつのない言い方だが、つまりは売春宿を開くつもりはないという意味だ。

「わたしにも、きみみたいな〝説得力〟があればな、ショーネシー」

「説得力をおもちじゃなくて、安心しましたよ」トムは言い返した。

さらなる笑いが起こった。そして笑い声がやむと、トムの言ったことを検討し、思案するような沈黙が広がった。

「それで、建物は？」少佐が大声で訊いた。「新しく建てるのか？　それとも、買うのか」

トムは興奮し、身震いした。この手の具体的な質問は、真剣に興味をもっている証拠だ。「買って、修繕して、建てなおします。建物のことは、よくわかっているつもりです。かなりの作業が必要でしょうが、わたしには経験がありますから」トムは画家が描いた透視図を身ぶりで示した。「これをご覧になれば、どんな場所になるかわかります。もっと近くで、よく見てください」

男たちは透視図のまわりに集まり、真剣な顔つきで黙ったままじっくり検討し、そのあと矢つぎばやに質問した。場所や、免許や、時期や、ソプラノ歌手にうたわせるのかなど（いいえ、ソプラノ歌手にはうたわせません）。トムは巧みに答えていった。

質問がまばらになると、男たちは席に戻り、透視図をにらんだり、じっくり考えたりした。トムは冷静に彼らを見つめ、次に訊かれる最も重要な質問を辛抱強く待った。誰かがその質問をしてきたら、それは彼らの関心がもはや暇つぶしではないという意味になる。事業に対する関心が根づいたということだ。だが、トムのほうからその話をもちだしてしまったら、立場は弱くなる。

口を開いたのは、少佐だった。「ショーネシー、これは、わたしが尋ねたほうがいいと思うんだが。ひとり、いくらずつ必要なんだ?」

平気な顔をして、トムは告げた。

みぞおちを殴られたような沈黙が広がった。

「ちょっと待ってくれよ、ショーネシー」少佐はわれに返ると、耳ざわりな声をあげた。「たしかに、壮大な計画だとは思う。この計画を実現するとしたら、きみしかいないだろう。だが、きみには女房に馬車《バルーシュ》を買ってやったり、息子をイートンやオックスフォードに通わせたりする義務がないだろうが、わたしにはある。それなのに、そんな金は……」

「ご子息はまだ五歳でしたね、少佐?」トムはよどみなく言った。「彼がオックスフォードに入る頃には、投資した金が二倍になっていますよ」

投資に対する少佐の小心さを面白がり、穏やかにからかう笑い声が起こった。よし。彼らは衝撃から立ちなおって、面白そうな賭けごとに誘う甘いささやきに耳を傾けつつある。交渉するなら、いまだ。

「でも、その頃になっても、トムの息子はイートンにもオックスフォードにも行かないだろう? トミー、悪い意味に取らないでくれよ。きみは運がいいってことだ。子どもたちに相応の道を歩かせてやるとなると、えらく金がかかるんでね」

さらに笑いが起こった。

トムは自分の生いたちと、そのことについて周囲から言われることを、きちんと心得ておくことにすっかり慣れていたので、私生児の息子がイートンやオックスフォードに入学して、立派な紳士の息子たちと冗談を言いあうことを考えるなんて、ばかげていると思っていた。

だから、笑った。ショーマンであるトムはこの計画を売りこむのに必要なことを承知しており、この場で求められることなら、何でもするつもりだった。それは本当だし、これまでだって本当にそう思ってきたが、ふいに自分が面白がることなど何もないのだと気づいて、ひそかにおかしくなった。

そろそろ、もう一度この場を掌握すべき頃あいで、それも作戦の一部だった。トムはカーテンまで歩いていって、それを閉め、富を生みだす可能性がある、愉快な男の解放区の姿をとつぜん、象徴的に目のまえから消した。

「みなさん、今日はお集まりいただき、ありがとうございました。信頼が置け、先見の明をもっている、ごく少数の選ばれた投資家の方々を探そうとしたとき、最初に思い浮かんだのがみなさんでした。これからも、みなさんの富と幸せに――言うまでもなく、自分の富と幸せにも――貢献できれば、これ以上の喜びはありません」

感謝するような笑いが起こった。

「しかしながら、検討中の建物の所有者はほかの買収話にも興味をもっており、二週間以内に返事をするよう求めています。どうか、この計画についてご検討いただき、疑問については何なりと質問してください。わたしの居場所はご存じ――」

「女のうしろを追いかければいいんだろ！」少しブランデーを飲みすぎた男が出しぬけに言った。

「そうじゃなければ、〈ベルベット・グローブ〉のベティーナの腕のなかだ」

トムはにやりと笑った。「二週間以内にお返事をいただけない場合は、みなさんがほかの投資先を選んだと考えますので。それでは、今晩、ホワイト・リリーでお会いするのを楽しみにしております。ああ、それから――」声をひそめた。「みなさんには誰よりも先に、最高にすばらしい作品を近々上演する予定だとお伝えしておきます」

男たちが一斉に身を乗りだし、大の大人が子どものようにせがんだ。

「聞かせてくれ、トミー！」

「ヒントだけ差しあげます。ひと言だけだから、憶えてくださいよ」男たちはさらに前のめりになって、言葉を待った。トムは効果的な瞬間を待ち、顔を突きだして、声《ソット》をひ作品をお見せします」

「この言葉を広めてください」トムは言った。「これまでにない、決して忘れられない

「ヴィーナス」誰かが畏れを感じたかのように、ゆっくりくり返した。

そめて言った。

ミス・シルヴィ・シャポーに淫らなフランス語の歌を即興で作ってうたったことを除けば、この日は重要な難題に取り組んだ、気が休まらない一日だった。トムは投資家たちとの会合から帰ってくるとすぐに、難問のひとつを片づけるために、デイジーと話をすべきだと決心した。彼女は夜の公演のまえに、専用の楽屋で夕食をとることが多かった——ほかの娘たちとは一緒に稽古をしないのだ——それで、楽屋に向かうことにした。

さて、どんなふうに切りだそうか。悲しそうに？　容赦ない様子で？　それとも、明るく？　どんなふうにふるまったところで、厄介な仕事になるのはまちがいない。デイジーが賢いのは、胸が豊かなのと同じくらい確かだし、ふたりは互いのことを知りすぎているからだ。長年のあいだに味わった親しさと、蔑みと、勝利と、悲劇が、キルトのように古くて温かい、友情という布を織りあげた。使いこまれてすり切れ、端は虫に食われているだろうが、それなりに使えるし、大切なのだ。

「ヴィーナスをやりたいわ、トム」彼が楽屋に足を踏みいれたとたん、デイジーが穏やかに言った。

くそっ。いったい誰がこんなに早く、デイジーに漏らしたんだ？　彼女はどうやって知ったのだろう？　将軍ではない。トムはほんの一時間まえに出てきた、煙が立ちこめていた部屋にいた男たちのことを思い出し、全員を罵った。あのうちのひとりが、どうにかしてデイジーに連絡したのは明らかだ。デイジーは鋭い女で、ショーのことを聞かされていないということは、トムと将軍には自分とは別の考えがあるにちがいないと気づいているはずだった。

「なあ、デイジー、ほかの子たちにも目立つ機会を与えてやるべきだと思わないかい？」

「なぜ？」彼女はぶっきらぼうに訊いた。

答えは、本人もよくわかっているように、デイジーが年をとったからだ。あごの下の肉はたるみ、お尻はふくよかという表現よりわずかに大きく、衣装を大きく直すことが常になっていたし、堂々たる胸は毎日少しずつ重力に屈していた。それは本人もわかっているし、トムもわかっているし、将軍もわかっているのに、デイジーは残酷にも、トムにはっきりと言うことを求めながら、彼には決して言えないこともわかっていた。

何て女だ。

「彼女たちをやめさせないためだよ、デイジー。あのなかのひとりかふたりに目立つ機会を与えれば、平和が保てる」

これは少なくともある程度は本当で、デイジーも承知していた。彼女の目に面白がっている表情と、ひねくれた賞賛がちらりと浮かんだ。

「それで、どの子にする気？　あのモリーとかいう小娘？　あの子にはまだ、その役をこなせるだけの存在感がないわ」

「存在感？」デイジーはいつから〝存在感〟などという言葉を使うようになったのだろうか？

もう、断固たる態度を見せるときだ。「デイジー、ホワイト・リリーは目新しさで、客が入っている。きみだって、わたしと同じくらい、そのことは承知しているだろう。それに、はっきり言わせてもらえば、ほかの子を使うことは経営者としての決定なんだ。このショーが失敗したら――」

「失敗なんてできないわ、トム」デイジーはきっぱりと言った。「だから、あたしがヴィーナスをやるのよ。これはすばらしい発想だし、将軍は天……」

デイジーは急に口をつぐんで鏡のほうを向き、片方の頬に紅をはたいたり、片側の肩から前に下ろしていた髪を指で梳《す》いたりしはじめた。

「デイジー、将軍が何だって？」トムは何とはなしに訊いた。

「宮廷を探す道化師ね」

「うん？　妙だな。将軍は〝天才〟だと言おうとしたはずだ」

「あんたがクエーカー教徒になったら、すぐにでもあのチビの独裁者を天才って呼んでやるわよ、トミー」

「クエーカー教徒だけにはなったことがないんだ、デイジー。試してもいいかと思っている」

デイジーは鏡のなかのトムを見て、にやりと笑った。「話をそらさないで、トミー。あたしがヴィーナス役にぴったりなのは知っているでしょ」

そんなことは、何も知らない。トムはデイジーを見つめ、大きな貝がきしみながら開くと、ボッティチェリが描き、彼と将軍が想像したしなやかな女性ではなく、髪を赤く染めた、丸々とした真珠が現われるところを思い浮かべようとした。もう、この問題を避けては通れない。そんなことが起きては困るのだ。劇場の運命はこの作品に大きくかかっている。トム自身の運命も、〈紳士の殿堂〉という夢も、この作品次第なのだ。

それに、上品なヴィーナスを思い浮かべて、うずうずしているにちがいない将軍に、身体がしなやかな娘にしかやらせないと約束したのだから。

「デイジー――」トムは如才なく、はじめた。

「ねえ、いい？　色男さん」デイジーはふり向き、トムのまえでヘアブラシをふりまわした。真珠質の柄が付いたヘアブラシにはちょっとした金がかかっている。この部屋にあるものはどれも同様で、ビロードのピンクのソファも、柔らかい敷物も、大きな金ぴかの鏡も、すべてデイジーを喜ばせるため、彼女に報いるために備えつけたものだ。

「そもそも、この劇場がここに建っていられる理由を思い出してもらわないと」

「わたしに、きみの才能を生かす分別があったからだ」トムは勝ち誇って微笑んだ。

デイジーは睨みつけようとしたが、この笑顔をまえにしたら、それが無理なのは明らかだった。そこで、ため息をついた。「こっちにきて、トミー。糸が垂れているわ」手まねきすると、トムは素直ににじりよった。デイジーは手を伸ばして、彼の上着のボタンから垂れさがっている糸を指に巻きつけて引っぱった。そして、気を引くのでも何でもなく、上着を撫でた。

「ねえトミー、完璧なショーにしたいと思わない?」いまはもう、その口調に辛さがわずかに滲んでいる。

トムはこの手の不安や辛さや誇りに、どう対処していいかわからなかった。そこで何も言わずにいたが、この沈黙を彼女が同情だと解釈し、それを嫌うことはわかっていた。デイジーはプリマドンナの役まわりに少しなじみすぎており、ほかの踊り子たちを遠ざけたり、冷たく扱ったり、リハーサルに遅れてきたり、公演後の楽屋では胸の豊かな女帝のようにふるまったりしていた。トムは自分のことと同じくらい、彼女の生いたちをよく知っていた。おそらく、そうしてふるまうことで過去と距離を置いているのだろう。大きな劇場をもって、俗っぽいショーを上演し、金を儲けることで、トムが過去と距離を置いているように。

だが、彼女にプリマドンナとして花を咲かせる場所と玉座を与えたのは、自分だ。デイジーは下層社会の話し方を直さず、直そうともしなかった。トムが、紳士たちが話すのを聞き、その抑揚をまね、単語の発音の仕方を身につけ、可能なかぎりの方法で言葉の意味を覚えて、自分の話し方に磨きをかけて、すっかり改めたのとちがって。トムは自尊心を捨てて、教えを請うた。人々を魅了して、字の読み方を教えてもらったのだ。だが、デイジーにはひと目見たら忘れられない、利益を生みだす胸があり、そんな必要はなかった。

「あんただって年をとるのよ、トミー。デブになるんだから」デイジーは静かに言った。それは非難でも脅しでもなく、どちらかというと言い訳じみていた。トムはひどく居心地が悪くなった。

トムは話題を変えることにした。「デイジー、思いがけないやつに会ったんだ。ビグシー・ビゲンズだよ」

「ビグシー！」デイジーは驚いて、目を見開いた。「びっくりね！　どこで会ったの？首を吊られてた？」半分は本気だった。

「あろうことか、わたしが乗っていた馬車を襲ってきたんだ」

デイジーは鼻を鳴らした。「ビグシーは昔から、度胸はいいんだけど、頭がまわらないのよね。ろくな最期を迎えないわ」

「きみのことを訊かれたよ、デイジー」

「ほらね、トミー。もう何年もたってるのに、あたしのことを忘れられないのよ」デイジーは鏡に向かって言ったが、その目はトムの目をとらえて、誇りと、抵抗と……不安を伝えてきた。そんな不安は見たくなかった。デイジーは高慢ちきな孔雀であり、プリマドンナであり、そんな不安は似あわない。それに、そんな目をされると、自分がひどい男に思えた。トムは何気なく目をそらしてブランデーのデキャンタを見たが、投資家たちとの会合ですでに充分に飲んでいると考えなおした。

「見たところ、撃ってこなかったみたいね、ビグシーは」

「昔のよしみで、何とか説きふせたよ。ただし、乗客のひとりにキスをさせたけどね。持ち物のほとんどを盗らずにいく代償として」

デイジーはそれを聞いて、にっこり笑った。「さっき、頭が何とかって言ったことは取り消すわ。で、キスしてもらえたの？」

トムは言いよどんだ。「ああ。買ってでてくれた子がいたんだ」そのときの情景が思い浮かんだ。背筋をぴんと伸ばした華奢なシルヴィが爪先立ちで唇にキスをすると、ビグシーは卑屈に思えるほどありがたそうに差し出されたものを受けとって、醜い顔を畏敬と感謝の念で輝かせた。トムの胸が鋭く疼いた。心惹かれるが落ち着かない、何とも言いようのない痛みだった。

いらだちがこみあげてきた。デイジーとの話が長すぎたのだ。そろそろ強い態度に出たほうがいい。「デイジー、ヴィーナス役はほかの子にやらせたい。誰にするのかは、まだ決めていないが。だが、もう新しい女の子も雇っている」

デイジーはふいに顔を上げた。「新しい子を雇ったの？　いつ？」

「今日だ」

「将軍は知ってるの？」

ああ、やっぱりデイジーは鋭い。トムはかすかに笑った。「いまは、知っている」

デイジーは考えこむように、鏡のなかのトムを見つめた。「どんな子なの？　キティの代わり？」

「彼女は誰の〝代わり〟でもないよ、デイジー」トムはぴしゃりと言った。「彼女がビグシーにキスをした子なんだ」

デイジーは唇を結んだままだ。だが、心ならずも興味を引かれたようだった。「かわいそうに思って、ここに連れてきたの？　あんたらしくないわね、トム」そっけなく言った。

トムはここで怒るべきだとわかっていた。おそらくデイジーは誰よりも自分の親切と経営手腕の恩恵にあずかっているはずだし、自分は心ない男ではなく、彼女もそれを知っている。だが、トムは自尊心が傷ついたゆえの言葉だと考えて聞き流し、聞き流すことで彼女の自尊心がさらに傷つくこともわかっていた。だが、そうせずにはいられなかった。

「つい、はずみで連れてきちゃったんだ」どういうわけか、このほうが受け入れやすいだろうと考えた。トムはにやりとした。「それに、腕にさわったら、編み針で刺してきたんだ」

デイジーは驚いて、短い笑い声を、心ならずも出てしまった小さな声を、あげた。彼女も興味を引かれたらしい。「きれいな子なの？」

「いや、素朴な子を雇って、雰囲気を変えるのもいいと思ってね」

彼女はそう聞いて、鼻を鳴らした。「まだ、あんたの勘が健在かどうか、確かめてみるといいわ。その子を……」一瞬、口ごもった。「その子を、ヴィーナスにするつもり？」

そう、そのとおり。いや、ちがう。もしかしたら、するかもしれない。

「まだ、決めていない」

「でも、あたしにはやらせないってことは決めているのね」

「わかってくれてうれしいよ、デイジー」はっきりと言った。

トムが楽屋を出ていくとき、あごが鎖骨に付きそうになるほど、デイジーが口をぽかんと開けているのが見えたが、ふたりは長い付きあいであり、彼女は引き際《ぎわ》を心得ており、賢明にも何も言わなかった。


将軍は踊り子たちに三時間リハーサルをさせ、見たところ疲れ知らずのジョゼフィーンは、数曲を何度もくり返し弾いていた。ほかの者であれば、頭がどうにかなっていたかもしれない。だが、シルヴィは人生の大部分を、同じ曲にあわせて何度も何度も踊り、完璧に仕上がるまで、同じ動きを何度も何度もくり返して生きてきたので、その必要性はわかっていた。

肉体に求められることは、きつくはなかった。だが、自尊心に対して求められることが、きつかった。

ほかの娘たちは楽しそうに、少なくとも嫌がらずに踊り、ほうきで床をはくように何の感情も交えずに笑ったり、くるくる回転したり、跳ねたり、お尻をつねったり、粋な足首をちらりと見せたりしていた。だが、シルヴィはどうしても、どうしても、お尻を高く上げて、「ヘイ!」と叫ぶことに慣れなかった。

モリーは卑猥な歌までうたい、そのあいだほかの娘たちはうしろで合唱し、思わせぶりに杖を使って――このとき、シルヴィはこの小道具の表現力の豊かさを知った――自分のお尻を叩く。

そのあと、シルヴィが愕然としたことに、娘たちは向きを変えて、自分のまえにいる娘のお尻を叩くのだ。

ビロードのように滑らかで気持ちいいモリーのお尻を叩くのは、シルヴィの運命のようだった。モリーは枕をふたつ並べたようなお尻をしていた。

ああ、神さま。

ダンスには跳躍《グランジユテ》の優雅さも正確さも必要なく、シルヴィはすぐにうまくなり、一時間もすると、一曲につき一、二度しか、将軍に怒鳴られなくなった。「そこで、尻を上げるんだ、シルヴィ！　モリーを叩くときに、そんな顔をするな！　最高のおケツじゃないか！　敬意を表するんだ！」

たったの三時間で、おケツを大きくなんてできないわ。シルヴィは将軍に文句を言いたくなった。わたしのおケツはこれしかないんだから。

ああ。たったの三時間で、頭のなかで、イギリスの悪がきみたいな言葉を使うようになってしまった。〝おケツ〟って、どんな種類の言葉なのだろう？

空腹で目のまえに星が見えはじめたとき、将軍が「みんな、ご苦労さん」と心から言って、リハーサルが終わりになった。

娘たちは舞台の階段を下りて、妖精から女の子へと戻るために、一列になって楽屋に帰っていった。シルヴィがあとをついていくべきかどうか迷いながら舞台に残っていると、誰かに腕をさわられ、目を上げた。ジョゼフィーンだった。激しく鍵盤を叩いていたせいで、顔が少し赤らみ、髪が乱れている。

「ミスター・ショーネシーから、あなたを案内するよう頼まれたの。それに、あなたに何か食べさせないと――顔が真っ青よ。シルヴィ、わたしと一緒にきて」

ジョゼフィーンのあとをついて狭い廊下を歩き、楽屋のまえを通りすぎると、ドアの向こうから笑い声とかん高い話し声が聞こえてきて、シルヴィはぶかぶかの妖精のドレスから着がえて、杖を置いてくるべきだろうと考えたが、陽気な騒ぎから締め出されているような気分になっていた。午後のあいだずっと前かがみになったり、お尻を叩いたりしていたのだから、さっきよりは温かく迎えてくれるだろうか?

だが、パリにいたときだって、プリマ・バレリーナという立場のせいで、ほかの女性たちとは一線を画しており、女性たちのなかには媚びへつらってシルヴィになりたがる者もいれば、冷ややかな態度で悪だくみをして、シルヴィになりたがる者もいれば、過度に嫉妬して、シルヴィになりたがる者もいた。

この日、郵便馬車に乗っていたときも、見えない壁に囲まれているかのように、ひとりきりだった。

シルヴィは片手を胸にあてて、妖精のドレスの上から、母の細密画に触れた。そしてスザンナを、レディ・グランサムを思った。彼女こそ、わたしの居場所なんだわ。シルヴィはどうしたら、スザンナがいつ、どうやって帰ってくるかわかるだろうかと考えた。

ジョゼフィーンは、シルヴィが楽屋のドアを見ていることに気がついた。「食事が先よ。あなたが気を失ったら、ミスター・ショーネシーは喜ばないと思うわ。ほかの女の子たちの悪い手本になってしまうもの」微笑んで、冗談であることを示した。「そのあと、寝泊りする部屋に案内してあげる」

ふたりは廊下を歩きつづけた。すると、舞踏室につづくような大きな扉の向こうから、金づちやのこぎりの音がした。そのあと、耳をつんざくほど大きな、物が落ちる音がして、威勢よく罵る英語が聞こえてきた。将軍にちがいない。

「舞台装置を作っているの」ジョゼフィーンが小声で打ち明けた。「ヴィーナスの」〝ヴィーナス〟という言葉には、畏敬の念がかすかにこめられていた。

ヴィーナスって、いったい何のこと？

ジョゼフィーンはシルヴィを連れて、使用人が使うような急な階段をのぼると、部屋が並んでいる別の廊下を歩いた。長くて狭く、向こう端に小さな窓があり、そこから光が射しこんでいる。壁に並んだ飾り気のない燭台には、ロウソクが立てられていた。芯の形が整っており、どれも最近灯された様子がない。

「ミスター・ショーネシーが買ったとき、ホワイト・リリーはひどい有様だったの。それを、とってもきれいな劇場に変えたのよ」ジョゼフィーンはミスター・ショーネシーが息子であるかのように誇らしげに言った。

そして、左から三番目のドアで止まった。「ここが、あなたの部屋。女の子たちは普段はショーのまえに、めいめいで夕食をすますの。わたしたちの分は、家政婦が食べ物をもってきてくれるから」

化粧台を見ると、布巾で覆われたトレーが置いてある。シルヴィは例のイギリス料理が出てくるのではないかと不安で、布巾の端を怖々《こわごわ》とつまむと、なかをのぞきこんだ。すると、厚く切られた黒パンが目に入り、香ばしいにおいから、焼きたてだとわかった。それで安心して、布巾をすべて取ると、チーズが見えた——シルヴィはイギリスのチーズもやや心配だったが、これは少なくとも、鼻につんとくるきついにおいがあるし、切り方も気前がいい。ほかには小さな赤リンゴ二個と、冷めた鶏の胸肉のハーブ焼きが数切れあった。肉の端が黄金色にパリッと焼けているところを見ると、きっとそうだろう。シルヴィは巻いてある白い布を引っぱった。すると、それはナプキンで、ぴかぴかのナイフとフォークが転がり出てきた。そして、小ぶりのティーポットとカップとソーサーもあり、テーブルセットは完璧だった。

シルヴィはとつぜん激しい空腹感に襲われて、胃が裏返りそうになり、危うく吐いてしまいそうになった。もう丸一日近く、寝ていないのだ。そう気づくと、急にどっと疲れを感じ、身体の要求を満たす以外には、話もできなければ、何もできそうになかった。

小さな部屋を見まわすと、掃除された木の床には長方形のラグが敷かれ、鉄製の狭いベッドが置かれていた。ベッドは白いシーツを敷き、上掛けを壁のほうに折って、きちんと整えられており、その足もとには四角くたたんだ青い毛布が置かれている。頭では雪のように白い枕がふたつ並んで、誘いかけるようにふっくらとふくらんで、温かく迎える準備をしていた。そして、部屋の隅の木の台には、水差しと洗面器が置かれていた。窓も暖炉もなかったが、小さな化粧台はあり、小さな楕円形の鏡が、釘からリボンで吊るされている。

パリの狭くて暗く、散らかっているクロードのアパートメントとはまったくちがう。それに、エティエンヌと一緒になれば暮らすことになるだろう、金箔と大理石に囲まれた、きらきらと輝いている広大な屋敷とも、別世界に思えるほどかけ離れている。だが、このこぢんまりとした清潔で飾り気のない部屋は、シルヴィが想像する修道女の部屋とどこか似ている気がして、心が落ち着いた。

そう思ったところで、シルヴィは声に出して笑いそうになった。空腹のあまり、妄想が激しくなっているにちがいない。エティエンヌのおかげで、修道女とはまったくちがう女になっているのだから。

「おまるはベッドの下ね」ジョゼフィーンは淡々と言った。「よかったら、あとで台所に下りてきて。ミセス・プールがタルトを作っているから。においをたどって、階段を下りてくればわかるわ。この劇場に住んでいる者もいるの。わたしと、家政婦のミセス・プールと、女中たちと、それからミスター・ショーネシーと――」

「ミスター・ショーネシーはここに住んでいるの？　劇場に？」意外だった。ロンドンに、服装と同じように金ぴかのアパートメントか、広いタウンハウスをもっているにちがいないと思っていたのだ。

だが、彼に会ったのは郵便馬車だった。おそらく、金の多くは上着の銀ボタンの代金に消えているのだろう。

「ミスター・ショーネシーは現実的なひとなの」ジョゼフィーンは満足そうに言った。「仕事をする場所に住むのがいちばんだと思っているわけ。節約ってことを知っているのよ」

でも、節度ってことは知らないわ。

「将軍は、町に部屋をもっているの」ジョゼフィーンは自分から言った。「ねえ、シルヴィ、お裁縫が得意なら、衣装を縫うのを手伝ってくれないかしら。リハーサルをしていないときに……」期待に満ちた顔で言った。「ミスター・ショーネシーの案なのよ。

彼はいつもいろいろなことを思いついては、すぐに実行したがるの。午前中に縫い物をして、午後はリハーサル、そして夜はショーに出るっていうわけ」

シルヴィは縫い物をする手当は追加してもらえるのだろうかと考えたが、ここホワイト・リリーで空き時間ができたとしても、いったいどうやって過ごす気なのかと思うと、縫い物をしたほうがましだろうと判断した。そして、気がつくと、うなずいて同意していた。

「いま、何時《ケルール》――」疲れているせいで、英語を思い出すより楽なようで、フランス語で言いかけた。「その、いま何時かしら、ジョゼフィーン?」

「あら、いまは食事の時間よ。ショーがはじまるまえに、八時頃に迎えにくるわ」

「ショーのために? 見るために?」

「あなたも今夜のショーに出るのよ。そのために、ミスター・ショーネシーが雇ったんじゃない。衣装はピンで留めておいて、明日直しましょう。ここホワイト・リリーでは、何があってもショーには出るの」

ジョゼフィーンはにっこり笑ってドアを閉め、シルヴィがささやかなご馳走を食べられるように出ていった。

シルヴィは魅力的な食事とベッドの上のやわらかそうな枕のどちらを選ぶべきかで迷った。

そして一瞬考えたあと、フォークを無視して食べ物を手でつかみ、塩気のある肉とチーズとパンが舌にあうと、恥ずかしげもなくうなり声をあげた。それから、すべて平らげて、お腹がいっぱいになると、人間らしい気持ちを取りもどした。

おそらく満腹で寝るのはよくないのだろうが、肉体はシルヴィに選択肢を与えなかった。シルヴィはナプキンで口もとを拭うと、背中からベッドに倒れこみ、頭を枕に乗せて、ため息をついて眠りに落ちた。

7

ドアを叩く音がして、シルヴィははっと目を覚ました。そして身じろぎすると、まだ妖精の衣装を着たままで、脚にひだが絡みついていることに気がついた。シルヴィは二、三度小さく蹴るようにして、脚をひだから抜いた。それから眠そうに寝返りを打って、目をしばたたいた。隣の枕には、木の杖が載っている。

ああ、宿場の食べ物のせいで、悪夢を見たわけじゃなかったのね。

「シルヴィ？　ショーの準備をする時間よ」ジョゼフィーンの陽気な声が、ドアの向こうから聞こえてきた。

シルヴィは杖をつかみ、転がるようにしてベッドから下りて、衣装を直しながらドアに近づいた。

ジョゼフィーンは点検するようにシルヴィを見つめた。

「口紅があるはずよ」とうとう、ほかの部分はどうしようもないかのように、あきらめ顔でそう言った。「それからピンでドレスを留めて、髪は下ろすといいわ。そうすれば充分にきれいだから」シルヴィではなく、自分を元気づけるために言っているようだった。「それじゃあ、一緒にきて」

ジョゼフィーンは小さな修道女の部屋から、どんな修道女の部屋とも正反対にちがいない場所に、シルヴィを連れていった――立派な胸をした大勢の娘たちが、シュミーズ姿でくすくす笑ったり、戸棚をかきまわして胸パッドと衣装を探したり、小さな化粧台に散らばった、きらきら光るファンからの贈り物に歓声をあげたりしている楽屋だ。ランプの光が娘たちのむきだしの腕を淡い黄金色に変え、艶やかな髪と妖精の羽をきらきらと輝かせている。

リジーが全員に見せびらかすために、イヤリングを掲げた。

「すごいじゃない！　ガーネットよ、リジー！」モリーが専門家のようにじっと見た。

「耳にぶら下げるのね」

「まるで、これをくれた男みたい」リジーが悲しそうに言った。「何をどうしたって、ぶら下がったままなんだから」妖精の杖を身体にくっつけて一瞬だけ垂直に立てると、物悲しく倒して、先端の星を床に向けた。

淫らな笑い声がどっと起こった。

そのあと、モリーが箱を開けて、動かなくなった。

「何が入っていたの、モリー?」リジーが訊いた。

モリーは絵が描かれた、象牙とシルクでできた扇子を手に取った。とても繊細で、このうえなく上品で、おそらくガーネットのイヤリングの十数倍の値がするだろう。モリーは怖々と扇子を掲げた。すると、すぐに全員が集まってきて息を飲んだ。

「新しい男よ」モリーはぶっきらぼうに言った。そして無関心を装おうとしたが、そうはいかなかった。「ポーに、ここでいちばん……愛らしい……子に渡してくれって言ったらしいわ」その形容詞がいつも使う言葉のなかに入っていないかのように、自分がそう呼ばれていいのかどうか自信がないかのように、モリーはその言葉でつっかえた。だが、勝ち誇った気分が語気を強めていた。長いあいだ、自分でもそうではないかと思ってきたことが裏づけられたのだろう。

入口からでさえ、シルヴィにはその扇子が目を見張るほどすばらしい品であることがわかった。じつに……的を射た、とびきりの贈り物だと言ってもいいだろう。贈り物とは相手の興味をかき立て、相手を喜ばせ、警戒心を取り除かせることを意図している。この三つが誘惑の第一歩なのだ。金持ちの男なら誰でも、モリーのような娘に宝石を送れるだろう——シルヴィもひと一倍、ファンから宝石をもらったくちだ——だが、この手の効果的な小さな扇子を選べるのは、血筋がよく、教養がある男だけだ。シルヴィには、それがわかっていた。なぜなら、エティエンヌが自分を口説きはじめたときに贈ってきたものに似ているから。きらきらと輝く粉雪のように贈り物を降り注がれたことで、シルヴィは次第にエティエンヌの求愛に慣れ、少しずつ彼を待ち望むようになったのだ。シルヴィはとつぜん手で胸を抑えつけられて息を止められたかのような、妙な胸苦しさを覚えた。そして、ちゃんと呼吸ができることを確かめるために、息を大きく吸って、それから吐いた。

きっと、何日も踊っていないからだろう。思う存分踊って、あの激しいけれど気分がいい胸の鼓動を感じ、疲れてはいるけれど活気づいている身体に艶やかに光る汗をかいてから、もう何日もたつ。シルヴィは自分の肉体が思いきり手足を伸ばし、解放されたがっているのだと感じた。

シルヴィはたまらなくなって、いつになったら踊れるようになるのだろうかと考えた。もちろん、バレエのことだ。ここホワイト・リリーでやっているのが何だかは知らないが、あれではない。

「そのひとには会ったの、モリー？　その新しい男のひと。いい男？」リジーが熱心に訊いた。

「いい男かどうかは、今晩のショーが終わったらわかるわ」モリーがいたずらっぽく言った。「ショーのあと、馬車を寄こしてくれるの。ポーから言われたのよ」

「あなたには、ファンがたくさんいるものね」ローズはいくぶん観念したかのように、けれども明らかに悪意はない様子で言った。「新しいひとが……ぶら下がってるひとじゃないといいわね」

くすくすと笑い声が起こった。

「ベルストーとかラシターとか、ほかのファンが妬《や》くんじゃないの、モリー？」

モリーは片方の肩をすくめた。「ベルストーにはお父さんのお金がもっと手に入るまで、これ以上の時間はあげられないって言ってあるし、ラシターには何も話してないから平気よ」扇子を見つめたまま答えた。

そして、やっと扇子から目を上げると、入口にいたシルヴィとジョゼフィーンに気がついた。「ミス・チキンのお出ましだわ」えらそうに言った。

「もう今晩から妖精をやるのね、シルヴィ？」ローズの声は少しうれしそうだった。

「明日はきっと、乙女の練習ね」

「シルヴィ、本当に追いはぎにキスをしたの？」大きい目をしたジェニーが聞きたがった。「ロージーから聞いたけど」

「したわ」シルヴィは答えた。「馬車を見逃すかわりにキスをしろと言ったの。だから、したのよ」

「へーえ！」感心したように、シルヴィに注目が集まった。だが、モリーの栗色の頭はそっぽを向き、いまは鏡を見ている。そして必死に興味のないふりをして、白い頬に紅をのせていた。

シルヴィは平然と肩をすくめた。そして、わざと省略して話した。「そのあと、お金全部と妹からの手紙を追いはぎに盗られてしまったから、みんなと運命をともにすることになったの」謎めいた部分を残しておいたほうが、役に立つだろうと考えたのだ。シルヴィはジョゼフィーンが腕に手を伸ばすと、杖を反対の手にもちかえた。

「じっとしていて、シルヴィ。ドレスをピンで留めるから」ジョゼフィーンは口いっぱいにピンをくわえていた。大きくて器用な手が衣装を引っぱって、シルヴィの身体にあわせてピンを留めていく。

シルヴィが言いつけを守って動かずにいると、ジョゼフィーンは身体をあちこちに動かして、ドレスのさまざまな部分を留めていった。

「そうか、あなたが勇敢だったから、ミスター・ショーネシーは雇うことに決めたってわけ？」リジーが訊いた。

おかしなことに、シルヴィはばかにされた気がした。いいえ、わたしが美人だからよ。でも確かに、どうして彼はわたしを雇ったのだろう？　きっと、美人だからに決まっている。

「わからないわ」それは多少なりとも正直な答えだった。そして、また謎めいた様子で、フランス人らしく小さく肩をすくめた。「わたしには仕事が必要だったし」

「肩を動かさないで」ジョゼフィーンは口にくわえたピンをドレスに刺しながら命じた。

そのとき、ドアがとつぜん開き、思いきり壁にぶつかった。女たちは悲鳴をあげて飛びあがった。

男がひとり立っていた。若くてハンサムだが、すでに肉が付きはじめており、怒りで顔を赤くして、何マイルも走ってきたかのように息を切らしている。興奮して白くなるほど強く握りしめた拳を、いまにも殴りかかろうとして、ふりあげている。

シルヴィはそれを見たとたんに、危険だとわかった。心臓が口から飛びだしそうだった。「助けを呼んできて」ドアにいちばん近いリジーに、口だけを動かして伝えた。

リジーは男が背にしている壁にそってじりじりと進み、部屋から飛びだした。

男は首をぐるりとまわして、モリーを見つけた。「おい」一本調子で、蔑むように言った。そして、片手でモリーの胸ぐらをつかむと、椅子から立たせた。「あいつは誰だ」彼女を問いつめた。

「ベルストー、あたし――」

「誰だか、答えろ！」男は怒鳴りつけた。「この売女、今度は誰に抱かせてやっているんだ？」

男はモリーの顔を平手で打ち、シルヴィは恐ろしくなった。

肉を打つ、すさまじい音がした。モリーは悲鳴をあげた。

そして、男がもう一度モリーに手を上げようとすると、シルヴィは突進していった。

トムと将軍は各公演がはじまるまでの、踊り子たちが衣装に着がえている時間に顔をあわせて、ホワイト・リリーの事業の詳細について話しあうのが常だった。ふたりが話しあうのは、男なら誰しも夢見るような、こぢんまりした居心地のいい部屋だ。暖炉のまわりには、満腹になって気だるそうにしている動物の群れのように、ビロード張りの椅子が点々と並び、パチパチと音をたてる炎が、劇場のなかを飾る壁画より小さく、もう少し扇情的な、鮮やかな壁画を照らしている。揺れる炎に照らされるなかで、サテュロスとニンフ、そして男女の神々が浮かれ騒いでいるのだ。トムは字が読めるようになって以来ずっと、恥ずかしげもなく性を謳歌《おうか》しているギリシア神話を気に入っていた。そこには荒々しさと陽気さ、そして魔法と教訓があった。

だが、ギリシア神話でも、壁画に登場させないものがいる。ケイローン、傷を負った医術に長けた賢者だ。ケイローンは好色ではない。毎日、苦痛とともに生き、それでさらに賢くなった。ケイローンは教育係だった。立派なやつなのだ。

トムは自分が立派な人間ではないとわかっていたし、これから立派になるとも思わなかった。それに、そう思ったところで、眠れないわけでもない。

トムはポケットから小さな月のような金時計を取りだし、ふたを開けて、時刻を確かめた。壁の向こうから、彼が提供する夜ごとのショーを楽しむために集まってきた男たちの楽しげな低い声が聞こえてきた。トムが好きな音だ。そのほかに好きなのは、金がジャラジャラ鳴る音と、女があげる悦びの声だった。

そんなことを思いながら、少し息抜きをしていると、あの娘のことを思い出した。

「将軍、今日入ってきた子はどうだった？」

将軍は口から葉巻を抜いて、赤く燃えている先端をうっとりと見つめた。「ケツはないし、お高くとまっていて生意気だし、踊り子の半分はあの娘に嫉妬している。きみのせいだ。和気あいあいとやっていた小さなグループに、あの子を押しつけてくれたんだから。どうなると思っていたんだよ、トム？」

トムはにやりとして、報告を楽しんだ。「でも、ダンスはできたのかい？」

「できるようになるだろう」将軍はぶつぶつ言った。

「それなら、けっこうだ。明日のリハーサルのときに、この目で見てみよう」

「で……ヴィーナスのことは、デイジーに伝えたのか？」将軍はためらいながら言った。

「ああ」トムは険《けわ》しい顔で答えた。

「きっと、品よく受けとめたことだろうな」またしても、得意の皮肉だ。

「デイジーのことを品がいいなんて言うことがあると思うかい？」

おかしな間があいた。将軍はトムから目をそらすと、その質問の答えが見つかるかのように、ふたたび葉巻を見つめた。「最初に思い浮かぶ言葉じゃないな」将軍はとうとう認めた。その言葉には、口にできない何かが隠されているようだった。

しばらくのあいだ、トムはやや顔をしかめて、困惑して友を見つめた。

「少佐とケンブリー卿からは、もう連絡があった。決まりだ。〈紳士の殿堂〉に出資したがっている」トムの声は静かだったが、その端々に勝利の喜びが滲んでいた。

「ふむ」将軍は短い音で評価した。「全員の出資が決まらないと、計画を進められないのか？」

「少なくとも全員の出資が決まれば、その資金で建物を買って、建設会社と契約が交わせる。きみも乗るだろう、将軍？」

「訊く必要があるのか？　わたしも分け前にあずかりたいさ、トミー。裕福な老後を約束されるようなものだからな」

「もう、そんなことを考えているのかい？　わたしたちには――」

ドアが激しくノックされ、トムは急いで立ちあがった。そして、ドアを開けた。

リジーが大きく目を見開いて、息を荒くして立っていた。「楽屋で――モリーが――ミスター・ベルストーが――早く、きて――お願い――」

トムはひと目で楽屋の様子を理解した。モリーは片手を上げて顔をかばい、ほかの四人の娘たちはそれぞれ着がえている途中の格好で、部屋の隅でしゃがみこんでいる。ベルストーはモリーを見下ろすように立ち、身を守るためか、もう一度叩こうとしているのか、腕を上げている。

そして、ベルストーの隣にはシルヴィ・シャポーがいて、星が取れた木の杖の残骸を片手でもって、もう一発殴ろうとするかのように、ふりあげている。

トムはすばやく穏やかに、シルヴィの逆の腕に手を置いて、ぎゅっとつかみ、自分のうしろに引っぱった。彼女は怒りで身体をこわばらせたまま、ほとんど反射的に、少しだけ抵抗した。

「ミスター・ベルストー、ご希望は？」トムの声は低く、厳しかった。そして、ていねいだった。

ベルストーはふり返り、はっとして顔をしかめた。片手はふりあげたままだ。

「希望？」おうむ返しに訊いた。そして一瞬、何かを期待するかのような顔をした。あたかも、トムが贈り物を選ばせているかのように。

「ナイフを刺す場所ですよ」トムがゆっくりと答えた。陽気な、凄味《すごみ》のある声だ。「喉の奥まで、ぶすりといきましょうか」自分の喉をさりげなく撫で、それから何ということなしに、ほんの少し上着のすそをうしろにずらした。単に、邪魔なだけだというように。

ズボンのなかに鞘に収まったナイフが差してあるのを、全員が見た。

ベルストーは驚いて、顔をひきつらせた。「そんなことができるものか、ショーネシー。わたしは、この売女がほかの——」

トムの手がすばやく伸びて、ベルストーのシャツとクラヴァットをつかみ、首つり縄のようにきつく締めあげて引っぱりあげた。ベルストーは爪先立ちになって、トムの鼻先でよろめいた。

「試してみますか」トムは生まれてからこのかた、この男を引っぱりあげていることほど退屈なことはないというように、単調に言った。

そして、しばらくそのままにして、トムの目に浮かんでいる考えがしっかり伝わるのを待った。

ベルストーの顔が青白くなり、伝わったことがわかった。

トムはとつぜん手を放した。

ベルストーは脚ががくがくして身体を支えられず、膝をついた。そして、全員が手を貸さずに見ていると、震える脚で、よろよろと無様に立ちあがった。それから、喉をさすった。

「ショーネシー、父がこのことを知ったら――」

「ミスター・ベルストー、わたしはお父さまを存じ上げています。あなたがしたことを話したら、わたしに腸《はらわた》を引き抜かれなかったことを恨むことになりますよ。お父さまは女性を殴ることを良しとされますか？」

はったりだった。本当はベルストーの父親のことなど、まったく知らない。顔は知っているが、劇場で二回見かけただけだ。だが、好人物という印象で、この手の直感は例によって鋭かった。

直感の鋭さが証明された。青白かったベルストーの顔が、きれいな真っ青に変わった。やっぱり。弱々しい若い男はたいてい父親を恐れているのだ。

「もう、ここでは歓迎されないことは申し上げるまでもないですね」トムはていねいに付け加えた。「ここにまた顔を出すことがあれば、あなたの身に何が起こるか、ご想像にお任せします。ミスター・ベルストー、歩いて帰れますか？　それとも、手助けが必要ですか？」いまでは、気にかけるふりをして、すっかりからかっていた。

ベルストーの口が開き、そして閉じた。彼は静かに怒りをたぎらせて、トムを睨んだ。トムもまばたきもせずに、見つめかえした。

ベルストーは視線を受け止めきれず、目をそらした。そしてすぐに、何も言わずに背を向けて、ドアから出ていった。

トムはふり返って、ベルストーのうしろでドアを蹴って閉めた。そして息を吸って吐き、呼吸できなくなるほど激しかった怒りに空気を通した。ネコを見つけた鳥たちがおしゃべりをやめたかのように、小さな部屋が静まりかえっていることにも気がついていた。

トムはモリーのほうを見た。「さて」静かに言った。「こっちにきて、見せて」

モリーは片手で目を覆い、恥入って震えたまま、おずおずと顔を上げた。トムがそっと彼女の手を外すと、その下の目は赤くなっていた。二、三日は、見事な色に染まっているだろう。トムは長年、目のまわりを黒くしている人々を数多く――あまりにも多く――見てきたのだ。

「あたしには……あたしには、仕事が必要なの、ミスター・ショーネシー」

モリーの声は震えており、それも無理はなかった。トムがあざのある娘を舞台に上げられないのはわかっていた――営業に響くからだ。それに何十人ものきれいな娘が自分のような仕事を求めて、やかましく売りこんできていることもわかっていた。指示されたとおりに、シュミーズと大差ない衣装を嫌がらずに着るだけで、まともな部屋と服を手に入れられるだけの収入と、何十人もの金持ちのファンと知りあえる機会を得られるのだから。

モリーはこの部屋を照らしているランプと同じくらい、簡単に取りかえられるのだ。

トムはモリーを見下ろした。まだ怒りが収まらず、肌がかっかと燃えている。ベルストーにはそつなく話していたほうが賢明だったにちがいない——彼自身も金持ちで、あの裕福な特権階級が謳歌している、見事に張りめぐらされた人間関係を通して、さまざまな繋《つな》がりがあるのだし、その繋がりの価値と怖さはトムも知っているのだから。

それでも、トムは女に手を上げる卑怯者が嫌いだった。貧民街に住んでいたとき、その手の悲惨さを、ジンと絶望が引き起こした怒りと暴力を、いやというほど見てきたのだ。だが、貧民街であれば、その理由はわからなくもなかった。

だが——ベルストーは特権階級の金持ちなのだ。

トムはいつの間にか片手を握りしめていることに気がついた。

「あの男はどうしてここに入ってこられたんだ?」トムは楽屋にいる全員に訊いた。「ジャックはどうした? どうして、ドアを見はっていなかったんだ?」

誰も答えなかった。

トムは自分が負けたことを知った。おそらく、ジャックはトム・ショーネシーから数シリング多くもらうことより、ジンに魅力を感じて、持ち場を離れたのだろう。

トムは将軍を見なかった。自分に落ち度があったことはすでに強く感じており、将軍の顔にそう書かれているのを見るまでもない。

トムはモリーの顔にあてていた手を下ろして、大きく息を吸った。この苦い経験で、良識と用心と判断について学んだのだと、女たちに話すべきなのだろう。自分もこれまでずっと、いちばん大切なことは、そうして学んできた。だが、それでも、ホワイト・リリーのいいところは、大勢の人間を苦い経験で学ぶことから、必要以上に多くの教訓を学ぶことから救える点なのだ。

そのとき、モリーの顔を見下ろしていて、とつぜん妙案がひらめいた。それがひらめきというものの、気まぐれなところだ。

「モリー、知らせというのは、悪いものばかりじゃない。来週のショーに……海賊のテーマを盛りこむことにしたんだ。将軍が船を作って、海賊のダンスを一、二曲披露する。目のまわりにあざができたら、眼帯をして出ればいい。きみなら、かわいい海賊になるな。そうだろう？」

これで将軍は一週間で海賊船らしきものを作って、露わな格好をした女海賊のダンスを考案しなければならず、トムは彼を見る勇気がなかった。

モリーは鼻をすすりあげると、自分の気を引くような言葉に慰められて、ためらいがちに笑った。トムの目には、まわりの者全員がほっとして肩の力を抜いたように見えた。ほかの娘たちも、彼が事態を収拾したと感じたのだろう。

それにしても……トムはもう考えはじめていた……短剣をもった女海賊か……。遠慮なく言わせてもらえば、わたしは本当に天才だ。それこそまさしく、ヴィーナスという大がかりな作品を進めているあいだに、観客を満足させておくために必要なものじゃないか。

こう結論を下すと、トムは思いきって横を向き、将軍をちらりと見た。

将軍は不審そうな目で、睨みつけてきた。

「あの、ありがとう、ミスター・ショーネシー」モリーはだいぶ落ち着いたようだった。トムは視線を戻して、シルヴィを見た。彼女は先が尖った杖の残骸をまだもっていた。先に付いていた星は杖からもげ、床に落ちて、彼女の足もとできらきらと輝いている。シルヴィはほかの娘たちと同様に青ざめていたが、ちがう部分もあった。興奮して両方の頬のてっぺんが赤く染まり、目が宝石のように輝いているのだ。

シルヴィは猛烈に怒っていた。

「きみは、いつも尖っているものをもっているね」トムは穏やかに話しかけた。腹立ちをなだめるための冗談だ。彼女はじつに激しい気性のようだ。

それを聞くと、シルヴィはかすかに笑った。そして、大きく息をした。

「彼を殴ったのかい？」トムはやさしく訊いた。

「それほど、ひどくではないわ」シルヴィは力をこめて答えた。

トムは微笑まずにいられなかった。「彼は星型のあざができるかな？」

「そうなるといいわ」

そのとき、ふと気がついた。「彼はきみにも手を上げたのか?」簡潔に訊いた。

「押されただけ」

トムは小さく、ほっそりとした身体を見下ろした。シルヴィの背丈はおそらくベルストーの肩あたりまでしかなく、トムは自分が楽屋に駆けつけなかったら、シルヴィやモリーはどうなっていただろうかと考えると、みぞおちのあたりが冷たくなった。シルヴィは、この女は、それが分別のある行動であろうがなかろうが、決して引き下がらない。身を縮めたり、分別に従って逃げたりするのではなく、反射的に取っ組みあいに飛びこんでいくのだ。

彼女の目はいつも情感豊かに輝いている。トムは知りあってからの短い時間で、そう気づいていた。日常の細かいことについては慎重なのかもしれないが、その目は彼女という人間を、彼女が感じていることをさらけだしており、いまもまだ正当な怒りで熱く燃えている。シルヴィの髪は束ねられておらず、紅潮した頬にいく筋かへばりつき、残りは華奢な肩のうしろに垂れていた。そして、身体には妖精の衣装がピンで留められていた。淡い薔薇色のドレスが、赤く色づいた頬によく似あっている。

すべて薔薇色に燃えていて、やわらかくて熱い。わきに下ろしていた手の指がぴくりと動いた。指は一度、彼女の肌に触れたことがあり、髪も同じように繊細なのかどうか知りたがっているらしい。

だが、いまは女性たちの視線に囲まれて、楽屋に立っている。

「彼は……モリーを殴ったの」シルヴィが激しい怒りを抑えられないかのように言った。とても小さな声で。あたかも、トムだけにささやいたかのように。

「わかっている」トムはやさしく言った。「もう二度と、そんなことが起きないようにする」

そのとき、トムはしばらくのあいだ、シルヴィの目をじっと見つめ、彼女もまた自分を見つめかえしていたことに気がつき、急に顔を上げた。ほかの娘たちは不安で顔を真っ青にして引きつらせ、トムをじっと見つめて、次に何をしたらいいか指示してくれるのを待ち、いつものようにトムが面倒を見てくれることを信じていた。

おかしなことに一瞬、ほんの一瞬だが、トムはほかの者たちがこの部屋にいることを忘れかけていた。

「ミスター・ショーネシー、彼はモリーをもう一度殴ろうとしたんだけど、シルヴィが杖で彼を殴ったの」ローズが誇らしげに教えた。シルヴィの伝説づくりに手を貸しているのだ。「そのあと、あなたが部屋に入ってきたのよ」

トムはシルヴィの腕を放した。

「冷たい水に浸した布を目にあてて、ブランデーを少し飲んで、気持ちを落ち着かせるんだ、モリー。これからはポーとスターク、ふたりがいない場合にはほかの者にずっとドアを見はらせる。シルヴィ、裏のわたしたちの部屋にモリーを連れてきてくれ。彼女を落ち着かせたら、ここに戻ってきて、着がえをすませるんだ。今夜は踊れるかい？」

「ええ」モリーは急いで答えた。

トムがシルヴィを見ると、その顔は少し曇っていた。そして、じっとトムを見つめている。責めるような目で。

「それから、ほかのみんなは……おいおい、これからショーがあるんだぞ」トムは明るく命じた。「そんなところにすわって、ぽかんと見てないで。羽はどうした？　早く着けて！」

すべてをいつもどおりに戻す最善の方法は、すべてがいつもどおりであるかのようにふるまうことだと、トムにはわかっていた。

踊り子たちは何をすべきか指示されたことにほっとして、急いで羽を着けて杖をもち、並んで舞台裏に行く準備を整えた。

8

数分後、シルヴィは薄いドレスをピンで留め、てっとり早く直した木の杖をもって、明かりが消えた劇場の舞台裏に立っていた。同じ衣装を着た娘たちのお尻を叩くためだ。それをすべて、興奮した大勢の男たちに見られるのだ。それはすべて、つかの間の住み家を確保するためだった。

シルヴィの心は動揺する瞬間と、皮肉なおかしさを感じる瞬間のあいだで揺れ動いていた。これまでずっと努力してきたのはクロードのような人生を送らないためだったのに、ここではまったく同じことをしているのだから。

また、頭がくらくらするような非現実性を感じる瞬間もあった。シルヴィはこれまで人生のあらゆることに対して、慎重に計画を立てて実行してきた。そして、ムッシュ・ファーヴルが、平凡なクロード・ラムルーの美しい娘にきらめく才能があることを見出すと、シルヴィは自分のすべてをバレエに捧げた。おそらく、それが人並み以上になれる唯一の機会だとわかっていたのだろう。そして踊りながら、このひとつひとつの大きな跳躍《グランジユテ》が、回転《ピルエット》が、明確でズキズキと胸に突き刺さるムッシュ・ファーヴルの批評が、クロード・ラムルーと同じ最悪の運命から遠ざけてくれるのだと言い聞かせていた。もっといい人生を歩もうという元気さえ奪われる、貧しく、孤独で、苦労する人生から遠ざけてくれると。バレエはシルヴィに目標と、運命と……エティエンヌを与えてくれた。このどれもが、計画して手に入れたものなのだ。

だが、これは――このホワイト・リリーの陽気な観客と、お尻を叩くダンスは――明らかに、一瞬だけ無分別になった代償だった。

それでも、どんな公演であれ、開演まえの劇場の音にはどこか、シルヴィの血を騒がせるところがあった。興奮したささやき声、人々が腰かけるときに椅子がきしむ音、ランプを暗くする音、どれも彼女の期待を高めていくものであり、心からうんざりすることはなかった。シルヴィは最後に観客のまえで踊ってから二週間近くたつと思うと、妙な気持ちになった。舞台に出たら、急に思い立って跳《グランジユテ》んでみたくなりそうだが、そんなことをしたら、ここの観客は安物の首かざりの歌を聴くより驚くだろう。

とにかく、シルヴィは何でもいいから、バレエに近いことをしたかった。そして、いつになったら、また踊れるように――本物のダンスを――なるのだろうかと考えた。

シルヴィは緞帳の陰から、その向こうをのぞいた。そこには演奏家たちがおり、バイオリニスト、チェリスト、そして驚くことに、劇場の照明があたって黄金色が華やかに輝いているトランペットをもつ者までが、この場にふさわしい深紅のビロードのドレスを着て、ピアノのまえにすわっているジョゼフィーンとともにいた。シルヴィは上を見て、特別桟敷席に目を向けた。すると、ひとつの席のカーテンが揺れており、大金持ちがこの夜の公演を観にきていることがわかった。きっと、モリーの新しいファンだろう。シルヴィが立っている舞台から手が届きそうなほど近い、入口付近の最上段の通路にはトムと将軍が立っており、まるで舞踏会にやってくる客を出迎える、目が覚めるようなふたり組の公爵かのようだった。ふたりは鮮やかな縞模様のベストを着て、クラヴァットをふんわりと締めており、トムの上着の銀ボタンは到着する常連客をじっと見つめる目のように輝いていた。ふたりがそろって立っていると、まるで一枚の絵のようだった。シルヴィなら〈長身の洒落者と短身の洒落者〉と名づけただろう。

観客たちは舞台近くの大きな扉から入ってきて、座席に進んでいく。シルヴィは緞帳の陰になっている人目につかない場所で、トムが楽屋で腸を抜きとるぞと男を脅していたことがまるで嘘のように、来るひと全員を名前で呼んで温かく迎えている様子をじっと見つめ、その話に耳を澄ました。

「こんばんは、ミスター・ペティグルー」ペティグルー……中背で、大きくて触り心地のよさそうな腹から先に劇場に入ってきた、地味な夜会服を着た男だ。あの服は妻が選んだにちがいない。今夜、夫がどこを訪れているのか知っているのだろうか？

「やあ、ショーネシー！　ここ数日、こられなくて悪かった。家内に一緒に出かけたいと言われてね、数人のソプラノ歌手の歌を聴いてきた。今夜は何を見せてくれるんだい？」

「ペティグルー、今夜のために用意しているものを教えてしまったら、驚かなくなってしまうでしょう。驚きが好きなのでは？」トムはショーネシー。

「きみが提供してくれる驚きは好きだよ、ショーネシー。わたしのお気に入りだ。わかった。それなら、驚く準備をしておこう」

「……で、その花は誰に？」ペティグルーは見たところ、温室から切りとってきたばかりの色鮮やかな花を、紙にくるんでもっていた。

ペティグルーは少しはにかんだ顔をした。「ローズだ。うまく口添えしておいてくれるかい、ショーネシー？」彼が不安そうに訊いた。

「もちろん、うまく言っておきますよ」トムが請けあうと、ミスター・ペティグルーは安心した様子で顔を期待で輝かせて、自分の席を探しにいった。トムは薔薇の花束を将軍に渡し、将軍は使い走りの少年に渡した。急いで楽屋にもっていって、ほかの花束と、踊り子の関心を競わせるのだ。

トムはペティグルーが数フィート離れるのを待って言った。「……いまの彼、ジョンストーン、モーティマー、カーリック、ボンド、それから……」将軍のほうを見た。「ラシターもだ」将軍は付け加えた。「ラシターにも口添えすると伝えていたぞ」「ラシターはモリーに鞍《くら》がえしたはずだ」トムがじっくり考えて言った。「ああ」将軍は心に刻みこむかのような声を出した。「そうすると、〝口添え〟を頼まれたのは、まちがいなくモリーがいちばんだな。おそらく、いまではデイジーよりも多いだろう」

シルヴィはふり向いて、ローズにささやいた。「あなたのファンですって。ミスター・ペティグルーってひと。花をもってきたわ」「ああ、あたしのファンは多いのよ」ローズも声をひそめて答えたが、うぬぼれている様子はなかった。「でも、モリーほどじゃないわ」

シルヴィとモリーの目があった。モリーは頭をつんと反《そ》らせると、顔をそむけた。少し、おとなしくなっているようだ。モリーは助けられたことでシルヴィに礼を言っていないが、きっと恥ずかしく思っているのだろう。自尊心が傷ついたにちがいない。シルヴィはモリーに踊れるのか、目は痛むのかと尋ねようと思ったが、本人がいやがるだろうと考えてやめた。

そのとき、やや騒がしい音がして、シルヴィはトムのほうに顔を戻した。すると、目が釘付けになった。

怒りに燃えた目をした、ブロンドで、まだあごにニキビがあるハンサムな若い男がトムのまえに立ちはだかって、彼を怒鳴りつけていた。

「介添人を指名しろ、ショーネシー！」

「いいですか、タマニー――」

「あれは、わたしの妻だぞ、ショーネシー！　妻なんだ！　彼女はきみの名前を、あの……」タマニーは口ごもり、声を低くしてつぶやいた。「……あのときに、呼んだんだ」

哀れなことに、口ごもったあとつぶやいたせいで、怒鳴りつけたときの威厳は薄らいでいた。

「奥さんは……そのとき……〝トム・ショーネシー〟と呼んだのですか？」心から戸惑っているような声だった。「あの瞬間に呼ぶには、長すぎる気がしますが。それに、世間にはトムという名前が少なくないと思わないかい？」トムは同意を得るために将軍のほうを向いた。

「少なくても、十数人はいるだろう」将軍はもったいぶった調子で答えた。

「家内は〝トム！〟と叫んだんだ」若いタマニーは怒って言った。「〝トム〟だぞ！　正確に言えば〝ああ、トム！〟だ。きみのことを呼んだのは、わかっている。彼女はきみのことばかり話しているから。最高にいい男だと思っているんだ。こっちの世界の……

バイロンだと。あの、美しく恋多き詩人バイロンのようだと。きみは家内に何をしたんだ？　きみに決闘を申し込む！」

少し間があいた。

「わたしは、彼の奥さんに会ったことがあるのかな」トムは声をひそめて、将軍に言った。

「あるさ！　この、ならず者め！」タマニーがわめいた。トムはうんざりした。「つい先週、ボンドストリートの木のおもちゃの店で。わたしたち夫婦に会って、お辞儀をして、何か言って——」

「わかりました」トムはすばやく、あきらめたように冷静に言った。「あなたにとって、そのことがそれほど重要なら、いつものように、ここにいる将軍に介添人になってもらって——そうだな、二日後の夜明けでどうですか？　わたしがあなたを撃って、あなたへの恩返しとして、奥さんを慰めることになるでしょう。あなたが亡くなったら、奥さんはまちがいなく悲しむでしょうから。タマニー、あなたは最高のご贔屓《ひいき》さんのひとりですから、もちろんわたしも悲しみますよ。大好きな方のひとりですから。本当ですよ、大げさに言っているんじゃありません。ところで、もう一度最後にうちのショーをご覧になっていただけませんか？　かつては親しかった、わたしたちの友情の記念に」

トムは誠意があり、残念に思っているように見えるよう穏やかに微笑んだ。

緞帳の裏からのぞいていたシルヴィは、仰天して片手で口を覆った。遠慮なく言えば、じつに見事な演技力だ。

タマニーは急に、自分の言い分に自信がなくなったようだった。「ただ、あやまって、くれさえすればいいんだ、ショーネシー。そうすれば、この話は終わりにする」タマニーは横柄に言った。

「あやまりますよ、ミスター・タマニー」トムは静かに言った。「あやまらなければならないことをしたのなら」

シルヴィはふと、トムは今回のことをすべて、心から楽しんでいるのかもしれないと思いあたった。彼の顔や態度には、怖そうなところが微塵《みじん》もない。脅されているという様子さえないのだ。

そして、あんなにも軽々しく、撃ちあうことを話している。シルヴィは無意識に身体を震わせた。ローズの言葉を思い出したのだ。〝ロンドン一の射撃の名手よ〟

タマニーは何も言えず、ただトムを睨んでいた。現実的な考えと――トムは並はずれた射撃の腕前の持ち主だった――自尊心が闘っているのは明らかだった。

そのとき、トムがつい前夜わざと撃ちそこねた男、ベイトソンがその場で展開されている劇的な出来事に気づかずに、よりにもよってこのときに飲み物を片手にもって通路を歩いてきた。

「おい、タマニー。きみも〈マントンズ〉で、ショーネシーにコツを教わるほうがいい。こいつは毎回、目標の心臓を撃ち抜くんだから！」ベイトソンが訊きもしないのに、陽気に言った。「おれは教わったぞ！」彼は親指と人差し指で銃を作ってトムに狙いを定めて通りすぎ、トムも同じことをした。

「バン！」トムは明るく言った。

「ベイトソンは左に引きすぎるんです」トムは真面目な顔でタマニーに説明した。「昨夜、わたしはもう少しで彼を撃つところでした」タマニーの顔から血の気が失せた。いまや、あごのニキビは怒りでさらに赤くなっている。

「今夜のショーはいいですよ。じつを言うと、新しい女の子が入ったんです。応援してやってください」トムはタマニーをなだめた。「とてもかわいい子なんですけど、少しおとなしくて」

これは自分に聞こえるように言ったにちがいない。シルヴィはそう思った。そして、彼女が聞いていることを知っているかのように、トム・ショーネシーの口もとが少し、ほんのわずかだけぴくりと動いたように見えた。

タマニーはまだトムを睨んでいたが、このちょっとした騒動に気づいていないのか、この手のことに慣れているのか、観客たちが周囲をうろつきだすと、注意がそれはじめた。周囲の男たちは明るく親しげに挨拶しあっている。

「よう、タマニー」誰かが呼び、機嫌よく手をふってきた。「やあ、ショーネシー」

タマニーは何とか唇をゆがめて、挨拶に応えた。

「さあ、タマニー。今夜は踊り子たちが妖精に扮します」トムは説き伏せようとして付け加えた。「妖精はお好きでしょう。それに一週間もすれば、驚くようなものをお見せしますよ」

タマニーはもう一度睨みつけたが、トムは朗らかなままだった。いくら睨んでも視線が絡みあうことはなく、タマニーの怒りは勢いを失った。

タマニーはくるりと背を向けると、座席のほうに歩いていった。

それから、とつぜん止まると、もう一度ふり向いて、トムのほうに戻ってきた。「来週は何をやるんだ?」

トムはタマニーだけに秘密を明かしているように見せるために、肩に腕をまわして小声で言った。「海賊です」

タマニーの目は大きく見開いたあと、期待にあふれた喜びでゆっくりと輝いた。「それで、デイジーは?」それほど期待していない声で尋ねた。

「海賊船の船長です」トムはにっこりと笑って請けあった。

ついにタマニーの顔が穏やかになり、輝くような笑みが浮かんだ。「ショーネシー、きみは今回のことをどう思っている?」

トムは控えめに肩をすくめた。

するとタマニーはいまやすっかりけんか腰でなくなった歩き方で――弾んでさえいた――座席に歩いていった。

「心配はいらないよ、将軍。海賊を見るまで、生きていたいようだから。なあ？　海賊をやることにしてよかったと思わないかい？」

将軍はその問いかけを無視した。「トム、あの男の女房に何をしたんだ？」

「うーん、嘘じゃなくて、本当にわからないんだ。ただ笑いかけただけで、彼女は……」

「あんたが女に笑いかけたら、〝ただ〟ではすまない。ぜったいに」

そう聞くと、トムは笑って思い出した。「きれいな奥さんだった。やっと思い出したよ。わたしは結婚している女性に対しては、笑いかける以上のことはめったにしない。そのために、神さまが〈ベルベット・グローブ〉を作ってくださったんじゃないか」

「〈ベルベット・グローブ〉を作ったのは、神ではないと思うが」

「う……ん。そうではないとしても、あそこでは神の名前がよく叫ばれるからね」

「〈ベルベット・グローブ〉って？」シルヴィがローズのほうを向いて、ささやいた。

「売春宿よ」ローズの答えは明瞭だった。

シルヴィはおぞましいような、おかしいような、どちらとも言えない気持ちで、思わず息を飲みそうになった。

「トム、ああいう短気な男たちをからかっていると、そのうち命を落とすぞ」

「自分の名誉を守らざるを得ない状況で、どうにかできると思うかい？」トムは傷ついたふりをした。

「わたしの思いちがいでなければ、名誉なんて言葉は、退屈している金持ちの言い草だと思っていたはずだが」

「そのとおりだ。わたしには、そんな言葉は必要ない。名誉なんて気にしていたら、生き残れないからな。だが、わたしは退屈している金持ちを楽しませることが、生涯の使命だと思っているんだ」

将軍はため息をついた。「それじゃあ、別の質問だ、トム。あんたは木のおもちゃを売っている店で、何をしていたんだ？」

「タマニーの勘ちがいだ」トムはぼんやりと答えた。「別の場所で紹介されたはずだから」

将軍は黙っていたが、疑いはますます強くなっていた。

「教会とか？」やっと口を開いた。

「彼女には触れていないんだ、将軍。誓ってもいい」弁解するような口ぶりだった。

「男のなかには、ただひとりの女と落ち着く者もいる」将軍は意味深長に言った。「身を落ち着けたら、そのあとはほかの男の妻に笑いかけたり、決闘を申し込まれたりはしないんだ」

「将軍、きみは何て自分勝手なんだ。きみがそう言うときは、わたしの幸せではなく、自分の心の平穏を求めているんだからな」トムは懐中時計のふたを開けた。「ショーの時間だ」


数分後、熱狂する男たちのまえで、シルヴィ・ラムルーは数人のきれいな娘たちと腕を組んで、身体を折り、お尻を突きだして、「ヘイ！」と叫んでいた。

ありがたいことに、それはすぐに終わった。ただし、まずい食事にしつこく悩まされるように、この情景はまちがいなく何度も何度も頭に浮かんでくるだろうが。

ショーに対する反応は――すでに何十回も演じているローズやほかの踊り子たちが断言していたように――とても温かく、好意的で、陽気だった。観客を喜ばせることは――とりあえず、男の観客を喜ばせることは――想像していたよりも、明らかにずっと簡単なのに、どうして自分は踊りを完璧にするために、あれほど苦労してきたのだろうかとシルヴィが考えはじめたほどだった。

もちろん、観客を喜ばせることは、シルヴィがやってきたことのごく一部の理由でしかなかったが。

お尻を上げる部分が終わって、モリーが卑猥な歌をうたうと——とても意味ありげに杖を操るふりも付いていた——熱狂的な歓声があがり、一部の男たちが長くて背丈が低い彫刻を押しのけて舞台に上がってきた。さざ波のなかに作られた、濃い深緑色の彫刻だ。どうやら、海草らしい。

シルヴィはそのとき、何のためにトランペットがあるのかを知った。

崇高な黄金色の音が響きわたると、劇場が静まりかえったのだ。

そしてギシギシときしむ音が聞こえ、シルヴィは上を見た。すると、二本の鎖で梁《はり》から吊るされている、シルクの花で飾りたてられた大きなブランコが、ふたりの汗だくの男たちの手で下ろされてきた。そして羽のうしろから慌てて動く音がして、シルヴィが目をやると、驚いたことに、目が飛びでるほど胸が大きくて、誇張ではなく本当に、砂時計のように過剰なほど腰がくびれている女がよたよたと歩いてきた。きらきらと輝いている紫色の人魚の尾ひれで、下半身をきつく包まれているのだ。髪は長く、鮮やかな赤褐色で、海草がくっついている様子を模して、細長い布を糊《のり》で付けたらしく、ぴかぴかと光っている。

「女王さまよ」ローズがささやいた。

「あと二、三キロ太っただけで、ブランコが薪みたいにバラバラになるわね」モリーが手厳しくつぶやいた。

ああ、これがデイジー・ジョーンズなのね。

シルヴィがすっかり目を奪われていると、男たちがデイジーをすばやくブランコに乗せ——あれが前兆だとすれば、お尻が真ん中に乗ったときに、かすかにきしむ音がした——ひじまで届くきらきらと輝く手袋をした手が、鎖を握った。すると、男たちは急いでデイジーの背中にまわって、ブランコを動かそうと必死になったが、充分に引っぱることができなかった。デイジーはやさしく、さまざまなあだ名で呼んで励ましたが、ついには人魚の尾ひれをばたつかせて、ふたりの手助けをした。こうして三人がブランコを前後に揺らし、鎖が調子よくきしみはじめると、トランペットがふたたび鳴って、赤いビロードの緞帳がするすると上がっていった。

「デイジー！」観客たちが大喜びで迎えた。

デイジーが堂々とした態度で手をふって、指先を唇につけて投げキッスをすると、多くの男たちがそれを受けとったふりをして、その指を唇につけ、うっとりした。そのあとデイジーが尾ひれを力強く動かすと、ブランコはまもなく頭上高く上がっていき、男たちはとびきり上等な彼女のお尻の下を見ようとしてのぞきこんだ。デイジーの胸には長く赤い髪が貼りつき、肌は巧妙に作られた薄い生地で覆われていた。髪は欲望をかき立てるようになびいたが、合法の範囲内だった。

〝帆を掲げる者たちよ、わたしの美しい尾ひれをひと目見に集まって……〟

デイジーの歌声は梁まで楽々と届いたが、決して〝美しい〟とは言えなかった。

「ブランコに乗った人魚？」シルヴィが小声でローズに訊いた。

「水のなかの世界なんだよ、ミス・シャポー」うしろからトム・ショーネシーの低いつぶやき声が聞こえると、どういうわけか、指で軽くなぞられたかのように、その声が背筋を伝わっていった。シルヴィはうなじに鳥肌が立ったのを感じた。「ここホワイト・リリーでは、幻想を作りあげているんだ。夢なんだよ、こんなふうに言わせてもらえれば――波の下で、人魚がブランコに乗っているんだ」トムは観客を見わたして、唇をゆがめて満足そうに微笑んだ。「金になる夢だ」

トムはしばらくシルヴィの目を見つめ、それからゆっくり視線を外すと、科学者か判事のようにしっかりと、舞台の進み具合を見つめた――デイジーを乗せたブランコが空中で揺れていたが、彼女の胴まわりを見るかぎり、かなり負担が大きそうだ。トムは観客を見下ろすと、ほんの少し眉を寄せた。あたかも、ブランコが壊れたら、何人の男がデイジーにつぶされるだろうかと考えているかのように。

「悪夢かもしれないわ」シルヴィがつぶやいた。

すると、トムがとつぜんシルヴィに顔を向けた。何とか表情を変えずにいる。

「それはすべて見方によって変わってくる、ミス・シャポー」トムは淡々と言った。「きみは今夜の分の報酬を稼いだ。よければ、明日取りにきてくれ」

シルヴィがまたトムの手のなかにあった金ぴかの時計を目にすると、彼はほかの場所からショーを見るために、すっと離れていった。

ショーが終わって、観客たちが帰ると、劇場はまた静まりかえった。シルヴィは踊り子たちが夜の公演用の衣装だんすに妖精の衣装と杖と羽をしまって、それぞれの服を着て、裏口からひとりずつ出ていくのを見ていた。

裏口ではファンたちが少し待っており、シルヴィはその様子を盗み見た。

裏口の番をしているのはふたりの大男で、ひとりは片目がなかったが、眼帯もしていなかった。身なりで判断したところ、おそらく眼帯を着けたら、着飾りすぎだと思ったのだろう。もうひとりの男は背丈だけでなく横幅も大きな男で、皮肉なことに、傷のせいで口もとが引きつっており、常に薄ら笑いを浮かべているように見えた。そして左手の代わりをしているのが鉤型で、踊り子たちが次々と帰っていくときには、鋼の三日月にも見える、その鉤手を掲げて挨拶していた。

シルヴィは裏口の内側から、モリーが従僕に手伝われて、紋章の付いていない上等な馬車に乗りこむのを見ていた。ストッキングをはいた華奢な足首がちらりと見え、恥ずかしそうな笑い声が聞こえると、モリーは小ぶりの扇子を贈ってくれた男に会うために、馬車のなかに消えた。

モリーが上等な馬車に乗りこむのを見ていると、シルヴィはここがどこかわからなくなった。一年まえにエティエンヌから求愛されはじめた頃の自分が——美しい自分の姿が、その美しさを勝ち取った喜びに、頬を紅潮させた自分の姿が——目に浮かんできた。劇場の外では見事な馬車が待っており、そのなかでは想像を絶するほど裕福で有力な男が、贈り物を用意して、自分を待っていたのだ。

「おやすみ、シルヴィ!」ローズは片手を上げて挨拶すると、背を向けてロンドンの町を抜けて、自分の部屋に帰っていった。

「お送りしましょうか?」輝く曲がった手をもつ男が、礼儀正しくお辞儀をした。「トミーが雇った、新しい娘さんでしょう」男は笑った。まだ歯茎に残っている数少ない歯が、洞穴の頭蓋骨のように光った。「おれの名前はポーです。こっちはスターク」

片目の男、スタークも頭を下げたが、何も言わなかった。

「あ、ありがとう、ミスター・ポー。でも、けっこうよ」シルヴィは礼儀正しく微笑み、歯がほとんどない男に、完璧にそろった歯並びを見せることが失礼に当たらなければいいがと思いながら、また劇場のなかに戻った。

完全に静まりかえったなかに。

シルヴィはロウソクを使ったが、劇場の最上階に繋がっている長い階段をのぼりはじめると、トム・ショーネシーの部屋にやわらかな明かりが灯っているのが見えた。書斎か何かのようだ。書棚が壁に沿って並んでいる。シルヴィは足を止めて、暗がりからのぞきこんだ。開いたドアのすき間から、トムがシャツのそでをまくって、片手で羽ペンをもってかがみこみ、字を書く練習をしている子どものように、ゆっくりと苦労しながら何かを書いているのが見えて、シルヴィは驚いた。トムは顔を上げると、考えこむように首をかしげた。そして、片方の手の指を逆の手でていねいに、物思いにふけりながら揉んだり、伸ばしたり、パタパタと動かしたりしていた。おそらく考えごとをしながら笑っているのだろう。顔にうっすらと笑みが浮かんでいる。

シルヴィは大胆にも、エティエンヌとはちがう、トムの横顔をじっくりと鑑賞した。エティエンヌの横顔は整っていて優雅で、海が石を磨いて滑らかにするように、完璧な血統が何世紀にもわたって洗練させてきた顔だった。一方、トムの横顔はもっと説明しがたく、目を引かれる部分がたくさんあった。トム・ショーネシーなりの洗練さなのだろうが、その俗悪さと紙一重の服装にもかかわらず、彼には……落ち着きが感じられた。彼はきらきらと輝いている男だった。目も、微笑みも、あの上着のボタンも……。だが、芯はこんなにも静かで……確かなのだ。

いや、それは非情さなのかもしれない。

そのあと、トムは掌《てのひら》でしばらく目を押さえると、もう一度羽ペンを取り、インクをつけて、熱心に書きつづけた。今晩じゅうに仕上げなければならない宿題に専念しているかのようだ。

もしかしたら、回想録《メモワール》でも書いているのかもしれない。シルヴィは半ば面白がりながら、そう思った。ドン・ファンやカサノヴァみたいに。だが、トムが机に向かっている様子は、妙にシルヴィの心を打った。きっと、ロンドンには賭博場やパブ、それにトム・ショーネシーのような男たちが楽しんだり、女性が相手をしたり、決闘の原因となる女性がたくさんいる場所が数多くあるだろう。それなのに、ここで静かに机に向かっているトムの姿は、数時間まえの下品で陽気な騒ぎや、開演まえににわかに起こった暴力沙汰と比べると、あまりにも落差があった。

シルヴィはトムの愛人のことを考えた。愛人がいるかどうかではない。彼にはぜったいにいるはずだ。いるにちがいない。シルヴィが考えをめぐらせたのは、どんな相手だろうということだった。身分の高い未亡人だろうか？　高級娼婦だろうか？　トム・ショーネシーはどんな女性を気に入るのだろう？

トムは行方不明になったキティという踊り子と恋仲だったのだろうか？　それとも妊娠したことで、ほかの娘たちへの見せしめとして〝暇を出した〟のだろうか？　それとも、彼女を妊娠させたのはトムで、ケントに住まわせて、その義務として訪ねているのだろうか？

〝トム・ショーネシーのような男たち〟シルヴィはふいに、それが意味することを知らないことに気がついた。

今日は忙しすぎて不安には思わなかったが、それでも、そのことについて考えてはいた。彼は追いはぎと知りあいで、無愛想な小男が仕切る劇場を経営していて、そこで踊る娘たちは街から拾ってきたも同然なのだ。それに公演まえには、稲妻のような速さで、体格のいい男のクラヴァットをつかんで、平然と殺すと脅した。

あの瞬間、シルヴィは彼なら本当に殺すだろうと信じた。そして同時に、ひどく腹が立って、殺せばいいと願いそうになったことを認めなければならない。

モリーを殴ることが自分の権利であるかのように、ベルストーが殴ろうとして手を上げたとき……。

ホワイト・リリーの陽気な偽りの豪華さのなかに立っているうちに、シルヴィは波止場に立っていたのは本当にエティエンヌだったのだろうか、それとも罪の意識と不安から、背が高くて肩幅の広いほかの男性を見て思いちがいをしたのだろうかと考えはじめた。馬車をのぞきこんで「失礼」と言ったのは、本当にエティエンヌの声だったのだろうか？　彼はどうにかしてパリからロンドンまで、自分を追ってきたのだろうか？

この奇妙な劇場の暗がりにいると、エティエンヌだと思ったのは勘ちがいであり、あれはまったくの別人で、このホワイト・リリーのなかで起こっている出来事だけが現実なのだと信じそうになった。

夢――ミスター・ショーネシーはそう言った。金になる夢だと。

シルヴィがロンドンで身を寄せそうなところのなかでも、こうした劇場まで、エティエンヌが探すとは思えなかった。娯楽に対するエティエンヌの好みは一流で洗練されたものであり、すべてのなかで最高のものだった。だからこそ自然に、最高の美しさと優雅さが擬人化された存在であるシルヴィ・ラムルーに行きついたのだ。

シルヴィがとつぜん去ったことで、エティエンヌが傷ついたとは考えにくかった。これまで何も否定されたことのない人間が、本気で誰かに恋い焦がれたり、本気で愛したりすることができるのだろうか。

そして、それが重要な問題になり得るのだろうか。

シルヴィは疲れはて、手足も瞼も重かった。今夜はぐっすり眠れるだろう。

彼女はふたたび静かな階段をのぼり、暗い廊下でドアの数を数えて、自分の部屋を見つけた。

そのとき、眠れる部屋と鍵のかかるドアがあることに感謝する一方で、見知らぬ環境に不安を抱いたが、そこには、気に入るというより奇妙な居心地のよさを感じはじめていた。そして、シルヴィの肉体は最善の策として、彼女を眠りに引きこんだ。

9

トムは朝の空気の冷たさを存分に味わっていた——この時間だとまだ霧が残っているのがかえってありがたく、爽快だった——そして、今回借りた馬は狩猟用の見事なもので、長く滑らかな足運びで、道をすばやく駆けていた。馬を借りると、ケント州リトル・スワシングまで半分の時間で行ける。それに、まだ郵便馬車に乗る気分にはならなかった。

トムはいつか自分の馬車をもつつもりだった。どんな馬車にして、どんな馬を選ぶかも考えている。多くの貴族のように、典型的なイギリスの天気にあわせた葦毛《あしげ》ではなく、もっと明るい馬、少し派手なやつがいい。おそらく、鹿毛馬の四頭立てがいいだろう。いや、両目の真ん中に白い斑毛があるか、前肢に靴下をはいている馬がいい。競売会社のタタソールズに出向いて、買うことを夢見て計画したことさえあるのだ。

ホワイト・リリーの裏には馬屋があり、いまでもその気になれば、馬も馬車も買えたが、トムは金の使い道を選んでいた。しばらくまえに、馬と馬車に金を使うのはいつでもできることであり、ロンドン周辺に出かけるときは馬車や馬を借りたり、友人に馬車で送ってもらったりすればすむことだと決めたのだ。金が必要なことはほかにもある。たとえば、従業員の賃金を支払ったり、海賊船を作ったり。思いつきで、フランス女を雇ったり。

トムはそう考えると、微笑みかけたが、ふいに緑色の目と紅潮した頬が思い浮かぶと、胃がきゅっと引き締まって驚いた。彼女のことを思うと、説明しがたい狂おしい喜びがこみあげてくる。普通に美しい女のことを思い浮かべるよりも激しい感情が呼び起こされるのだ。前夜、トムはシルヴィが微笑んだり、お尻を突きだしたり、ほかの娘たちにあわせて身体を揺らしたりするのを見ていた。彼女のダンスには何の問題もなかったが、トムは目を離すことができなかった。違和感も覚えたが、その一方で、思いがけず似あっているようにも見えたのだ。

田舎家が見えてくると、トムはシルヴィ・シャポーのことを頭からふり払った。そして馬をつないで小さな白い門を押しあけると、敷石の上を歩いて、入口に向かった。もうひとつの新しい局面に向かったのだ。

トムはついに、せめて一度はここにきて、すぐに対処すべきだと決心した。事実を確かめるのだ。

ミセス・メイは入口でトムを出迎えた。そして、トムが緊張した面持ちでお辞儀をすると、頭を下げるのを渋るかのようにすばやくお辞儀を返し、礼儀正しく、よそよそしい挨拶をした。トムはこういう状況の作法については、エチケットブックでもあまり触れられていないのだろうと考え、しばらくはおとなしく行儀よくすることにした。

ミスター・メイは悪名高いミスター・ショーネシーが不埒《ふらち》なことをしてきたら、いつでも飛びかかれるように準備を整えて、近くをうろついていた。そして、トムの視界から消えると、家のどこかで動きまわったり、物をもちあげたり下ろしたりして、自分の存在を知らせるために、わざと音をたてていた。そして、家のどこからか、年長の子どもたちの声も響いてきた。

この家に入ってこられるようになるには、揺らぐことなく根気強く説得することが必要だった。トムは一度ならず、目のまえで扉を閉められた。そして、ミスター・メイは半ば本気でマスケット銃で脅したが、トムは一歩も退かなかった。そのマスケット銃の年式に覚えがあったのだ。おそらく、射撃力より反動のほうが強いだろう。狙った相手より、射手のほうが大けがを負うにちがいない。

そのあと、トムはまさしく腰を低くして通いつづけた。贈り物をもってやってきたのだ。薔薇の花束や菓子、そして一度などは目新しさを狙って、ハムをもってきたこともあった。

そして、頭を下げた。

結局、トムの魅力を余すところなくぶつけられて抵抗できる者などおらず、それが前日の手紙に結びついたのはまちがいない。実際、メイ夫妻の美しい娘であるメアリベスは、抵抗しようとさえしなかった。彼女は冒険好きなところがあり、トムと関係をもつまえにも、ひとりふたりの男を知っており、結局はまったくちがう男と逃げた。そして、トムがメアリベスのことをほとんど忘れかけていた数週間まえ、彼女から手紙が届いたのだ。

「息子はあなたの子どもです。見ればわかるわ。髪の色がそっくりだから」

まるで、恋愛小説のようだ。いま、こうしてふり返ると、そう思う。

手紙を読んだときは……寒気がした。手から血の気が失せ、顔を温めるために血がのぼっていった。トムは手紙をくしゃくしゃに丸めて、淫らな帝国を建てる計画を進めたくてたまらなかった。

実際、手紙はくしゃくしゃになった。手で握りしめられて。そいつは手のなかで脈打っているかのようで、まるで心臓を握りつぶしているみたいだった。

トムは手紙のしわをもう一度伸ばして、漠然と腹を立てながら、じっと見つめた。おかしなことに、その怒りは誰に矛先《ほこさき》を向けているのかわからなかった。自分自身にだろうか？　メアリベスにだろうか？　それとも、粘りと努力と危険と飛びぬけた頭のよさで構想を練ってきた計画とまったく関係ない出来事を、行く手に放ってきた運命にだろうか？

メアリベスは息子を――ジェイミーというのだと書いてあった――自分をとうに見限った両親のもとに置いて出ていった。両親は貧しいにしても、娘よりずっとまともで、堅実だった。ケントの小さな家で、ほかの子どもたちと一緒に暮らしていたのだ。

そこで、トムは考えをめぐらせた。そして、おそらくは形式的なものとして、手紙を送って――礼儀正しい型どおりの文面だ――息子に会いたいと頼んだのだ。

だが、トムは冷たくはねつけられた。〝あなたの仕事のことを考えると、会わせないほうがいいと思う〟というのが、メイ夫妻の返事の要点だ。

トム・ショーネシーにすれば、それがジェイミーに会うことが目標になった理由だった。

そして、これまでトムのまえに現われたあらゆる目標と同じように、これもまた達成したのである。

ミセス・メイがジェイミーの手を引いて、居間にいるトムのまえに連れてきた。名前はジェイムズで、まだ二歳まえだと聞かされた。髪は光沢のある銅板のようで、目の色は赤ん坊のそれではなく、すでに灰色に変わっている。ショーネシー側のジェイミーのおばあちゃんが孫を見られるまで生きていたら、銀色だと言ったろう。

一瞬、トムは息ができなかった。すぐにわかった。子どもは自分に似ている。自分に瓜ふたつだ。まだずっと小さいが、やがて……自分そっくりの男に成長するだろう。

男の子は立ったまま、トムが踊るクマか花火ででもあるかのようにじっと、驚いた顔でまばたきもせずに、ひたむきに見つめていた。それはほんの少しうれしくもあり、まごつきもしたが、ジェイミーの世界に新しく入ってきたものは、すべて同じように見つめられるのだろう。

ミセス・メイはジェイミーの小さな手を放すと、向いあっているふたつの長椅子の片方に腰かけた。どちらもすり切れ、長年すわっていたせいで、微笑んでいるかのように曲がっている。

まるで、裁判長だ。トムは皮肉っぽく面白がった。

そして、ぎこちなく、手に帽子をもったまま立っていた。子どもに対して、お辞儀をするわけにはいかない。握手をするわけにも。ジェイミーは……自分の縮小版だった。小さな手足、小さな耳、丸くて壊れてしまいそうな頭、すべてが縮小版だ。

トムは女性に求愛しているかのように、身をかたくして長椅子に腰を下ろした。

幼子相手に何をしたらいいのだろう？　だいたい、自分はどうしてここにいるのだろうか？　メイ夫妻はすべてきちんと対処しており、ほかの部屋から聞こえてくる様子では、ほかの子どもたちにも、ちゃんと食べさせているようなのに。

ジェイミーが物珍しさに惹かれて、トムのほうによちよちと歩いてきた。

編みひも《ブレイド》を組んだ絨毯《ラグ》の上のトムの足もとには、ボールが置いてあった。革でできている小さなボール、おもちゃだ。トムはためらいながら身をかがめ、ボールをジェイミーのほうに転がした。

「ボール！」ジェイミーは驚き、喜んで、大声を出した。そして、ふっくらとしたモミジのような小さい手で、ぎこちなくいじりはじめた。それから何とかボールをつかむと、顔をくしゃくしゃにして笑った。

ジェイミーはトムに向かってよろよろと歩いてくると、気前よくボールを差しだした。トムは一瞬ためらったあと、それを受けとった。「ありがとう、坊や」

ジェイミーは贈り物ができたことに喜んで、両手をパチパチと打ち鳴らした。「ボール！」耳をつんざくような、かん高い声でもう一度言った。まさしく鼓膜が破れそうな声で、トムはたじろぎそうになるのをこらえ、耳に指を突っこんで、なかを調べたくなるのに耐えた。

「そう、ボールだ。しかも上等なボールだぞ」トムはジェイミーに答えた。赤ちゃん言葉というものも知っていたが、使う気にはなれなかったし、子どもたちが大人にそんな言葉を使われたいかどうかも怪しいと思っていた。トムが贈り物に見とれていると、ジェイミーは目を大きく見開いて喜び、トムがボールをそっと転がして返すと、よろよろと追いかけていった。

だが、二、三歩追いかけたところで——あ、危ない！——ドン。転んでしまった。ジェイミーは脚に裏切られるなんて思いもしなかったとでも言うように、びっくりしていたが、泣きだしはしなかった。そして、床に両手をついて梃子《てこ》にして、丸いお尻を持ちあげ、もう一度立ちあがって、ボールを追いつづけた。

こういうところは、自分に似ている。トムは思った。一度決めたら、一心に追い求めるところは。

どんなものにせよ、自分から何かを受けつぐ者がいると思うと——この小さな男の子のことは言うまでもないが——トムは呆然として、また息ができなくなった。

トムはジェイミーをじっと見つめた。わたしの息子。心のなかでそう呼んでみて、どんな気持ちがするのか確かめてみた。わたしの、息子。なじみのない言葉だった。たったふたつの短い言葉だが、そこに含まれる意味は大きく、ひと目では見渡せない大きな山のようだった。

トムがふと目をやると、ミセス・メイが自分を見ていた。

自分への同情で、冷ややかで揺るぎない彼女の警戒心がやわらいだら、さらに心を乱されてしまうだろう。

トムはすばやく腰を上げた。

「ありがとうございました、ミセス・メイ。もう帰ります」

トムは頭を下げると、ミセス・メイに立ちあがる暇も与えずに、猟犬にでも追われているかのように、ふたりを残して立ち去った。

台所でジョゼフィーンとミセス・プールと一緒に、おいしいパンと紅茶の朝食を終えると、シルヴィは上の階にある洗練された居間に連れていかれた。使いこまれてはいるが趣味のいい家具や、品のいい絨毯や、どっしりとしたカーテンは、クリームや青のやわらかな色あいで統一されている。小さな暖炉まであったが、この日は暖かく、東向きの窓から朝日が燦々《さんさん》と射しこんでいたので、火はつけられていなかった。シルヴィは喪服をぬいで、品よくカットされた、薄く縦縞が入った柳色の綿モスリンのドレスを着ていた。襟ぐりは細いレースで縁どられている。

そのドレスを見ると、ジョゼフィーンの目が少しだけ大きくなった。その価値がわかるのだろう。だが、何も言わなかった。そしてシルヴィを自分の向かいの椅子にすわらせると、黒いフランネルのはぎれが山になったかごを手渡した。

「海賊の帽子よ」ジョゼフィーンは淡々と言って、どんなふうに仕上げるのか教えるために、できあがった帽子をふりまわして見せた。「これが終わったら、サッシュとズボンとしゃれた小さなシャツ、それから海の精のドレスよ。トーガとそれほど変わらないもので、よかったけど。ミスター・ショーネシーは次から次へといろいろなことを思いついて、全部をすぐに実行したがるから。まず衣装と歌と舞台装置を作って——そっちは将軍の得意分野だけど、舞台装置はね——あっという間に、みんなで稽古でしょう。ミスター・ショーネシーは何にでも口を出してくるし。あ、別に文句を言っているわけじゃないのよ」ジョゼフィーンはあわてて言い添えた。「でも、あなたが手伝ってくれて助かるわ。あなたの衣装もすべて寸法を詰めましょう。大きすぎるから」

「ズボン?」シルヴィはもう少しで大声を出すところだった。「ズボンをはくの?」パリでさえ、女性がズボンをはくのは恥ずべきことだった。

「見かけはスカートよ」ジョゼフィーンは少し面白がって言った。「ただし、左右に一本ずつ脚を入れられるように縫いあわせるけど。それで、ズボンのできあがり。ミスター・ショーネシーの思いつきなの」ジョゼフィーンはまた言った。「それから、わたしたちで歌を作るの」

「わたしたち?」シルヴィはおうむ返しに訊いた。

「ミスター・ショーネシーとわたし」ジョゼフィーンは器用に海賊の帽子を形にしなが

ら、親切に説明した。

シルヴィは驚いて、ジョゼフィーンを見つめた。ふっくらとした頰と穏やかな目をした彼女は、副牧師の妻だと言っても充分に通りそうなのだ。

ジョゼフィーンは目を上げると、シルヴィが驚いた顔で自分を見つめているのに気づき、やさしく微笑んだ。「うちの主人は、ぜんぜん気にしていないの。トムとは長年の知りあいだから。それで、わたしはトムに雇われたのよ。最初は縫い物を引き受けていたの。そのあと、わたしが少し楽器に覚えがあるとわかったものだから」

ジョゼフィーンはまた下を向いて縫い物をはじめると、上目使いでシルヴィを見て、秘密を打ち明けるかのように小声で言った。「槍だの棒だのという言葉を使って詞を書くなんて、難しくないの。とにかく……頭に浮かんでくるのよ。一種の才能ね」

トムはホワイト・リリーに、自分の部屋に、自分が立てた計画のなかに帰ってくると、ひと息ついた。この部屋からまえに進んでいく道はわかっている——ショーの作り方や、従業員を雇ったりクビにしたりする方法は。そして、鉤手をもつ男や、美しい女や、裕福な投資家や、夜明けに撃ち殺すと脅してくる男との話し方も心得ている。

だが、自分の縮小版にはどう接したらいいのか、まるでわからなかった。

トムはミセス・メイに手紙を書いて、時間を割いてもらった礼を述べ、ジェイミーが大人になるまで季節ごとに金を送って、この問題に対する自分の責任をさっさと片づけるつもりだった。おそらく、こんなことは珍しくないにちがいない。似たような状況に陥った男は、ひとりやふたりではないはずだ。

この解決策に満足していくらかほっとすると、トムはありがたそうに書類の山に目を向けた。ミセス・プールがトムの帰りを見越して、濃い紅茶をトレーに載せて置いておいてくれたのだ。熱さと香りから、入れたてなのがわかる。トムはカップに紅茶を注ぐと、手紙を選《え》りわけ、最高の知らせが届いていることに気づいた。

ハワス子爵が喜んで〈紳士の殿堂〉に出資すると連絡してきたのだ。これで投資家たちの返事が出そろった。全員、参加だ。

トムは椅子の背もたれに寄りかかって、紅茶を少し口に含むと、それが成功の味であるかのように転がした。すると、心地いい温かさと成功の喜びの大きさが身体のなかでふくれあがり、しばらくはほかの心配事をかき消した。それは、畏《おそ》れおおい一瞬だった。トム・ショーネシーが、かつては街の悪がきだった男が、まもなくロンドンでも有数の大きな建物を持ち、ロンドンでも有数の金持ちの男たちが娯楽を求めて、そこに集まってくるようになる。

トムがしばらく空想にふけっていると、その夢は次第に現実的になっていった。建物は修理され、さまざまな娯楽で活気づき、どの階も現実から逃げ、喜びを得ることができる幻の国となるのだ。

そこで、トムは夢から、女海賊の歌づくりなど、現実の差し迫った問題に引きもどされた。将軍の様子を見にいかなければ。きっと作業場にいて、大あわてで海賊船やヴィーナスが出てくる巨大な貝を作っている様子を監督し、毒づいたり金づちで叩いたりしているだろう。

自分もほんの少し金づちで叩いたり、毒づいたりすれば、いい気分になるかもしれない。トムは将軍を訪ねてから、ジョゼフィーンに会いにいくことにした。

小さかった海賊の帽子の山が、あっという間に大きくなった。ジョゼフィーンは針仕事について、それほどうるさくなかった。シルヴィに求めたのは手早さだけだ。ふたりは次にズボンに取りかかった。踊り子たちの寸法にあわせて裁断した布を、新しいショーがはじまるたびに作りかえるのだ。

作業をしていると落ち着いた。ジョゼフィーンはおしゃべりなたちではなく、シルヴィは窓から入ってくるやわらかな陽ざしと、生地を出入りする針のリズムに心を慰められた。こうしたごく普通のことをするのはとても久しぶりで、妙に清々しい気分になった。縫っているのが海賊の帽子とズボンでなければ、副牧師の妻と娘であってもおかしくない。

「ジョゼフィーン、どこにいるのかと思ったら……」

とつぜん声がして、シルヴィとジョゼフィーンは顔を上げた。シルヴィが縫い物の入ったかごを膝に置いて、ジョゼフィーンのまえの椅子に控えめにすわっているのを見ると、トム・ショーネシーの声は尻すぼみになった。トムは一瞬戸惑ったようで、シルヴィは自分の目を見つめる彼の目を見て、そのことに気がついた。彼はどういうわけか、このシルヴィに、綿モスリンのドレスを着て控えめに針を動かしている物静かなシルヴィに、お尻を叩いている妖精のシルヴィと同じくらいに違和感を覚えているようだった。

トムはわれに返ったが、まだ入口に立っていた。

「ジョゼフィーン、ミス・シャポーに尖った道具を渡してしまったんだね？　わたしはここに立っているよ、ミス・シャポー。安全な距離に。きみの癇癪に火がついて、針でわたしを差しこみたくならないように」

「ずっと……安全な距離を置いて立っているなら……ミスター・ショーネシー……文句はないわ」シルヴィは穏やかに答えた。

どんなに離れたところで、この男は安全ではないだろうと思いながら。

トムはその言葉を聞いて笑うと、部屋に入ってきた。今日は子鹿色のズボンに、長いブーツをはいており、長い長い脚が引き立っている。ブーツは磨きこまれていて、歩くたびに光を反射した。上着は質のいいマホガニー色のウール。赤っぽい黄金色の髪はくしゃくしゃで、風が器用に乱したかのように、ゆるやかにウェーブした髪が額にかかっている。ベストも子鹿色でクリーム色の縦縞が入っており、ボタンは真鍮《しんちゅう》だ。いや、そう見える。まさか、金じゃないわよね？

トムはふたりの女性がいる場所まで歩いてくると、うず高くなった海賊の帽子の山を見て立ち止まった。そして、しばらく見下ろしていたが、そのうちのひとつを手に取り、上の空のような顔でぼんやりと、壊れものを扱うようにそっと触っていた。

それから急に帽子を戻すと、大またでピアノまで歩いていった。

「ジョゼフィーン……」トムは鍵盤を三つか四つ、でたらめに鳴らした。「海賊のテーマにあわせた新しい曲が必要だ。もちろん、いますぐに。剣《ソード》という言葉を使うっていうのは……どうだい？」真剣な質問だった。「露骨だとは思うが」

ジョゼフィーンはきびきびと動いた。帽子を椅子の黒いフランネルが散らばっている場所に放って、トムのそばに急ぎ、ピアノのまえの椅子にすわった。

「いい曲があるの、ミスター・ショーネシー」ジョゼフィーンは両手を組みあわせて指を引っぱり、鍵盤の上に置くと、船乗りのはやし歌に似た力強い旋律を弾きはじめた。

「主人が船乗りだったのよ」ジョゼフィーンはふり向いて、シルヴィに説明した。「だから、海賊のことを耳にしたとき、いまにも曲が聴こえてきそう……って思ったの」

ジョゼフィーンが数小節弾くと、トムは熱心に耳を傾けた。

「よし、それでいい。さて、残るは劇場をあとにした男たち全員が、酔っぱらったときにうたいたくなるような歌詞を作ることだ。そうだな……剣で〝突いて〟なんていうのはどうだい?」トムがあごを撫でて考えこみながら言った。

ジョゼフィーンが首をかしげた。「こんな感じかしら……」


〝ねえ、あなたの剣で突いてよ、あなたの剣で突いてほしいの……〟


ジョゼフィーンはそこで中断すると、意見を求めてトムの顔を見あげた。

「よし、いいぞ」トムはつぶやいた。「それが、はじまりだ」天井を見あげて、次の言葉を探した。「領主《ロード》? 退屈《ボアード》?」

「〝あっちに《トワード》〟は?」ジョゼフィーンはそう提案しながら、鼻にしわを寄せて、自分の思いつきに対する意見を表わした。「いびきをかいた《スノード》? わめいた《ロード》?」

「ご褒美《リウォード》」シルヴィがこっそりつぶやいた。

ジョゼフィーンとトムがふり向いた。

沈黙がしばらくつづいた。

「何て言ったんだい、ミス・シャポー?」トムが穏やかに訊いた。

シルヴィはトムと知りあってから、ある程度の時間がたっており、その声に小躍りしたい気分が滲んでいることはわかっていた。

ああ、もう。シルヴィはうつむいたまま針をフランネルに刺していたが、指にも刺してしまい、その痛さに声をあげそうになって、唇を嚙んでこらえた。

「いいじゃない、教えてちょうだい」ジョゼフィーンはどんな母親にも勝るほど、やさしく促した。

シルヴィは咳ばらいをした。「ご褒美《リウォード》」今度はもう少し大きな声で言った。

そして、今度はトムの目を平然と見た。この男の気をこっそりと引くのは、最高にいい気分だ。ただし、顔は熱くほてっていたけれど。シルヴィは暖炉のせいにするかのように、そっちに目を向けた。だが、いまいましいことに、暖炉は暗いままだった。

「〝ご褒美〟という言葉を使って、どんな歌詞にするのか、教えてくれないか」トムは無邪気に頼んだ。それから、片手を上げた。「いい考えがある。ジョゼフィーン、さっきの曲を弾いてくれ。適当なところで、ミス・シャポーが歌詞を完成させてくれるだろう」

「わたしは――」シルヴィは異議を唱えようとした。

だが、ジョゼフィーンはすでにピアノを弾きはじめており、大きくて才能豊かな手が鍵盤の上を調子よく滑ると、弾かれたように曲が飛びだした。

「さあ、いくわよ！」ジョゼフィーンは励ますように促した。「曲をよく聴いて！」

そして、うたいだした。

〝あなたの剣《ソード》で突いてよ、あなたの剣で突いて欲しいの〟

ジョゼフィーンはふり向いてシルヴィを見つめると、促すように眉を上げ、両手で数小節を弾きつづけた。

シルヴィはトムをちらりと見た。彼は面白がり、目がなくなるほど笑っている。

ああ、神さま。ジョゼフィーンはこっちを向いて促すように眉を上げたまま、期待をこめて熱心に曲を弾いており、がっかりさせることはできなかった。

シルヴィはぎゅっと目をつぶると、観念してうたいはじめた。

〝天国に送ってよ、ご褒美《リウオード》に、昇天させて欲しいの〟

それは、シルヴィがずっと考えていることだった。

ジョゼフィーンは音を外して、演奏をやめた。

トムは呆然として、シルヴィを見つめている。

シルヴィはまるっきり無邪気なふりをして、ふたりを見つめかえすしかなかった。

「それが……〝ご褒美〟?」トムはやっと、まったく抑揚のない声で言った。

シルヴィはおずおずとうなずいた。

トムは笑っていなかった。それなのにどういうわけか、顔全体に見まごうことのない、不埒な勝利に酔った喜びがあふれていた。笑ってしまっては、歌に対するシルヴィの貢献に正当な評価を与えられないとでもいうように。

「なるほど」トムは暖炉のまえを行ったりきたりした。「あなたの剣《ソード》で突いてよ、あなたの剣で突いて欲しいの」〝生きるべきか、死ぬべきか〟とでも言っているかのように、重々しい口調だった。「天国に送ってよ、ご褒美《リウオード》に――」くるりとふり向いて、シルヴィにささやくように言った。「――昇天させて欲しいの」

シルヴィは少しも動じていないと思わせたくて、冷ややかな目で睨んだが、赤く染まった頰がその思いを裏切っていたにちがいない。

いったいどこから、あんな言葉が出てきたのだろう? あれは、ふと思いついたのだ。淫らな歌がこんなにも伝染しやすいなんて、誰が知っていただろう?

「最高にすばらしいと認めなければいけないな」トムは頭をふって言った。「本当に、すばらしい。おかげで、残りが思い浮かんだ。ジョゼフィーン、もう一度最初から弾いて、一緒にうたわないかい?」

ジョゼフィーンはピアノを弾き、うたいはじめた。

〝あなたの剣《ソード》で突いてよ、あなたの剣で突いて欲しいの
天国に送ってよ、ご褒美《リウォード》に、昇天させて欲しいの
あとひと突きか、ふた突きか、お願いだから、逝《い》かせて欲しいの〟

ジョゼフィーンとトムは見事に声をあわせて、最後の歌詞を一緒にうたいあげた。

〝突いてよ……あなたの……剣で〟

「さてと」うたい終わると、トムがきびきびと言った。「歌詞の〝ご褒美〟のところでは、みんなに恍惚とさせて、〝お願いだから〟では哀願するように両手を組ませて、〝剣で突いてよ〟では——剣で突かせよう」彼はにやりとした。「また、ここホワイト・リリーで、すばらしい作品が生まれる。デイジーに歌のことを話して、将軍と一緒にここにくるよう言っておく。ジョゼフィーン、歌を教えてやってくれ。それから、ヴィーナスにも新しい歌が一、二曲必要だから、それも忘れないで。〝真珠《パール》〟と韻が踏めそうな言葉を探しておいてくれ。ミス・シャポー、今日は一日の食費分はしっかり働いてくれたね」

トムはシルヴィがすっかり彼と結びつけるようになったすばやい動きで時間を確認すると、背を向けて、ドアのほうに歩いていった。だが、見えない何かにやさしく引きもどされたかのように、そこでぴたりと足を止め、シルヴィがすわっている場所まで歩いてきて、その長身で窓から射しこんでくる光を遮った。

シルヴィは彼を見あげると、厄介なことにまたしても呼吸が速くなり、彼が近くにいることを針のように鋭く意識していることに気がついた。

だが、トムはシルヴィを見ていなかった。完成した海賊の帽子をもう一度つかんで、妙に思慮深く、何を考えているのかわからない表情で、気の利いた衣装を両手でもって、いろんな角度に動かしていた。

今度はゆっくりと考えこむように、帽子を椅子に戻した。「もっと……」口を開いた。そして、ジョゼフィーンのほうを向くと、覚悟を決めたような様子で言った。「もっと小さな海賊の帽子を作れるかい?」両手を上げて少し離し、じっと見つめてから、小さなメロンくらいの大きさまで手を広げた。「だいたい……このくらい。そうだな……明日までにできるかい?」

ジョゼフィーンは少し戸惑っているようだった。「ええ、わかりました。ミスター・ショーネシー」

「ありがとう」トムはドアのほうを向いた。「一時間後に劇場で会おう、ミス・シャポー。将軍とわたしから発表することがある。それから、リハーサルのあと、わたしの部屋にきてくれ。きみの……ご褒美について話しあおう」

トムはふたりに笑いかけると、お辞儀を、これ見よがしの華麗なお辞儀をして出ていった。

ミスター・ショーネシーの特別な発表を聞くために、七人の美しい女たちが呼ばれ、舞台に立っていた――そのうち五人は若くて派手、ひとりは若くて華奢、そしてもうひとりは数シーズンまえに盛りが過ぎた、すっかり咲ききった薔薇だった。くたびれた顔、ヘンナで染めた赤茶色の髪、多くのイギリス人の男が敬意と畏敬の念をこめて、ロンドンを訪れた者に、ロンドン塔やホワイトホールのように、一度は見ておくべきだと勧めるお尻。男たちは、デイジー・ジョーンズのお尻は国宝だと断言していた。

デイジー・ジョーンズは自分と若い娘たちのちがいを知っているのか、あるいは娘たちと同じ空気を吸って、女王としての立場を弱くすることを嫌がっているのか、彼女たちから数フィート離れて立っていた。

「女王を見てよ。あたしたちのような者とは、ひじが触れあうのもいやみたい」リジーが小声で言った。

「いまじゃ、胸がひじまで下がっているからね。あたしはひじが彼女のおっぱいに当たったらいやだわ」そう言ったのはモリーだ。

笑い声がどっと起こった。デイジーの頬は怒りで真っ赤に染まったが、顔を向けることもなければ、近づいてくることもなかった。

「さて、どうやら口の軽い多くのファンのおかげで、みんなも耳にしているようだが……」トムがからかうように言うと、娘たちはくすくすと笑った。「……新作の構想を練った。大傑作になるだろう。とても美しくて、官能的で……」トムが誘惑するかのように愛情をこめて、ひと言ひと言を発したので、娘たちは膝から崩れ落ちそうになった。「この作品を成功させるには、それにふさわしい女性が必要になる。それは――」トムは、少し間を置いた。

「ヴィーナス」踊り子全員が、ため息混じりに言った。

全員……ただし黙ったまま、かみなり雲のように暗い顔をしているデイジーは除いて。

「そのとおり。そして、将軍とわたしはこれから数日間きみたちを観察して、誰がヴィーナスにふさわしいかを決める」

将軍はそれを聞いてトムにさっと顔を向けると、腕をつかんで、娘たちに聞こえない場所に引っぱっていった。

「おかしくなったのか、ショーネシー？」声をひそめ、激しく怒って言った。「互いに競いあっているなんて思ったら、みんな手に負えなくなるぞ。モリーをヴィーナスにするということで、話がついたと思っていたが」

「それとも……みんなの行儀がよくなって、舞台でも見事な演技をして、これまで以上の力を発揮してくれるかもしれない。それに、誰がヴィーナスを演じるのか、きみとわたしで決定したことを近日中に発表すると言えば、今週は連日連夜、劇場の梁に届くまで客が詰めかけてくるだろう」

将軍はトムを睨みつけた。

トムは辛抱強く待っていた。

「……それとも、その両方が起こるかもしれない」将軍はその作戦のすばらしさを理解して、渋々と認めた。

トムはにやりとした。そして、しばし間を空けた。

「きっと、モリーになるだろう」トムはあっさりと言った。小声でそう言ったのは、経営者のトムだ。夢想家のトムは、まったく異なるヴィーナスが海から上がってくる様子を思い描いていた。しなやかな身体で、燃えるように熱い緑色の目をした、折れた杖をもって観客に立ち向かっていこうとしているヴィーナスだ。

「きっと、モリーになるだろう」将軍も同じように小さな声で、同じようにあっさりと答えた。

これは、ほかの要素ではなく、モリーに贈られる花の大きさと数が決め手になっていた。ふたりとも現実的な男で、これは芸術的な問題ではなく、売上の問題なのだ。現時点では、肌も露わな格好をしたモリーが海から上がってきて、貝から現われるのを見たがるお客がいちばん多い。モリーにはデイジーほどの声域はないが、その声は澄んでいるし、歌詞の表現にも説得力がある。彼女はとても瑞々しく、美しい胸と同じくらいに、その歌声のファンも多い。セントジャイルズのヴィーナスなのだ。モリーは。

一方、パリのヴィーナスは踊り子たちと並んで居心地が悪そうに立ち、気高く冷静な目でトムを見つめかえしていたが、寸法を直す必要がある薄い衣装を着ていると、またしても違和感があった。王女のふりをしている本物の王女に少し似ているかもしれない。

トムは励ますように将軍の背中を叩いた。「よろしく頼むよ！　これから短剣を渡すんだろう？」何気なさそうに訊いた。

「短剣」将軍はゆっくりとおうむ返しに言った。「いいじゃないか！　もちろんだよ、トミー。今日から作らせる」

「うたいながら、手と短剣を使ってどんなことをさせるのか、まだ話してないだろう」

将軍もにやりと笑った。「もう目に浮かんでいるさ」

「いい歌もできた。もちろん、歌詞には剣が出てくる」

「上出来だ、ショーネシー」

トムは笑った。「これから建物のことで、ひとに会う予定がある。投資家たちは話に乗ってきた。全員だ。来春には〈紳士の殿堂〉ができるぞ。それじゃあ、リハーサルが終わるまでには帰ってくるから」

ミスター・ショーネシーがヴィーナスについて発表したあと、またいなくなると、将軍は踊り子全員に乙女の扮装をさせた。先の尖った帽子をかぶり、宝石で縁どりされた薄いケープをゆるやかにまとうのだ。宝石はやわらかな照明があたるときらきらと輝き、挑発的に見せるために飾られているのは明らかだった。

ホワイト・リリーでは、何もかもが挑発的に見えることを目的としている。シルヴィにも、もうそれがわかっていた。

開閉できるらしい跳ね橋と小塔がそろった大きな木製の城が、見たところ常雇いらしい若者たちに押されて、舞台に現われた。トム・ショーネシーはかなり大勢の人々を雇って、忙しく働かせているらしいと、シルヴィは気がついた。

城はとてつもなく重そうだった。若者たちは顔を桜色に染めて、全体重をかけて、うしろから押している。乙女の扮装をした踊り子たちが一列に並んで舞台に上がっていき、シルヴィもそのなかにいたが、その身体はドレスとケープにすっかり飲みこまれていた。シルヴィはがっかりした顔で、自分の姿を見下ろした。この衣装も直さないと。

「デイジー!」将軍が劇場の裏に向かって怒鳴った。「帆船みたいに大きなケツをこっちにもってこないと――」

そのとき、キーッというやな音が響き、全員が顔を向けた。

若者たちが城の跳ね橋をゆっくり下ろし、それが音を立てて舞台の床に着くと、埃《ほこり》が小さく舞いあがった。娘たちは咳をして、埃を手で払った。

すると、城の入口にデイジーが立っていた。両腕を上げて入口につき、胸を突きだし、長い赤毛を肩に下ろしてポーズを取り、その場にいる全員の目が自分に向くまで待っている。将軍が心中で何かをくすぶらせながら、黙ったまま見つめていると、デイジーは跳ね橋を気取って歩きはじめた。そしてシルヴィが将軍を見ていると、彼のあごはゆっくりと下がっていき、視線がデイジーのお尻のあたりで止まって、それが催眠術の道具であるかのように、そこから動かなくなった。

デイジー・ジョーンズがいつまでも忘れられない登場の仕方を心得ているのは、否定のしようがない。それがずっと、デイジーの強みだったのだろう。

デイジーは跳ね橋の端までくると、そこで止まった。

「デイジーから一ペニーもらって、やったんです!」デイジーと将軍のどちらが怖いのか決めかねたらしく、若者のひとりが大声で弁解して、舞台から逃げていった。

将軍はもはや睨んでいるのではない不可解な目つきで、長々とデイジーを見ていた。

そしてデイジーもややふてぶてしく、彼を見かえしていたが、自分自身に満足しているのは明らかだった。そして、ほかの娘たちはむっつりと、ただ黙って見つめていた。おそらく、自分にはそんな堂々とした登場の仕方は夢でしかないとわかっているからだろう。

将軍がやっと咳ばらいをした。「ジョゼフィーン、はじめてくれるかい？　シルヴィ、きのうみたいに、みんなのまねをしてくれ。きみは利口な子だ。すぐに覚えられるだろう」

また、身震いしたくなるような皮肉だ。まるで、シルヴィの何かをひそかに面白がっているようだった。

ジョゼフィーンは手を組みあわせて指を引っぱると、ピアノの鍵盤に置いた。ほんの少し中世の香りがする軽快な曲が流れはじめた。

デイジーはあの梁まで届く声で物悲しくうたったが、天国の天使たちは慰められそうになかった。

〝やさしいあなた、やさしいあなた、わたしたちは麗しの乙女
頂きまで放たれたいの
あなたの槍で連れていって
この機会を逃したら

平和は二度と見つけられない……〟

娘たちは身体を揺らし、恍惚とした様子で掌を額にあて、互いの腕を組み……ああ、もう……

身体をふたつに折って、お尻を突きだしてふった。

まただわ。シルヴィは心のなかでため息をつきながら、まねをした。

「もっと上げて、シルヴィ！　それから、頼むから目をまわさないでくれないか！」

こう言われて、シルヴィはもちろん目をぐるりとまわした。

この曲を六回はくり返したあと、まっすぐ立って、ふたたび観客に顔を向けると、シルヴィは最前列にトム・ショーネシーがいて、手にステッキをもって、輝く目で自分を見つめたまま、ぼんやりとしていることに気がついた。その表情はおかしなことに……困惑しているようだった。シルヴィがなかなか解けないパズルであるかのように、かすかに眉間にしわを寄せている。

そう、帰ってきたのね。何だか知らないけれど、しばらく時間を取られていた用事から。

シルヴィはトムが帰ってきたことにも、明らかに自分だけを見ていることにも、説明のしがたい不可解な喜びを感じていた。

シルヴィと目があうと、トムの眉間に寄っていたしわが目尻に移り、笑顔になって彼女に気づいたことを知らせた。トムが茶目っ気たっぷりに面白がると、照明があたったかのように目が輝いた。すると、反射的にシルヴィの口もともきゅっと上がり、心のなかの何かも同時に引きあげられた。

「いたっ！」痛みが全身を貫いた。靴がぬげそうになるほど強く、足の内側を踏まれたのだ。片方の膝から力が抜け、シルヴィは少しよろめいた。だが、すぐに姿勢を立て直すと、ほかの娘たちと同じく、痛さをこらえて踊ったり微笑んだりした。痛さをこらえて踊ったり微笑んだりすることには慣れているのだ。

将軍もトム・ショーネシーも本気で顔をしかめたが、それはどちらもシルヴィに対してだった。トムは戸惑って。そして、将軍は文句をつけたくて。

「あらやだ、ごめんなさい」モリーが小声で言った。その顔はいつものように微笑み、しっかりまえを向いていた。だが、シルヴィがちらりと横を向くと、モリーの目はガラスのように冷たく、満足気に輝いていた。

シルヴィはリハーサルのあとに報酬の件で書斎にくるようトムに言われており、その場所も昨夜明かりが漏れているのを見たときに、正確に憶えていた。本当のことを言えば、しばらくのぞいていたときだ。

シルヴィは入口で立ち止まった。トム・ショーネシーは彼女に気づいておらず、何かを探しているらしく、机に載っているものをあちこちに押しやって選り分けている。口もとには笑みが浮かび、ひどく乱雑になっていることに満足しているかのようだ。

ふいにトムの動きが止まり、顔が暗く険しくなった。彼はすばやく片手を上げると、反対の手の親指を掌で押し、短く荒々しく息を吸いこんだ。

シルヴィは気の毒になり、思わず胃が締めつけられた。見ているだけで、その痛みが伝わってくる。

トムが顔を上げてシルヴィにやっと気がつくと、光が射しこんだように、表情がぱっと輝いた。「古傷なんだ」打ち解けた口調で説明し、片手を上げて、ぱたぱたとふった。親指と人差し指のあいだに、白く引きつっている傷がある。「ときどき神経を通して、ここに傷があることをそっと知らせてくるんだ。さて……ご褒美のことできたんだね、ミス・シャポー?」

シルヴィは動けなくなった。その言葉の言い方のせいだ。そこには……奥行があった——彼の、その言い方には。トムがその言葉を発すると、豊かな仄めかしが加わり、彼がどれだけ多くの女たちに〝褒美〟を与えてきたかが伝わってくる。トムは微笑んでいなかったが、口もとが震えており、シルヴィが理由を与えさえすれば、いつでも笑いだしそうだった。

恋愛ゲームでは、トム・ショーネシーは自分に楽々と勝ちそうだと、シルヴィは認めた。慎み深さをもたざるを得ないのは、自分なのだ。それなのに、彼は怖いもの知らずに見えた。恥知らずに近い。ただし、ありがたいことに、これまでのところは、怖いもの知らずであり恥知らずである面は、いくぶん分別をもって小出しにしているようだったが。

「あなたに呼ばれたから、ここにきたんです、ミスター・ショーネシー。あなたの……作品の歌詞を作るのにほんの少し協力したから、余分にお金をいただけるのかしら?」シルヴィはやや皮肉っぽくなるのを抑えられなかった。

トムの目からユーモアが消えた。「そうか」シルヴィの皮肉にあわせて言った。「わたしたちのちょっとした作品には、芸術性が欠けていると感じているようだね。だが、これだけは言っておくよ、ミス・シャポー。お上品じゃなくても構わないと思えるところに、とびきりの自由があるんだ」

「あなたには、それがよくわかるんでしょうね、ミスター・ショーネシー」

痛烈ではあるけれど、冗談のつもりだった。

トムはまたしばらく黙りこんだ。その表情は読みとりにくく、シルヴィは彼を怒らせたのだろうかと考えたが、その理由を推測することも難しかった。

すると、トムは小さな木箱を開けて、なかに手を入れ、硬貨を取りだして、机の端に積みあげた。報酬だ。雄弁だが静かに、お上品でなくても構わないと思うことで得る報酬について、自分の言い分を主張したのだ。

シルヴィは硬貨を手に取った。そして、一枚をトムに返した。「部屋代と食事代です」

トムはそれを返した。「作詞代だ」ふたりはすっと微笑んだ。緊張が少しやわらいだ。

「教えてくれ、ミス・シャポー。きみはお上品なひとたちに憧れているのか？」トムは何気なく訊いた。

シルヴィは、トムがどうしてそんなことを訊くのかわかっていた。決闘を挑むように、手袋を投げてよこしたのだ。それでも、シルヴィは噛みつかずにいられなかった。「お上品なひとたちに憧れているのではありません、ミスター・ショーネシー」

「ああ、なるほど。きみも、その一員だと言うんだな」トムは声を出さずに笑った。

「そして、どういうわけか、われわれの小さな邪悪の巣窟に導かれてきたのは、残酷な運命のいたずらにすぎないということか。それなら、ぜひとも知りたいんだが。お上品なご婦人が、どうして……〝ご褒美〟のことなんかを知っているんだい？」

「お上品な者でも……〝ご褒美〟について知ることはできるわ、ミスター・ショーネシー」シルヴィはそう口にしているときでさえ、その言葉がひどくばかげているように感じていた。

「そうかい？」トムは穏やかに訊いた。「フランス人ならあり得るかもしれないな。ただし、あんなに楽しく口にする者はいないだろうが」

「わたしは――あれは――」

「それに〝お上品〟という言葉は〝結婚〟と結びつくことが多いが」シルヴィが口ごもったのを無視して続けた。「きみは結婚していないし、これまでもしたことがない。それなのに、きみは誰かの〝剣〟に〝ご褒美〟をもらっているか、過去にもらったことがあると考えざるを得ない。ということは、誰に〝ご褒美〟をもらったんだい、ミス・シャポー？　フランスに恋人を置いてきたのか？」

まるで喉をかき切るような大胆な質問に、シルヴィの頭は真っ白になって、一瞬身体が凍りつき、何も反応できなかった。怖いもの知らず、恥知らずの分別なんて、こんなものだ。

シルヴィはやっとのことで、咎めるように顔をしかめた。そして、何も答えなかった。だが、それも彼をゆっくりとほくそ笑ませただけで、その顔はこう語っていた。〝今回はわたしの勝ちだよ、ミス・シャポー〟

シルヴィは落ち着きを取りもどそうとして、部屋のなかを見まわした。ジョゼフィーンに教えられたように、この劇場が大きな屋敷だった頃、この部屋は小さな書斎か居間として使われていたのかもしれない。ひとつの壁には、棚が造り付けられていた。いま、そこには本が並んでおり、シルヴィは少し驚いた。トム・ショーネシーは学問好きには見えなかったからだ――さらに言えば、言葉使いは悪くないが、必ずしも読書好きにも見えない――にもかかわらず、本はよく読みこまれているようだった。

もっと近づいてみると、棚に並んでいるのは、書斎に誇らしげに飾られていることが多い、訪問客を感心させるために置いてある染みひとつない哲学書などではなかった。その大部分は小説だ。なかには、男にとって最高の冒険小説である『ロビンソン・クルーソー』もある。怪しげな小説も数冊あった。シルヴィもひそかにそうした本を楽しんでおり、英語でも何冊か読んでいるのでわかるのだ。そして、ギリシア神話のコレクション。劇場の壁画のテーマを考えてみれば、この大型本に過激な絵が載っているのは、おそらくまちがいない。劇的で、幻想的で、奇抜な彼の感覚に、訴えかけてくるものがあるのだろう。

だが、何よりも意外だったのは、本のうしろに押しこめられているものだった。小さな木の馬、おもちゃだ。硬いたてがみと尻尾、そして足には車輪が付いている。トムの子どもの頃のおもちゃだとしても、どうしてこんなものがホワイト・リリーの棚に押しこめられているのだろうか？

そのとき、シルヴィはトムに決闘を挑んだ男の言葉を思い出した。〝木のおもちゃの店で〟

トムはそんな場所には行っていないと否定していた。

なるほど、興味深い話だ。

シルヴィが目を上げると、自分を見ているトムの目とあった。書斎を観察していると
ころを、黙ってずっと見ていたのだ。シルヴィは少し動揺して下を向き、机の上に広げ
られている、大きな建物が描かれた美しい図面に気がついた。

「計画がある」トムは簡潔に言った。「もうひとつの劇場の」

「とても大きそうね」そのとおりだった。建物は紛れもなく堂々としており、巨大だっ
た。大きな窓が何列も並び、柱にはさまれた入口が客を迎えている。

「夢のような場所になる」あたかも既定の事実であるかのように、トムが断言した。
「ショーが行なわれる階、食事をする階、それから……」声が小さくなったのは、おそ
らく説明しながら想像しているからだろう。トムはシルヴィをじっと見た。「実現する
には莫大な資金が必要だが、〈紳士の殿堂〉は来春には完成させる。この透視図ができ
あがって、いまは設計図に取りかかっているんだ」机に広げた図面を身ぶりで示しなが
ら説明する声には、誇りと信念が感じられた。「ホワイト・リリーに似た感じになる
……ただし、もっと大きいが」

「でも、そもそもどうして……こういうところを選んだのかしら、ミスター・ショーネ
シー?」シルヴィは片手をふって、自分たちがいる劇場のことだと伝えた。「どうして、
ホワイト・リリーを作ったの?」

トムはその質問に驚いたらしく、天井を見あげて、真剣に考えるふりをした。そして、いま思いついたかのように、とつぜん言った。「セックスのためだ」

その言葉が宙に浮き、鼓動した。やわらかく、はっきりした音のひとつひとつが、ホワイト・リリーの入口にかかっていた看板のように扇情的だった。その言葉は長いあいだ宙に浮いており、ふたりは充分にその意味を改めて頭に描くことができた。

そして、シルヴィにとって、その時間はめまいを覚えるのに充分な長さだった。

「とても劇的だわ、ミスター・ショーネシー。でも、間をあければあけるほど、その驚きが薄れてしまうと思うの。つづきを聞かせて」シルヴィは自分の声が少し緊張していることに気づいており、トムに気づかれないことを祈っていた。

トムはのけぞって、楽しそうに笑った。「ああ、いいとも。単純な話だよ、ミス・シャポー。わたしは何もないところから人生をはじめた。だから、それよりずっとずっと多くのものを手に入れたかったんだ。劇場については少し知っていた。男と女についてはかなり多くのことを知っていた。これまでの人生で、男でも女でも、いろんな人間に出会ってきたからね。それで、自分の才能と経験の勢いに乗って、ここにたどり着いたというわけさ。そのどこがいけない？」

「それは……」シルヴィは片手をふった。ぞっとするわ。ばつが悪いし、あけすけすぎる。

「楽しいし」トムが笑顔で締めくくった。「金になる。みんなが最高の時間をすごせる」

「モリーも?」あまりにもすばやく、鋭く訊きすぎたかもしれない。

シルヴィがそう訊いたとたんに、トムの笑顔が消えた。彼はしばらく何も言わずにシルヴィを見ていた。それから大きく息を吸って椅子に腰を下ろすと、背もたれに寄りかかって、子どもにしてもいい話かどうか考えているかのように、彼女を見つめつづけた。

「わたしが雇わなかったら、モリーがいまごろ何をしていたかわかるかい?」とうとうトムが訊いた。

シルヴィは黙ったまま、質問について考えた。答えは想像がついた。

「モリーが立派な家庭教師になれると思うかい? きちんとした皿洗いの女中になれると? いまより、いい暮らしが送れるとでも思うのかい? モリーが劇場にくるまで、どんなところに住んでいたか知りたいかい? 彼女が何をしていたと思う?」

「あなたの言うことはわかるわ、ミスター・ショーネシー。あなたは正真正銘の、困ったひとたちを助ける善きサマリア人なのね」

トムは面白くもなさそうに、くつくつと笑った。「とんでもない。だが、わたしは多くの雇用主が雇うことなど夢にも思わない者たちを、ほかの場所では働ける望みがまったくない者たちを雇っている。これまでの人生で出会ってきた者たちだ。これは単なる施しではないよ、ミス・シャポー。たいていは忠実に、献身的に働いてくれて、充分に報いてもらっている。だが、ときには……」声が小さくなった。「あるとき、楽屋の入口の番をさせるために、昔からの友人を雇ったんだ。ジャックだ。だが——」気をそらすためなのか、羽ペンを手に取った。「——わたしの見込みちがいのせいで、モリーをひどいめにあわせてしまった」

トムは声がこわばるのを何とか隠そうとしていた。男が楽屋に入るのを許し、あのような出来事が起きて、モリーが傷ついたことで、ひどく自分を責めているのだろう。シルヴィはトムを弁護しようとした。だが、そのとき、トムが机に広がっている図面を見ながら、そわそわしだした。「きみがこれまでずっと甘やかされてこなければ、わかってもらえると思うんだが、ミス・シャポー」

シルヴィの癇癪に、わざと火をつけたのだ。そして、それはまたたく間に燃えあがった。

「わたしは甘やかされてなんか——」

「そうかい？」トムがすぐさま顔を上げた。その笑顔は控えめではあったが、勝ち誇っていた。

あまりにも簡単に、挑発に乗りすぎだわ。シルヴィはそう思った。だが、トムの近くにいると、シルヴィの感じていること、考えていることのすべてが語られ、表に出てしまうように思えた。あたかも、そのすべてが彼に近づきたいと思って、突進しているかのように。

　でも、彼には近づかないほうが賢明だ。

「それじゃあ、きみは仕事というものを多少は知っているんだね？」トムはさらに迫った。「仕事とはどういうものか、教えてくれると言っていたね。わたしは勉強熱心な生徒になれると思うよ」もう一度、いたずらっぽく小さく微笑んだ。

「ええ、仕事のことはよくわかっているし、〝何もない〟ことだって少しは知っているわ、ミスター・ショーネシー」シルヴィは静かに答えた。「それに、二度と〝何もない〟人生に戻るつもりはないの。それを確かにするために、これまでずっと働いてきたんだから」

「野心にあふれた女性ってわけだ、ミス・シャポー？」

「どんな女性でも、ある程度はそうじゃない？　生きていくには必要なことでしょう？」自分でも苦々しさが声に滲んでいるのがわかった。

　トムはまた黙りこんだ。

　そして下を見ると、図面の上にほっそりとした手を置いて、自分のものだというように、しわを伸ばした。

「モリーに起きたことは……モリーに起きたことは、もう二度と起こさない。いつも失敗から学んでいるんだ」急にそう言って、もう一度シルヴィの顔を見た。じっと目を見つめている。まるで、その言葉が本当であることを信じさせようとするかのように。

「ホワイト・リリーは失敗から生まれたなんて言う者さえいるんだ」すばやく悲しげに微笑むと、要点をはっきりさせるかのように、傷のある手を上げた。

「十歳のとき、チーズを盗もうとした。だが、売っていた男が抵抗して、ナイフをもって襲ってきたんだ。そうしないと、わたしみたいな少年が、害虫みたいにひっきりなしに寄ってくるからね。わたしはその男と闘ったが、やられてしまった」トムは楽しそうにさえ見えた。「傷が化膿して死にかけたんだが、薬屋が同情してくれてね。元気になるまで面倒を見てくれて、人手を探していた波止場近くの酒場を紹介してくれたんだ。わたしはそこで雇ってもらって、そこの縁で劇場で働くことになって、それから……」トムはそこで話を中断すると、面白そうに目を輝かせた。「ずっと運がよかったんだろうな。とくに、友人に恵まれていた」

運がよかった？　シルヴィの頭に、さまざまな情景が浮かんできた。大きな男がナイフをもって小さな男の子に襲いかかってきたかと思うと、胸が締めつけられた。幼いトム・ショーネシーが怯え、傷つき、お腹を空かして具合が悪くなり、死にかけてさえいる姿が浮かんでくる。まさか、そんなことが。だって、彼は……

一度も恐れたことがないかのように見えたのだから。

だが、シルヴィはやっと理解した。自分が彼に感じた落ち着きは、学び取ったものだったのだ——人生に起こり得るなかで最悪な状況でも、生き延びられると知ったことで。

シルヴィはかすかに眉をひそめた。「でも、ご両親は——」

「そのときにはもう死んでいた。父親は知らないんだ」

シルヴィの表情を見ると、トムの笑顔がわずかに冷ややかになった。「わたしみたいな少年は何千人もいるさ、ミス・シャポー。わたしは運がよかった。それだけのことさ」

シルヴィは何と言っていいかわからなかった。でも、本当はこう言いたかった。あなたみたいな少年が何千人もいるとは思えないわ。あなたみたいな子どもがほかにもいるということさえ想像できない。

「わたしも両親を知らないの」気づくと、そう言っていた。

トムが驚いたような顔をしたが、打ち明けた内容に驚いたのか、それとも彼女が打ち明けたこと自体に驚いたのか、シルヴィにはわからなかった。そして彼もまた、シルヴィをじっと見つめていた。あたかも、どんな評価であれ、これまでシルヴィに対して心のなかで下してきた判断に、この情報を加えているかのように。

シルヴィはいま、何かをつかめたような気がしていた。ホワイト・リリーは、トム・ショーネシーが昔の人生と決別するために築いたものなのだ。バレエが冴えない人生からシルヴィを引きあげるためのものであったように。

ふたりは異なるところより、似ているところのほうが多いのかもしれない。そう思うと不思議に、シルヴィの心は乱れた。

「あれは、子どもの頃に使っていたもの？」シルヴィは軽い調子で尋ね、棚の上のおもちゃの馬を指さした。沈黙が親密な雰囲気に、彼女にはなじみのないものに変わっていた。だからこそ、危険なのだ。

トムは馬を見た。「とりあえず、いまはわたしのものだ」答えになっているような、なっていないような返事だった。これがトム・ショーネシーの計り知れないところだ。

「子どもの頃は、ずっとこういうのが欲しかった」

「わたしはずっと……オルゴールが欲しかったの」シルヴィはとぎれとぎれに、ひとりごとのように言った。そう、いま思い出したのだ。すると、その記憶があっという間に蘇って、オルゴールに対する憧れで心が妙に乱された。

「オルゴール？」トムがおうむ返しに言った。興味をもったようだ。話を促しているようにも聞こえる。

シルヴィはとつぜん口をつぐみ、当時の記憶をふり払うかのように背筋を伸ばした。クロードはあまり稼ぎがよくなくて、幼い頃は必要なものを買うお金さえ充分になかった。オルゴールのような下らないものに使うお金は、まったくなかったのだ。

そのとき、トム・ショーネシーの懐中時計が現われた。おそらく、登場せずにはいられないのだろう。「建設業者と会う約束があるんだ、ミス・シャポー。きみは臨時で雇っているだけだから、今日は日払いで報酬を払った。ほかの子たちは週払いにしている。きみがここにずっといるつもりなら、それに応じて予算を組む。だが……一日ごとに様子を見たほうがいいんじゃないかな」

「一日ごとでいいです。そのほうが都合がいいのであれば」気づくと、そう答えていた。

「そのほうがいい」トムは穏やかに言った。どういうわけか、それが約束に聞こえるように話していた。

シルヴィは顔がかっと熱くなるのを感じると、お辞儀をして、そそくさと部屋を出た。お尻を突きだして稼いだ報酬を握りしめて。

10

「そんなにきょろきょろしていたら、首がはずれて、玉転がしのボールみたいに、あそこの鳩のところまで転がっていくぞ」グランサム子爵キット・ホワイトローは空に向かって水しぶきを上げている噴水の近くで、押しあいへしあいしてパンくずを食べている、虹色に光る鳩の小さな群れを指して言った。

「わたしたちはイタリアじゃなくて、パリにいるのよ」スザンナは言った。「あなたも、わたしと同じくらい緊張しているのね」

「緊張？」キットはその言葉を聞いて、ばかにして笑った。「戦争中に敵をスパイしたり、銃弾をかわしたりしていたときは——」

スザンナがキットと組んでいた腕を外して、両手で耳を覆った。そして黙ったまま、重い足取りで歩きつづけた。

キットは恥じ入り、何も言わずにしばらく隣を歩き、妻の好きなようにさせた。

そして、あやまるつもりで、そっとスザンナの耳から手を外し、掌にキスをして、自分の腕に戻して、自らの手で包みこんだ。暗黙の約束を伝えていた。いつだって、ぼくがきみを守る。母国のため、そして最近ではスザンナのために危険な目にあって、何とか生き延びてきたことを思い出させたのは軽率だった。キットは傷を負ったのだ。彼だってスザンナ自身が危険な目にあったことを、何度も殺されそうになったことを冗談にしたときは、聞いていられないと思ったのだから。

「許してあげる」スザンナがやっと寛大に言った。

キットは微笑んだ。

キットは足を止めて、アパートメントの窓を見あげた。色は鮮やかだが、しおれている花が、窓に置かれたプランターから垂れさがっている。空高く昇った午後の太陽が、壁をやわらかな桃色に染めていた。気取らず、好ましく、予想していたよりも少しも劇的な様子ではなかった。

「ここだ、スザンナ」

クロード・ラムルーの足取りを追うのは困難だったが、キットは粘り強く、経験豊富で、国王陛下のために習得した技量をもう一度使えることを喜んでいた。今回の調査では、キットがこれまで経験したような危険はなかった——調査の中心は、スザンナとともに年配の元ダンサーの知りあいを数多くつくることだったが、そのひとりとして、ナイフで刺してきたり、銃を突きつけてきたりする者はいなかった――そして、ついにこの場所に、パリの外れのアパートメントにたどり着いたのだ。小さくて狭い石段が上につづいている。

そこはまさしく、スザンナが何通も手紙を出した住所だった。あとは、どうして誰も返事を寄こさなかったのか、その理由を知るだけだ。

キットはスザンナの指がさっきより少しきつく腕をつかんでいるのを感じていた。彼女の言ったことは正しい。彼は妻のためを思って、緊張していた。こんなに遠くまで、さまざまなことを乗り越えてやってきたのだ。彼女が長いあいだずっと夢見てきたものを与えてやりたかった。家族というものを。

ドアを開けたのは、家政婦だった。帽子の下から無秩序にはみだしている髪は白く、鼻はフランス人らしくブーメランのようで、目は小さくて鋭く、黒かった。

そのあとすぐに、家政婦のうしろの家のなかから、とても口にはできない下品なドイツ語を話す耳障りな声が聞こえてきた。

スザンナはキットの目が飛びだし、口もとが震えるのを見た。

「何て言ったの？」彼女は小声で訊いた。

「あとで教えるよ」ささやき返した。「きみが裸のときに」

そうささやかれると、スザンナは口を閉じて真っ赤になり、緊張も消えた。キットにはいつだって、それができるのだ。

「ごめんなさい《パルドン・モワ》。でも、ギヨームは何度も何度もこの言葉を言うんです。わたしには意味がわからないんですけど。たぶん、怒っているんだと思います」家政婦は両手をもんだ。「あれを聞いていると、頭がおかしくなりそうで」

家政婦の言うとおりだった。ギヨームの下品な言葉はさらに激しさを増し、何度もくり返されている。どうしても、言い分を通したいかのように。

「彼は寂しいんです、ギヨームは。たぶん、マダム・クロードがいないからでしょう」

知る必要のないことだったが、キットは、こんなにも生々しい言葉を恥ずかしげもなく発する男を見てみたい気もしていた。「それで、ムッシュ・ギヨームとは、どなたなんですか?」

「ギヨームはマダム・クロードのオウムです」

どういうわけか、それは期待外れでもあったし、人間でなくてよかったという気もした。

「それでは、マダム・クロードはお留守なのですか? わたしたちはイギリスから、彼女に会いにきたのです。共通の友人がいるはずなので」

「マダム・クロードはいらっしゃいません。マドモワゼル・シルヴィも。行ってしまったんですよ、わたしひとりをここに残して……ギヨームと」家政婦は暗く、落ちこんだ顔で言った。

また、ドイツ語が聞こえてきた。今度は悲しく低いつぶやきで、マダム・ガボンと同じくらいに落ちこんでいるように聞こえた。

「マドモワゼル・シルヴィ？」スザンナは訊きかえしたが、その声は動揺と、できるだけ抱かないようにしている期待とで、弱々しかった。

キットは妻のひじを支えて訊いた。「どうか、教えてください。マダム――」キットは名前を訊くために、そこで言葉を切った。

「ガボンです」

「わたしはグランサム子爵で、こちらは家内のレディ・グランサムです。教えてください、マダム・ガボン。マドモワゼル・シルヴィは、このスザンナに似ていますか？　面影はありませんか？」

珍しい質問だと思ったにしても、マダム・ガボンはおくびにも出さなかった。そして、ちょっとした難問を歓迎しているようだった。マダム・ガボンはスザンナをじっと見つめた。「お年はだいたいマドモワゼル・シルヴィと近いようですよ、レディ・グランサム。それに、髪の色も近いかしら？」

「シルヴィは……この女性に似ていますか?」スザンナが手を開いて、母の細密画を差しだすと、マダム・ガボンはじっくりと見た。スザンナは彼女がもっと近くで見られるように、もう少し高くもちあげた。

「ああ、いいえ。あまり似ていません。シルヴィとは」マダム・ガボンは顔を上げた。

「でも、あなたには似ていますね!」このイギリスの貴族とその妻をがっかりさせたくなくて、期待をこめて付け加えた。

「それで、マドモワゼル・シルヴィはお留守なのですか?」

「はい。マドモワゼル・シルヴィはマダム・クロードに置手紙を残して出かけてしまったんです。マドモワゼル・シルヴィは怒っていると、置手紙に書いていました。それに、エティエンヌとムッシュ・ファーヴルも訪ねてきたんですけど、ふたりも怒っていて」

スザンナは横目でキットをちらりと見た。腹を立てた男たちが次々とマドモワゼル・シルヴィに会いにきたというのは、あまりいい話ではなさそうだ。

「ムッシュ・ファーヴルというのは、どなたですか?」まずはそっちの名前からだと決めて、キットが尋ねた。

「マドモワゼル・シルヴィは、ムッシュ・ファーヴルのところで踊っているんです。とても、きれいなんですよ」マダム・ガボンは言い添えた。「とても有名だし。マドモワゼルは有名人なんです」

これは、いい話だ。いや、もしかしたら悪い話かもしれない。ますます、わからなくなってきた。

「マドモワゼル・シルヴィも南フランスに行かれたんですか?」

「いえいえ。イギリスですよ、置手紙によれば。確か……」家政婦は置手紙の調子をそのまま真似ようとして、顔を険しくしかめた。「クロードへ。わたしはイギリスに行きます。理由はわかるでしょう」

そして、肩をすくめた。「わたしには理由はわかりませんけど、マダム・クロードにはわかるのでしょう。でも、いまは南にいますからね。二日後に戻ってくると思います」

ギヨームがまた低い声でつぶやき、彼にとっては、マダム・クロードの帰りが決して早くないのは明らかだった。

「マドモワゼル・シルヴィが誰を訪ねてイギリスに行ったか、ご存知ですか?」キットにはその答えがわかっていた。シルヴィがイギリスを訪ねた理由は、マダム・ガボンの目のまえに立って、キットにひじを支えられている。

「いえ、知りません。でも、マダム・クロードがイギリスで知っているのは、マダム・デイジー・ジョーンズだけです。ですから、もしかしたら、マドモワゼル・シルヴィも彼女と知りあいなのかもしれません。でも、はっきりとはわからないんです、子爵さま、奥さま。ただ、イギリスからは何通か手紙が届いていましたよ」

「手紙?」スザンナは真剣な顔で訊いた。

「ごく最近です。マダム・クロードは手紙が届くと、燃やしていました。一通を除いて。というのは、それは一週間まえに届いたばかりなので。マドモワゼル・シルヴィが読んでいました。そうしたら、イギリスに飛んでいってしまったんです」

クロードが過去の事実からシルヴィを守るために、手紙を燃やしていたのはまちがいない。ついに何もかも安全になったことなど、知るよしもないのだから。スザンナは手紙に詳しい顚末を書いていなかった。クロードが、アンナ・ホルトの娘のひとりを養女にしたクロード・ラムルーかどうかだけを知りたがったのだ。

殺人犯として追われたアンナ・ホルトの娘を引きとったかどうかだけを。

スザンナは勢いこんで質問した。「シルヴィはいつ発ったんですか? ひとりで行ったのでしょうか?」

「ひとりで? さあ、わかりません。ムッシュ・エティエンヌが一緒に行かなかったことは知っていますが。彼にもシルヴィはマダム・デイジー・ジョーンズに会いにいったのかもしれないと話したんです。だって、ほかに言うことがないですから」

「ムッシュ・エティエンヌというのは?」

「マドモワゼル・シルヴィの恋人です」マダム・ガボンは真面目な顔で言った。「王子《プリンス》様《ス》なんです。そして、ああ、怒っているんです《モン・デュー》」

キットとスザンナはパリの太陽の下に立ち、ここで得たわずかな情報を頭に叩きこもうとして一瞬黙りこんだが、そのときの沈黙はじつに多くのことを語っていた。

「きみの家族は、ぼくの家族よりはるかに興味深い」キットが羨ましそうに言った。

こんなに早く出かけるのは、トム・ショーネシーにとって、とても珍しいことだった。普通であれば、一日の仕事をはじめるまえに、居心地のいい自分の部屋で、邪魔されずに一時間かそこら眠るために、〈ベルベット・グローブ〉から帰ってくる時刻だ。あまりにも早すぎて、小さな杭の柵に絡んでいる蔓《つる》にはまだ露がしがみついていた。そして、まだ弱い太陽の光が花や敷石を照らしていたが、暑くなってはいないようだった。今回もまた早く移動して、早くロンドンに帰ってこられるように馬を借りており、トムは馬を門につないだ。

ドアはすでに開いていた。もちろん、メイ夫妻が蹄の音を聞き、その姿を見て、トムがやってきたことを知ったからだ。ミセス・メイは着古した縦縞の綿モスリンのドレスの上にエプロンをしたままで、入口に立っていた。白髪混じりの赤茶色の髪をうしろになであげ、小麦粉らしい点が頬骨の上に付いている。朝食の支度をしていたのだろう。

「ミスター・ショーネシー」

彼女の挨拶はそれだけだったが、驚いている様子はなかった。トムはお辞儀をした。するとミセス・メイは膝を折って軽くお辞儀をしたあと、わきにどいて、トムをなかに入れ、両手で帽子と上着を受けとった。くたびれたメアリベスを思わせる顔はほとんど無表情だったが、帽子と上着を手に取ると、それが変わった。動作がゆっくりになって、少しぐずぐずしているようにさえ思えた。おそらく、どんな女も上等な生地を手にすると、こうなのだろう。トムはそのことに気がつき、彼女は何を思っているのだろうかと考えた。

彼の振るまいは、派手な外見にもかかわらず、これまでのところ紳士的だった。それでも、まだ少し世間の評判という問題が残っており、この家にくるたびに、それが見えない軍隊のようについてくるのは、トムもわかっていた。そして、ミセス・メイが彼のような評判の男はいつ何をするとも限らず、とんでもない面が現われても対処できるように心構えをしていることもわかっていた。

「ミセス・メイ、こちらにうかがうのを許してくださって、ありがとうございます」

「いいえ、どういたしまして、ミスター・ショーネシー。今日はハムを持ってきてくれたのかしら?」

トムは口ごもった。彼女の目が一瞬輝いたのはまちがいない。いや、それとも、朝日が反射しただけだろうか?

そこで、トムはさらに打ち解けられるように、にっこりと笑った。もしも、打ち解けつつあるのであらば、だが。

「いいえ、今日はもってきていません。もってきたのは……これだけです」トムは両手を上げげた。片手には小さな海賊の帽子、もう片方の手には木の馬をもっていた。

ミセス・メイはしばらく、そのふたつをじっと見つめていた。

「このほうが、うれしいですよ」そう言った。


帽子は小さかったが、それでもジェイミーの頭はすっぽり飲みこまれた。だが、ジェイミーは腕をばたばたふり、喉を鳴らしながら大笑いし、トムもつられて笑った。ふたりは海賊ごっこといないいないばあを組みあわせて一時間ほど遊び、トムにも意外なほど気晴らしになった。そして、遊んでいるときに「アイアイサー！」と叫んだり、「トム！」と呼んだりすることを教えると、ジェイミーはオウムのように飲みこみが早く、トムはそれに妙な満足感を覚えていた。

トムは四つんばいになって、おもちゃの馬の引っぱり方を教えた。すると、ジェイミーはしばらく馬を引っぱっていたが、そのうちにひもをもちあげて、馬をぶら下げた。

「うーま！」ジェイミーはトムに教えた。

トムはジェイミーを見つめ――まるで、神々しいほど美しい合唱を聴いたかのような気持ちになった。

「ちくしょう――あ、いや、すごいぞ！　そう、それは馬だ！」

「ちくしょー！」ジェイミーはうれしそうにくり返した。

トムはひやりとした。「ああ、ちく――」ぎりぎりのところで、口を閉じた。「いや、ああ、神さま――」

「かみさま！」ジェイミーは大声で言うと、馬の脚をつかんで、トムのほうに掲げた。

そのとき、ミセス・メイが両手でお盆を持って、戸口に現われた。「楽しんでいるみたい――」

「かみさま！」ジェイミーがうれしそうに叫んで、片手で馬を持って、ミセス・メイに見せた。そして、よろよろと近づいて片手でスカートをつかみ、彼女を見あげて、馬を差しだした。

ミセス・メイはまったく身動きしなかった。そして、しばらくのあいだ、目を大きく見開いていた。

ジェイミーはミセス・メイの見開いた目がおかしかったらしく、喉を鳴らして笑った。

「ちくしょー！」大喜びで叫び、片手にぶら下げた馬を弾ませながら、跳ねまわった。

トムはしばらく目をぎゅっとつぶっていた。どうやら、「アイアイサー！」はミセス・メイのまえでくり返すほど面白くなかったらしい。確かに、その言葉を発しても、大人は目を見開いて面白い顔をしてくれない。ジェイミーは声が大きかった。だから、何を言っても、叫んでいるように聞こえるのだ。

だが、世の中のほとんどのことが目新しかったら、夢中になって叫んでしまっても無作法とは言えないだろう。

ミセス・メイはジェイミーを見つめていた顔をゆっくり上げて、トムと目をあわせた。トムは勇敢にも、視線をそらさなかった。

小さなジェイミーがときどき「ちくしょー！」と叫びながら、絨毯の上をはしゃいで跳びまわり、ふたりの大人が互いに牽制しあいながら見つめあっている、気まずい時間が流れた。

そして、信じられずにいるトムの目のまえで、あろうことか、ミセス・メイがゆっくりと……

微笑んだ、のだろうか。とにかく、それが何であれ、ミセス・メイの顔はすっかり変わり、やわらかく明るくなって、かすかにメアリベスの面影が感じられた。

「わざと、やっているのよ、ミスター・ショーネシー。とくに、男の子はそうなの。耳から入ってきたことを——くり返すの——何でも」

トムは咳ばらいをした。「わたしにそっくりなところが心配です」彼なりのあやまり方だったが、この冗談は少しばかり危険でもあった。メイ夫妻にしてみれば、トムの評判はよろしくないのだから。

だが、ミセス・メイはそれを聞いて、今度はしっかり微笑んだ。ジェイミーはかなり多くの言葉を覚えたし、ミセス・メイとは少しだけ親しくなれた。

そのとき、トムはある程度進歩があったことに気づいた。ジェイミーはかなり多くの言葉を覚えたし、ミセス・メイとは少しだけ親しくなれた。

ジェイミーが跳ねながら、近づいてきた。「うーま！」そう言って、馬を見せた。

いま、この子は馬と言っている。トムは険しい顔で考えをめぐらせた。

そして、ひらめいた。「うま！」トムはうれしそうにくり返した。そして忘れずに、目を大きく見開いた。

ジェイミーは手を叩いた。「アイアイサー！」

トムはいまだに、どうしてここにきたのかわからずにいた。わかっているのは、ロンドンに帰ってきたとき、目には見えない細いひもでケントに結びつけられていて、弓の弦のように、引き寄せられてしまうということだけだった。

トムがジェイミーに会っているあいだ、シルヴィは海賊になりきる方法を教わっていた。淫らな女海賊だ。

ジョゼフィーンとシルヴィと慌ただしく集められた少数のお針子たちがせっせと励んだ結果、いま将軍のまえに立っている娘たち全員が、ズボンを身につけていた。ほとんどスカートと変わらないほどゆったりしており、色は黒っぽいが、生地はとても薄く、間近で見たり、運よくちょうど照明があったときに見たりすれば——将軍はまちがいなく、うまく照明をあてるだろう——かなり物議をかもしそうな格好だった。娘たちはサッシュを締め、ひだ飾りのついた大きな白いシャツを着て、腰から小型の木の短剣をぶら下げている。そして頭には、よくできた小さな海賊の帽子が載っていた。

シルヴィが扉の反対側で耳にしていた金づちの音や毒づく声の成果が、舞台に運ばれてきた。いかにも海賊船らしい見事な模型で、シーツを張った帆に骸骨の旗、そして歩み板までそろっていた。真ん中にハッチがあり、そこからデイジー船長が飛びだして、猥褻な海賊のはやし歌をうたい、近くで娘たちが踊ることになっている。

作業中に毒づくのはともかくとして、将軍の指図でこの装置ができあがったのだとすれば、シルヴィもその才能を認めないわけにはいかなかった。

「もう少し大きく直すことになるわよ」モリーはハッチを見ると、忍び笑いをしながら言った。

「デイジー、どこにいるんだ?」将軍が怒鳴った。

話題の主が専用の楽屋に通じている長い廊下から登場した。かなり大きな海賊の衣装を着て、人目を引きつけるお尻を左右にゆすっている。

「ご臨席いただいてありがとう、デイジー」将軍の口調は穏やかだったが、何とかして皮肉を刻みこもうとしていた。

「どういたしまして、将軍」デイジーが甘ったるく答えた。

デイジーは堂々とした足取りで舞台に上がると、歩み板をのぼって、ハッチに入りはじめた。だが、腰のあたりまで身を沈めたところで、どういうわけか動きを止めた。

デイジーは動かなくなった。びっくり仰天して、目を見開いている。身体を左にひねり、今度は右にひねった。そして、また止まった。途方に暮れている。

そして、焦りだした。

「船を着ているわ」モリーがみんなに聞こえるようにささやいた。

意地の悪い笑い声がかすかに起こった。

デイジーはいまや慌てふためき、身体をすばやく何度も左右にひねった。まるで、大きな赤毛の風車だ。だが、それ以上は小さな海賊船のなかに身体をねじこめなかった。

「つっかえた……のか、デイジー？」将軍が呆然として尋ねた。

デイジーは彼のほうにきっと顔を向けた。ひと睨みで劇場の窓が溶けてしまいそうだ。

確かに、船のスカートをはいているみたいだとシルヴィは思った。

「ジェニー、リジー、ミス・ジョーンズに手を貸してやってもらえるか？」将軍がうんざりしたように言った。

リジーとジェニーが歩み板を駆けあがり、膝をついてデイジーの肩を押した。デイジーはほんの少しハッチのなかに沈んだが、胸が邪魔になってそれ以上先には下りられなかった。胸は目のまえのデッキに乗り、あごの先で揺れている。デイジーは頬を赤くし、目を大きく見開いて、そこから睨みつけていた。

「ハッチは、きみが先週ジョゼフィーンに伝えた寸法にあわせて開けたんだ、ミス・ジョーンズ」将軍が言った。

デイジーの怒りに満ちた返事は、胸にかき消されて届かなかった。彼女は顔をつんと反らそうとしたが、枕のような胸にはさまれて、ほとんど動かない。そこで仕方なく、両手をばたばたと動かして、無礼な手ぶりでがまんした。

「もう一度、思いきり押してやってくれ」将軍がそう言うと、シルヴィには彼の目が悪魔のように輝いているのが見える気がした。「下に押しこむんだ」

デイジーは両手をばたばたさせて、激しく抗議した。

「いや、やめよう。せめて歌がうたえるように、もう一度引っぱりあげたほうがいい」将軍が言った。「予定よりだいぶ遅れてしまったからな」

将軍が時計を見ているあいだ、ジェニーとリジーはデイジーの腕を引っぱって、上半身が完全に見えるまで引きずりだした。

「よし、いいだろう。船乗りたちは、全員乗船！」デイジーがハッチにはさまっていることなど、ちょっとした不都合にすぎないかのように、将軍が号令をかけた。「わたしがダンスの手本を見せる」小さな短剣をふりまわした。「とても簡単だ。こうすればいい――」将軍が手と見本の短剣を使って、まちがえようのないふりをやって見せると、忍び笑いが起きた。「――それから、ちょっとした……剣さばきを見せる」ウインクをした。

もう一度、笑いが起こった。

ああ、どうしよう。シルヴィは助けを求めるかのように、あたりを見まわした。あんなこと、できないわ。短剣をあんなふうに、こすったりするなんて。あんなことをするくらいなら、野宿したっていい。ああ、どうか、あんなことをしなくてもすみますように――。

「デイジー、みんながある程度ダンスを覚えたら、歌に入るから」

そのとき、シルヴィは歌詞作りに協力したことを思い出した。すると……。

ううん、デイジーがあの歌詞をうたうのを聴きたいなんて、少しも思ってないわ――これっぽっちも。

ぷりぷりと怒って船の甲板から胴体をひょっこり出しているデイジーは、そのまま出番を待たなければならなかった。シルヴィは半ば本気で、将軍はわざとデイジーをはめたのではないかと考えた。

「ジョゼフィーン、あの歌を弾いてくれ」将軍が命じた。

ジョゼフィーンが鍵盤に手を下ろすと、軽快な音楽が劇場じゅうに響きはじめた。将軍は踊り子たちが立っている舞台によじのぼり、自分の短剣で手本を見せた。

「一、二、剣で突いて、滑らす、滑らす、くるりとまわって、隣と剣をあわせて、もう一度……」

こうして、将軍とジョゼフィーンは歌とダンスの稽古を五回くり返した。そのあと、将軍はやっと娘たちだけで踊らせることにした。そして自分は観客席にすわって、そこからステップを指示した。

「ステップ、ステップ、剣で突く――」

モリーがシルヴィのお尻を剣で突いた。シルヴィは飛びあがった。

「あら、失礼！」モリーが目を見開いて、すまなそうに小声《ソットボーチェ》で言った。「ごめんなさいね！」

シルヴィは軽く冷ややかにうなずいて、将軍の指示に従いつづけた。

「みんな、もっと生き生きと！　ほら、一、二、まわって、突いて――」

モリーがまたしてもお尻を鋭く突いて、シルヴィは飛びあがりそうになった。

「……一、二、飛びあがれなんて言ってないぞ、シルヴィ、ほら滑らせて、四……」

「ああ、ごめんなさい！」モリーがささやいた。「もっと気をつけるわ」

「そうして、くれると、助かるわ」シルヴィは剣で突いたり滑らせたりしながら、歯をくいしばって答えた。

「まわって、滑らせて、剣をこすって、こすって、まわって、まわって、突いて――」

モリーがまたシルヴィを突いた。「ああ、ごめんな――」

シルヴィはくるりとふり向くと、モリーのお尻を剣で叩いた。

モリーは悲鳴をあげて、一瞬まえによろめいたが、バランスを取りもどすと、シルヴィに向かって、短剣を乱暴にふりまわした。だが、シルヴィのほうがすばやく、小柄だったので、前かがみになって剣をかわし、モリーの足首を狙って叩いた。すると、モリーが転び、シルヴィは大いに満足した。

だが、モリーも豊満な身体つきの割には、驚くほど敏捷《びんしょう》だった。すぐに立ちあがると、やけどをしたオウムのような金切り声で悪態をつき、短剣をこん棒のようにふりまわしたが、シルヴィもうまく払いのけた。ほかの娘たちはふたりのまわりに集まり、かん高い声で応援したり、どちらが勝つか賭けたりしていた。

だが、ついにシルヴィが剣を払いのけ、巧みに――ことによると、ずるかもしれないが――膝のうしろに脚を引っかけてモリーを仰向けに倒し、木の剣を喉もとに突きつけた。

ふたりとも唸っているかのように、激しく息をしていた。

「ちぇっ！」ローズが言った。

ジョゼフィーンはとうに演奏をやめていた。あたりは静まりかえっていた。

沈黙のなか、将軍は動物園の動物を見るかのように、息を切らしているふたりの娘を物珍しそうに眺めていた。

「シルヴィ」とうとう、将軍がゆっくりと口を開いた。「少し話ができるかい？　ほかのみんなは、しばらく休憩だ」

シルヴィはモリーの喉に突きつけていた剣の先を持ちあげると、ほんの少し大げさにふって、縫いあわせて作った小さな鞘にしまった。そして全員の視線を集めながら、堂々とした足取りで舞台を歩き、短い階段を軽やかに下りて、臣下に接見する女王のようにあごを上げて、観客席にいる将軍に近づいていった。

「クビにしてよ」咳に紛れた言葉が、舞台から聞こえた。

シルヴィが逆らわずに将軍のあとについて、これまで見たことのない部屋に入っていくと、彼は断固たる態度でドアを閉めた。そこもまた、とても男らしい部屋で、大きすぎるビロードの長椅子や、葉巻と薪の煙がしみこんだ空気や、ふざけあっているサテュロスとニンフの姿があからさまに描かれた扇情的な壁画に、劇場のテーマが色濃く表われていた。

将軍は立ち止まると、シルヴィのほうを向いた。「まず、トムがきみを雇ったのは、大まちがいだったと思っていると伝えておこう」

シルヴィはとっさに身をこわばらせた。「あなたは……」さっき聞いたばかりの英語は何だったろう？「わたしをクビにする気？」

「きみを〝クビにする〟？」暗い顔で、面白がって訊きかえした。「いや。それは、わたしの役目ではないよ、シルヴィ。きみを雇ったのはミスター・ショーネシーで、わたしたちはみんな、結局はトムに従うのだから。それに、彼がきみを雇ったのには、必ず理由がある。トムにはほとばしるような才気と、ほとばしるような無鉄砲さがあって、幸いなことに、普通は才能のほうが勝っている。どっちのほとばしりで、きみが雇われたのか、わたしなりの意見はあるが、それは控えておこう。だがね、シルヴィ、わたしはきみを知らないわけではない」

「〝知らないわけではない〟？」英語のまわりくどい表現はシルヴィをいらだたせ、怒りっぽい気性を静めてはくれなかった。シルヴィはこの小さな男が、早く要点を言ってくれればいいのにと思った。

将軍はとつぜん背を向けて落ち着きなく部屋を歩き、シルヴィと距離を置いた。そして立ち止まると、カーテンの飾り房を意味なくいじった。

それから、すばやくふり向くと、上着のすそが足もとで翻った。

「パリ・オペラ座の〝黒鳥《ル・シーニュ・ノワール》〟」あたかも殺人を告発するかのように言った。

シルヴィは心臓が止まりそうだった。

将軍の顔はゆっくりと悲しげになり、畏敬の念を感じているようにも見えた。「きみは、すばらしかった」

シルヴィは一マイルも下にありそうな将軍の顔を見つめ、縮小模型のような体型にもかかわらず、この男には滑稽なところがどこにもないと、ぼんやりと考えた。彼は敬意以外を求めたことがないのだ。

シルヴィは褒められたことに感謝して、やっと短くうなずいた。自分の出来がすばらしかったときと、そうではなかったときは承知しており、将軍が引きあいに出した役は、すばらしくよくできたのだ。「ありがとう」と口に出したら、恩着せがましいような気がした。それは彼も同感だったらしく、短くうなずいて見せた。

「で、きみはここで何をしているんだ？」将軍は問いつめた。

「親戚を探すために、ロンドンにきたの。そうしたら、親戚が留守だとわかって。お金も泊まる場所もなかったから。仕事が必要だったんです」

「どうして、偽名を使うんだね、ミス・シャポー？　法律に反することをしているのか？　それとも、誰かに追われているのかい？」

シルヴィは頑固に黙ったままだった。

将軍は彼女をじっと見つめた。「ここは――」見たところ、ホワイト・リリーを、そのすべてを指しているようだった。「――遊びでやっているんじゃない。きみは、トム・ショーネシーのことをだいぶ見くびっているようだ。彼はここを――このすべてを――ゼロから築いた。初めて会ったとき、彼は字も読めなかったのに、この劇場を建ててみせたんだ。ゼロからという意味をきみが理解できるのかどうか知らないが、いまここで目にしているものは、奇跡に近い。ミス・シャポー、それが遊びだと言うのなら、きみのかわいい頭を覆っている屋根も、きみの胃袋に入る食べ物も、すべて遊びで手に入れているものなんじゃないかい？」

将軍はシルヴィを恥入らせることに成功していた。彼の言うとおりだ。もし彼がパリ・オペラ座でバレエを指導しているムッシュ・ファーヴルで、猥褻な劇場の監督をしている独裁的な小男でなかったら、シルヴィは感情に身を任せたりせず、もう少し自分を抑えて、短剣でモリーをひっぱたいたりしなかったろう。

将軍はシルヴィに返事を求めていないようだった。欲しかった答えが、彼女の顔に書かれていたのは明らかだ。

「この手の劇場はお役所に睨まれていて、いつも危ない橋を渡っている。きみがこの劇場を危険にさらしたり、いらない注意を引いたりしたら……その償いはしてもらう」

シルヴィは、頭が自分の腋の下に届かない男を見つめ、一瞬腹が立って抗議したくなった。

だが、その忠誠心は尊敬し、感心せずにはいられなかった。そこで小さくうなずき、脅しを受け入れた。

「モリーとの喧嘩は、リハーサル中の舞台ではない場所で、剣術以外の方法を使って解決できると思うかい?」

この男ったら、恥のかかせ方がムッシュ・ファーヴルにそっくりだわ。シルヴィは威厳を取りもどして、にっこり笑った。

「ミスター・ショーネシーが、自分は友だちに恵まれていると言っていたわ」警戒心をやわらげようとして言った。

将軍は警戒を解かなかった。「恵まれているのは、トム・ショーネシーの友だちのほうだ」そっけなく言った。

温かみはないにしても、ていねいで、物静かな口調だった。

「パリでは、何をしていたの?」シルヴィがふいに訊いた。

「飲んでいた」つっけんどんに答えた。

「どうして、ここで働くことになったの?」

「きれいな女の子が、わずかな衣装を着けて踊っているのを見るのが好きだからだ」

将軍が微笑み、その顔があまりにもトムに似ていたので、シルヴィは思わず微笑みかえそうとした。「それに、金持ちの観客たちを楽しませるのが好きだ。わたしのことも金持ちにしてくれるからね」そして、こう付け加えた。「それに、ここにも芸術がある。ミス・ラムルー、きみが信じようと、信じまいと」

シルヴィはとても信じられず、眉がぴくりと上がりそうになるのを何とかこらえた。

「劇場の最上階に、部屋がある。屋根裏部屋だ。クモの巣が張って、埃だらけにちがいないが。ほうきを探してくるから。もし使いたければ……」将軍は咳ばらいをした。「リハーサル以外の時間に部屋を使いたければ……トムには黙っておく。きみの時間を無駄使いするのを喜ばないだろうからね。金にはならないことだから。ミス・ラムルー、きみは彼に雇われているのだから。この劇場は彼のものだから、少なくとも日中は、きみの時間も彼のものなんだ」

将軍はシルヴィが使いたければ、踊れる部屋を提供すると申し出ているのだ。それは単に、シルヴィの芸術家としての気性をうまく抑えて、自分の日常を平和にしようとしているだけなのかもしれない。

だが、どういう理由であれ、シルヴィはやさしく将軍に微笑んだ。

将軍は自分のことを好きではないかもしれない。だが、彼は芸術家の魂をもっている。それが、シルヴィにとって、どんな意味があるのか理解しているのだろう。

「ありがとう、ミスター……」

「将軍《ジェネラル》だ」彼は言った。

トムは予定より少し遅れてホワイト・リリーに戻ってきた。それでも、まだ日は真上にはのぼっていなかった。トムは海賊ショーのリハーサルが行なわれているはずだと思い、必要とあらば、その進行について、意見を述べるつもりだった。

だが、劇場は静まりかえっていた。

舞台には海賊船があった。将軍はいつものように、見事な仕事をしていた。大急ぎで間にあわせたものだが、堂々たる出来ばえだ。

ふいに、ほんの一瞬だが、小さな男の子が帆桁にのぼったり、小さな木の短剣をもって甲板を跳ねまわったりする姿が思い浮かんだ。小さな男の子たちが乗組員になったら、どんなに愉快だろう――。

ぎょっとするような想像だった。自分とは縁がない、金にはならない想像であり、この頭にはそんなものに割く余裕はない。トムはその想像をふり払い、きびきびと書斎に向かおうとしたが、そのとき……。

ちょっと待てよ。海賊船をじっくりと見た。

甲板から上半身が突きでているように見える。

それも、決して見まちがうことのない上半身だ。

「デイジー?」トムはおずおずと尋ねた。

「トミー？　帰ってきたのね。みんな……あたしをここに置いてったのよ、トミー」デイジーが哀れっぽく言った。「あたしをここから出して！」

トムは笑いだしそうになるのを何とかこらえた。「デイジー……そこに、つっかえちゃったのかい？　ハッチに？　何があったんだ？」

デイジーはものすごい顔をして、こげ茶色の目で睨んだ。顔が危険なほど赤く染まっている。「何もないわ、トミー。これは新しい衣装よ」嫌みったらしく言った。「船の衣装なの。いいから、早く出して！」

「将軍はどこにいるんだ？　きみは罰を受けているのかい？　おイタをしたのか、デイジー？　ちゃんと聞かせてくれ」いまでは声を出さずに笑っていた。

そのとき、恐ろしい考えが浮かんだ。「どのくらいの時間、そうしていたんだ？」どのくらいの時間だったにせよ、長く感じていたのはまちがいなく、面白がっていた気持ちが同情に変わり、舞台まで急ぐと、デイジーの両腕をつかんで引っぱった。

「デイジー、少し太ったみたいだね。けがをしないようにするには、ここを切るしかない。のこぎりを取ってくるよ。将軍はどこにいるんだい？」

「新入りの子を叱ってるわ。モリーを床に倒して、短剣を突きつけたのよ」

「ここでかい？」トムは自分の顔がじわじわとゆるむのを感じた。シルヴィのことで笑わされるのには、もうだいぶ慣れてきた。「彼女に尖ったものをもたせてはいけないんだ。モリーに挑発されたんだろう」

「そのとおりよ。あたしは全部見てたから。モリーが短剣で、あの子のお尻を突っついたの。わざとよ。モリーが先に手を出したの。なかなかの闘いだったわ」ここ一時間で初めて、ほんの少し微笑んだ。

　トムはひそかに心に留めておいた。ヴィーナス役を競わせると提案したことを、将軍にあやまらなければならないだろう。

　ちょっと待てよ。闘い！　海賊の闘い！　女海賊の闘いだ！

　観客はきっと夢中になるだろう。

　じつに珍しい状況で、ひらめきが湧いてきた。

「目がきらきらしてるわよ、トミー。舞台で闘わせたいんでしょ」デイジーがじっと見つめていた。甲板にひじを突き、両手で頬づえを突いている。「自分で厄介事を招いているようなものよ、女がこんなに大勢いるんだから」

「きみの言うことは正しいかもしれないが、すごい名案だってことは認めるだろう、デイジー？　さあ、きみをそこから出すために、のこぎりを取りにいってくるよ。大道具のみんなはどこに行った？」

「散り散りになっていったわよ。あたしのことなんて、すっかり忘れて」

最後の言葉、みんなが自分のことをすっかり忘れてしまうのではないかという不安は、デイジーが将来について、最も恐れていることだった。それなのに、トムはどうしたらデイジーを安心させられるのか、はっきりとわからなかった。安心させるということは、誰からもちやほやされない将来がやってくることを認めることに等しいと知っているからだ。トムは彼女の丸い腕をきびきびと叩いて立ちあがった。「すぐに戻ってくるよ、デイズ。わたしは決して、きみを忘れない」

トムが船から観客席の通路に飛びおりると、将軍がシルヴィ・シャポーと並んで、舞台裏から出てきた。

トムは足取りをゆるめて立ち止まり、最高の景色を楽しんだ。シルヴィはブラウスにサッシュ、そしてあの独創的でいかがわしくて官能的なズボンという海賊の格好をして、生き生きと頬を赤く染めていた。おそらく、いま叱られたばかりで紅潮しているのだろう。いや、木の短剣を使って闘ったせいかもしれない。

将軍はデイジーがまだ海賊船にはまっていることに気がつくと、立ち止まって、じっと見つめた。

「ずいぶんと、楽しそうね？」デイジーは観念したかのように、将軍に声をかけた。

「きみの目の色にあっているよ、デイジー」将軍が真顔で言った。「船のことだ。その茶色が。もっと、しょっちゅう着るべきだ」

トムの見まちがいでなければ……紅をはたいたデイジーの頬に、さらに赤味が差した。

「ショーネシー」将軍が急にトムのほうを向いた。「きみのすばらしい提案について、詫びてもらうことがある。これが——」シルヴィのほうを身ぶりで示した。「ヴィーナス役を競わせた結果だ。短剣をふりまわして喧嘩したのさ」

「いつもいつも、すばらしい案ばかり出せないさ!」トムは陽気に失敗を認めた。「でも、試す価値があったということは認めてもらいたいな」

将軍はそんな気分ではないようだった。

トムは小男のしかめ面から目をそらして、シルヴィを見た。そっちのほうがずっと見ていたい顔だからだ。

「ミス・シャポー、ちょっと目を離したとたんに、何を耳にしたと思う? また、先が尖ったものをふりまわしたそうだね」本当はからかい、断固とした態度で叱るつもりだった。それなのに、声がかすれ気味になっていることに、トムは驚いた。

「これからは行儀よくするように気をつけます、ミスター・ショーネシー」シルヴィの口調はまじめくさっていたが、その目は輝き、あふれる期待に息を殺しているように見えた。

「行儀よくするというのは……きみには少し難しそうだが」短い言葉に、こんなにも思わせぶりな仄めかしを詰めこんだのは初めてだ。

シルヴィはのけぞって、よく響く女性らしい声で笑った。

その笑い声はとつぜん射しこんできた陽光のようにトムに降りそそぎ、頭からほかのことをすべて消し去った。トムはしばらく身動きができなかった。かすかに不思議そうな笑みを浮かべて、ただじっとシルヴィを見つめていたが、おかしなことに、なぜか息ができなかった。そして、おかしなことに、気持ちはなぜか晴れやかだった。

ふたりとも、トムが取り立てておかしなことを言ったわけではないのはわかっていた。そのあと、沈黙がつづいたが、ふたりはお互いに見つめあったままで、どちらもそのことに気づいていなかった。

だが、将軍とデイジーはふたりをしばらく見つめたあと、視線をあわせて、目で語りあった。

「のこぎりを取ってくるよ、トム」将軍が強く言った。それは、まるで警告のように響いた。

「のこぎり?」トムは上の空でくり返して、明らかに仕方なさそうに友に顔を向けた。シルヴィ・シャポーもやっと顔をそむけると、神々を正確に見分けたり、その数をかぞえたりしているかのように、額にうっすらとしわを寄せて、壁画をじっと見た。

「のこぎりだよ、トム。デイジーをここから出すために」将軍は辛抱強くくり返した。「わたしが取ってくる。留守のあいだに、伝言が届いていたぞ。きみの部屋にあると思う。ミス・シャポー、リハーサルを終わらせたいから、ほかの子たちを呼んできてもらえるかい？　きみに異存がなければだが……トム？」

またしても、将軍らしい皮肉だ。

「異存はない」トムは機嫌よく言った。

シルヴィ・シャポーは何も言わずに、背を向けて歩きだした。トムはその後姿を見ていた。海賊のズボンの下できれいに揺れている小さなお尻、まるで闘士のようにぴんと伸ばした華奢で優雅な背中、わきで音をたてて揺れている小さな短剣。

トムは書斎に向かうとき、声をひそめて、ずっと歌を口ずさんでいた。

〝ねえ、あなたの剣で突いてよ、あなたの剣で突いてほしいの……〟


トム・ショーネシーに引きだされた笑みを唇にかすかに残したまま、シルヴィが楽屋のドアを開けると、ほかの娘たちはまるで身を守るかのように、全員が動かず、黙りこくったまま、ひとかたまりになっていた。最初、シルヴィは自分のせいかと思い、両手を頭上に上げて、仲直りするために丸腰できたことを示しそうになった。

だが、そのときシルヴィは娘たちがモリーの化粧台の上を見つめていることに気がついた。まるで、獰猛な動物にこの部屋に追いこまれたかのように、大きく見開いた目で一点を見つめている。シルヴィは爪先立ちになって、それが何なのか見てみようとした。

すると、そこには……。

温室で育てた完璧な花から、酔っ払いがふと思いついて劇場にくる途中でプランターから失敬した粗末な花まで、踊り子たちはそれぞれ花束を受け取っていた。だが、それは……。

まわりを威圧するほどの花だった。

数えきれないほどの薔薇が、本物の心臓のように赤く大きく、いまにも鼓動をはじめそうなほど鮮やかな薔薇が、百合と蔦と組みあわされている。花瓶に活《い》けられたその花は、二歳くらいの子どもの背丈ほどあった。そして、ここにいる全員を酔わせることを意図しているかのように、部屋全体を香りで覆いつくしていた。

「すごいわ、モリー」

「箱がある！　小さな箱が入ってるわ！」

モリーはすばやく箱をつかむと、勝ち誇ったような視線と微笑みをシルヴィに投げかけた。どの娘の化粧台にも小物のひとつやふたつは、これ見よがしに置いてあるのに、シルヴィのところには何もないからだ。

娘たちはモリーのまわりに集まり、箱が開けられると、六組の目をしばたたかせて一斉に息を飲んだ。

なかに入っていたのは櫛で、本物の真珠とサファイアがちりばめられていた。楽屋の薄暗い明かりの下でさえ、輝いている。

真珠とサファイア。もちろん、それはモリーの白い肌と目の色だ。その櫛を栗色の髪に差したら、彼女は女王陛下のように見えるだろう。その櫛もまた、小さいけれど効果的な贈り物だった。

モリーはゆっくりと櫛を手に取ると、うっとりしながら髪にあて、鏡のなかの自分を見つめた。だが、つい先ほどまでの自信が揺らいでいるのは明らかだった。強がっていた姿は、もうそこにはない。シルヴィにはその気持ちがよくわかった。エティエンヌの贈り物が次第に高価で豪華なものになっていき、ついにはシルヴィのために特別に作らせた複雑な細工が施された宝石や、毛皮で裏打ちされた外套など、彼の富と権力を物語るものが箱から出てくるようになると、どういうわけか、自分がとてつもなく重要な存在になったかのようにも思えれば、まるっきり取るに足りない存在であるかのようにも思えたからだ。

シルヴィは何の気なしに手を上げて、反対の手首に触れた。そして、そっとさすった。縛られていないことを確かめるかのような、奇妙な反応だった。そして、鏡のなかのモリーから、すばやく目をそらした。

「新しい男からなの、モリー?」リジーが訊いた。「あたしたちは、いつ会えるの?」

「彼はまだ二度しか劇場にきてないの。でも、いつも桟敷席なのよ」モリーはもったいぶって話そうとしたが、まだ半ば畏れを感じているようだった。いつもより、少しおとなしくさえある。全員が知っているように、桟敷席はとんでもなく高価で、本当に裕福な者でなければ使えない。そして、ショーのあいだはカーテンが引かれているので、桟敷席が使われているのかどうかは誰にもはっきりとわからないのだ。「彼はショーが終わると、ひとを寄こして、あたしを呼んでくれるの。それに、そこそこ二枚目なんてものじゃないわ。ミスター・ショーネシーと同じくらいハンサムなんだから」

そんなことはあり得ないというように、娘たちがただちに怪しむような顔をした。「公爵かもしれないわ」モリーが強く言った。「まだ一度キスをしただけなの。それも、ここに」白い頬を指した。「みんなのことや、毎日の過ごし方を訊いて、あたしにいろんなことをしゃべらせるの。しばらくは、正式な交際をしたいんだって」

楽屋が静まりかえった。全員が正式な交際とはどんなものだろうかと思い浮かべたのだ。

〝天国に送ってよ、ご褒美《リウォード》に、昇天させて欲しいの……〟

トムが書斎に入ると、机の上の劇場の図面の真ん中に、将軍が言っていた伝言が載っていた。封印と筆跡で送り主がわかり、ひどく心配したわけではないが、ほんの少し戸惑って、かすかに眉を寄せた。そして印章の下に指を入れて滑らせ、封を切った。

文字が目に入り、うたうのをやめた。

トムは伝言をじっと見つめ、しばらく顔をしかめ、歓迎できない小さな衝撃を受けとめ、それが薄らぐまで深呼吸をした。ほんの数週間まえより、衝撃が薄らぐのが遅くなったことに気づいて、ほんの少しおかしくなった。彼にとって、危険は息をするのと同じくらいなじみ深いものであり、普段であれば、落胆からもっと早く回復できるはずだった。

いまや、彼にとって大事なのは息子に会えることだった。

この件には、ケントにいる幼い男の子の将来がかかっているのだ。

「少佐が〈紳士の殿堂〉から降りたよ、将軍」

サテュロスの部屋の壁の外では、男たちの低い声がいつにも増して響いており、トムは元気づけられた。それに、今夜は桟敷席のひとつに客が入る予定になっている。ていねいな手紙が送られてきたので、ホワイト・リリーまで案内するようポーに言いつけておいたのだ。

「ふむ」将軍が驚いて唸った。「ほかの投資家を見つけるにしても、いまからじゃ遅いんじゃないのか？　もう建物を買う契約をすませたんだろう？」

「少佐からは詫び状が届いた。だが、理由は書いていなかった。それに、最近は劇場にきてないだろう？　ここ一年は毎晩のようにきていたのに」

「降りるつもりだったんだな」

トムは険しい顔でうなずいた。そう、少佐は自分を避けていた。ひどく奇妙だし、こんなことになった理由は何ひとつ思いつかなかったが、ほかの投資家たちが残ってさえいれば、事業は進められる。それに、あと一週間のうちにヴィーナスを初演して、期待どおりの成功を収めれば……。

いまや、少佐が投資から降りた損失を埋めあわせるためにも、ヴィーナスが大成功を収めることが必要だった。

トムはにっこり微笑んだ。大成功を収める自信はあった。

「将軍、今夜また作業場をのぞくよ。ヴィーナスが出てくる貝は、すばらしい仕上がりになりそうだ。きみは、また自分を超えたな」

「あの貝は脚光を浴びると、さらに美しくなるんだ、トム」将軍は自信たっぷりに言った。「光るペンキを見つけたんだよ――光らせる方法を発見したやつがいたんだな――特別な材料だ。それから、魚。梁から泳がせるんだ……」

だが、トムは将軍が思い描いた状況を次々と挙げていくのを聞きながら、それを経費に換算していた。踊り子たちの衣装はもちろんのこと、貝、魚、光るペンキといったものにかかる経費を頭のなかで計算していくと、毎晩の公演で入ってくる少なからぬ資金だけでは足りず、さらに新たな元手が必要なことがわかった。

暖炉の炎が燃えあがり、薪を飲みこんだ——ああ、これでまた金がいる。薪を買わなければ——部屋に送りこまれる暖かい空気は、ほとんど無用なものだった。だが、家具も壁画も炎に照らされたほうがよく映える。それでトムも将軍も暖炉の火を絶やさない。ショーマンなのだ、ふたりとも。トムはまだそれを節約しようとは思わなかった。そこで、話題を変えることにした。

「将軍、まえから言おうと思っていたんだが。ベール。ベールを使って、何かできないか？」

「ああ……」将軍は感心するように、天井を仰いだ。「いい考えだ、ショーネシー。いいか、ちょっと想像してみてくれ。あの子たちにハーレムの女たちの格好をさせて——」

「わたしには息子がいる」トムが出しぬけに言った。

将軍はぴたりと話をやめた。

トムは彼を見なかった。放屁でもしたかのような、ばつの悪さを感じていた。そのかわりに、ブランデーをひと口飲んだ。秘密を打ち明けたことで、自分のなかから抜けた何かを補うかのように。

完全に、会話がとぎれた。将軍が咳ばらいをした。

「その息子だが。ケントにいるんだな」

「ああ、ケントにいる」

ふたりの友情は、秘密を打ち明けあって築かれたものではなかった。互いの強さと弱さをまるごと温かく受け入れ、女がらみの問題も男どうしで理解しあって築かれたものであり、互いになぜかしっくりいくという根本的な好意によって築かれたものだった。したがって、秘密を打ち明けるのは、どちらにとっても、なじみのない微妙な領域だった。

「それで……金がいるのか？　これまで以上に。〈紳士の殿堂〉のためだけじゃないんだな？」これが将軍がじっくりと考えて発した、次の質問だった。

「ああ、それもある。金持ちになりたいという理由もあるが」今度はつっけんどんな口調だった。秘密を打ち明けたことで、丸裸にされたような気分なのだ。

「そいつは、同感だ」ぎこちなく冗談めかそうとして、将軍の唇が引きつった。

そして、また気まずい沈黙が流れた。

「どうやって息子をつくったんだ、トム？」将軍がふいに尋ねた。

「普通のやり方でだよ、将軍」トムがいらいらと答えた。

将軍が笑った。「すまない。つまり……母親は誰なんだ？　その……」いったん口をつぐみ、この質問は慎重に、とても慎重に発しなければならないと考えた。「その女性と結婚するつもりなのか？」

「母親が誰なのかは、わかっている。ただ、どこにいるのかは、わからない。息子を両親のもとに置いて出ていったんだ」答えてはいたが、将軍の質問には答えていなかった。

会話がまたとぎれた。

トムが咳ばらいをした。「子どもはもうすぐ二歳になる。わたしは……」

大きく息を吸い、立ちあがって、せわしなく暖炉のまえを歩き、壁画を見つめた。サテュロスがニンフと交わり、楽しんでいる。

「息子をイートンに入れたいと思ったんだ」半ば自分でも驚いているような、怪しんでいるような口ぶりだった。そして、小さく笑った。「オックスフォードに行かせたいんだ。あろうことか、議員にだってしたいのさ。このあいだ、投資家たちと同席した。どの男も裕福で、付きあいやすくて、真っ当で、なかには気取ったやつもいた。で、わたしはいま……息子が大人になったら、気取った男になる機会を与えてやりたいんだ。心から。充分な金があれば、不可能じゃない。だが……父親がわたしだと世間に知られたら、息子の道のりは険しくなる」

将軍はトムの言葉を理解しようとして、大きく息を吸い、そして吐いた。

そして、それが事実であることを否定しなかった。

「きみはいいやつだよ、トム」将軍がやっと口を開いた。答えにはなっていなかったが、それしか言えなかった。

トムは顔をしかめて、将軍を見た。「まさか」

「いや、わたしは本気だ。少なくとも、わたしが知っているなかでは、最高の人間だ」

「それなら、信じられるな」

将軍は笑うかわりに、鼻を軽く鳴らした。それから彼にとってはエネルギーである紅茶をゆっくりと飲み、両脚をふっくらとしたオットマンに乗せた。グリーン・アップル劇場の外壁にもたれてすわりこんでいるところをトムが見つけて以来、将軍が口にしている飲み物のなかで、最も強いのが紅茶だった。実際、その紅茶はとても濃く、葉巻と暖炉で燃えた薪の煙が充満しているにもかかわらず、トムが立っているところからでも、その香りをかぐことができた。

「最近は決闘の数が減っているじゃないか、トム。女に微笑むのを控えているのか？」将軍がいたずらっぽく訊いた。

トムは鋭い目で将軍を見た。「忙しくてね」そっけなく答えた。

「それとも、特定の女にばかり……微笑んでいるのか？」トムが何も答えていないかのようにつづけた。

それを聞くと、トムは警告するような目つきで将軍を見た。この小男は少し鋭すぎる。

「それが無分別だってことは、わかっているはずだぞ、トム」将軍が言った。「理由はいくらでも挙げられる。たとえば、おそらくほかの踊り子たちが、嫉妬か心臓発作で死ぬだろう。反乱が起きるのは、まちがいない」

「無分別だってことは、わかっているよ」トムは顔をゆがめて笑った。「わたしのこれまでの人生は、無分別を積み重ねてきたようなものだから」

「だが、もしかしたら……きみにとっては物事が楽になるきっかけになるかもしれないな、もしも……」

トムは期待をこめて将軍を見た。

「いや、気にしないでくれ」将軍はため息をついた。

トムはぼんやりと、こわばった指を曲げていた。最近は書き物が多いせいで古傷が疼き、真夜中に目が覚めることさえあった。だが、〈紳士の殿堂〉の目鼻がつくまでは、図面を仕上げ、調査を行ない、提案をし、許可を取らなければならない。投資家の援助の確保は、全体のごく一部でしかないのだ。

〝夢〟という言葉がとてもやわらかくて漠然としているのは、妙な感じだった。数多くの現実的な問題が、細々とした実態のある物が、釘や、材木や、紙幣や、人間が、夢を実現するのだ。

トムは夢も、細々したことも、すべてが好きだった。そして、それを難なくこなしているように見せるのが好きだった。人々に仕事を与えるのが好きだった。

「将軍、彼はまだ小さくて、わたしが誰だか知らないんだ。息子のことだ。それで、ときどき……ある程度の金を用意したら、黙って身を引くべきじゃないかと思うようになったのさ」

将軍は目をぐるりとまわした。「ああ、そうか。いかにも、きみらしいな。〝黙って身を引く〟ってところが」将軍はトムの手を指さした。「その傷ができた理由をもう一度教えてもらえるかい？　どうやって、この劇場を手に入れたのかも」

トムは指を動かすのをやめて、じっと見下ろした。

「それとこれとは話がちがう」簡単に答えた。

将軍は、その点については言い争える立場にないと思ったようだった。そのまま黙っていたが、しばらくしてから、これだけ言った。「で……ハーレムか？」立ちあがって、上着に手を伸ばした。

「将軍、シェヘラザードの話は知ってるかい？」トムも上着に手を伸ばした。

ふたりは仕事の話に戻れたことに心底ほっとして、劇場で観客を迎えるために、急いで準備をした。

夜の公演が終わって、劇場がふたたび暗くなると、シルヴィは娘たちが裏口から出ていき、モリーが立派な馬車に乗せられていくのを見届けてから、階段をのぼって自分の小さな部屋に向かった。

だが、トムの部屋に明かりが灯されているのが目に入ると、またしても、なかをのぞきたいという気持ちを抑えられなかった。

トムはほんの少し顔を上げて眉を寄せると、急に立ちあがって、シルヴィにも見憶えがあるナイフを片手にもって、じっと見つめた。

シルヴィは飛びのき、片手で口を覆った。

トムはシルヴィの姿が目に入ると、ぴたりと動きを止めた。そして、しばらく何も言わず、ナイフを放り投げただけだった。「のぞいていたね、ミス・シャポー」

「いいえ」すぐに答えた。シルヴィはばかげた名前を付けたことを、ひどく後悔しはじめていた。トムはそのばかげた名前を呼ぶのを楽しんでいるのだろう。そうでなければ、ほかのみんなと同じように、シルヴィと呼んでいるにちがいない。

「いや、のぞいていた」トムはきっぱりと断言した。「きみは、こんなふうにしていた――」物陰からこっそりとなかをのぞき、ひょいと飛びのいて目を見開き、純情そうに口に手をあてる様子を無遠慮にまねした。「――この目で見たんだ」

シルヴィは何とか、必死にこらえようとした。だが、笑わずにはいられなかった。

「それで、なかをのぞいて、お探しのものを見つけたかい?」礼儀正しく訊いた。

ああ、女性の気を引く大会があったら、トム・ショーネシーはまちがいなくイギリス代表に選ばれるだろう。

「明かりが見えたから、誰がいるのだろうと思っただけです」シルヴィは冷ややかに答えた。

「ここは、わたしの書斎だ。わたしの仕事場だ。わたし以外の者がいると思ったとでも?」

トムは返事を待ったが、これだけでシルヴィを追いつめても、面白い返事は返ってきそうにないと判断したようだった。そこで机のまえの椅子に腰かけると、きびきびと言った。「将軍との緊張関係は、少しはゆるん《デタント》だようだね。彼はきみに好意を抱いていないが、ほかのみんなのこともそれほど好きじゃない。おそらく、わたしのことは例外だが。それから、デイジーも」

「彼がデイジーのことを好きだなんて思っているひとは、ひとりもいないわ」

「いや、ひとりはいる」トムの笑顔は謎めいていたが、すぐに消えた。

そのあと、どちらも黙り、ふたりは互いを見つめた。すると、トムが気取ったしぐさで、顔にかかっていた髪に片手を差しいれてかきあげた。おかしなことに、シルヴィはそのしぐさに心を動かされた。彼が恵まれた容貌を利用して、大いに楽しんでいるのは確かだが、その虜になっているわけではない。このわずかな自惚れは彼女のためであり、それがシルヴィを喜ばせた。

「きみもすわったらどうだい?」招待状を送ったのに、シルヴィが黙って立ったまま迷っているかのように、じれったそうに早口で言った。

いいえ。シルヴィは心のなかで答えた。そんなことをするのは、ぜったいに、ぜったいに、愚かだもの。

「ええ」冷静に、穏やかに答えた。

シルヴィはしばらくトムを見つめかえした。トムの指はインクで染まり、まくりあげたシャツのそでから、筋肉が盛りあがった逞しい腕が伸びている。指は長くて先が細く、日に焼け、青い血管が浮きでている力強い手には、引きつって白く盛りあがっているあの傷が走っている。シャツの襟もとはクラヴァットも数個のボタンも外してあり、シルヴィはそのすき間からのぞいて、胸毛がなく滑らかなのか、それともエティエンヌのように巻き毛が生えているのかを確かめたくてたまらず、何とか目を引きはがした。とにかく、トムの胸が広いのはまちがいなく、それはランプの光に照らされて美しい黄金色に輝き、まるでミルクを少し垂らした紅茶のようだった。夜の静けさのせいにしろ、劇場が暗いせいにしろ、シルヴィの注意を引くものが何もないからにせよ、トムのあらゆる部分が、実に細かい部分までが、とつぜんくっきりと浮きあがってきた。手の傷、まつ毛、そして目の下にあるかすかな、ほんのかすかなしわまでも。

トムが見られていることに気がつくと、シルヴィはふいに目を上げて、視線をあわせた。

「きみは、本当は誰なんだい、ミス・シャポー？」トムがその笑顔で魅了し、説き伏せるように訊いた。あたかも、自分の魅力を注ぎこめば、シルヴィから答えがあふれだしてくるかのように。

シルヴィは笑った。「わたしはイギリスを訪れた、ただの旅行者だわ、ミスター・ショーネシー。有り金をすべて奪われてしまった、不運な旅行者」

「きみが初めてやってきた日、将軍はきみが……バレリーナではないかと言った」まるで、将軍が〝ボルネオ島の住民〟ではないかとでも言ったかのような口ぶりだった。

将軍は素性は明かさないと約束していたので、シルヴィはほんの少し用心して緊張した。そして、軽く笑った。「どうして、そんなふうに思ったのかしら」

トムは椅子の背もたれに寄りかかり、シルヴィが落ち着かなくなるくらいに、長々と彼女を見つめていた。両手を頭の上で組んでおり、胸幅の広さがますます強調された。シルヴィは何とか冷静に見つめかえしていたが、とうとう寄り目にならないように、彼の左目に焦点をあわせることにした。そして、ほんの少しまえまで自分が彼にしていたことをされることで、紛れのない興奮を覚えていた。彼に容姿を観察されることで。

トムは最後には途方に暮れ、少し気まずそうな顔をしたが、それは決してシルヴィをおだてようとしてのことではなかった。

「わたしがどうやって将軍と出会ったか、わかるかい？」トムが思いもよらないことを言いだした。

「想像もつかないわ」

「イーストエンドに、ある劇場があったんだ——グリーン・アップルだ。野暮ったい小さな劇場だ。知っているかな？」

シルヴィはこわばった笑みを浮かべた。それに応えて、トムはにっこりと笑った。

「知らないかい？　わたしはそこで初めて劇場の仕事に就いたんだ。グリーン・アップルで。それまで波止場近くの酒場で働いていて、劇場の経営者と知りあって、それで……とにかく、わたしはショーを、美人のダンスショーを作ろうと決めた。花のようなドレスを着せて。顔のまわりにヒナギクの花びらを付けたんだ」トムは指で顔のまわりに円を描いて説明した。「すごく、気がきいていた。自分でそう言っても構わなければ。誰もそんなことはしていなかったからね、少なくともイーストエンドでは。それに、ざっくばらんに言って、わたしは美人のダンスが好きだった。

それで最初の夜は、ショーを見にきた男はいたが、充分じゃなかった——満員にはならなかったんだ。次の日も同じだった。グリーン・アップルの劇場主がひどく腹を立ててね。彼の援助でショーを上演して、損を出しているわけだから。それに、わたしも少しずつ不安になっていた。劇場主は損をしたら、わたしの喉を喜んでかき切るようなないかれた男だったから」

彼は淡々と話しており、シルヴィは何とかたじろがないようにした。トム・ショーネシーがやっと普通の人間に見えてきたと思ったら、またこうして、シルヴィとはまったく異なる世界で生きてきたのだと教えられている。喉をかき切るような男と一緒に仕事をするような世界だ。

「ショーが終わってから、わたしは劇場の外に出た。壁に寄りかかって、葉巻を吸おうかどうか、最後の一本を吸おうかどうか考えたり、これからどうしたらいいか考えたりしていたんだ。もう金が残っていなかったからね。

そのとき、どこか下のほうから、足首のほうから声が聞こえてきた。酔っぱらった、聞きとりにくい声だった。で、こう言った。いや、こう言った気がしたんだ。〝オーガンジー〟って。

よりにもよってだ！　それで、声がしたほうを見下ろしてみたら……小男が壁に寄りかかってすわりこんでいた。子どもくらいの背丈しかなくて痩せていたが、あごひげがふさふさと生えていた。汚かったよ。ジンの蒸留所みたいなにおいがして――酒に漬けられたあと、壁に放り投げられたみたいだった。火花でも飛んできたら、あっという間に燃えあがったろう。

それで、わたしはその汚い男に言ったんだ。〝何ですか？〟って。わたしは礼儀正しい男だからね」

「そうね」シルヴィは唇をぴくぴくさせながら言った。

「そうしたら、わたしの足首のあたりから、そのばかげた小男が言ったんだ——」トムは聞きとりにくい、つっけんどんな口調をまねた。「オーガンジーって言ったんだよ、このまぬけ！　そのほうが身体の線がきれいに出るし……ヒック」それらしく見せるために、しゃっくりをした。「——照明があたると、透けて見えそうになる。それなのに、綿モスリンなんか着せやがって。このばか者が。失敗して当然だ」

物まねが終わると、トムはシルヴィを見た。「それで、不潔な小男はひとを怒らせることばかり言い終わると、壁に倒れこんだ。わたしは眠ったんだと思って、そのまま帰ろうとした。

だが、じっと見ているうちに、男が動きだして、立ちあがろうとしやがった。手足をばたばたさせて、転がっているんだ。ずっとそんなことをくり返しているもんだから、気がついたら、男のひじを支えていたってわけだ」

シルヴィは笑い、驚くことに、心のどこかで妙に感動していた。普通であれば、酔っぱらっている男を見かけたら、蔑むものだろう。大部分の者が耳など貸さず、嫌悪感を抱いて立ち去るはずだ。それなのに、トムが耳を貸したのは、生来の好奇心のせいなのだろうか、それとも茶目っ気のせいなのだろうか？　だからこそ、幸運に繋がることと同じくらいに、厄介な目にもあうのだろう。

おかしなことに、シルヴィはいつの間にか、こんなことを考えていた。エティエンヌはこれからも、ぜったいにそんな状況には陥らないだろう。彼はそんな選択はしないはずだ、と。

「それで、その男を助け起こしてやった礼が、これだ。〝いいか、あの子たちを花に見せたいなら、こうするんだ〟男は立ちあがると、花みたいに自分の身体を揺らしはじめた。〝花みたいに踊らせないとだめだ。色っぽい花みたいに〟」トムはやりすぎるくらいに、言葉を不明瞭にした。「シルヴィ、これは誓ってもいいが、あの場所で、わたしの目のまえで……小男が踊ったんだ——色っぽい花そっくりに。ふらつきながら、腕をゆらゆらとふって」トムは大きな輪を描くように、手をふった。

シルヴィは笑いだした。どうしても、止められなかった。

トムはその声を堪能するかのように、にっこりと笑って、シルヴィを見た。「でも、あのときでさえ……わたしは彼が何を伝えようとしているのかわかった」いまでも感嘆しているかのように、不思議そうに言った。

「それで、わたしは小男の腕をつかんだ。彼はそれが気に食わなかったみたいで、何度かわたしの足首を蹴ったが、ジンをたくさん飲んでいたから、命中するより外れたほうが多かったな。そのあと、抱きかかえると——どんなに臭かったか、とても言葉にはできないよ——彼は身をよじってね。でも、わたしは彼をもちあげて、自分から離しておくことができたから——当時はいまみたいに逞しくなくて、小さくて、とても痩せていたから——急所を蹴られることはなかった。彼はまちがいなく、そこを狙っていたけど。それで、彼をグリーン・アップルの近くにあったわたしの部屋に連れてかえると、ひとつの部屋に閉じこめて、酒を断たせた。決して愉快じゃなかったね」トムは険しい顔で言った。「蹴るわ、わめくわで。物だかひとだか知らないが、〝ビートル〟だか〝ビードル〟だかいう名前のことをひどく毒づいていたな」

「いま……ビードルと言った？」興味をそそられる話だった。シルヴィもミスター・ビードルという人物を知っており、そのビードルと同一人物だったら、将軍に関するいくつかの疑問を解くのに大いに役に立つ。

「ビードルだ」トムが言った。「あんなにひどい罵り方は、戦争中でさえ聞いたことがない。だが、将軍は身なりを整えてしらふになると、まともな礼儀正しい男だった。それに、オーガンジーのことにも詳しかったし、ほかにもいろいろなことを知っていた。ショーに必要なことを知っていたんだ——衣装の、美しい衣装のデザインの仕方とかね。舞台装置の作り方。観客を楽しませる、絶妙なダンスの振付。わたしたちの才能と好みはたまたま、お互いをうまく補えるものだった。グリーン・アップルのショーは急いで衣装を変えて、ダンスの振付を何カ所か直したら、大成功を収めた。色っぽい花ができあがったってわけだ。わたしはショーの上がりから、いくらかを将軍に渡した。そして将軍はそれ以来、ひと口も酒を飲んでいない」

シルヴィはしばらく何も言わなかった。「彼に親切にしてあげたのね」穏やかに言った。

「そうかもしれない」トムは考えながら答えた。「でも、親切心というより、巡りあわせや好奇心のほうが大きかったと思う。それに、まえにも言ったとおり、わたしはいつも友だちに恵まれているんだ」

「追いはぎのビグシーのような友だちに？」シルヴィは辛辣にならずにはいられなかった。

「ほかの乗客のほとんどは、わたしが彼と知りあいで、運がよかったと思っているはずだ」トムは冷静に答えた。「それにミックだって、きみをホワイト・リリーまで乗せてきてくれただろう？　それがよかったのかどうか、結論はまだ出ていないが」

トムは微笑み、シルヴィは疑わしそうに目を細めた。

「わたしが言いたかったのは、そこなんだ、ミス・シャポー。わたしは将軍のことを長年見てきて、そのあいだに、肉体に対する彼の並外れた知識は信頼できると知った。だから、彼がきみはバレリーナだと言うのなら……」そこでまた、言葉を切った。「彼の意見には耳を傾ける価値があると思っている」

「将軍の意見だけで判断するの？」

「それと、ミス・シャポー、きみは明らかにレディではない」

シルヴィはしばらく何も言えなかった。

「何ですって?」やっとのことで、言葉を絞りだした。

トムはシルヴィが腹を立てていることに気がついていないらしく、話をつづけた。

「わたしは大勢の女性を知っている……」そこでいったん言葉を切り、その女性たちが歩いているかのように天井を仰いで、唇にうっすらと笑みを浮かべた。「……大勢の女性たちだ」顔をゆがめて強調した。「いろいろな身分のひとがいた。肩書のあるひともいたが、ない女性のほうが多かった。で、きみはと言えばレディでもないし、奉公人でもない。見られることと自分の言い分を通すことに慣れていて、結婚している雰囲気がない。何ていうか……面倒を見てもらうことに慣れている様子がないんだ」

それはぎょっとするほど言い得ていて、シルヴィは口をはさめなかった。

「きみには、ひととは異なる自信がある。それが理由だ。それが何なのかはわからないが。さて、わたしは自分のことを少し話した……きみもロンドンにきた理由を話してくれないか」

「ロンドンには……親戚を訪ねにきたんです」シルヴィはついに、ためらいながら言った。彼には聞く権利があると思ったのだ。「でも、思いがけず、その親戚が家を留守にしていて」

「なるほど。シャポー家のみなさんは、急用ができて出かけたのかな？　シュロップシャーの親戚、外套家《ペリース》を訪ねたのかもしれないね」トムは無邪気に言った。

シルヴィは吹きだしそうになった。トム・ショーネシーは機転がききすぎて困るくらいだ。彼に本当のことを打ち明けるべきだろうか。〝わたしの妹は子爵と結婚していて、どうやらこの国の野心家の女性たちがこぞって、姉だと名乗りでているらしいの。ところで、そういう野心家の女性たちを捕まえたら、かなり高額の報奨金が出るらしいわ。ロンドンでは有名な話のようだから、あなたも知っているかもしれないわね。確か、新しい劇場のために多額の資金が必要だって言ってなかった？〟

「家は真っ暗で、使用人もいなくて、誰もなかに入れてくれなかったというわけか？」

トムはさらに問いただした。「きみが訪ねることは、誰にも知らせていなかったのかい？」

「ええ」シルヴィは短く答えた。「使用人もいなかったわ」

「それじゃあ、親戚が帰ってきたら、ホワイト・リリーを出ていくのか？」

シルヴィはためらった。「ええ」

トムはしばらく何も言わなかった。「信用されてないんだな。信用してくれていると思っていたんだが」

「してないわ」シルヴィは短く答えて、わずかに微笑んだ。

見あげたことに、しばらくすると、トムも微笑んだ。「たぶん、それが正解さ」

気を引くような態度に戻っていたが、それはほんのわずかで、シルヴィが気まずい思いをしないように、わざとそうしているかのようだった。おかしな沈黙が流れた。トムが咳ばらいをした。

「ミス・シャポー、危ない目にあったら、相談して欲しい。きみを傷つけるようなことはさせないから」

穏やかな物言いだった。だが、静かな言葉のなかに、紛れもない説得力があった。このときになって、シルヴィはやっと気づいた。彼がいろいろと問いただしたのは、この言葉を言うため、この申し出をするためだったのだ。

「ありがとう」シルヴィはやっと口を開いた。何だか、照れくさい気分だった。

トムは真剣な顔をしてシルヴィをじっと見た。「きみの恋人は、大ばか者だ」早口で言った。

「彼は――」

「うん?」

シルヴィは癪にさわって、目をぎゅっとつぶった。すると、心のなかで湧きあがってくるものがあった。秘密を白状させるためには、シルヴィの自尊心と短気な気性のどこを突つけばいいかを正確に探りあてるトムの能力を目のあたりにして、不本意ではあるが面白く思い、感心したのだ。きっと、彼特有の才能なのだろう。自分特有の弱点だと思うよりはましだ。

シルヴィが目を開けると、トムがじっと見つめていたが、意外なことに笑ってはいなかった。「ミス・シャポー、きみの短気は、いつか命とりになるかもしれない。だが、だからこそ、きみは正直なんだろう。それで、きみの恋人は……」

トムは答えを待ち、シルヴィに恋人の存在を否定する機会をもう一度与えた。だが、シルヴィには、そんな喜びを与えるつもりは毛頭なかった。

「きみの恋人は、あまりよくない男なんだろう」

シルヴィは腹を立てるべきだった。

だが、シルヴィは〝どうして？〟と訊きたかった。〝わたしにそう思わせるところがあるの？　恋人にはいろいろな種類があるの？　いい恋人ってどんなひと？　相手の理性を混乱させて、笑わせたかと思ったら、次の瞬間には怒らせたり、顔の細かい部分までじっくり見たいと思わせたりするひと？

それとも、相手を連れだしておいて、満足させずに寝てしまうひと？　天気の話をするように年じゅう愛していると言って、相手がずっと望んできたものをすべて与えると約束するひと？　安全と平和と富と安らぎを〟

シルヴィはトムがはったりを言っていると考えて、問いただした。「ミスター・ショーネシー、どうして、そんなふうに考えるの？」その声は軽やかで、まるで誘っているようだった。

ロウソクが溶けて、ガラスの受け皿に流れ落ちている。部屋の影の形が少し変わっており、シルヴィは彼とふたりきりで長くいすぎたことに気がついた。

「いま、きみがわたしとここにいて、その恋人と一緒にはいないからだ」

低くてやわらかく、かすれ気味の声でそう言われると、その論理は否定できないように思えた。穏やかで、じっと耐えているような話し方だった。あたかも、シルヴィが自分で答えを出すのを待っているかのような。

だが、シルヴィがトムの目から視線を引きはがして、大きく息をすると、やわらかな声にこめられていた魔法が解けた。

「ロンドンにきた理由は話したはずだわ、ミスター・ショーネシー。彼とは何の関係もないの。それに、あなたとも」

トムはまた口を閉ざし、次に尋ねることを考えているようだった。

「ミス・シャポー、きみは野心的な女性であることは認めるんだね」

「ええ」そっけなく答えた。

「すると、その恋人は――」

「彼は必要なものを与えてくれるの」きっぱりと、つづきを言い放った。

トムは一度だけ、あごを引いた。うなずき、あたかもシルヴィの言葉をしっかり頭に入れているかのように見えた。そして羽ペンを手に取ると、指にはさんで、上の空でまわした。それから目を上げると、危険なほどやさしい声で言った。

「きみは、何が欲しいんだい、ミス・シャポー？」

とても簡単な質問だった。それなのに、シルヴィは動揺して動けなくなった。

そして、やっと短く笑った。「わたしの人生には〝欲しい〟なんて言葉の居場所はないのよ、ミスター・ショーネシー。わたしは……勝ち取ってきたの……必要なものすべてを」

「必要な人間も？」皮肉っぽく訊いた。

シルヴィはすっと立ちあがった。「そろそろ失礼します。あなたの……お仕事の邪魔にならないように」

「いいだろう、ミス・シャポー。だが、ちょっと待って――」トムはふいに顔をしかめた。「そこに、何か……」

シルヴィは立ち止まり、何のことかわからず、ためらっていたが、また腰を下ろした。

「頬に何か……ついている」トムはそれが何か見きわめるかのように、目を細めた。

「……ちょっと失礼……」

とつぜん、トムが机の向こうから、シルヴィのほうに身を乗りだした。シルヴィは息を殺し、難しいことだと知りつつも、銀色の目が近づいてきても、決して顔を傾けないと心に決めた。だが、まばたきをしてしまい、瞼が下がりはじめ、ついには完全に目を閉じてしまった。心臓の鼓動が速くなるにつれて、呼吸も速くなり、息をするたびに、温かな男のにおいを感じ、息をするたびに分別が失われていった。そして、じっと待った。

「勘ちがいだった」永遠とも思える時間がたったあと、やわらかなトムの声がした。その声はあまりにも近く、まるで自分の身体のなかから聞こえてくるようだった。トムが言葉を発するたびに、その息が頬をかすめる。「たぶん……ただの影だったんだろう」

シルヴィが目を開けると、すらりと背の高い身体がゆっくりと椅子に戻るのが見えた。勝ち誇った笑みをうっすらと浮かべているにちがいない。シルヴィはそう思っていた。だが、トムの顔は自分と同じように、落ち着きを失っているように見えた。妙に張りつめた顔をしている。そして、目は濃い色に変わっていた。青みがかったグレーだ。

シルヴィは息をするたびに、肩がせわしなく動いていることに気づいていた。身体を貫くような期待が消えさり、やけに激しい落胆が残った。差し出された贈り物を、とつぜん引っこめられたような気分だ。

「羽ペンを握りつぶしているわ、ミスター・ショーネシー」

トムは手のなかでバラバラになっている羽を見下ろした。そして、すっかり途方に暮れているような顔をした。

それから、壊れた羽ペンを机にそっと置いた。

「おやすみ、シルヴィ」静かに言った。「わたしが紳士ではないことを心に留めておいたほうがいい。正々堂々と勝負するとは限らないから」

シルヴィは立ち上がって、スカートが脚に絡みそうになるほど、すばやく背を向けた。そして、足早にドアに向かった。

「シルヴィ――」

彼女は立ち止まったが、ふり向かなかった。

「ときには……ときには、ふたつが同じ場合もある」

シルヴィには、それが〝欲しいもの〟と〝必要なもの〟であることがわかっていた。そして、おかしなことに、それは思いがけず露わになった、トムの思いにも聞こえた。

11

トムにとって、毎日は以前からあっという間に過ぎていくものだったが、毎週のケント通いにヴィーナスのショーの準備も加わると——いまは曲ができあがって、踊り子たちがダンスの稽古をしているところで、貝も完成間近でトムの意見を待っていた——残りの日々はわけのわからないうちに過ぎていった。

シルヴィ・シャポーは毎日、自分を抑えて、笑い、お尻を叩き、海の精になるよう努めていた。トムは通路の最後尾で安全な距離をとって、自分にとって欲しいものと必要なものは何なのかを考えていた。

その週の終わりになり、事務所にこもって〈紳士の殿堂〉にかかる経費について考えをめぐらせたり、新しい劇場の計画を立てたりしていると、また伝言が届いた。

トムは警戒するような目つきで伝言を見たが、開封するしかないことはわかっていた。

そこで、封を切った。

ケンブリー卿が詫びながら、残念ながら〈紳士の殿堂〉には出資できないと記していた。

毒蛇に嚙まれたような衝撃だった。

だが、その言葉を頭に刻みつける間もなく、目を上げると、妖精でも海賊でも海の精でもなく、外出着をまとった女性が立っていた。そのドレスがかなり上等だったので、それがモリーだと気づくまで少し時間がかかった。それはかなり長いあいだ貯金をしないかぎり、彼女の賃金では買えない服だった。トムは品よく見える形のいいドレスは、金持ちのパトロンか、踊り子でも構わないという夫を見つけた娘がまたひとり、ホワイト・リリーをやめることを決意したことを意味するのだろうかと考えた。

モリーにヴィーナス役をやらせるつもりだったことを考えると、とても間が悪かった。だが、トムは話しはじめるまえから、冷静に代役を考えはじめていた――デイジー・ジョーンズ以外で。

「今日はずいぶん早いじゃないか、モリー」トムは何とか朗らかな声を出した。

「ジョゼフィーンが針仕事の手伝いが必要だって言うから、あたしが買って出たの」

モリーが進んで余分な仕事を手伝う性格だとは思ってもいなかった。トムは困惑して、軽く眉をひそめた。「まだ手伝いが必要だったのかい？　針仕事は、シルヴィが手伝っているんじゃなかったのか？　衣装は全部縫いあがって——あとは仕上げをするだけだと思ったが」

「そう、そのとおりよ、ミスター・ショーネシー。本当はシルヴィの仕事なんだけど、最近は昼間は恋人に会いに出かけちゃうから、あたしがジョゼフィーンに頼まれたの」

時間が止まった。そして、トムの呼吸も。

「シルヴィが恋人に会いにいってる？」何とか平静さを保って訊きかえした。

モリーは机の端をいじくりまわした。「毎日、昼間にって、ジョゼフィーンが言ってたわ。ここ何日か」モリーは無邪気そのものだった。「とつぜんね。早くから出かけて、髪をくしゃくしゃにして、顔を赤らめて……幸せそうに帰ってくるらしいわ。すごく幸せそうに」

「そうか、ありがとう、モリー」トムは肺と心臓をふたたび動かすために、息を大きく吸い、そして吐いた。もう、これ以上聞きたくなかった。「とても興味深い話だ」

〝幸せそうに〟

「ねえ、ミスター・ショーネシー、あなたが欲しいなら、叶えてあげてもいいのよ」モリーがあからさまに言った。

「ミスター・ショーネシー？」モリーはくり返したが、トムは答えなかった。

何とか口もとを引きあげて笑ってみせたが、その様子は痛々しく、身体をうしろに反らせるのと同じくらい不自然だった。「気にかけてくれてうれしいよ、モリー。でも、その件について不満はないから」

「あたしが気にかけると……うれしいのね、ミスター・ショーネシー」モリーは真顔で言うと、頭を下げた。そして、挑発するように片手を自分の鎖骨に這わせて、そのままさりげなく、片方の豊かな乳房まで下ろした。

何といっても、トムも男であり、視線はその手を追っていった。だが、困ったことに、いまではそれがすべて振付に見えてしまうのだ。

「モリー、わたしの欲求のことまで考えてくれて、ありがとう。楽しませてもらったよ。だが、わたしの方針は知っているだろう」トムはかすかに笑みを浮かべて、言葉をやわらげながら、きっぱりと言った。

出ていってくれ。トムは胸にのしかかっている、なじみのない感情と、ひとりで向きあうために、モリーに出ていってもらいたかった。その感情のことをよく知らなければ、痛みと呼んだかもしれない。

トムは冷静な声で言った。「きみは、シルヴィが頼まれた仕事をしないで、こっそり恋人に会いにいっていると言ったね。それでいま、ここにくることにしたのかい？」

「ええ、そうよ」モリーはまじめに答えた。「ちょうど、この時間だから」

トムが暗い廊下に立っていると、シルヴィは自分の部屋を出てドアを閉め、こそこそと急いで、ネコのような軽い足取りで、屋根裏に通じる階段をのぼっていった。今日は暖かく、上の部屋は蒸し暑いくらいなのに、おかしなことに外套で身体をくるんでいる。変装のつもりなのだろうか？

それとも、床に外套を敷いて、恋人と一緒に寝るつもりなのだろうか？

そう考えると、心臓の鼓動が鳴り響き、トムは無意識のうちに両手を握りしめていた。それでも彼女のあとをつけ、うつむいて、できるだけ静かに階段をのぼった。自分は何をするつもりなのだろうか？　物陰から飛びだして、「わっ！」と驚かすのか？

すぐに、立ち去るべきだ。

だが、立ち去れなかった。

ホワイト・リリーの上階は、ふたつの部屋に区切られていた。ひとつは屋根裏部屋で、トムがいちばん安らげる場所だ。どういうわけか、狭い場所のほうが安心できるのだ。そして、もうひとつが、何十年も倉庫としてしか使われていない部屋だった。

トムがその部屋に着くと、埃がこびりついた窓から日が射しこんでおり、やわらかな光で照らされていた。床はほうきで掃いてあり、樽や木箱が片づけられて、空間ができている。舞台だ。

部屋にはシルヴィしかおらず、なじみのない胸の締めつけがやっと少しやわらいだ。

彼女は部屋の真ん中で爪先を外に向けて立ち、頭を下げ、肩を引き、目に見えない大きなハートを抱いているかのように腕を曲げて身体から離し、お腹の下で、指先が触れあいそうになるほど両手を近づけていた。髪は櫛で梳いて引っつめてピンできつく留めてあり、表面が鏡のように日光を反射している——まるで、炎に照らされたクロテンだ。外套はきちんとたたみ、わきに置いてあった。彼女は恥ずかしがることもなく、大胆に、美しく、優雅な足首とふくらはぎが露わになっている衣装を着ていた。それが外套を着ていた理由なのだろう。薄いスカートはふくらはぎのまわりで霧のように浮かび、彼女が動いたり息をしたりすれば、いつでもひらひらと舞いそうに見えた。

喉は長くて白く、青い血管がうっすらと透けて見えるほどだった。それは彼女を弱々しく見せてもおかしくなかった。だが、彼女の肉体を支えているすべてが、その力強さと意志を物語っていた。

一瞬、トムは光が彼女から放たれているのか、それとも窓から射しこんでくるのかわからなくなった。いや、それはシルヴィと太陽が互いの光を交換しているだけなのかもしれない。

そのとき、トムは彼女が微笑んでいることに気がついた。かすかに、誰にも知られずに微笑んでおり、彼はかろうじてその自信と喜びに満ちた微笑みを感じられたのだ。それは初めてスモモをかじったような、苦くて甘く、すっぱいけれど豊かな味わいだった。

トムにはそんな微笑みは浮かべられず、そんな喜びも抱けないのはわかっていた。それは、長年の恋人にだけ見せる微笑みのようなものかもしれない。トムはそう想像した。

微笑みはやわらかく、誘っているようだった。シルヴィは見えないパートナーに向かって腕を伸ばし、片脚でバランスをとり、まるで浮かんでいるように見えた。

それからシルヴィはすばやく手脚を引き寄せると、爪先で立って伸びあがったあと回転《ピル》し、風に吹かれたタンポポのように、飛び跳ねたり回転したりしながら、粗末な床の上《エット》を動きまわったあと、片脚を上げてリボンのようにしなやかにのけぞった。いま、ドレスは衣装ではなくて羽のようで、トムの目にはまるで鳥が飛んでいるように見えた。

トムはすっかり魅了され、階段の壁に寄りかかって、ほとんど息もせずにシルヴィを見つめていた。そのほうが彼女のダンスを聴き、感じられるからだ。これまでバレリーナの絵を見たことはあったが、バレエそのものには興味がなかった。宮廷のお飾りだと思っていたし、当然ながら金を稼がないからだ。

だが、いま心のなかでは畏敬の念と衝撃がせめぎあっており、トムはそんな自分をどこかで面白がっていた。正直に言えば、しらふで本物の妖精に出会ったような気分なのだ。将軍と自分が舞台に数多く登場させて淫らな喝采を浴びてきたものではなく、アイルランド人の母が熱烈に信じ、怖がっていたほうの妖精だ。シルヴィはもはや自分と同じ人間には見えなかった。肉と骨でできているとは思えない。むしろ、燃えたり流れたりする炎や水でできている気がした。

ああ、それに——あれを見てみろ。身体を半分に折っている。

それも、うしろに。

淫らな気持ちが入りこむ余地など、少しもなかった。

トムにはシルヴィがあわせている音楽が頭のなかで響いている気がしたし、彼女が踊っている物語も感じられる気がした。そして、シルヴィが顔に喜びを浮かべながらも、頭のなかでステップを細かく数えていることにも気づいていたし、見ている者にはまったく自然に思えるものの、サテンのシューズで床に軽々と跳びおりたり、空中に跳びあがったりするときに、足の位置を正確に決めていることにも気づいていた。ここにはシルヴィが自分の動きを確認できる鏡がなかった。彼女は鏡が欲しいと思っているだろうか。おそらく、ジョゼフィーンが感覚だけで曲を演奏できるように、シルヴィも自分の動きが正しいのかどうか、身体の感覚でわかるのだろうが。

トムはシルヴィの腕が波のように揺れながら上に伸びたり、華奢な首がのけぞったりするのを見ているうちに、これこそ美しいと表現すべきものなのだと気がついた。いや、本当は〝美しい〟という言葉でさえ物足りない。これが芸術であり、ある意味では、そのことに腹を立てていた。なぜなら、シルヴィの動きを見ていると、自分の荒々しさが、これまで残酷なまでに必死に身につけてきた荒々しさが、その芸術性に屈服してしまうように思えたからだ。

だが、その一方で、こうしたダンスを身につけるには、苦痛と犠牲と際限ない練習と超人的な信念が必要なこともわかっていた。何かを、人並みではない何かを決意した者の信念だ。

それはトム自身の信念にも似ていた。

これで、すべてが収まるべきところに収まった。彼女の大胆さと信念の源は、おそらく裏社交界《ドウミ・モンド》から脱けでるためなのだろう。彼女も自分と同じように、社交界の影の部分に身を置いていることの限界を感じはじめたにちがいない。だからこそ、おそらく金持ちであろう恋人をもったのだ。

〝彼は必要なものを与えてくれるの〟シルヴィはそう言っていた。

どういうわけか、トムはシルヴィが郵便馬車で膝に飛びのってきた瞬間から、この女は決して人並みではないとわかっていた。そしていま、彼女が短剣をふったりお尻を叩いたりしているのを見ていると……まるでユニコーンが鋤《すき》を引いているように感じたわけがわかったのだ。

だが、その一方で、トムはシルヴィが妖精の羽を着けている姿を見るのも好きだった。海賊の扮装をしたり、お尻を叩いたりしているのを見るのも。なぜか、それもすべて彼女の一面だと思えるのだ。繊細で、軽やかで、魅惑的で。危険で、不道徳で、怖いもの知らずで。

ただし、何も着ていない姿のほうがもっと気に入るにちがいないと思いはじめていたが。

トムはシルヴィの姿を見つめながら、長く見ていればいるほど、彼女に気づかれる恐れが増すとわかっていた。そして、いまは彼女のあとをつけたりしなければよかったと後悔に近い思いを抱いていた。彼女の踊っている姿が、あの微笑みが、絶えず浮かんでくるだろうとわかっているからだ。そして、あたかもシルヴィが本当に恋人と会っていたかのような葛藤を抱えていた。

そして、ある意味では、本当にそうなのだ。

〝幸せそうに帰ってくるらしいわ〟

トムはゆっくり慎重に後ずさって階段を下りながら、どうして罪の意識を感じなければならないのだろうか、どうして不法に侵入したかのような気持ちにならなければいけないのだろうかと考えた。シルヴィが掃除して、専用の舞台に作りあげていた部屋も含めて、この劇場のものはすべて自分のものなのに。自分の信念と情熱が作りあげたものなのに。

トムは階段の最後の段がいつも小さな音をたてることを忘れていた。そして、今回も例外ではなかった。

階段がきしむと、シルヴィは踊るのをやめてふり向き、すぐにまわりに気を配った。するど、明るく輝く髪と見まちがうはずのない肩がすっと消えていくのが見えて、身体がこわばり、息ができなくなった。

シルヴィは大急ぎでバレエシューズと衣装を自分の部屋にしまい、誰もいない楽屋で着がえると、腰で短剣をかたかたいわせながら走り、舞台に上がっている娘たちに加わったが、リハーサルの時刻に少し遅れてしまった。

将軍は海賊の出来に満足しておらず、今日はその稽古をしたいと考えていた。踊り子たちはみなすでに大きな海賊船の定位置についており、将軍はシルヴィの遅刻を咎めて顔をしかめると、ジョゼフィーンに片手をふった。曲が流れはじめた。

そのとき、シルヴィはトム・ショーネシーが通路の最後尾に立っていることに気がついた。何かほかのことを考えているらしく、厳しい顔をしている。まるで、判決を下そうとしているみたいだ。シルヴィはその理由に察しがつき、胸のなかで心臓が揺れ、おそらくぴったりな言葉だと思うが、ほんの少し船酔いをした気分になった。

踊り子たちは全員小船によじのぼり、短剣をふりまわしながら、歩み板を渡る準備をした。将軍は賢明にもシルヴィとモリーの位置を離していたが、やや不ぞろいになった並び方にがっかりしていた――シルヴィの背はモリーより一インチ低いだけなのだ――だが、ある程度の平和を保つことを優先していた。デイジーはすでにハッチのなかに入っていた――のこぎりで巧《うま》くハッチを切ったことで、今日はふたりの娘にこっそり丸い肩を踏んでもらっただけで、とうとう大きな海賊の帽子が見えなくなるまで身体を押しこめられたのだ。ジョゼフィーンが淫らな海のはやし歌を弾きはじめた。

歌がはじまって二小節目で、デイジーの海賊の帽子と巨大な胸がハッチから飛びだした。彼女は両手を使ってほんの少しもがいたが、多少なりとも優雅に、全身をデッキに引きあげた。そして、うたいはじめたが、奮闘したせいで息が荒くなっていた。

〝ねえ、あなたの剣で突いてよ、あなたの剣で突いて欲しいの
天国に送ってよ、ご褒美《リウォード》に、昇天させて欲しいの〟

そのあいだ、シルヴィはほかの女海賊たちとともに、忠実に短剣で指したり、突いたり、こすったりしていた。

舞台上の陽気さを考えると、最後列で睨みつけているトム・ショーネシーの険しい顔はひどく目障りだった。シルヴィは唇を引きあげて、無理やり笑うことなどできなかった。恐ろしくも、死刑執行人のまえで踊っているような気分だったのだから。

将軍は前のほうの席にすわり、前の席の背もたれに両足をかけていた。

だが、トムがとつぜんステッキで床を叩くと、将軍さえも飛びあがった。

「ジョゼフィーン」トムが怒鳴った。

ジョゼフィーンと舞台上の全員がぎょっとして、まごつきながら動きを止めた。

全員の目がトムに集まった。大きく見開き、提案あるいは叱責が飛びだしてくるのを待っている。

「彼女は——」トムが金色のステッキの先で、シルヴィを指した。

「シルヴィのことか?」将軍は気が変になったのではないかという目でトムを見つめながら、慎重に訊いた。

「シルヴィはもっと笑わないと」

命令とは逆に、シルヴィはトムを睨みつけた。

そして、トムは懸命にシルヴィの視線を避けた。

「そんなに難しくないはずだぞ、シルヴィ」将軍は二本の指を唇の両端にあてて、押しあげた。「こんなふうにすれば、笑顔になる。やってみるんだ。うちの劇場にやってくる紳士たちは……しかめ面の棒切れなんか見たくないんだから」

ジョゼフィーンが元気よく片手をピアノの高音部に走らせたかのように、軽やかな笑い声が響いた。

「それに、優雅さの影さえ見えない女たちも見たくないはずだ」

トムがそう言うと、その厳しさに全員が驚いた。ふいに眉が上がったのがその印だとすれば、将軍も驚いたらしい。娘たちはびっくりして凍りつき、全員が不思議そうに口をぽかんと開け、トムのほうを見た。

トムの話はまだ終わっていなかった。「きみたちのなかには、もうこれ以上努力しなくてもいいと思っている者がいるようだ」明らかに冷ややかな目でモリーを見た。

シルヴィはこの一分ほどのあいだに、トムが自分ひとりを標的にしてあら探しをしたかと思うと、すぐにほかの者をだしにして、懸命に自分を守ろうとしたことに気がつき、おかしなことに頬が熱くなった。

そして、トムはまだシルヴィを目で追うことを必死に避けている。

トム・ショーネシーは混乱しているのだ。

「〝影さえ見えない〟って、どういうこと？」ローズが隣の娘にささやいた。

「少しもないって意味よ」リジーが小声で教えた。

「つまり、〝ミスター・ショーネシーにはベッドを温める者の影さえ見えないときはない〟って感じ」ジェニーが文才をひけらかすために、文章を練りあげた。

また、笑い声があがった。

だが、モリーは笑わなかった。自分への叱責をにおわすトムの言葉に怒って、すっかり身をこわばらせ、顔を真っ赤にしていたのだ。

将軍は気難しい顔で睨みをきかせて、踊り子たちを黙らせた。

「きみたちは海賊なんだ。危険な、欲望をかきたてる海賊だ。お互いにぶつかるだの何だのして、わたしの面目をつぶさなくても踊れるはずだ」トムの声は普段の軽快な調子をすっかり欠いていた。明らかに、いらだっているようだ。「これまでは、そんなふうに踊ってくれた。もう一度、あれを見せてくれ」

トムがジョゼフィーンのほうを向くと、彼女は口をぽかんと開けて、彼を見ていた。

「ジョゼフィーン？」

ジョゼフィーンははっとすると、ピアノに倒れこむようにして、普段より力強く鍵盤を叩いた。まるで、トム・ショーネシーが珍しく踊り子たちを叱りつけたのが、すべて自分のせいだったかのように。

娘たちは素直に歩み板を滑るように進みながら、短剣をふりまわしたり、かわいらしく怒鳴ったり、お尻を揺らしたりした。

トムはその場にしばらく残り、舞台を見つづけた。床にステッキを下ろし、ぼんやりと回転させている。目は舞台に向けていたが、実際には見ていなかった。そして上の空で、力をこめずに一回だけステッキをトンと突くと、それで止めた。あまりにも考えることが多すぎて、ステッキを突くことと、考えることを同時にはできないとでもいうように。そして、そのままずわりつづけた。

それから急に背を向けると、書斎に歩いていった。

ピアノの音に重なって、ドアが閉まる音が必要以上に大きく響きわたった。

そのあとのリハーサルのあいだ、シルヴィはトム・ショーネシーがどうするつもりなのかを考えずにはいられなかった。彼は自分に……〝暇を出す〟つもりだろうか？ 〝クビ〟にして、勝手にすればいいとロンドンの街に放りだすのだろうか？ 自分は将軍のせいにできるほど厚かましくなれるだろうか？

そこで、将軍がリハーサルの終了を告げても、シルヴィはぐずぐずとその場に残って、ほかの娘たちが楽屋に消えていくのを見ていた。モリーがちらりとふり返り、顔をつんと上げて、リジーに何かささやいている。

トム・ショーネシーがステッキで床を打ち鳴らしていたように、シルヴィの心臓もどきどきと鼓動を打っており、彼女は覚悟を決めた。

そして、トムの部屋のほうを向くと、厳しい顔をして近づいていった。

シルヴィが戸口に立つと、トムは上着をぬいでいるところだった。彼はシルヴィを見ると、片腕をそでから抜き、もう一方の腕をそでに通したままの格好で、動きを止めた。

クラヴァットはすでに部屋の隅の小物入れに放りなげており、あたかも書斎に入ってくるなり、輪縄を乱暴に首から外したかのようだった。

そのときふいに、シルヴィは気がついた。彼も衣装を着ていたのだ。夜になって机に向かい、シャツのそでをまくりあげ、動きやすいようにボタンをふたつ外していた男が——必要最小限のところまで衣服を取り去っていたトムが——本物のトム・ショーネシーなのだ。

ふたりはなぜか一瞬凍りつき、お互いに見つめあいながら、相手が何を考えているのか、むなしく探ろうとした。

「きみを見たんだ」

「あなたを見たの」

ふたりが同時に、あわてて言った。どちらも、わずかに咎めるような口調でもあったし、詫びるような口調でもあった。

トムの顔は何を考えているのか、まったく読めなかった。彼はシルヴィから顔をそむけると、上着をぬいで、そっと椅子にかけた。そして、ぼんやりとシャツのカフスを外して、そでをまくりはじめた。シルヴィはひとつひとつの動作をすべて見つめていたが、どういうわけか、腕を出す仕草を見つめることが、全裸になるのを見つめているのと同じくらい、親密な行為に思えた。それは、彼女のまえで、紳士が昼間にすることではなかった。シルヴィは当然ながら、何も身に着けていないエティエンヌの身体を残さず見ていたが、彼が自分のまえでそでをまくる姿は少しも想像できなかった。

トムは下を向いた。そして机の上の書類をいじっていたが、自分でそのことに気づいたらしく、その手を止めた。それから視線を窓に向け、窓から書棚、書棚から机へとさまよわせた。

言いかえれば、シルヴィ以外の場所に。

「それで、何かご用かな、シルヴィ?」よそよそしく、堅苦しく言った。彼が発すると、まるで外国語のようだ。

どういうことであれ、こうした雰囲気には慣れておらず、シルヴィはじっと彼を見つめていた。どうやら、彼も慣れていないらしい。

「……怒っているの?」とりあえず、手はじめに質問したほうがよさそうだ。

トムは書棚のほうを見て、その質問について考えているように見えた。あたかも、自分が何者なのかを明らかにすることが困難なように。

「いや」トムがやっと言った。シルヴィにではなく、書棚に向かって。

ぎこちなく沈黙が流れた。

「わかったわ」シルヴィが穏やかに言った。「もう、行きます」

「あれでは、金は稼げない」トムがすばやく言った。出しぬけに。自分に言いきかせようとするかのように。

シルヴィはまだそこにいた。

そのとき、トムがやっとシルヴィを見た。ふたりの視線があったとき、トムは軽い衝撃を受けたかのように、目をしばたたいた。その表情は、妙に……挑戦的だった。そして、不安そうだった。これから自分を守らなければならないのに、どうやって守ったらいいかわからないかのように。

つまり、トム・ショーネシーはどういうわけか、明らかに落ち着きを失っていた。怒っているのでもなく、軽口を叩いているのでもなく、面白がっているのでもない。気を引こうとしているのでさえない。

シルヴィはその事実に夢中になり、彼をじっと見つめた。彼が自分の権威やユーモアに少しも波風を立てずに、追いはぎや、子爵たちや、怯えた女たちや、いきりたった夫たちを慣れた感じで適切にあしらってきたのは、この目でも見ている。それなのに、いまは……。

わたしだわ。彼をこんなふうにしたのは、わたし。バレエで、自分らしい才能のきらめきで、彼の落ち着きを乱したのだ。自分がトム・ショーネシーに……

弱さを感じさせた。そう、弱さだ。

そう思うと、シルヴィはこの上ない喜びを感じた。彼がシルヴィが踏みしめていた大地を、英仏海峡を渡ってきたときに乗っていたあの船の甲板のように揺らした男であれば、なおさらだ。シルヴィは彼に目を留めた瞬間に、そう感じたのだ。

シルヴィは自分の目が輝きを増したのではないかと感じた。なぜなら、トムの目が黒っぽく変わり、固い決意のようなものが顔をよぎったからだ。彼は決然とした様子で、二歩近づいた。

シルヴィは音が聞こえそうなほど大きく息を吸いこみ、ほとんどわからないくらい、わずかに後ずさりした。

すると、トムは口もとをかすかに引きつらせた。

トムがふたりのあいだに残っていた隔たりをゆっくりと縮めて近づいてくるあいだ、一歩も動かずにいるのは、シルヴィにとって、ありったけの勇気が必要なことだった。

そして、ついにトムがすぐそばに立つと、その体温と独特のにおいが繭《まゆ》のように、シルヴィを包みこんだ。この不道徳な男から、まるで天国のようなにおいがするなんて。煙草、石けん、わずかな香辛料。それから、汗も少し。それに、清潔なシーツ。

そして何よりも、決してまちがうことのない、最も独特で、えも言われぬにおいを放っているのが——欲望だ。シルヴィはそのにおいを知っていた。トムが最初から気づいていたように、決して無垢ではないから。

だが、こうしたことで、ここまでうれしく思ったのは初めてだった。

言葉。言葉が必要よ。相手の気持ちをそらして、安全網を張る言葉が必要だった。

「わたしの頬に何か付いているのかしら、ミスター・ショーネシー」

だが、あいにく、その言葉は息を切らして走ってきたかのようだった。鼓動が速くなり、耳の奥で血液がどくどくと流れる音が響いている。

トムは彼女の問いかけを聞いてもいないようだった。

「正々堂々と勝負するとは限らないと言ったはずだ、シルヴィ」トムは低くて冷静な声で、穏やかに言った。それは警告であり、詫びる言葉だった。

そして、挑戦でもあった。

それこそが、シルヴィに一歩も退かずにいることを決意させた。

たとえ、心臓がものすごく速く鼓動して、血液が耳の奥でどくどくと鳴り、肺がいまにも凍りそうであっても。たとえ、彼の引き締まったあごと、燃えるような目に、その意思がはっきりと表われているとしても。たとえ、自分の密かな欲望があまりにも激しくて、今回もまた……彼がまた……何もしなかったら、きっと死んでしまうと思っているとしても。

いま、トムはこんなにも近くに立っており、シルヴィはその銀色の目に含まれているさまざまな色あいも、その目尻に刻まれている、星のきらめきのような細いしわも見ることができた。

だが、トムの唇が唇に触れてくると、もう何も見えなくなった。そして目を閉じると、身体のなかでそのキスが弾けた。

その甘さは、痛みも伴っていた。自分の殻をやさしく割られたら、きらきらと輝く光しか入っていなかった――そんな痛みだ。

そして、それは終わった。シルヴィは目をしばたたいて開け、その理由を知った。トムが一歩うしろに下がっていたのだ。銀色の目は青みがかった灰色に変わり、困惑している。一瞬、ふたりは動くことができなかった。そして、互いをじっくり見つめあった。もう一度。

ふたりとも一回の慎み深いキスでやっと、ごまかしや争いや気の引きあいなど、相手から自分を守るために身につけてきた些細なものすべてをぬぎすてられた。ふたりはとつぜん等しくなった。そして、等しく自信をなくした。

まもなく、ひとりが自信を取りもどし、当然ながら、それはトムだった。

トムはすばやくシルヴィに近づいた。そして両手でそっと、顔を包みこんだ。自らの意思を伝えているのだ。そして、そんなふうにしながら、息を数回するあいだ、じっと待っていた。正々堂々と勝負するとは限らないと、彼は言っていた。シルヴィは、彼がいまでも正々堂々と勝負していないことを知っていた。自分に選ばせようとしているのだから。

そして、シルヴィには身体をひねって触れられるのを避けることも、後ずさりすることてもできた。とても簡単なことであり、賢明なことだったはずだ、たぶん。

だが、やっと彼の顔がふたたび近づいてくると、シルヴィは安心したせいなのか喜びのせいなのか、軽く息を吐き、顔を傾けて、彼の唇を待った。

シルヴィはこんなふうにキスをはじめられるなんて、知らなかった。吐息が触れるくらい、自分の息がかかるのと同じくらいにやさしく、相手の唇がかすめていくキスがあるなんて。だが、これで互いの唇の形と感触を覚えられる。こうすることで、こうしたからこそ、シルヴィの骨は溶け、唇は彼の名前をささやいたのだ。

それから、トムはシルヴィの下唇の官能的な曲線をやさしく噛み、唇で口角のあたりをそっと、そうっとかすめた。その繊細さに、シルヴィは催眠術にかけられたかのように夢中になり、最初はこのダンスを彼にリードさせ、その唇に愛撫されるままになっていたが、ついには弓のように気持ちが張りつめ、もうそれ以上こらえられなくなった。そして、彼女のほうから口を開き、舌でトムの唇に触れて、誘いこんだ。

するとトムは喉の奥で低い音をたて、震える両手でシルヴィの頬骨を撫でて、濃密なキスができるように、少しだけ顔を上げさせた。あごに触れるトムの指先はざらざらとしていたが、その触れ方はやさしかった。シルヴィは彼の味わいと、ビロードのような舌と唇の熱さに、めまいがしそうだった。そこで、彼のシャツをつかむと、身体を近づけた。手の下にある硬い胸はすばやく上下しており、硬く硬く高ぶった膨らみが腿にあたった。シルヴィがぴったりと身体をつけると、激しく息を吸いこむ音が聞こえた。彼女はすっかり酔いしれ、急激に高まった興奮は静められることを求めていた。シルヴィ自身も、その欲求を満たしたいと思っていた。その瞬間は、その気持ちが満たされるなら、何をしてもいいと思っていた。

キスが激しくなり、ふたりは互いにむさぼりあい、与えあった。トムの手が頬から下へ伸びていく。胸をかすめ、すでに痛むほど硬くなっている先端に軽く触れる。それはまるで稲妻のように彼女の身体を貫いた。シルヴィは弓なりに反ると、息を飲み、喉の奥でかすれた声を出した。

ふたりはそのときになって初めて、大きな危険に気づいたかのように、急にぴたりと動かなくなった。トムの手は、もうそれ以上危険を冒そうとはしなかった。彼は手をわきに下ろした。こうして、キスは終わった。とつぜんではないが、まるであらかじめ演出された終わりを迎えたかのようだった。

あとには、激しい息づかいと、かき立てられて抑えられた欲望の麝香《じゃこう》のような香りが残った。それに、困惑も。

沈黙のなか、ふたりは新たにつくりだした危険な領域をはさんで、見つめあっていた。ずっと黙ったままだったが、シルヴィにはどのくらいの時間がたったのかわからなかった。永遠のように長かったのかもしれないし、ほんの数分だったのかもしれない。キスが世界を逆転させ、もう時間に支配されていないかのような気持ちだった。

「まだリハーサルが残っているよ、シルヴィ」トムの声は少しかすれていた。そこで、咳ばらいをして、つづけた。「立っていられるなら」

日常的な話をすれば、以前の自分たちの関係が取りもどせるかのような口ぶりだった。だが、シルヴィは黙ったまま、彼を見つめることしかできなかった。一度のキスですっかり生まれかわり、まだ話せる言葉をもっていないのだ。

シルヴィが何も言わずにいると、トムの顔にかすかに浮かんでいた笑みがすっかり消えた。彼はうつむいて、床を見つめた。シルヴィと一緒にバレエを丸々一曲踊ったかのように、息がまだ落ち着かず、肩が上下している。シルヴィは黙ったまま、彼が明らかに震えているのを見ていると、うれしさと同時に、ほんの少し怖さを感じた。自分の……短剣で突けるようになった年頃から、あらゆる階級の恋人と次々と付きあってきたにちがいない男が震えているのだ。

それは、賢明でも安全でもないにもかかわらず、ふたりのあいだに覚悟が必要な何かが存在するからなのかもしれない。

そのとき、床の上に結論を見つけたかのように、トムが顔を上げた。

「シルヴィ、知ってのとおり、わたしの部屋は劇場の上にある。わたしはそこにいる……たいていの夜は」

トムはそう言うと、シルヴィひとりにその言葉を預けるかのように、背を向けて部屋を出ていき、静かにドアを閉めた。

〝たいていの夜は〟。その言葉がぐさりと突き刺さった。

すると、シルヴィは思わず笑いそうになった。そして、泣きそうになった。

ここに投げられるものがあったら、ドアに投げつけていただろう。

これがトム・ショーネシーなのだ。いつだって、シルヴィに感じられるだけの思いをすべて一度に感じさせ、どういうわけか、これまで感じたことがないほど、自分が生きていることを実感させる。それがシルヴィを激しく怒らせた。なぜなら……生きているなんて感じたくないのだから。

結局、シルヴィが必要としているのは、安心なのだ。

だが、この男にはひとつも、ひとつも安心できるところがない。

〝たいていの夜は〟

シルヴィは自分に選ばせようとするトムに毒づきそうになった。トム・ショーネシーにとっては、紳士のふりをする絶好の機会だっただろう。

12

シルヴィは眠れなかった。狭いベッドで何度も寝返りを打ち、自分の肉体がこれまで何年も強いてきた鍛錬に逆らっているらしいことを不思議に思い、恨めしく思っていた。身体が、無意味で、秩序も目的もないものを欲しがっているのだ。

彼は狙った相手の心臓のど真ん中を撃ちぬけるし、チーズを切るよりももっと残酷なナイフの使い方を知っているし、おそらくケントにキティという名の愛人を囲っている。〝それがどうしたのよ?〟肉体がそそのかす。〝それのどこが問題なわけ? 彼と寝ちゃいなさいよ。彼と寝るの。寝るのよ〟肉体はトム・ショーネシーの手と指が肌に触れることを、彼の身体が覆いかぶさってくることを望んでいた。すごく単純な話だ。

そんなわけで、シルヴィは翌朝のリハーサルではずっと夢遊病者のように笑い、身体を折り、何も感じずにお尻を叩き、一度などは将軍に褒められまでした。「シルヴィ、ありがとう！　モリーを叩くときに、顔をしかめなかったじゃないか」

それから一時間ほどジョゼフィーンを手伝って、妖精のドレスや、海の精の薄い衣装や、海賊のズボンを繕った。シルヴィは衣装の傷をふさぐために針を動かしながら、自分の問題もこんなふうに簡単に解決できればいいのにと、ぼんやりと思った。だが、あのキスで開いたのは、傷ではない。それは傷というより、入口に近かった。シルヴィはその入口がどこに通じているのかわからなかったし、そこに存在していたことも知らなければ、ふたたび閉じることができるのかどうかもわからなかった。彼女の選択肢は、そこに入口があることを知りながら、後ろ髪を引かれながら、遠ざかることだった。

あるいは、そのなかに進んでいくか。

それとも、バレエでわれを忘れるか。バレエならすべて振付があり、あらかじめ立てられた計画があり、完全に理解できる。美しく踊るためには稽古が必要で、午後のあいだは何も考えなくてすむ。

シルヴィはジョゼフィーンに何も説明せずに早めに手伝いを終え、できることなら踊ることで何も考えずにすむように、屋根裏部屋に向かった。

そしていま、シルヴィは両腕を風に乗った翼のようにまっすぐ浮かべ、片脚を伸ばして、バランスをとっていた。完璧な――いや、ほぼ完璧な――アラベスクだ。ムッシュ・ファーヴルの声が頭のなかで響いている。〝頼むよ《モン・デュー》、シルヴィ。きみはバレエを踊っているのであって、鋤を引いているわけじゃない〟あともう少し背中を反らし、腕をまえに伸ばした……そう、これでよし。完璧だ。シルヴィにはそれを感じることができた。

「それは、何ていうの？」

つんのめって倒れなかったのが幸いだった。シルヴィはたじろぎそうになったが、その声を聞いたとき、目をぱちくりさせただけですんだことを誇らしく思った。

「バレエよ」シルヴィは簡単に答えた。モリーに。あたかも、ずっと彼女がくるのを待っていたかのように。

シルヴィは両腕を下ろし、片脚を下げたあと、頭上で両腕を曲げ、膝をかがめてプリエの形を作り、筋肉を伸ばした。手脚の位置は身体の感覚でわかり、音楽家が記憶だけで曲を演奏できるように、バレエの動きをすることはできた。それでも、鏡とバーが欲しかった。ムッシュ・ファーヴルさえ、この場にいて欲しいと思った。

そして、シルヴィが何よりも願ったのは――何よりも、むなしい願いだろうが――神さまが、劇場の上で踊っているシルヴィをモリーが見つける直前まで時間を巻きもどして、彼女の意識をなくしてくれることだった。

モリーはトムと同じように、自分のあとをつけてきたのだろう。まもなく、この屋根裏部屋は、下の劇場と同じくらい観客を集めるにちがいない。

「誰が、そんなふうに……しゃがみこむのを見たがるの？」驚くことに、モリーの声にはばかにした様子が少しもなかった。

「皇太子殿下よ」シルヴィは何の気なしに答えた。「それから、国王陛下も」手脚を動かして、四番ポジションを作った。そして、ルルヴェ。だが、平静を装っているために、シルヴィの心臓は普段よりも少し激しく鼓動を打っていた。

　モリーが鼻を鳴らした。

　それが、シルヴィに火をつけた。足の指を曲げて立ち《ドゥミ・ポワント》、両腕を頭上に突きあげて、脚《ロン・ドゥ・ジャンブ》で半円を描きながら目まぐるしく、楽々と回転して、部屋じゅうを動いて見せた。屋根裏部屋が目のまえで、滲んで見える。そして、アティチュード・クロワゼで締めくくり、背中を弓のように反って、片脚を曲げた。自分の身体が、折りたたんだビロードのようにやわらかく見えるのはわかっていた。

　そして、もう一度身体を起こし、無表情で、三番ポジションに入った。

　モリーの顔は憧れと、それよりも激しい怒りに満ちていた。どんな嫌みや自尊心でも隠しきれない、抑えようのない感嘆だった。

　シルヴィは深く恥入った。こんなことは、自分にあるまじき、とてもずるい振るまいだ。何年も犠牲をはらって努力して、やっと楽々と行なえるようになったことを、こんなふうにつけあがって見せびらかすなんて。自尊心が一瞬だけ、シルヴィを残酷にしたのだ。

モリーは顔を真っ赤にしていた。そして、喉をごくりと鳴らすと、窓のほうを向いて、じっと見つめた。「掃除しないと」ぽつりと言った。

「う……ん」シルヴィは答えた。そして、稽古に戻った。片方の腕を頭上に上げて、ゆるやかなアーチを作り、もう一方の腕を腰のあたりまで軽く上げた。そして、四番ポジションから――。

「どうして……どうして、そんなことをするの？　男から褒められるの？」シルヴィが動きを止めて目を向けると、モリーは彼女なりの自尊心で、何とか理解しようとしていた。それは真剣な質問だった。

「……ちがうわ。わたし自身に褒められるためにやっているの」それは事実だったが、答えのひとつでしかない。

モリーはまた黙った。

「バレエをやっているから、あんたには――」モリーが両方の乳房を順番に、指で示した。「――あんまりないの？」

これも心の底から真剣に訊いている。シルヴィは笑っていいのか、ため息をついていいのか、わからなかった。

「そうかもしれない」シルヴィはとうとう認めた。「わたしをつけてきたの、モリー？」

モリーはしばらく何も答えなかった。「あたしは、てっきり……」顔をそむけて、最後まで言わなかった。そして部屋のなかを歩きまわり、古い樽に何か惹かれるものがあったかのように、シルヴィに背を向けてじっと見ていた。

「どうして、わたしのことが嫌いなの?」シルヴィは、はっきり訊いたほうが、敵意をやわらげられると考えた。

モリーがふり向くと、シルヴィは彼女が否定しないことを、ほんの少し面白く思った。一方、モリーも少し感じ入ったかのように、唇を引きあげた。そして、その質問について、考えを巡らせているようだった。正確な答えを出したいと思っているかのように。

「彼があんたを見ているからよ。ちゃんと」モリーはそう言いながら、シルヴィから目をそらした。「あたしたちのことは見てないわ。これまでもずっと」半分は苦々しく、半分は面白がって言った。

「誰が?」シルヴィはそう訊いたが、答えはわかっていた。そして自分のなかで、何かがまた大きく飛躍した。

「誰が?」モリーがあざ笑った。「ばかじゃないの」と付け加えたほうがよかったのかもしれない。まさに、そんな口調だった。

モリーは答えなかった。そして、シルヴィも訊かなかった。

モリーはシルヴィをじっと見た。あきらめたように唇をゆがめ、抑えきれない皮肉と痛々しさが滲んだ声で言った。「彼は、あたしが知っているなかで、最高の男よ」

シルヴィは黙りこんだ。トム・ショーネシーをそんなふうに表現するなんて、思いもしなかったのだ。

「あなたの恋人はどうなの?」シルヴィは穏やかに訊いた。「公爵みたいに立派なひと」

モリーはためらい、もう一度唇をゆがめた。「あのひとは、ただの男」肩をすくめた。そこには、自分自身と、恋人に対するかすかな蔑みが感じられた。シルヴィには定かではなかったが。

「あんたのことも訊かれたわよ。あんたに……違和感があるんだって」この評価に半ば喜び、半ば戸惑っているような顔をした。「何でホワイト・リリーなんかにいるんだろうって言ってたわ。だから、このホワイト・リリーに恋人がいるんだって話しておいた。それが理由だって」モリーは半分は何気なく、半分は悪意をこめて言った。そして、もう一度ふり向いた。

シルヴィはとつぜん話の流れが気づまりになり、否定も肯定もしたくなかったので、樽に手をついてバランスをとり、プリエの形をとった。そして、モリーに見つめられても構わずにいた。きっと、どんなにがんばって身体を揺らしたり、折りまげたり、お尻を叩いたりしても、ここの舞台に立っている自分には違和感があるのだろう。おかしなことだが、その評価にほんの少し胸が痛んだ。

「それ、覚えるの、難しいの？」モリーが訊いた。さりげなく。「そういうダンス」

〝残酷なくらい、難しいわよ。あなたから、何もかもを奪うわ。あなたがもっているものをすべて賭けないとならないの。脚は醜くなるし、身体は細いけど強くなる。それに、身体が痛まないときは一瞬たりともなくなるわ。本当に出来がいいときなんて、めったにないの。それでも、わたしは最高の、最高のバレリーナなのよ。そして、最高のバレリーナになるために努力してきたの〟

モリーはシルヴィの顔のなかに答えを探した。

そして、シルヴィはモリーの目の下の白くて滑らかな肌に、うっすらとあざが残っていることに気がついた。ベルストーの手のあとだ。それは、モリーが男たちに褒められて生きていくために払った代償だった。

そのとき、シルヴィはモリーへの答えが不公平で、真実だとは言えないことに気がついた。

シルヴィがバレエにすべてを捧げてきたのは、人並み以上の人生を送るためだ。いまクロードが送っている人生とは、まったく異なる未来を与えてくれるエティエンヌのような男を引きつけるためだった。経済的に苦しく節約にあくせくし、安っぽい思い出を大事にし、小さなアパートメントで、利口だが口汚いオウムと一緒に、落ちぶれた社会で寂しく苦痛を抱えて生きる人生とは異なる未来が欲しかったのだ。

簡単に言えば、バレエに打ちこんできたのは、男たちに褒められるためだった。バレエを愛するようにはなっていたが、すべてを捧げてきた理由はそれだけではなく、もっと複雑に絡みあっていた。

それでも、こうした技量をもっているのは、魔力と権力をもっているようなものだと思っていた。

シルヴィはモリーを見つめ、自分でも信じられないことを言おうとしていた。

「教えてほしい？」

13

〈紳士の殿堂〉の設計図のなかには、楽屋の鏡を納める男からの書状があった。その日の午後、トムはシルヴィが屋根裏部屋で踊っているあいだに、その書状を探しだすと、ひとりでにやりとした。彼には驚くような考えがあった。鏡を使った考えだ。

そのとき、トムは机の真ん中に載っている設計図の上に、別の書状が置いてあることに気がついた。封印もちがうし、筆跡も異なる。

だが、開封しなくても内容は察しがつき、トムの顔から微笑みが消えた。

「ハワス子爵が降りた」トムは夜の公演がはじまるまえに、将軍に伝えた。「今日、書状が届いたんだ」

こうして投資家たちがひとりずつ抜けていくのは、奇妙なことだった。トムを少しずつ切り刻んで殺していくようなもので、あの男たちらしくない。投資家たちは友人や後援者になって久しいのだ。それなのに、最近は誰ひとり劇場にやってこないし、町でも見かけない。

自分を避けているとしか、考えられない。

それは、いちばん腹が立つ類のことだった。トムは説得することもできたし、おだてることもできたし、事実と魅力を押しだして納得させることもできた。そして、どうしても条件があわないときは、事業から撤退する理由を喜んで——いや、喜びはしないが、少なくとも筋が通っていれば——受け入れる用意があった。とにかく、率直に話してくれれば、何とでも対処のしようがあるのだ。

だが、何も言わずにはぐらかされるのは、がまんならなかった。そんなのは卑怯であり、闘うこともできない。不可解であり、全員に共通した理由があると考えざるを得ない。

だが、その理由が何ひとつ思い浮かばなかった。

その一方で、トムは心のどこかで、この一件を面白がってもいた。幼い頃から、トムの世界では、安定しているものなど何ひとつなかった。そして、おかしなことに、やっと形になろうとしていた夢が手からこぼれ落ちはじめ、何とかそれを守ろうとしているこのときに、別のものが現われ、それもまたトムの世界をいつもよりさらに不安定にしているのだ。

きのうは、それをキスで解決しようと考えていた。当然ながら、トムはこれまでも女とキスをしたことはあったし、それを楽しんでもいた。キスとは普通、すでに決まっている結果の準備段階だった。だから、シルヴィ・シャポーとキスするまでは、キスすることで、自分の世界の落ち着きが取りもどせると思っていた。欲望は一度満たされてしまえば消えていくものだし、好奇心だって一度満たされれば、あまり悩まされなくなる。シルヴィは膝に飛びのってきて、編み針で突っついてきたときから、両方の——好奇心と欲望の——対象だったのだ。

何気なく彼女に触れた瞬間から、触れただけでは満足できなくなるとは思ってもいなかった。たった一度のキスが、夜も眠れなくなるほどの耐えがたい渇望になり、彼女のためなら月さえも取ってやりたくなるなんて、思いもしなかったのだ。

そして、月を取ってやれないなら……鏡からはじめるつもりだった。トムはかすかに笑った。シルヴィはまもなく鏡を見ることになる。

「将軍、きみは恋をしたことがあるかい?」

将軍はすばやくトムのほうを向いた。いらだたしそうな窪みが、目と目のあいだに現われた。

「おい、トム、どのくらいブランデーを飲んだんだ? ふたり組の女の子みたいに、毎晩これをやらかすのか？　〝希望と夢〟の交換か？」少女の声をまねた。「ちっとも、うれしくないね」

　トムは声に出さずに笑った。「知りたいんだ、将軍」

「トム、恋に落ちたかもしれないと思っているのか？」将軍がいたずらっぽく言った。「白状しろよ」

　トムは冷静な目で、将軍を見つめた。「汚くて、酔っぱらってて、道端に転がっていたきみを見つけたのは、このわたしで――」

　将軍はむっとした目で見かえした。「まったく。卑怯者め」

　トムは陽気に肩をすくめた。

　将軍はため息をついた。「わかったよ。そう、わたしは恋したことがある」

「それで？」

「恋をすると、自分が滑稽で、無力で、無様に思えて、愉快になって、それが永遠につづくように感じる」将軍は表を読みあげるようにすらすらと話したが、いかにも不機嫌だった。「それで？」「いま、幸せかい？」トムは先を促した。

　長い間があった。

「相手は、わたしが小さすぎると考えた」将軍は軽い口調で言った。

トムは小さなナイフで心臓をえぐられたような気がした。

「わたしが知っているなかで、きみは誰よりも大きな男だよ」軽い口調に聞こえるように気をつけた。

「そう聞かされても、意外でも何でもないな」

トムは笑った。そして、よどみなく言った。「一週間後くらいには、ハーレムで何かできるかい？　ハーレムのショーだったら、デイジーは見事な主役になるだろう」

「デイジーなら、クリスマスのハムにだってなれるさ」将軍がむっつりと言った。

「確かにね。ピンク色で、丸々としていて、温かくて、汁気が多そうで……」トムは面白がって意地悪っぽく、ひとつひとつの言葉をわざとゆっくりと言った。

そして、その言葉をひとつずつ言うたびに、将軍の耳が明らかに赤くなっていくことに気づいていた。

刺激的なキスから一日たち、前夜の公演のあとぐっすり眠ると、シルヴィはかなり気持ちがしっかりしてきた。実際、トム・ショーネシーのことを一度に数分以上考えずにいることも、できそうな気がしていた。

だが、それは午後になって屋根裏部屋に行くまでのことだった。

シルヴィは階段をのぼり終えると、まぶしさに目がくらんで立ち止まった。そして、少したってから、その理由に気がついた。鏡だ。ひとつの壁に沿って、背丈のある長方形の鏡が何枚も立てかけてある。そして、まぶしくて目がくらむほどの陽光が射しこんで、鏡にあたって反射しているのだ。

ほとんど使われていない部屋の窓が、表と裏の両側からきれいに磨かれている。そのうちのひとつはわずかに開いており、風が入ってきている。ここはロンドンのイーストエンドであり、さまざまな得体の知れない、いかがわしそうなにおいも一緒に漂ってくる。それでも、踊っているときに、うなじに風があたるのは気持ちいいものだった。

シルヴィは片手を頬にあてた。これまでに感じたことのない甘い喜びで、心臓が急に跳《グランジュテ》びはねそうになった。驚きのあまり息を飲んだが、その理由がわからなかった。これまでも、贈り物をもらったことはあった。エティエンヌは浴びせるように贈り物をくれた。その多くは宝石がちりばめられたり、よい香りがしたり、贅沢な細工が施されたりしたシルクや、毛皮や、ビロードだ。

だが、鏡を見ると、そこにはトムの贈り物に圧倒されている自分の姿があった。

六枚の鏡が、部屋の片側に並んでいる。これほど自分だけにぴったりな贈り物を受けとったのは初めてかもしれない。ほかの女性であれば、これほど喜ばないだろう。

シルヴィは自分の顔をじっくりと観察した。これまで見たことのない表情であり、生き生きとした喜びにあふれた、自分と血が繋がっている女性を見ているかのようだった。するとスザンナのことが頭をよぎった。異なる人生を歩んできたということは、妹は自分とは異なる目をしているのだろうか？　好奇心と喜びに輝いている目をしているのだろうか、それとも現状に満足した退屈な目をしているのだろうか？　自分より賢そうな目だろうか、自分よりもっとやさしい目だろうか？

それとも、美しく危険な男から、単純で完璧な贈り物をもらい、圧倒されている目をしているのだろうか？

〝あれでは、金は稼げない〟とにかく、見かけは派手だが、屋根裏部屋で寝起きして節約をしているトム・ショーネシーが、自分への贈り物に金を使ってくれたのだ。

階段がきしみ、シルヴィは心臓が飛びだしそうになった。そして、ふり向いた。どういうわけか、シルヴィはまだトムに会いたくなかった。そして、どういうわけか、彼が自分の反応を確かめに、ここにやってくるとは思えなかった。シルヴィは自分ひとりでゆっくり考えたかった。自分が何を、欲しいのかを。

欲しい。自分が欲しいから手に入れるという単純な考えは、シルヴィには縁がなかったもので、子どもが自分の手には大きすぎるおもちゃをつかもうとしているかのように、シルヴィの心もその考え方をうまくつかめずにいた。

シルヴィは階段のほうを見たが、誰もいなかった。だが、まだ階段をのぼってくる音がする。ゆっくりと、着実に。

そのとき、まだ頭のてっぺんが見えないなら、将軍にちがいないと気がついた。

そして、そのとおりだった。

「これは、これは」将軍は鏡を目にすると、言った。

それだけで充分に、能弁だった。もちろん、将軍はばかではない。シルヴィにはそんな鏡を手に入れられないことも、自分ひとりではホワイト・リリーに運びこめないこともわかっている。

シルヴィは眉を上げて将軍を見つめ、次の言葉を待った。

「このあいだ見たときから、ずいぶんと部屋を変えたものだ」やっと口を開いた。「鏡は……なかったな」またしても、意味ありげな言葉だ。

「なかったわ」慎重に答えた。そして、次のもっと具体的な質問を待った。答えたくない質問を。「鏡はなかったわ」

将軍の目はあまりにも鋭く、あまりにも利口すぎた。そのとき、ふいに将軍の視線をそらす方法があることに気がついた。

「将軍は、ミスター・ビードルというひとを知っているかしら？」

その質問は、とても満足のいく成果をあげた。あの鋭い目が、大きく見開いたのだ。動揺したせいで、頬が赤く染まっていく。将軍は目を数回しばたたいた。

そして、すべて消えうせた――目をしばたたいていたのも、頬の赤みも、見開いた目も――落ち着きを取りもどしたのだ。

「どうして」将軍はぶっきらぼうに問いただした。「……訊いたんだ?」そう付け加えれば、質問がていねいになるかのように、つづきを言った。

シルヴィは部屋のなかを歩き、また別の鏡で自分の姿を見た。すべての鏡に姿を映してみたい気がした。

「以前、ミスター・ビードルという知りあいがいたから。とても才能のあるイギリス人の振付師よ。パリ・オペラ座にきたとき、彼の振付で踊ったの。確か、バレリーナのひとりと結婚したはず。マリア・ベラクーシ。彼女も才能があったわ。最近、ミスター・ビードルはイギリスの宮廷で仕事をしているって耳にしたけど。でも、ここイギリスでは、バレエはあまり人気がないのよね」

「ああ」将軍は目を細くした。「あまり人気がない」

「宮廷で上演されるだけ。国王陛下のために」

「そう。宮廷だけだ。国王陛下のために」

シルヴィは将軍に笑いかけて、首をかしげた。「あなたはきっと、バレエを愛しているのね。でも……バレリーナは嫌いなんだわ」

将軍は驚き、笑いだした。

そして、寸法を測るかのように、部屋を横切っていった。明るい陽ざしが、ぴかぴか光る上着のボタンで反射している。将軍はシルヴィのほうを向いた。

「そうじゃなくてね、ミス・ラムルー……バレリーナがわたしを愛していなかったんだ」

光栄にも秘密を打ち明けられたことに驚き、シルヴィはしばらく何も言わずにいたが、将軍が気まずくならないうちに、話をすることにした。

「将軍、ここへは親睦を深めるために訪問してくれたのかしら？　それとも、劇場のどこかで、わたしを必要としているのかしら？」

将軍は背中で手を組んだ。「ミス・ラムルー、わたしがここにきたのは、提案があるからなんだ」

もったいぶって話しているが、その手の組み方から不安であることが見てとれた。そして、その顔には……期待と……緊張のようなものも見える。

「提案？」

「その……」咳ばらいをした。「バレエについて」

「彼女を守ろうとしただけなんです」

クロード・ラムルーとオウムのギヨームは再会を果たしていた。ギヨームはクロードの肩に乗り、ときどき愛しそうに彼女の耳を噛んでいる。クロードはグランサム子爵夫妻の向かいにすわって、真っ青な顔で取り乱し、目尻を押さえていた。髪は黒く、こめかみのあたりに白いものが混じっている。目はとても大きく真っ黒で、疲れのせいか、瞼の下が膨らんでいる。また、鼻のわきにはしわが刻まれている。年齢のせいか、顔がたるんでおり、あと数年もすれば、口の両側が垂れさがってくるだろうと、スザンナは思った。全体的に、決してたやすい人生ではなかったのだろう。クロード・ラムルーは決して美人とは言えず、結婚もしていなかった。

「本当の身の上を知ったら、シルヴィがどうなってしまうか心配だったんです。エティエンヌが、シルヴィの愛人が、本当のことを知ったらどうなるのだろうと思って」

スザンナはもっと世慣れた人間にならなければいけないとわかってはいたが、〝愛人〟という言葉を〝長椅子〟や〝ティーポット〟といった言葉と同じように使うことには、なかなか慣れそうになかった。

「エティエンヌはシルヴィと結婚したがっていて。彼と結婚すれば、シルヴィはいい人生が、わたしが送ってきた人生や、わたしがこれまで彼女に与えてきた人生より、ずっといい人生が送れますから。彼は王子《プリンス》なんです。ブルボン家の」

クロードはそう話すとき、ほんの少し澄ました態度になったのを完全に隠すことはできなかった。確かに、プリンスのほうが子爵より身分が高いのだから。

「だから、あなたが送ってくれた手紙を燃やしたんです、レディ・グランサム。ごめんなさい。怖かったんです。シルヴィのためにも、わたしのためにも」

スザンナは姉を探すために、すぐにイギリスに発ちたいという気持ちと、クロードの帰りを待ちたいという気持ちのあいだで揺れ動いたが、結局は船の予定で決まった。母国行きの船が出るまで、数日かかることがわかったのだ。それで、スザンナはキットとともに、姉であるシルヴィがこれまでの生涯のほとんどを過ごしてきた部屋にすわっていた。

アパートメントは握り拳のように狭く、使い古された質素な家具と絨毯が、倹約して暮らしてきた年月を物語っている。居間には明るい窓から日光が射しこんでおり、ギヨームの止まり木を照らしていた。ギヨームは明らかにこの部屋を飛びまわっているらしく、羽根や綿毛が散らばっているのが見えた。それがマダム・ガボンの悩みの種であるのはまちがいない。

スザンナは手を伸ばして、クロードの手に重ねた。「長年、姉の面倒を見てきてくださって、ありがとうございました。それがどんなに危険なことだったか、よくわかります」

「わたしは昔、グリーン・アップルで踊っていて、そこでアンナとデイジー・ジョーンズに会いました。それでデイジーから、あなた方の……立場……を聞いて、故郷のフランスに戻るときに……シルヴィを連れて帰って、自分の子どもとして育てたんです。そのあと、アンナからは誰にも連絡がなかったから……シルヴィには彼女のことを話しませんでした。話して、苦しませる必要はないと思ったから。ほかの女の子たちの——あなたたちのことだけど、レディ・グランサムとサブリナの消息は知りませんでした。それに、そのことは誰にも知らせないほうがいいと思ったから、とても危険だと……」

ギヨームが卑猥な英語をそっとつぶやき、クロードを噛んだ。

クロードは申し訳なさそうに、目を上げた。「この子はずっとまえに、船乗りに飼われていたものだから」そう説明した。「言葉を覚えるのが得意なので」

得意などという言葉では、ギヨームの言語能力は語れない。

スザンナは弱々しく笑った。キットが妻の手を取って、ぎゅっと握った。スザンナは夫はきっと笑いをこらえているにちがいないと思った。

「ごめんなさい、スザンナ」声がまた不明瞭になり、クロードは目もとを押さえた。

「ああ、クロード、わたしは怒ってなんかいないのよ」スザンナは言った。「わたしだって、愛する者のためだったら、手紙を燃やしたと思うわ。シルヴィの手紙にはイギリスに行くと書いてあったと教えてくれたわよね。彼女はイギリスに着いたら、どこに行きそうかしら?」

「わからないの。ごめんなさい。わたしがイギリスで知っているのは、デイジー・ジョーンズだけなんです。でも、シルヴィが彼女を知っているとは思えない」

クロードは鼻を鳴らした。「心配なんです。ご覧のとおり、わたしたちの生活はあまり裕福ではないし、シルヴィが幼かった頃は決して楽ではなかった。でも、シルヴィは……いまではパリでいちばんのバレリーナなんです。だから、みんな彼女がいなくなったことを知っています。ムッシュ・ファーヴルは……マダム・ガボンによれば、すごく怒っているらしいし」

「シルヴィはバレリーナなんですか?」キットがわくわくした様子で訊いた。

スザンナはその瞬間、少しだけ嫉妬した。確かに、わくわくする話だからだ。

それから、少し誇りに思った。バレリーナが姉だなんて、わくわくする。

それも、愛人がいるバレリーナ。

クロードは深呼吸をして、心を落ち着かせた。「もしシルヴィを見つけたら……イギリスに帰ってからですけど……わたしがあやまっていたと、伝えてもらえますか? あの子を傷つけるつもりはなかったの。彼女はとても厳しい鍛練を積んできました、わたしのシルヴィは。勝手に行方をくらますなんて、考えられません。でも、とても短気な子だから、今回は衝動的にイギリスに渡って、ひとりで怖い目にあっているんじゃないかと思うと心配で」

スザンナはキットが横目で自分を見たことに気がついた。

そう、ホルト家のなかで、短気なのはスザンナひとりではなかった。どういうわけか、スザンナはそう聞くとうれしくなり、姉への親しみを増していた。

トムと将軍は劇的なことが好きで、その日の午後、ふたりは娘たちとデイジーを観客席に並べて、あまり見ることのない景色を眺めさせていた。娘たちは遠足に連れてこられた子どものように、おとなしく目を見開き、おそらく期待のために緊張して、行儀よくしていた。くすくすと笑う声もなければ、ささやき声も聞こえない。

トムと将軍がどうして自分たちをここに集めたのか、わかっているからだ。

シルヴィがちらりと隣を見ると、やはり視線を寄こしたモリーと目があった。きのう屋根裏で話したときから、モリーがヴィーナス役はシルヴィがつとめるにちがいないと思っていることに、シルヴィは気がついていた。

もったいぶったコツコツという音がしたあと、何かが滑ってぶつかったあと、それを罵る声が、赤いビロードの緞帳の向こうから聞こえてきた。

「きみたちが首を長くして待っていた日が、とうとう訪れた」トムが厳かに宣言した。

緞帳が揺れながら、上がっていった。

「あぁ！」ローズが声をあげた。このあと、何を目にするかわかっているからだろう。

舞台の上には巨大な貝が鎮座し、やわらかな光を放っていた。薄明かりに照らされた劇場のなかだと、貝に付いている長くて黒っぽいロープが何本も見えるが、黒く塗られており、照明が落とされれば見えなくなるはずだ。わきでは荒々しい若者たちが、いつでもロープを引いて、大きな貝の口を開けられるように立っている。

「夜になると、もっと美しくなる」将軍が請けあった。「まわりで海草を揺らして、魚も浮かべるつもりだ……」両手を上げて情景を説明すると、娘たちはその手の動きを目で追って、想像を膨らませた。

「ヴィーナスは」トムが舞台の上から言った。「この貝に入って待ち、じっと待っている観客のまえに、ゆっくり現われるという栄誉を与えられる。まさしく貝のなかの美しい真珠であり、優雅に立ちあがってから、われらが愛するジョゼフィーンが最近作った歌をうたう」

ジョゼフィーンがやさしくうなずいた。

シルヴィはとっさに思い浮かべた。真珠《パール》、娘《ガール》……。

ああ、こんなところにいるから、変なことを考えるんだわ。

「そして、いまはきみたち全員がかたずを飲んで、誰がヴィーナスになるか待っていると思う……」トムがつづけた。

そう、全員がかたずを飲んでいた。

シルヴィもだ。ただし、自分ではないことを願い、祈って。正直にいって、トム・シヨーネシーの考えていることは、少しもわからなかった。シルヴィが貝に入れられて喜ぶと思っているのか、それとも本人がいやがっているのは明らかなのに、それを無理やり入れるのを面白がっているのかも。おそらく拒むことはできるだろうが、まだ当分はここで寝泊りさせてもらわなければならない。

いや、彼は現実的な男だ。シルヴィでは興ざめなヴィーナスになるのはわかっているだろう。

トムはオーケストラの指揮者がバイオリンの演奏を引きのばすように、沈黙を引きのばした。

「モリー」トム・ショーネシーは静かに言った。「まえに出てきてくれるかい？」

観客席の娘たちが、緞帳を上げられそうなほどの勢いで、息を吐いた。

「ああ、モリー……」祝福するささやき声が聞こえた。モリーが優勢であることにはほとんど異論がなく、その声には驚きが感じられなかった。あっぱれなことに、ほとんどの娘が喜びを表わしている。

まるで戴冠式のように、モリーがしずしずと舞台に上がった。

そして、ふり向くと、その澄ました笑顔は夜の劇場をも明るく照らしそうだった。

「みんな、モリーに拍手を贈ってくれ」トムがその場にふさわしい厳粛な態度で言った。

観客席から温かな拍手が贈られると、モリーは将軍とトムの横に立った。

すると、デイジー・ジョーンズが立ちあがり、舞台裏のビロードで埋めつくされたピンクの部屋に、堂々と静かに帰っていった。太陽をまえにして引きさがる嵐のように。シルヴィはデイジーが帰っていく姿を見ていた。彼女から直接話しかけられたことは一度もないし、彼女がほかの娘たちに直接話しかけている姿も見たことがない。デイジーは自分と、おそらく自分より格下だと思っている者とのあいだに、はっきりと線を引いているのだ。

シルヴィが目を上げると、トムは笑顔で娘たちを見下ろしていた。だが、将軍はデイジーが堂々と帰っていく様子を見つめており、その表情からは何を考えているのか読みとれなかった。

それから約一時間は、モリーが身体を折って貝のなかに入り、貝がゆっくりゆっくりと開いていくのにしたがって立ちあがる練習に費やされた。娘たちがみな試してみたがったので時間がとられたが、将軍は舞台装置の成功に頰を紅潮させて、今回一度ずつに限り、好きにさせていた。そのあいだ、トムは真剣な顔で、ヴィーナスを最も優雅に登場させる滑車を引くタイミングと角度と速さについて、若い男たちと話しあっていた。

そして、自らロープを引っぱって見せた。

シルヴィは巨大な貝を間近からのぞきこみ、内側のサテンに触れて、奇抜だけれど見事な職人技と、この貝を生みだした発想に感心した。貝の内側は、海の女王の玉座にふさわしく、ひだを寄せた薄いピンク色のふわっとしたサテンで裏打ちされていた。脚光を浴びれば、やわらかに輝いて、モリーの白い肌によく映えるだろう。まさに、真珠の舞台装置としては理想的だった。

この装置を生んだ種は、この美しく奇抜で官能的な貝に可能性を見出したのは、トム・ショーネシーだった。

シルヴィは、貧民街に住んで食べ物を盗んでいた子どもの頃のトムを思い浮かべた。彼は自分を役人に引き渡して、野良ネコか何かのように、ただ始末すればいいとだけ考えている者たちから隠れて生きていた。そして、そういう者たちと闘い、武器を自在に操って生き延びる術を身につけたのだ。

〝友だちに恵まれていた〟、トムはそう言っていた。

シルヴィはこの美しく途方もない、ばかげた貝の内側を撫でていると、まるでトムに触れているような気がしてきた。

そして、なぜかトムと目があう気がして、顔を上げた。

トムはまだ若者たちと滑車の仕組みについて相談していたが、おそらくはシルヴィの姿勢の変化に気がついて、ほんの一瞬だが、視線をあわせた。目の色がさらに濃くなっている。そして、また仕事の話に戻った。

〝わたしはそこにいる……たいていの夜は〟

14

翌日、シルヴィが屋根裏部屋に着くと、まもなくモリーもやってきた。だが、ひとりではなかった。ほかの娘たちも連れてきたのだ。娘たちはみな立ち止まり、黙ったまま目を大きく見開いて、髪をきつく引っつめ、踊るとふくらはぎのあたりで揺れる、美しく風変わりなドレスを着ているシルヴィを見つめた。

モリーがやっと口を開いた。「みんなにバレエと、国王陛下と皇太子殿下の話をしたの」あごをつんと上げた。

「それで、こうしてそろって、バレエを習いにきたってわけ?」シルヴィが訊いた。

シルヴィはこれまで年下の生徒たちに踊っているときの姿勢について助言したり、ときおりムッシュ・ファーヴルに泣かされた子の涙を拭ってやったりしたことはあったが、部屋いっぱいの娘たちにバレエを教えた経験はなかった。

「教えてくれる？」

シルヴィは、おそらくベッドの上とホワイト・リリーの舞台以外では身体を動かすことに慣れていない、丸みを帯びた身体つきの美しい娘たちを見わたした。そして、この娘たちがあの苦痛と鍛練に耐えられるはずがないと考えた。あの微妙で複雑な——いや、バレエが難しく苦しいもので、秀でる者はごく限られているなどと言う必要はない。自分が踊ってみせて、どう思うかは本人たちに任せればいい。

「ええ、教えるわ」

娘たちはもう一度シルヴィを見ると、照れたように笑いあった。

だが、モリーは何かに気がつくと、表情を変えた。「鏡……まえは鏡がなかったわよね」責めるようにシルヴィを見た。

だが、答えるまえに、また階段がきしむ音が聞こえてきた。

全員が身を硬くし、シルヴィはモリーの顔に辛そうな表情がすっと浮かんだのを目にした。トムがわたしに会いにきたと思っているのね。

だが、シルヴィはそれが将軍の足音だとわかっていた。自分がここに呼んだからだ。

「みんな、バレエを習いたいそうなの」シルヴィは穏やかに将軍に言った。

将軍は六人の娘たちをじっと見た。六人の美しい娘たちは、ホワイト・リリーの舞台とはまったく異なる、この混みあった狭い部屋の鏡に映っていると、まったくちがう女性たちに見えた。

最初、将軍の眉には疑うような影が浮かんでいた。いや、それは戸惑いだったのかもしれない。

だが、そのあと……何かをひらめいたように、黒い目がきらりと光った。それは、見憶えのあるきらめきだった。狂おしいほどのきらめき。

ムッシュ・ファーヴルの目に見たものと同じだった。

「一生懸命に稽古して、わたしの言うことをよく聞いて、文句を言わないかい？　一度だけ訊いておく。そして、一度でも文句を言ったら、もう稽古はつけない」

これはシルヴィ以外の全員に訊いていた。

五つの頭が上下した。うなずいたところで害はないと思っているにちがいない。何が待ち受けているのかも知らずに。

「よし。それじゃあ、はじめようか」

その日の夜の公演は、海賊と、妖精と、乙女と、ブランコに乗った人魚姫を上演する予定で、踊り子たちは昼間に初めてバレエの稽古を受けたあと、最初に妖精になるために化粧台にすわった。全員がいつものように騒がしく話しており、楽屋の空気は粉おしろいと、愚痴と、常雇いの少年たちが届けにきた贈り物をめぐって叫ばれる声で埋めつくされていた。

シルヴィは仕度をするために楽屋に入って小さな化粧台を見ると、その上に何か――小さな箱が置いてあるのに気づき、足取りがゆっくりになった。

「ほら、見て！　あなたにもファンができたのよ、シルヴィ！」ローズが励ますように言った。その裏には〝やっと〟という言葉が隠されていた。

毎晩踊り子たちの化粧台に届く花束や安っぽい小物といった派手な贈り物に比べると、シルヴィの化粧台に置いてある箱はとても地味に見えた。シルヴィは贈り物を見つめて、半ば戸惑いながら、ホワイト・リリーの観客席にいるファンに対し、どんな反応をしたらいいのだろうかと考えた。

そのとき、モリーが〝正式な〟交際を望んでいるという、特別席からショーを見ている匿名のファンから新しく届いた包みを開けて、シルクのショールを取りだした。やわらかく、きらきらと輝く品で、包みから現われると、一斉にため息が漏れた。娘たちはショールのまわりに集まっていった。みんながそのショールに触れて自分の肩にかけたがり、シルヴィと小さな贈り物はすぐに忘れられた。

シルヴィはその箱が大きな虫か何かのように用心しながら近づき、おずおずと片手で取った。それは木の箱で、掌で包みこめそうなほど小さかったが、その割に重かった。

シルヴィは箱の上に、とても繊細な絵が描かれていることに気がついた。バレリーナだ。両腕を頭の上に伸ばし、恍惚とした表情で、ドレスを雲のようにまわりに浮かべながら踊っている。

シルヴィの頰がかっと熱くなった。こうして頰が熱くなると、いつも息ができなくなり、心臓が胸のなかで小さな太陽のように燃えはじめる。

箱には金色の細いひもが付いていて、小さな金色の鍵が結ばれていた。

シルヴィが震える手でふたを開けると、きらきらと輝いている円筒形の部品が入っていた。これが回転して、音楽が鳴るのだ。そう、これはオルゴールだ。

シルヴィは穴に鍵を差しこんだ。そして、穴に鍵を差しこんで音楽を鳴らすという行為が、とても詩的で淫らな行為であることに気がついた。とても象徴的だ。そして、この箱を化粧台に置いたのが誰かということを考えれば、そのことに彼が気づいていないとは思えなかった。

〝きみは、何が欲しいんだい、シルヴィ?〟

シルヴィは鍵をまわした。すると、やわらかで、この笑い声と話し声にあふれた部屋では聴こえないほど小さな音が流れてきた。シルヴィのためだけに。

踊り子たちが海賊と妖精のショーを終え、緞帳の裏で乙女の出番を待ちながら、ブランコに乗っているデイジーを見つめて、鎖がもつかどうか賭けているとき、シルヴィは少しまえから、トムが自分のうしろに立っているのを感じていた。トムは踊り子たちの頭越しにブランコに乗っているデイジーを見ていた。シルヴィのことは見なかったし、シルヴィにもモリーにもローズにも話しかけなかったし、シルヴィをふり向かせて目をあわせようともしなかった。毎晩くり返しているように、あらゆる角度からショーを見て、ほかのことを考えながら、油断なく気を配っていた。

だが、トムがその場を離れようとしたとき、彼の手が、たまたま指がぶつかったかのように軽く、シルヴィの背中をかすめた。触れるか、触れないかくらいに。

そのあと、トムは有名な詩人であるローデン伯爵に会いにいった。彼はいつものように威光をふりかざしながら到着したばかりで、きょろきょろと、トムを探していたのだ。それからトムは、ショーと賄賂のためにやってきた、国王の側近であるクラムステッドにも挨拶をしにいった。

触れるか、触れないかくらいのものだった。たまたま、かすっただけだとも考えられる。ほかの娘たちが何も気づかなかったのはまちがいない。シルヴィはもう聞いていなかったが、隣でまだ何事かをささやきながら、客席を見ているのだから。

だが、何といっても、タイミングと劇的な演出に長けたトム・ショーネシーのことだ。意図的に触れてきたのはまちがいない。それは暗黙の了解で、つかの間ふたりを包みこんだメッセージだった。

きみが欲しい。

その瞬間、喜びと激しい欲望が、怒りやあらゆる不安とせめぎあった。また、恨めしい思いもあった。これまでの人生では、望ましい結果が得られそうなことにだけ情熱を傾けてきた。人生のあらゆることがバレエのように振付どおりで、次に踏みだすステップも、その次のステップもわかったうえで生きてきたのだ。

だが、鏡やオルゴールを贈ったり、自分の所有物のようにこっそり触れたりすることで、トム・ショーネシーはその直感と、見かけとはまったく異なる繊細さで、シルヴィを口説いてきた。そして難問に怯《ひる》むことなく、水が固い地面に浸みこむように、どうにかしてシルヴィの理性の壁に浸みこんできたのだ。

そう、彼は難問に立ち向かってきた。

だが、シルヴィは皮肉っぽく、心のなかで言葉を訂正した。彼は口説いているんじゃないわ。誘惑しているだけよ。その行き着く先はまったくちがう。

〝彼は踊り子には手を出さないわ〟ローズの言葉がまた聞こえてきた。トムにとっては劇場がすべてだし、彼は決して愚かではない。良識のある距離を保ちつつ、踊り子たちに対して自分の魅力を巧みに利用しながら、全員を幸せにして、すべてを支障なく運営していくには細心の注意が必要なこともわかっている。シルヴィはこの劇場とそこで働く者たちがトムにとってどれほど大切かをわかっているからこそ、微妙な意思表示であっても、決して軽い気持ちではないとわかっていた。

そう思うと、シルヴィは息ができなくなった。

シルヴィは、エティエンヌの口説き方はどこか儀式のようで、彼にとって結果はすでに決まっているのだと感じることが少なくなかった。

だが、ここでは……ここでは、自分に選択権がある。

最初は自分に選ばせようとしたことで、トムに対して憤りを感じていた……だが、いまになってやっとわかった。それこそ、彼がくれた最高の贈り物なのだ。

そのあと、シルヴィはまた綿モスリンのドレスを着て、頬紅を落とし、髪を地味に結いなおすと、娘たちが夜の街に出ていき、自分に手をふるのを見送った。そして、入口に立っているポーに片手を上げた。彼はそれに応えて、鉤手を上げた。

全員が帰っていくと、シルヴィはふり向いて、火をつけたロウソクをもち、自分の部屋に通じる階段に向かった。だが、そのまえに、劇場の奥の明かりに目をやった。書斎のドアは閉まっており、その下からも明かりは漏れていない。

この夜は長く、騒々しかった。トムには複数の誘いがあった。トムが扉の近くで見送りに立っているときに、観客たちが挨拶する声が聞こえたのだ。〈ベルベット・グローブ〉という名前が、何度か出てきていた。

〝たいていの夜は〟

シルヴィは自分の部屋に戻った。髪を留めていたピンを外して、ブラシで梳《と》く。そしてドレスをぬいで、ストッキングをゆるめて下ろし、ナイトガウンを頭からかぶろうとして両手でもった。

だが、そこで手を止めて、鏡に映った自分を見つめた。そして、振付が決められている人生と、鏡と、オルゴールについて考えた。ホワイト・リリーの上には、気高くて美しく、自分を求めている男がいる。あの小さな贈り物で、彼は自分を知っていることを示してくれた。そして、あの贈り物は彼自身が思っている以上に、彼のことを教えてくれた。

シルヴィはナイトガウンをベッドにそっと置いた。それから、またドレスを頭からかぶり、壁にかけてあった外套をはおった。そして、もう一度ロウソクを手に取った。

階段からかすかにきしむ音が聞こえて初めて、トムはそれまで何日もこの音を待っていたことを自分に認めた。いく晩も横になったまま眠れずにその音をひたすら待ち、あらゆる感覚をカミソリのように研ぎすませて期待していたのだ。夜の誘いを断わり、物静かに誘惑するなどということは彼らしくなく、トムは狼狽し、心のどこかで面白がってさえいた。これまで、何かをこんなにも求めたことはなかった。そして、それを手に入れられるかどうか、こんなにも不安になったこともなかった。

トムがベッドで身体を起こし、火打石で隣に置いてあるランプに火をつけると、小さな部屋が暖かな光で照らされた。ちくしょう。火をつけたときでさえ、手が震えていた。トムの心臓は胸のなかで、太鼓のように鳴りはじめた。

最初に壁に映ったロウソクの光が揺れるのが見え、それから彼女の影が見え、ついに彼女自身が現われた。シルヴィは外套で身体を包んでおり、すその下から薄い綿モスリンがのぞいている。

シルクのような髪は下ろしていて、競うように照らしているロウソクとランプの明かりを反射して、艶やかに光っている。トムはほとんど息ができなかった。シルヴィはランプに明かりが灯されているのを見ると、震える手でロウソクをもちあげて吹き消した。

トムは口がきけなかった。

黙ったまま、シルヴィが外套をぬぐのを見守った。そして暗がりのなかで、ドレスに包まれた彼女のしなやかな身体と、長い脚と、細い腰の輪郭をなぞった。そのあとも黙ったまま見つめていると、彼女は淡々とドレスに手を伸ばし、そのまま引っぱりあげて――ああ――頭からぬいだ。

とつぜん露わになった彼女の身体を目にして、トムの身体は激しい衝撃を受けた。そして、息ができなくなった。

シルヴィはドレスをたたみはじめた。トムは話をするために、呼吸の仕方を思い出した。

「シルヴィ、頼むから、ドレスはそのままにしてくれ」トムの声は低く、しわがれていた。

シルヴィはドレスを置き、やわらかく震える声で小さく笑った。そして、片手で長い髪をかきあげた。腕を上げたときに、小さくて完璧な乳房がもちあがり、トムがうっとりと見つめていると、艶のある髪が背中に広がった。

これまでも、男のまえで裸になったことのある女だ――純情ぶることも、恥ずかしがることもないが、ふしだらでもない。そして、身体の目的をわかっている女。仕事と、芸術と……悦びのために、身体を使う方法を知っている女だ。

そう思うと、おかしなことに、嫉妬がトムの興奮をさらに高めた。おそらく、いまこの瞬間にも、どこかの誰かが、彼女を恋しがっているのだろう。彼女に触れたことのある男が。それはまちがいなく、彼女に触れる権利があると思っている男で、トムは罪の意識か後悔を感じるべきなのだろう。

だが、シルヴィはいま、ここにいる。

どこかで恋人が待っていようがいまいが、彼女は今夜ロウソクを手にもって劇場を通り、自分とともに過ごすために、階段を一段ずつきしませて上がってきたのだ。

シルヴィはトムの近くにきて、ベッドの端に腰かけ、脚を上げて折りたたんだ。

「シルヴィ」彼はささやいた。悲しげにも聞こえる声だった。

トムが身体をずらすと、薄手の毛布が胸から腰に落ちた。彼がじれったそうにそれをどけると、シルヴィの目のまえに、すぐに触れられるところに、滑らかで広い肩と、硬い筋肉が盛りあがっている胸と、細い腰が現われた。平らな腹のまえでは、彼女を激しく求めている証拠が反りかえっている。シルヴィの心にさまざまな思いがあふれた。いま、自分がここにいることさえ信じられないのだ。

トムの手が伸びてきて、決心を固めるかのように、シルヴィのすぐ近くで一瞬止まった。それから、熱傷《やけど》するのではないかと心配して感触を確かめるかのように、手の甲でそっと肋骨に触れた。

すると、何かが静かに燃えはじめたかのように、シルヴィの全身の肌に赤みが差してきた。

シルヴィはトムの目に映しだされた感情から顔をそらした。とても一度には受けとめきれないと思ったのだ。

トムの手が動きはじめた。息を飲み、彼女の身体に高ぶりを残しながら、肋骨の上までゆっくり、ゆっくりと手を伸ばしていく。そして乳房を包みこみ、ざらざらとした親指の腹で乳首をさすった。ふいに衝撃と悦びが全身を貫き、シルヴィは目を閉じた。肺のなかで息が止まっている。シルヴィの耳には、自分が息を飲んだ音が届いていた。

「小さいでしょ」シルヴィが気にして、ぶっきらぼうにささやいた。

「やわらかいよ」トムが正すように、すぐに答えた。低く、かすれた声だった。触れ方と同じくらいに官能的だ。

トムの手がゆっくり離れた。緊張を感じとっているようだ。

それからしばらく、ふたりは黙ったまますわっていた。その沈黙はあまりにも深くて熱く、ふたりのあいだに、もうひとり誰かがいるようだ。

「きみがどんなことが好きか、わたしに教えてくれ」トムは穏やかに言った。

シルヴィは目を開けて大きく息を吸いこむと、自分の息のなかに、麝香のようなトムの欲望の香りと肌の温かさを感じた。それはとても強く荒々しく、甘かった。ワインであり、阿片のようでもあった。それは残っていた思考力をすべて溶かしたが、シルヴィはほんの少しほっとした。結局、自分はただひとつの目的でここにきたのであり、考えることなど何もないのだから。

シルヴィは身体をまえに倒して、トムの首にゆったりと腕を巻きつけた。そして、温かな彼の素肌に身体をあずけた。唇と唇が触れあいそうになり、乳首が彼の胸にこすれると、身を焦がすような快感が走った。唇にあたるトムの息は浅く速くなっていたが、彼はまだ考えこむように、シルヴィを見つめているだけだった。彼女の目から視線をそらさず、手は両わきの毛布を握っている。

シルヴィは身体をうしろに倒し、自らの体重で、ゆっくりとトムを引きよせた。トムの身体が彼女に重なった。熱くて滑らかな筋肉が覆いかぶさる。シルヴィは両脚を筋肉が浮きあがっているトムの腿に巻きつけると、彼を包みこむように抱き、不格好なバレリーナの足で、硬いふくらはぎをさすった。そして、トムの硬くなったものが自分にぴったりあうように、身体を動かした。シルヴィの準備が整っていると感じると、トムの目が色濃く変わった。

ふたりの身体はぴったり重なっており、すばやく呼吸をすると、肋骨が同時に動いた。それはまるで同じ息を吸い、吐いているようだった。トムは唇を一文字に結んだ。

トムは彼女の目に、疑問か、妥協か、意思のどれかが浮かんでいないかと、探しているようだった。正直に言えば、シルヴィにはトムがそこで何を見つけるのかわからなかった。欲しい、シルヴィの心と身体はそれしか言っていなかった。欲しい。

「もう容赦しないよ」トムがささやいた。

トムの唇がシルヴィの唇に激しく覆いかぶさった。ふたりはついに、もう一度お互いを味わいはじめた。すると、トムの低いうなり声が、振動でシルヴィに伝わってきた。

前戯はほとんどなかった。シルヴィには必要なかったし、まるで彼が解毒剤であるかのように、すぐにでも受け入れる必要があるような気がしていた。シルヴィは弓なりになって腰をもちあげて彼を受け入れ、トムが自分を奪うのと同じくらい、自分も彼を奪った。そして彼とふたりが繋がると、悦びのあまり叫びだしそうになった。

トムは手をついて身体を支え、シルヴィを見下ろした。そして、ずっと見つめつづけた。

「トム——お願い《シルトウプレ》、早く《ヴィツトウ》」

彼は唇をきゅっと上げ、色濃く変わった目で見下ろしている。シルヴィは肌に汗が滲みはじめているのを感じた。それでも、彼は動かない。

シルヴィはじれったそうな声を出した。「トム——お願い——欲しいの」

「だめだ」

シルヴィは唇にトムの息があたるのを感じた。そこで、目を開けた。彼の顔が触れそうなほど近くにある。トムは何とか冷静な声で拒んでいたが、胸で光っている汗や、彼女の指の下で震えている筋肉が、それが偽りであると語っていた。

「ねえ——」

「わたしに頼むか、シルヴィ?」

「お願い、頼むから——」

「シッ。だめだよ、きみは頼んだりしたらだめだ」

シルヴィは笑いながら、うなった。「獣《けだもの》ね」

「獣? わたしが?」彼の声には、笑いが混じっていた。トムがお互いのすべてを感じられるように、ゆっくり、ゆっくりと腰を引くと、この上ない刺激が押しよせてきた。

「これが……」トムがすばやく一度、そしてもう一度と突いた。そして止めた。両手で身体を支えている。「これが、きみの欲しいものかい、シルヴィ?」

シルヴィは毒づこうとした。英語でもフランス語でも、どっちでもいい。それなのに、ああ、同意してうめくことしかできなかった。何て、いやな男なの。

するとトムは顔を近づけて、シルヴィの耳もとに唇を寄せて、小声で打ち明けた。

「わたしも、これが欲しかった」

シルヴィは吹きだしそうになった。だが、それは破廉恥なうめき声に変わった。トムがついに、彼女のなかで動きはじめたのだ。

シルヴィは目と目をあわせて、トムにしがみついた。彼の動きにあわせて身体を反らせると、毛布が背中をこすり、酷使している狭いベッドのスプリングが悲鳴をあげた。トムはのけぞった喉もとに口づけた。ひげがシルヴィの肌を強くこする。シルヴィが汗で濡れた彼の背中に両手を滑らせると、短く低いうなり声と呼吸が混ざりあった。ふたりは野獣のように交わりながら、唇をあわせては離し、またあわせた。シルヴィはトムの肩甲骨につかまって、爪を食いこませた。すると、素肌と素肌が激しく速くぶつかりあう原始的な音がして、ふたりは絶頂へと導かれた。

それは、あまりにも早くシルヴィに食らいつき、あまりにもとつぜんシルヴィを飲みこんだ。強烈で、完全な、とても言葉にはできないほどの悦びだった。

「トム――」

シルヴィが叫びそうになると、トムは唇を重ね、自分の名前を飲みこんだ。すると、彼女はトムの下で、悦びに身体を激しく震わせて絶頂を迎えた。彼女の身体はその激しさでたわんでいたが、トムはそのなかでまだ動きつづけ、ついには目を閉じて動きを止めると、自らが解放された悦びを味わい尽くした。

トムはシルヴィを押しつぶさないように気をつけながら、ゆっくりと身体を倒した。シルヴィの喉のくぼみにあたる息は、まだ熱く、荒々しい。

シルヴィはこれまで感じたことのないような穏やかさに包まれた。そして、美しい音楽でも聴いているかのように、トムの呼吸に耳を澄ませて、その上で漂った。しばらくすると、指に彼の髪を巻きつけてまっすぐ伸ばして放し、髪がゆるやかなウェーブに戻るのを見つめた。

喉の上で、彼が微笑んでいるのがわかった。

トムはあらん限りの力が必要であるかのように、けだるそうに頭を起こすと、まるで初めて見るように、シルヴィの顔をじっと見つめた。それがあまりにも長くつづき、あまりにも静かだったので、彼女は落ち着かなくなった。

「きみの唇は……」トムが口を開いた。

だが、頭をふると、話をするかわりにキスをした。とても、やさしいキスだった。あまりにもやさしかったので、シルヴィは黙り、はにかんだ。

トムは口をつぐみ、ふたりはしばらく穏やかな静けさのなかで横になっていた。

それから、トムはひじをついて身体を起こした。「今度は、わたしがどんなことを好きか、教えてもいいかい？」その目は真剣で、問いかけは本気だった。

シルヴィは息を飲むと、ためらった。それから、うなずいた。そして、待った。

トムの顔が近づいてきた。そして、また唇が唇をかすめた。とても、やさしく。

トムはシルヴィに会った瞬間から、キスをしたいと思っていた場所があり、彼女のすべてを知りたいと言うかわりに、そこにキスをしていった。耳たぶ。こめかみ。喉もと。鎖骨。彼女の身体のあらゆる場所が貴重で、探検する価値があるようだった。シルヴィも一緒に探検したが、どの場所も彼の指先で触れられると、歌をうたいだしそうだった。

「シルヴィ、きみが踊っているのを見たとき、まるで……炎を見ているようだった。それなのに、ここにいるきみの身体はしっかりとしていて、強くて……まるで牛みたいだ」トムはシルヴィのほっそりとした腿の曲線をやさしくなぞり、内側のシルクのような肌に顔を近づけて、小さなほくろにキスをした。

「う……牛?」怒って発した言葉は、へそに舌を入れられた瞬間に息を飲んで終わった。

「牛だ」トムはきっぱりとくり返した。「わたしは詩人ではない。きみは、とても強くて……とても鍛えられている……」片手で引き締まった腹から角ばった腰骨までを撫で、滑らかな曲線にキスをして、彼女のやわらかな肌がひげが感じられるように頬をこすりつけた。シルヴィの全身に鳥肌が立った。

「こんなに……こんなに美しいものは見たことがないよ、シルヴィ」トムの声はかすれていた。

トムは唇を下へ下へと這わせていき、脚のあいだの黒っぽい三角形のシルクにたどりついた。

彼の舌がその目的地にたどりつくと、シルヴィはあえいだ。舌は計算され尽くした巧みさで、熱く濡れたなかに入っていく。

「気持ちいいかい?」その声は低く、緊張していた。

「ああ……」

「もっと、よくなるから」低く、謎めいた声で約束した。

そして、舌と、唇と、息づかいで、証明してみせた。

だが、それは——彼にそんなことをさせるのは、シルヴィにとってたやすいことではなかった。これも一種の降伏なのだから。自分のすべてを知りたがって、身体のあらゆる部分を探ろうとする巧みな相手に、すべてを開くのは決して簡単ではない。シルヴィは彼に服従し、降伏し、完全にわれを忘れたいと思いながら、どこかで抵抗し、怖いとさえ思っていた。そして、それがなぜかわからなかった。

彼も、それに気づいていた。

「だいじょうぶだよ」トムがささやいた。「任せるんだ、わたしに。何も考えなくて、平気だから」

トムは指先と、舌と、息と、唇と、ささやく言葉で、根気強く少しずつ恐怖を溶かしていった。すると、そこには彼が触れ、シルヴィが身体で応えることしか存在しなくなった。シルヴィはともに動き、最初はトムを受け入れるだけだったが、次第にため息で求める術を身につけていった。

「きれいだ」トムはささやき、そのままつづけていくと、シルヴィはもうそれ以上耐えられなくなった。

もう、何もわからない。

身体のどこからか大きな波が次から次へと押し寄せて、揺さぶってくる。そして、とうとうシルヴィは難破し、絶頂を迎えた。

「また、きみのなかに入りたいんだ、シルヴィ」どこか遠くから、しわがれたトムの声が聞こえた。

「ええ」そのとき、シルヴィが思い出せる言葉はそれだけだった。

トムが腰をもちあげて、ゆっくりゆっくりとなかに入ってくると、シルヴィは彼がわれを忘れるのを見て、また新たな悦びと畏れを感じた。彼女の目のまえでリズミカルに動くトムの喉が引き締まり、目が閉じられた。すると、かすれ声が聞こえ、彼は身体を震わせて、すべてをシルヴィに注ぎこんだ。

トムは身体を離して隣で横になり、シルヴィを軽く引きよせた。ふたりはそのまま長いあいだ、満たされ、汗で濡れた身体を横たえていた。トムはシルヴィの絡まった髪を手でほどいた。まるで、これまでもずっと、そうしてきたかのように。

彼女の髪は長くて細く、シルクのようだった。それで、絡まりやすいのだ。

「彼はきみを奪うまえに、ちゃんと訊かなかったのかい、シルヴィ？　その……きみの……恋人は」

シルヴィは息が止まりそうになった。

それは、トムの口調のせいだ。シルヴィはそれがいやだったし……うれしかった。うわずった、低い声。ひどく怒っているのに、穏やかな話し方。

シルヴィはその質問に答えられなかったし、驚いたことに涙も止められなかった。大きくて、冷たい涙がゆっくりとこぼれた。古い涙だ。ずっと長いあいだ、こらえていたような涙だった。

シルヴィはせっかちに涙を拭った。「わたしは大人の女だったのよ。だから、拒まなかった」

「なるほどね。それなら、いいさ」今度は皮肉っぽく、きつい口調だった。

トムの息は荒くなっていったが、その手はやさしいままだった。彼はシルヴィの身体の線をなぞっていった。尖った肩甲骨、バレエの魔法が作りあげた、引き締まった背中の強い筋肉。この筋肉があるからこそ、シルヴィはあんな魔法をくりだせるのだ。そして、均等に盛りあがっている背骨の節。そっとそっと、やさしく容赦なく、トムはシルヴィのすべてを剝ぎとり、調べていった。

「どんなふうに起こったんだ？」

「そんなことが重要？」

トムが黙りこみ、シルヴィは彼が恋人とのあいだには何もなかったのだと思いこんだことに気づいた。「そういうことは、あったわ。彼はただ……わたしを奪っただけ」

シルヴィは目をつぶり、トムの手がたどる道筋にだけ、気持ちを集中させようとした。だが、エティエンヌの魔法が蘇ってきた。言葉だ。シルヴィはおだてられ、次々と褒め言葉をかけられ、恋愛ゲームに長けた女になっていた。だから、エティエンヌが自分を追いかけてくるのも、刺激的なゲームのようなものだと思っていたのだ。そこに潜む危険に気がついていたというのに。そして、あの日。エティエンヌにキスを奪われた。それまでも数回、そんなことがあった。そのときは壁を背にして、彼の腕のなかにいた。エティエンヌが情熱的に唇を押しつけてくると、シルヴィも気持ちをこめ、巧みに応えた。とてもわくわくし、ゲームのひとつだと思っていたからだ。

そのあと、エティエンヌの手がスカートのなかに入ってきて、何だか……興味を引かれて、目新しく感じた。それから、彼がズボンを開くのを見たのではなく、感じた。彼を拒絶することは怖くてできなかったし、自分が世慣れた女であることに夢中になっている部分もあった。それに、ある意味では自分の誇りにかけて、これから起きるとわかっていることを拒んだりはできなかった。そうして、それは起こったのだ。

すべてが終わったあと、シルヴィは自分が世慣れた女などではなかったことを知った。エティエンヌはシルヴィのスカートを整えると、次はもっとよくなると約束した。少し疲れていたし、たぶん焦ってしまったのだろうと。彼はあやまってくれたし、褒めてくれたし、花や贈り物もくれた。そして……確かに、次からはもっとよくなっていった。シルヴィは悦ばすことも、悦ぶことも覚えたのだ。

だが、どうしたいかと訊かれたことはなかった。自分には選ばせてくれなかった。シルヴィが選びたがっているなんて、思いもしなかったのだろう。

それに、彼がシルヴィの最初の男なのだから。

「彼はわたしを愛しているの。結婚したがっているのよ」

トムの手が止まった。そのとき、シルヴィは落ち着きを取りもどす機会ができて、ほっとした。そして、その手がふたたび動きはじめると、もう一度ほっとした。彼がもう自分に触れてくれないのではないかと心配になったからだ。

「彼を愛しているのかい？」トムがつっけんどんに訊いた。

本当のところは、シルヴィにもわからなかった。「彼はプリンスなの」

彼の動きがぴたりと止まった。「比喩で言っているのかい？　それとも、本物のプリンス？」

「ひゅ……？」シルヴィが知っている言葉ではなかった。

「彼は本当にプリンスなのかい？」わかりやすく言った。「本物のプリンス？」

「本当にプリンスなの」シルヴィは答えた。その言い方で、真剣に話していることが伝わった。

一瞬の沈黙があった。「まいったよ、シルヴィ」どことなく面白がっているような声だった。

トムは急に起きあがり、ベッドの端から脚を下ろした。だが、どこにも行かないだろうと、シルヴィは考えた。彼は裸で、服は部屋の反対側にあるし、何といっても、ここが彼の部屋なのだから。

「彼を愛しているのかい？」トムはそう訊いた。シルヴィは本当は、自分でもよくわからなかった。自分が愛の何を知っているというのだろうか？　エティエンヌは安心と、永遠と、身分と、自分が長いあいだ欲しかったものをすべて約束してくれた。この先ずっと長く安らげる将来。確かな将来だ。

だが、こんな気持ちは、こんな気持ちは少しもなかった。

シルヴィはこの気持ちを、トム・ショーネシーを求める激しくやさしい気持ちを、愛と呼びたかった。だが、本当にそうなのかどうか、わからなかった。それに、愛かもしれないと思うと、怖くもあった。彼のもとを去るときに、捨てないといけないのだから。それなら、欲望と呼んだほうが簡単だ。それならば、うわべだけ満たされればいい。

シルヴィはランプの明かりの下でトムの広い背中を眺め、背骨の両側で盛りあがっている滑らかな黄金色の筋肉に見とれると、急に恥ずかしくなった。彼は裸でいても、何も気にしていない。髪は汗と情熱とシルヴィがかき乱したせいで、おかしな具合に山や角ができていた。そして、小さくて白い尻は妙に弱々しく見え、ベッドの端にすわっているると、どういうわけか滑稽にも見えたし、妥協しない男らしさも感じられた。

シルヴィには、彼がとつぜん知らない男に見えた。この強くて、利口で、美しい男が。そして何よりも、とても複雑な男が。

これは、愛なのかもしれない。自分のなかにすばやく広がり、癒せるのは彼だけ……という、この思いがけない痛みは。目が眩むほどの華やかさ、冷静さ、荒々しさ、やさしさ、現実主義、そして情熱。どうしてこんなに短い時間で、彼を愛せたのだろう？いや、こう考えたほうがいいのかもしれない。こんなに短い時間で得た愛が、永遠につづくの？

それに、トム・ショーネシーは、自分が求め、必要としてきた人生とは無縁の世界に生きている。自分は彼を手に入れ、彼は自分を手に入れた。それだけのことなのかもしれない。

シルヴィはトムに近づくと、腕を背中にまわして身体を押しつけ、そっと彼を抱いた。少しずつトムの緊張がやわらぎ、自分に身体をあずけているのがわかった。この男に悦びだけでなく、安らぎも与えられるのかと思うと、シルヴィはこれまでになく、力があふれてくるのを感じた。

「こっちにきて。寝ましょう」シルヴィはささやいた。

トムがふり向いて、シルヴィを見た。「一緒に寝てくれるのかい？」

彼女はうなずいた。トムがベッドに入って、毛布をもちあげて待つと、シルヴィも隣に滑りこんだ。

トムは彼女の肩に腕をまわした。シルヴィは彼が寝つくのを待って、自分も眠りに落ちた。

翌朝、トムは世界中のどんな男でも最高だと思う目覚め方をした。腿の上にやわらかな手があり、自分の手の下にはシルクのような髪が広がっているのだ。

「シルヴィ?」トムは眠そうな声で呼んだ。

そして、片目を開けた。彼女は隣の枕にいなかった。トムは毛布のなかに片手を伸ばし、やわらかい髪を巻きつけた。「おはよう——あっ!」

彼女の舌が下腹部に伸び、そこがあっという間に反応したのだ。

シルヴィはいったん中断した。「おはようございます」毛布の下から、いくぶんくぐもった声で、ていねいに挨拶した。そして、くすくすと笑った。

「あぁ」トムはあえぎ声で答えた。

シルヴィがまた笑い、低くくぐもった声がトムの敏感なところに響いた。そして、痛いほど固くなった。

シルヴィはそこを口に含むと、最初はゆっくりやさしく舌を動かした。すると、トムは息を吸いこみ、身体を動かして、脚を開いた。そして彼女の髪から手を放して、毛布をはがした。彼女を見たかったのだ。

トムはけだるそうな様子で、彼女の口と手の巧みな動きに身をゆだねた。腿の内側は情熱的に繊細に、その中心は器用にじっくりと。シルヴィは楽園でけだるく漂っていたトムにあえぎ声をあげさせ、ナイフのように鋭い放出へと導いていった。

だが、トムは両手でシルヴィの髪をつかんでやめさせた。

「シルヴィ」息を切らしながら言った。「きみが欲しい」

シルヴィは顔を上げてトムの顔を見ると、腕のなかに飛びこんだ。彼が欲しがっているものがわかったからだ。

トムは彼女のなかに入れるように、シルヴィを寝かせた。そして、隣に横になった。これで、彼女のなかで動きながら、唇にキスをし、目を見つめ、自分の胸に乳房があたるのを感じられる。美しい目だ。快感で瞼が重くなり、細くなっている。そして、黒いまつ毛が震えている。シルヴィの頬と喉に赤みが差すと、ふたりはしっかり抱きあい、今度はゆっくりと揺れた。トムは両手でシルクのようにしなやかな背中に触れ、脚に触れ、指に髪を巻きつけた。ふたりの唇は互いに触れあい、短いキスをして、意味のない言葉をささやきあったり、愛おしさを伝えあったり、淫らな願いごとを交換しあったりした。

「愛しているわ《ジュテーム》」トムは唇に吐息がかかったのかと思った。

「もう一度言ってくれ」そう、ささやいた。

シルヴィは言わなかった。だが、彼の腕のなかで身体を震わせ、その名前を呼びながらいったとき、それは同じことを意味していた。

15

シルヴィは頭からドレスをかぶって、トムの手を借りて乱れた髪を整えてから、上品な形に結いあげ、ベッドの端にすわって、彼が服を着るのを見つめた。彼のひとつひとつの動作を——ズボンのボタンをはめ、クラヴァットを締めるところを——見つめて、なぜか興味をそそられた。まるで、服を着る動作そのものが不思議で、目新しいものであるかのように。

もちろん、着がえているのが彼だからだということは、わかっていた。

トムはシルヴィが見つめていることに気がつくと、一瞬動きを止めて微笑み、隣にすわった。シルヴィは息が詰まった。そう、これ。この鋭い胸の痛みが、鋭くてすばらしいこの痛みが、喜びに似ている気がするのだ。

トムは片手でシルヴィの頭のうしろを支えると、指にさっと髪を巻きつけ、うなじを軽く触った。そして彼女の顔を見下ろしたが、その銀色の目はシルヴィと同様に少し戸惑っていた。それから、彼女にキスをした。温かく、ずっと味わっていたい、ていねいなキスだ。

こうして、ふたりの一日がはじまった——会話はなく、キスだけ。シルヴィが先に屋根裏を出て、トムがあとにつづくと、彼女は肩越しに微笑んだ。そして、シルヴィはリハーサルに行き、トムは書斎か、ほかのどこかに行った。シルヴィは訊かなかった。

シルヴィは楽屋に入ると、みんなに気づかれるだろうかと不安になった。トム・ショーネシーの腕に抱かれて一夜を過ごしたことを気づかれてしまうだろうか？ この部屋にいる女たちは、ひとりとして処女ではない。ぜったいに。目の下に薄く隈ができているることで、キスをしたせいで唇が腫れていることで、みんなのことを見ているのに、白昼夢のように、昨夜のことばかり思い浮かんでしまうことで、ばれてしまうだろうか？

だが、みんなはいつもと同じようにおしゃべりをしながら、外出着をぬいで海の精の衣装に着がえており、誰もシルヴィがひとことも口をきいていないことに気づいていなかった。ただし、モリーだけはいつものように横目で自分のことを見ていたが。

「みんな、こんにちは」

その声は小さかったが、誰かが銅鑼《どら》でも鳴らしたかのように、笑い声と話し声がぴたりとやんだ。そして、みんなが一斉に入口のほうを向いた。

そこに立っている女性は、ホワイト・リリーの基準で見ても美しかった。巻きあげたシルバーブロンドの髪が頰と額に少しかかり、鼻から華奢な頰骨にかけて、薄いそばかすが広がっている。ブランデーのような黄金色の目はシカのように大きく、輝いていた。身につけているものは仕立てがよく、値も張りそうで、目と肌の色にあっている。ドレスはサーセネット地で、ボンネットは深い赤茶色で縁取りされ、同じ色のリボンを使って、あごの下で結んでいた。

だが、全員の視線を集めたのは、彼女ではなかった。彼女が抱いている小さな包みだ。そこから、小さな赤味を帯びた手が飛びでていた。ふんふんいう声もする。

楽屋の空気が全員の猛烈な好奇心で、あっという間に燃えあがった。

「髪は銅色？」ひとりがささやいた。

シルヴィは気が遠くなった。キティだ。これがトムのお気に入りのキティにちがいない。行方不明になった謎の女。その彼女が入口に立っているのだ。

そして、赤ん坊を抱いている。

「キティ！」ローズが立ちあがって、彼女の頰にキスをした。「かわいい赤ちゃん！それに元気そうじゃない。会いたかったわ」

「男の子なの」キティは誇らしげに、楽屋ではなく、赤ん坊を見下ろして言った。「元気で、うるさいの。いまは眠ってくれていて、助かったわ。きっと、女だらけのせいね。たぬき寝入りをしているみたい。女が世界を牛耳っているって知ってるんだわ」

赤ん坊に微笑みかけると、小さく舌を鳴らした。

「トムの名前を付けたの?――あっ!」隣の娘がローズをひじで小突いた。

キティがぼんやりと顔を上げた。「そうすべきだったかもね」穏やかな笑顔で、また下を見た。

楽屋の娘たちにとっては、とても謎めいた笑顔だった。

ローズが赤ん坊をのぞきこんだ。「髪がないわ」意味ありげに、楽屋のみんなに言った。

キティは自分がきたことで、楽屋が静まりかえったことに気づいていないようだった。母親としての新しい役割に包まれており、子どもに直接影響のないことはどうでもいいのだ。

「それじゃあ、誰の名前を取ったの?」ローズが尋ねた。

キティは顔を上げて、いたずらっぽく笑った。「将軍よ」

全員が口をぽかんと開け、キティが陽気に笑うと、赤ん坊が声をあげて抗議した。彼女は笑って顔と目を輝かせると、ただの美人ではなかった。とても個性的なのだ。

シルヴィの胸に不安が突き刺さった。〝トムのお気に入り〟

そのとき、シルヴィは書棚に置いてあったおもちゃの馬のことを思い出した。あそこに置いてあったのに、いまはもうない。

「みんなに会いたかっただけなの。心配してると思ったから。でも、わたしたちは元気にやっているから、だいじょうぶよ」

傲慢にも聞こえる言い方だった。最後の別れのように聞こえたし、おそらくその通りなのだろう。きっと過去の生活をひと目見て、楽屋のみんなに何かを証明し、自分自身にも何かを証明するためにきたのだろう。

キティは帰っていった。

「誰か、訊きにいきなさいよ」

「話すわけないわ。母親は口が堅いものよ」

「じゃあ、ケントに住んでるのかって訊いてきてよ。ほら、早く!」

「自分が行けばいいでしょ」

ささやき声はまだつづいていた。

シルヴィはモリーの顔色が妙に悪いことに気がついた。それに、ずっと黙ったままだ。〝セックスのためだ〟とトム・ショーネシーはまえに言っていた。ホワイト・リリーはそのためにあり、それを賛美しているのだと。それは、昨夜と今朝、トムと自分がともに賛美したものだ。何も、これが初めてだったわけでもあるまいし。シルヴィは自分にそう言いきかせた。彼が自分をだましたり、何かを約束したりしたわけでもない。自分は悦びを手に入れ、悦びを与えた。これは、その代価にちがいない。氷が乗っているような、ずしりと重い、この胸のつかえは。シルヴィはどうしてこんな気持ちになるのか、とても説明できそうになかった。

シルヴィは娘たちがまた話しだすのを待った。楽屋を出ていき、やみくもに逃げ場所に向かうのだ。おそらくは、自分の小さな部屋へ。足首をひねったときのように、深呼吸で痛みをやわらげ、歩いてごまかすために。

そして、娘たちのおしゃべりに紛れ、楽屋を出た。まだ外出着のままで。

トムは手袋と帽子とステッキをもち、書斎からドアに向かって急いで歩いているところだった。

「シルヴィ」トムはシルヴィを見かけると、立ち止まった。彼の目と笑顔を見ると前夜の思い出が蘇ってきて、シルヴィは全身が急に熱くなった。たとえ、不安と自尊心のせいで、彼には冷ややかに接したとしても。

「家族に会いに行くのね？」

ひどく驚いたようだった。「家族……？」

「ケントに行くんでしょう？」シルヴィは言った。きっと、自分が知っているとわかり、驚いたのだろう。

「家族」トムはもう一度言った。そして、妙な目でシルヴィを見た。それから、怪訝そうな声を出した。

「そういうことになるだろう。だが、きみはいったい、どうして……」

「それじゃあ、これから連れていくのね……キティと赤ちゃんを」

「キティと──？」彼はすっかり困惑しているようだった。「いったい、何の話だ？どうして、キティのことを知っているんだ？」

「キティが赤ちゃんを連れてきたの」にべもなく言った。

「キティがここに？」少し驚いたようだ。「まだ、ここにいるのか？　元気かい？　赤ん坊だって？　ポーかスタークがなかに入れたんだな」

どうして、こんなに屈託なく話せるんだろう？　もしかしたら……。

「ふたりとも元気だったわ」シルヴィは慎重に答えた。

「それなら、よかった」トムはシルヴィに笑いかけた。

シルヴィは笑いかえせなかった。ほんの少し顔をしかめて、トムの顔を見あげたが、何も言わなかった。自分の考えや感情は言うまでもなく、この会話ですっかり頭が混乱してしまったのだ。

シルヴィは背を向けて、その場を去ろうとした。

トムがすばやく肩をつかみ、引き止めた。「シルヴィ、いったい何を悩んでいるんだ?」

踊り子たちが楽屋から出てくるのが見えた。二、三人がこちらを向き、立ち止まって、いま見たことを声をひそめて話している。

トムが彼女たちを見たのかどうかはわからなかった。やさしく、ゆっくりと、シルヴィを放したからだ。どういうわけか、とても自然に。

シルヴィには何かを言う権利も、考える権利も、トムに説明を求める権利もなかった。彼にこうあって欲しいと期待する権利も、理由もないのだ。

「みんなが言うには……」シルヴィはためらった。「彼女たちが言うには……」咳ばらいをした。「みんなが言うには……キティは……」

トムは少し顔をしかめた。そして合点がいったかのように、顔をややのけぞると、理解を示してうなずいた。

「〝みんな〟が何だい?」皮肉をこめて、その言葉を強調した。

シルヴィはすばやく顔を上げて、トムの目を見ようとしたが、どういうわけか、それができなかった。そこで下を向いて、彼のブーツを見た。ぴかぴかに光っていた。自分の顔が映るほどで、シルヴィはその顔を見て、誇りを傷つけられた。その顔はとても悩んでいるように見えた。ということは、彼もそう思ったということだ。

「正直に答えてくれ、シルヴィ。〝みんな〟の言っていることが事実だとしたら、気になるかい?」いまや、その表情はとても慎重になっていた。

気にすべきではない。驚くことさえ、おかしい。そんなふうに感じる権利はまったくないのだから。

シルヴィは顔を上げた。

トムは落ち着かない様子で、手袋をはめた手で、いたずらにステッキをひねっていた。そうやって、考えをまとめているのだろう。シルヴィを見つめる彼の顔も緊張していた。

それでも、シルヴィは何も答えなかった。

すると、トムはあきらめたのか、それとも勇気をふりしぼっているのか、息を大きく吸って、そして吐いた。

「シルヴィ、一緒にケントに行ってくれるとうれしいのだが。行ってくれるかい?」

その誘いはぎこちなく、堅苦しいくらいだった。

「キティと――」

「いや」

シルヴィは混乱して眉をひそめたが、いまは意地を張っていた。「針仕事があるし――」

「急がなくていい」

「リハーサルが――」

「シルヴィ」じれったそうに、シルヴィの言葉を遮った。「ここの者たちは、全員わたしが雇っている」

つまり、彼がその気になれば、命令して連れていけるという意味だ。

〝トム・ショーネシーのような男〟――ここに着いた夜、シルヴィはその言葉について思いをめぐらせた。彼が闘っているように見えるのが、シルヴィの感じている彼なのかもしれない。

ケントで待っているものが、その言葉の意味について、はっきりと結論を出してくれるような気がした。

「一緒に行くわ」


ケントに行く道のりのあいだ、トムは如才なく、シルヴィを楽しませた。ホワイト・リリーのショーにはきわどすぎる卑猥な海賊の歌をもう一曲教えたのだ。だが、彼女には触れもしなければ、キスもしないし、前夜のことも話さなかった。ふたりきりの貸し馬車は手を出してくるには理想的な環境なのに。実際、エティエンヌはかなり勝手にふるまっていた。

「リトル・スワシングのメイというひとの家を訪ねる」トムはそれしか言わなかった。

「きみは、わたしのいとこだ」目的地に着くと、言った。

それを聞くと、シルヴィはすばやくふり返った。

トムは静かに笑っている。「ミセス・メイのためだ。彼女はいまでも、わたしのことを醜聞にまみれた人間だと思っているから、今日の午後はわたしのいとこになってくれ。彼女だってだまされないだろうが、信じているふりをしたほうが楽だろう」

メイ夫妻の家は小さく古びていたが、花とツルが絡まった杭の柵に囲まれており、居心地よさそうに見えた。ミセス・メイはまじめな顔をした女性で、入口で迎えてくれた。そして、お互いの紹介もすまないうちに、ミセス・メイのうしろから小さな男の子がおぼつかない足取りで現われて、トムに抱きついた。

「トー！」

トムが腰をかがめて抱きあげて肩に乗せると、男の子はくすくす笑って、トムの髪を両手に巻きつけた。

「おー！」わざと悲鳴をあげると、ジェイミーは喜んで笑った。トムは手を伸ばして小さな十本の指に絡まっていた自分の髪を、そっとほどいた。「あまり、きつく巻きつけないでくれよ。頼むな」

そのとき、トムがふり返って目があうと、シルヴィの心臓は止まりそうになった。ふたつの顔が自分の顔を見ている。

トムと、瓜ふたつの小さなトムだ。ひと組の目は不思議そうに大きく見開き、無垢だった。もうひと組の目は探るように、少し警戒している。まちがいなく、無垢じゃない。

そして、詫びてもいなかった。

「ほら、いま言ったでしょう、ミスター・ショーネシー」ミセス・メイが言った。「〝トム〟って言っているのだと思いますよ。あなたを呼んでいるの」

ミセス・メイがそう言うと、複雑な感情がトムの顔に浮かんだ。うれしい驚き、シルヴィならそう呼ぶだろう。いや、辛い驚きかもしれない。表情が浮かんだのは一瞬で、そのちがいはわからなかった。

ミセス・メイはトム・ショーネシーの魅力にほぼ降参しており、ここ数週間は温かく迎えてくれているといってよかった。それはトムが経済的な援助をしているせいでもあったが、それよりもトム自身が理由だった。

いや、それはトムのうぬぼれかもしれないが。

「お利口さんだ」トムは息子を地面に下ろしながら、そう言った。「あとは、何て言えるんです?」

「ボール!」あたかもその質問に答えたかのように、ジェイミーが叫び、もがいて地面に下りようとした。トムは好きなようにさせた。すると、ジェイミーはボールを手に取って、シルヴィのほうによろよろと歩き、ボールを差しだした。

シルヴィは何も言えなかった。幼いジェイムズは父親の縮小版そのものだ。そして、どうやら人見知りもしないようだった。陽気で、好奇心に満ちていて、元気がよく、少しもじっとしていない。陽気なのは、メイ夫妻のおかげだけではないだろう。トムはそうした性格をジェイミーのなかに見出しているのだろうか、そして、その性格が自分譲りであることに気づいているのだろうか。

シルヴィは身をかがめて、ジェイミーからボールを受けとった。ジェイミーはボールを渡すかわりに、シルヴィの鼻に小さな手を伸ばして、ぎゅっとつまんだ。

「はな！」ジェイミーは明るく叫んだ。

「うぅ……」シルヴィは痛くても悲鳴をあげないようにがまんしていたが、目に涙が浮かんできた。

「今度は〝はな〟と言ったわ」ミセス・メイが言った。

トムは声は出していなかったものの、こらえきれずに笑っていた。ひどい男。彼は膝をついて、シルヴィの鼻をつまんでいる息子の手をそっと外した。

シルヴィは鼻を触って、まだそこについているかどうか確かめた。燃えているみたいに、ひりひりした。

シルヴィは子どもと接した経験がほとんどなかった。だが、騒がしくて、くさくて、何もしないのに、人々を夢中にさせてしまうことはわかっていた。鼻がこんなにひりひりしていても、ジェイミーが顔じゅうをくしゃくしゃにして笑うと、心が動かされてしまうのだ。

「わたしも、よくそんなふうにしたくなるよ」トムは半分はシルヴィに、半分はジェイミーに、そしていちばんは自分が面白がるために言った。「とても、すてきな鼻だからね」

そして、ジェイミーを抱きあげると、また肩に乗せた。

「メアリベスから連絡は?」ミセス・メイに静かに訊いた。

「何も」

ふたりはジェイミーについて話しはじめ、シルヴィはその様子を見ながら、トムの話に耳を傾けていた——ジェイミーの身長がどのくらいで、食べ物は何が好きで、何が嫌いか、これから数週間のうちに、服とか靴とか、何か必要なものはないかといった話を。トムは衣装や卑猥な歌の話と同じように、淡々と話していた。

シルヴィがトムの話を聞き、興味をそそられ、じっと見つめているあいだ、ジェイミーは父親の髪に手を入れて調べたり、小さな足で胸を一、二度蹴ったりしていた。一方、トムは何気なく息子を揺すり、耳の穴に指を入れられると、無意識だけれどしっかりと、それを外していた。小さな男の子を肩車している彼は、ホワイト・リリーにやってきた客たちに挨拶しているときと同じくらい自然に見えた。

「ミスター・ショーネシー、ジェイミーが馬に名前を付けたんですけど、それが……」ミセス・メイは声をひそめると、顔を真っ赤に染めた。「〝ちくしょう《ブラッディ・ヘル》〟なんです」ほんの少し、なじるように言った。

「それは本当に、本当に、申し訳ありません、ミセス・メイ」トムは何とか笑いをこらえた。「すぐに大きくなって、馬のことなんか忘れてしまうでしょう」

「この子は本当にすぐに大きくなるんですよ。だから……」ミセス・メイは少しためらってから、咳ばらいをした。「一日、どこかに連れていってくださったらと思って。ミスター・ショーネシー、新しく覚えた言葉を聞き逃したくないでしょう」

トムの表情はそれほど大きく変わらなかった。だが、確かに変わったことにシルヴィは気づいていた。彼は明るくうれしそうにして、どこか慎重になっている部分を隠した。「そうですね、いいかもしれません」軽く言って、ジェイミーを地面に下ろした。「そのうちに、相談しましょう」

「どうして、ここにくるあいだに、彼のことを話してくれなかったの？」シルヴィは帰りの馬車のなかで訊いた。

「まず、あの子を見て欲しかったんだ。わたしのことを判断するまえに」トムは答えた。もちろん、彼はシルヴィが最終的に判断を下すことをわかっていた。シルヴィは彼の意図は理解できたが、不安な状態でいるのがいやなのだ。

「ジェイミーの母親は、誰なの？」

トムは咳ばらいをした。「メアリベス・メイは、何よりもまず冒険的な女だった」トムは苦笑いした。「彼女とわたしは何度かお互いに楽しんだ」〝楽しんだ〟という言葉には、皮肉がこめられていた。「そのあと、彼女は……シュロップシャーに行ったんだと思うが、わたしのもとを去った。噂ではほかの男と一緒に行ったらしいが、まちがいなく、わたしより金持ちか、見込みがあると思った男だろう。彼女は野心家だったからね、メアリベスは。だが、誰も彼女のことは責められないよ。わたしは失恋したわけじゃないし、彼女のことを知っていたから、それほど驚かなかった。ジェイミーのことは手紙で知らされたんだ」

トムは話しながら無意識に、傷があるほうの手の指を、逆の手でゆっくりと動かしていた。「あの子がいると都合が悪いと思ったんだろう。たぶん、経済的に。あるいは……お楽しみの邪魔だと思ったのかもしれない」最後の言葉を言うのは、辛そうだった。

ふたりは、しばらく黙りこんだ。

「あの子はまちがいなく、わたしの息子だと思っている」トムが付け加えた。

あの男の子を見た者なら、誰も疑わないだろう。シルヴィはただうなずいた。「とても、かわいい子だわ」穏やかに言った。

トムがすばやく顔を上げると、その目には何らかの感情が浮かんでいた。彼はシルヴィがお世辞で言っただけだと知って、からかうように笑いかけた。「キティのことを訊かないね」

「キティのことは？」

「キティは……」トムはかすかに笑った。「ほかの子より、頭の回転が速かった。きれいだし。気に入っていたよ。だが、あるとき彼女がわたしのところにきて、妊娠したと言ったんだ。わたしが怒ってクビにすることを心配していたが、それは当然だった。クビにするべきなんだから。お腹が大きい娘を舞台に上げるわけにはいかないし。その頃、彼女のだんなは職がなくて、だから……金を渡したんだ。そして、ちょっと調べて、仕事を世話した」

「だが、それは……」トムは口ごもった。「ジェイミーのことを知ったあとだったのさ」

ジェイミーの一件で、ものの見方が変わったと、とても正直に告白しているのだ。キティに親切にしたのは、罪の意識と少し関係があるのかもしれないと。

「手をかして」シルヴィが静かに言った。

トムが不思議そうに、顔を上げた。

「手をかしてみ――」シルヴィは口をつぐみ、黙って両手でトムの手を取った。

そして、とても器用にトムの指を動かしたり、揉んだり、伸ばしたり、関節をやさしくさすったりした。バレエの稽古や公演のあとに脚の手入れをする必要があるので、こういうことは得意なのだ。経験から、自分の脚には骨と筋肉と腱がつくる小さな世界があると思っていた。

「気持ちいい?」シルヴィは尋ねた。

トムはうなずいた。だが、その表情は用心深く、少し戸惑っていた。それはまるで、何かと闘っているか、何かをこらえているかのようで、それで口がきけなかったのだ。彼はある意味では、いつもまわりの者たちの面倒を見ていた。シルヴィは彼には本当の意味で、面倒を見てくれる者がいるのだろうかと考えた。トムは誰かに面倒を見てもらうことに慣れていないようだった。

「あなたの子どもは、彼だけね」シルヴィは断言にも、質問にもとれる言い方をした。

「わたしが知っているかぎりでは、あの子だけだ」

皮肉な物言いだ。だが、それはほとんどの男に、エティエンヌにさえ――いや、彼にはとりわけ――言えることにちがいない。

トムはとうとうシルヴィの世話を受け入れて、ため息をつき、軽く目を閉じて、馬車の壁に寄りかかった。

わたしたちは何て組みあわせなのかしら。シルヴィは半ば憐れむように思った。わたしは恋人の腕から飛びだして、自分の過去を知るために、自分が何者なのかを知るために、英仏海峡を渡った。それなのに、また別の恋人の腕に収まるなんて、夢にも思っていなかった。

シルヴィはやっとトムの手を揉むのをやめて、しばらくはただ握ったまま、愛撫するかのように掌のしわをなぞっていた。トムは目を開けて、ゆっくりと手を引き抜くと、シルヴィの顔に触れた。そして親指で軽く、あごの線をなぞった。シルヴィは彼の手のほうに頰を傾けた。トムはしばらく、その頰を支えていた。

シルヴィはキスをされるかもしれないと思ったが、いまはそれを望んでいるのかどうかわからなかった。ただ静かにすわって、淡々と語られた、結果的にかわいい私生児が生まれた女性との気ままな関係のことをじっくり考え、子どもを抱いていたときのトムの様子を思い浮かべたかった。

そして、自分に覆いかぶさり、自分のなかで動いていたときのトムの目を思い出したかった。初めてキスされたときのことを。色濃く変わり、呆然としていたあの目を。

そして、めまいがするほど激しく徹底的に、波のようにシルヴィを飲みこんだ欲望を。

今日トムが自分をここに連れてきたのは、警告して遠ざけるためなのだろうか。〝わたしは、こんな男だよ〟と。

それとも、ジェイミーに会わせたということは、自分の心の内を見せ、シルヴィがどう思うか聞きたいという意味なのだろうか。

トムはキスをしなかった。シルヴィの頰から手を離すと、顔を窓に向けた。そして、帰りつくまで、ずっと黙ったままだった。

ホワイト・リリーのぴかぴかとした派手な看板が見えてくると、馬車が止まった。トムは手を差しだしてシルヴィが貸し馬車から降りるのを手伝うと、硬貨を数えて御者に払い、手を上げて馬車が離れていくのを見送った。

シルヴィはスカートを整えて、トムを見た。

彼はシルヴィを見ていなかった。ロンドンの中心のほうを向き、陽ざしに目を細めていた。まるで望遠鏡をのぞいて、遠くの何かに焦点をあわせようとしているかのように、ぼんやりしている。

シルヴィは、トムが立ったまま、上の空でステッキを軽く打ち鳴らしていることに気がついた。

「シルヴィ、きみのプリンスは……とても裕福なのかい？」

「ええ」少しためらってから、答えた。

「安らげる確かな人生を与えてくれる？」

シルヴィはトムを見て、その気持ちを推し量ろうとした。そして、軽く眉をひそめた。それから、仕方なく——彼が下そうとしている結論が何であれ、下して欲しくないかのように──答えた。「ええ」心臓がおかしな調子で鼓動しはじめた。

「それに、きみを愛している」

質問ではなかった。それは前夜シルヴィが話したことであり、答えはすでに知っている。トムは心のなかで、このすべてを足しているようだった。

トムは帽子を手にしていることをいま思い出したかのように、とつぜん目をやって、頭にかぶった。その仕草は物悲しく、本物の紳士であれば、帽子をすぐにかぶりなおすことを忘れないものだと思っているかのようだった。

「それなら、彼と結婚しなかったら、きみはばかだな」

シルヴィを穏やかに見て、言った。

そんなことを言われたあとでは、シルヴィは何も言えなかったが、トムは無言の質問に彼女が答えたかのように、短くうなずいた。

そして、ホワイト・リリーの扉を開け、シルヴィが見ているまえで、劇場に飲みこまれていった。

将軍の手書きのメモは、その重大さにふさわしく簡潔だった。それは文鎮の下に置いてあった。とつぜん吹きつける将軍のため息の多さを考えて、トムが賢明にもついに手に入れた文鎮だ。

〝ピンカートン＝ノウルズが降りた。最後のひとりだ〟

トムは罵らなかったし、メモを投げつけもしなかった。そのメモをもったまま、背筋に冷たいものが走るのを感じていた。落胆の波のあとには、たいてい直感の波がくるのだが——普通は大失敗のあとにやってくるのだ。失敗の経験がないわけじゃなし——今回は珍しく静かな怒りに襲われた。

何かが妙だったが、それが何なのか、まったく見当がつかなかった。意気込みはいつもと同じく充分にあったし、発想もよく、すべてが申し分なく進んでいた。何日もかかって建設業者と相談し、設計図も描いていたのに。

自分の手元にあった資金はすでに使いはたしてしまった。いますぐ、不足している多額の資金をどこからか調達してこないと……あっという間に破産だ。

初めは、ほんの小さな火花だった。だが、癇癪という火薬庫を抱えたシルヴィのなかで、トムの言葉が火打石のように何度も何度も打ちつけられ、炎となって燃えあがった。

〝それなら、彼と結婚しなかったら、きみはばかだな〟

その言葉は、その日の午後に踊り子たちにバレエのステップを教えているとき、声を出さずにうたっていた歌詞の裏で、鳴り響いていた。そして、彼女たちの姿勢をほめたり、一緒に笑ったりしているときも、頭のなかで響いていた。将軍と次のステップについて言い争っていたときも。

そのあと、火花はシルヴィに自尊心を吹きかけられて燃えあがった。彼女は自分がトムにこう言いたかったのだ。「こんなことは、ぜったいにうまくいかないわ。わたしには約束したひとがいるの。楽しい時間をありがとう」多くの者の欲望の対象であるパリのバレエの女王であるシルヴィ・ラムルーは、ちょっとした戯《たわむ》れで恋人を、ならず者の恋人をつくったが、それはもう終わった。シルヴィは自分の望む場面を思い浮かべていたが、それももう終わったのだ。

ロンドンじゅうの女たちが猫なで声でその名を口にする、あるいは口にすると言われているトム・ショーネシーは、一夜の快感を得ただけで彼女に飽きた。シルヴィはそう自分に告げて、それが本当だと思うかどうか、それが自分の怒りの原因なのかどうかを確かめた。もし、そうだとしたら、厄介な怒りを静めて、早く終わりにしなければならない。

だが、ちがう。それが本当だとは思えない。それなら、燃えているのではないかと思うほど顔を真っ赤にして腹を立てている原因が何なのか、頭のなかを探らなければならない。

そのとき、シルヴィは探らなければならないのは、胸の内だと気がついた。

そこに、答えがある。

そう思ったとき、心の底から、さらに腹が立った。

シルヴィは誰が見ていようが構わずに、書斎のドアを乱暴に開けると、それをまた閉めて、あたりを見まわし、文鎮をつかんでトムに投げた。

それは胸の真ん中に命中しそうだったが、トムがすんでのところで受けとめた。驚き、自分の反応に対してなのか、シルヴィの腕に対してなのか、ほんの少し感心した顔をしている。

「いったい、何を――」

「意気地なし《トウ・エ・ウン・ラシエ》！」本をつかんで、投げつけた。

だが、トムは物覚えが早かった。機敏によけると、机をはさんでシルヴィから遠ざかった。

「わたしが何をしたんだ？」トムは本気でまごついて、後ずさった。「きみは、いったい何を――」

シルヴィは机のまわりで、トムを追いかけた。そして、ついに怒りに燃えているなかでも、適切な英語を思い出して、吐きだすように言った。

「臆病者」

そのとき、シルヴィはまたたく間にぞっとするような変化が起きたのを見た。彼の目が青みがかった灰色に変わり、口がきつく結ばれて白い一本線になったのだ。彼を怒らせたのだ。

「はっきりと、説明してもらおう」

まともな人間なら誰しも怯え、後ずさっただろう。シルヴィはトムの気性を目のあたりにして、自分といい勝負だと考えた。

「〝それなら、彼と結婚しなかったら、きみはばかだな〟」悪意をこめて声色をまねた。

「臆病者！　あなたは単に怖がっているんじゃない……わたしに……わたしに……」

「わたしに？」トムが厳しく訊いた。

「わたしに愛したから」

トムはその言葉に眉間を打たれたかのように、目をしばたたいた。

ギロチンが落とされたかのように、静まりかえった。

シルヴィはせわしない息づかいに気がついた。自分と彼の怒りが混ざりあっているのだ。

彼の目は決してシルヴィの顔から離れなかった。両手は両わきに下げたままで、彼女がまた何かを投げつけてきても身を守れるように緊張している。

そのとき、シルヴィはふたりがまばたきもせずに緊張していたというのに、自分が滑稽な物言いをしたことに気がついた。

すると、いけすかない男の口もとがゆっくりと上がった。いつものように、微笑みらしいものが、その顔をすっかり変えた。

「〝わたしに愛したから〟?」ゆっくりとくり返した。

シルヴィはぎゅっと目をつぶった。もうっ! 腹立ちが、英語をめちゃくちゃにしたのだ。深呼吸をして心を落ち着かせ、威厳を取りもどした。

「〝わたしを愛したから〟」静かに言いなおした。「わたしを愛したからよ」

シルヴィの目のまえで、トムの怒りが消えていった。沈黙が危うさをはらんだものから……ビロードのようにしっとりしたものに変わった。

「わたしが思うに」ついにトムが穏やかに反論した。「きみが〝わたしを愛した〟んじゃないのかな、シルヴィ」

ふたりとも肯定も否定もしなかった。

ただ、見つめあっていた。ただ、息をしていた。

だが、ついにトムの頑固な沈黙が、くすぶっていたシルヴィの癇癪にふたたび火をつけた。

「あなたはそれが怖いから」いらだちをこらえられず、ぶっきらぼうに手をふった。「わたしを突き放したのよ」

トムはシルヴィを不思議そうに見ていた。額にしわが寄りはじめた。

それから、空気のなかから忍耐力を取りこむかのように、大きく息を吸った。そして乱暴に、椅子に腰かけた。

「よく聞いてくれ。シルヴィ、今日あの子に会っただろう」

返事を求められていないのはわかっていたが、シルヴィはうなずいた。

トムの言葉は慎重で、まるで独演会のようだった。ロンドンに帰ってくる静かな馬車のなかで、頭のなかで予行演習をしていたのだろう。

「わたし自身も父親を知らない。母とわたしはずっとひどく貧しくて、母はわたしが幼いときに死んだ。わたしが生き抜くためにしてきたことの多くは――いや、大部分は――自慢できるものでもないし、きみに話したいとも思わない。必要なことをしてきたんだが、牢獄に入ってもいなければ、首吊りの刑にもなっていないのは、いまでもすごく運がよかったと思っているよ」茶化すように言った。「これまでのことをふり返れば、いくつか後悔していることはある。だが、そのなかにジェイミーのことは入っていないし……」言うべき言葉を忘れたかのように、シルヴィの顔を見あげた。「きみのことも入っていない」トムは静かに締めくくった。

「だが、不安定なわたしの人生や悪評にきみたちを巻きこむのは、とても……不条理だと思っている。もっと、いい人生が待っているのであれば」

シルヴィは〝不条理〟という言葉は知らなかったが、だいたい〝まちがい〟のような意味だろうとは察しがついた。

「それから、シルヴィ、それはわたしが――きみは何と言ったかな？」

「意気地《ラシェ》なし？」

「そうだ。それはわたしが意気地なしだからじゃない。きみが、ちゃんとわかってくれれば……わかってくれれば、わたしが……」じれったそうに、両手で髪を押さえた。「わたしが……」言葉がとぎれたが、いいことをひらめいたという顔をした。「英雄的な行為をしたとわかるさ」

トムはおかしなことに、面白がるような、戸惑うような顔で、最後の言葉をひねりだした。明らかに、彼とはかけ離れた言葉だった。

シルヴィはトムの言い分をじっくりと考えた。

「あなたは、ただのばかだわ」にべもなく言った。

トムは彼女のほうにぐいと顔を向けた。

それから、驚くほど滑らかな動きで立ちあがり、部屋を横切ってきて、片手でシルヴィのあごをつかんだ。

そして、顔をぐいと自分のほうに向けると、シルヴィは息を飲み、トムの手から逃げようとした。だが、彼はしっかりつかんでいた。

「聞かせてくれ、シルヴィ。一度だけ正直に答えて欲しい。きみは、わたしに腹を立てているのかい？　それとも……自分に腹を立てているのかい？」

「わたしは――」

そのとき、トムの唇がシルヴィの口をふさいだ。強く。

それは、シルヴィを怒らせ、納得させ、駆り立てるキスだった。そして、何よりも
……シルヴィがずっと必要としてきたものであり、これからも必要とするものであり、
それがまたシルヴィを怒らせた。

そして、これが最後のキスだった。

トムはキスするのをやめ、あごを放した。そして、一瞬目をつぶった。

ふたりとも息を荒くしていた。トムが目を開けると、シルヴィはそこに鉄のように固い意思を見た。

「わたしを責めるのはやめてくれ、ミス・シャポー。これしかないんだ。怒ってばかりいないで、少し考えてみれば、わたしが正しいとわかるはずだ。ふたりの男を愛したのが、不運だったたな」

「わたしは――」

「なんだい？」彼はすかさず言った。緊張した顔で、つづきを待っている。

だが、シルヴィが何も言わないと、一度だけそっけなくうなずいた。

「誰が〝ただのばか〟なのかな、シルヴィ。誰が臆病者なのか、教えてくれ」

シルヴィはトムを見た。しばらくのあいだ、彼の言葉を忘れ、くっきりとした優雅な顔の美しさと、その性格と服装に引きこまれていた。嫌いになる理由を探して。だが、それは自分の胸の内を思い出しただけだった。すると、静かな恐ろしさがこみあげてきた。

「ここにいてもらう必要はない」彼は穏やかに言った。皮肉をこめて。

シルヴィはとつぜん背を向けた。

彼を困らせるために。なぜなら、彼がシルヴィの目に情熱を探そうとしていたのがわかったから。シルヴィは部屋を出て、静かにドアを閉めた。

16

修道院のような小さな部屋は、真っ暗だった。シルヴィは目を開けたままだったが、それでもまだ瞼の内側を見ているようだった。以前はそれが安らぎ、心地いいと思っていた。だが、今夜はなぜか、気持ちがふさいだ。恥ずかしい思いは、ベッドをともにする者のように心休まるものでも、情熱的な男のように温かくもなかった。

短気はシルヴィの禍のもとだった。この日、物を投げつけ、わめいたことを思い出し、シルヴィは両手を頬にあてた。ああ、いやだ《モン・デュー》。妹も、こんな癇癪もちなのだろうか？家族の特徴について、慰めあえる相手がいるのは、きっとうれしいものだろう。

〝きみが、わたしを愛したんじゃないのかな、シルヴィ〟

〝きみは、わたしに腹を立てているのかい？　それとも……自分に腹を立てているのかい？〟

エティエンヌといるときは、どうすればいいのかわかっていた。何を期待すればいいのかも。これから、どんな人生が訪れるのかも。そして、彼のもとを去ったことを後悔した瞬間もあったが、いまは彼には自分の心を動かせないことがよくわかっていた。そして、トム・ショーネシーのような者には差しだせないものを、エティエンヌが与えてくれることも、これまで以上にわかっていた。

そう、トムは差しだしてくれなかった。

それを望んでしまうから、困るのだ。

それに、シルヴィは書斎を出るとき、自分が投げた文鎮の下にあったメモを読んだのだ。

〝ピンカートン＝ノウルズが降りた。最後のひとりだ〟

シルヴィにも、その意味はわかった。トムが投資家全員を失い、それゆえに自分の資産も失うという意味だ。彼の将来はいまや、チーズを盗んでいた子どもの頃と同じくらい不確かになっている。彼の立場であれば、風が深淵から足もとに吹きつけてくるような心地だろう。シルヴィはその深淵から逃れるために、これまでずっと闘ってきたのだ。

シルヴィは立ちあがり、ロウソクに火をつけて旅行かばんを開け、やわらかな綿のシュミーズに包んで隠していた母の細密画を取りだした。そして、蠟が垂れないようにロウソクを離してもって、それを見つめた。

わたしの素性を、彼に話そう。

それがシルヴィが彼に渡したいもの、別れ際に贈りたいものだった――謝罪であり、信頼だ。結局、すべて彼の言うとおりで――自分たちは、こうするしかないのだ――この幕間劇は終わり、自分はまもなくここを去ることを理解していると伝えるのだ。

そして、彼に感謝する。それは、具体的なことへの感謝ではなかった。トムがここにいてくれたことへの感謝だ。

シルヴィは心臓をどきどきさせながら、暗い廊下を通り、彼が寝ている屋根裏部屋に通じる階段に着いた。

トムの部屋は暗かった。シルヴィは最上段の手前で立ち止まり、呼吸する音に耳を澄ませたが、何も聞こえなかった。

「トム?」シルヴィはささやいた。そして、階段をのぼりきり、ロウソクを掲げた。

ベッドはきちんと整えられたままだった。今夜は寝ていないのだ。

〝わたしはそこにいる……たいていの夜は〟

急に胸が激しく痛み、肺が尖ったガラスに変わったかのように、息をするのも辛かった。シルヴィは階段のそばに立ち、本人がいないとは思えないほど、トムのにおいが色濃く残っている部屋の、整えられたままのベッドをただ見つめていた。

そのとき、シルヴィは癇癪を起したことを詫びるために、ここにきたのではないとわかった。自分の素性を打ち明けるためでもない。彼の言うことがすべて正しいと認めるためでもない。

何度も抱きあったあとに、そうしたかもしれないが。

どこかの時計の鐘が鳴って、午前三時を知らせた。

シルヴィはその場を離れた。彼を探しに出たときと同じくらい、恥入って。

17

劇場のホールでは、娘たちがショーに備えて、海の妖精に見たてたトーガを身にまとっていた。ちらちら光るオーガンジーの衣装はきらきらと輝く大きな貝によくあい、頰には紅をつけている。一方、トムと将軍はヴィーナスのショーについて、最終的な段取りを詰めていた。いよいよ、今夜が初日だ。投資家たち全員が新事業から降りたいま、ヴィーナスの成功がトムのこれからの展開の軸になっていた。

「このショーで大金を稼がないと、わたしたちは撃沈だ」トムは何とか軽い口調で言った。だが、その言葉自体が軽くは出てこなかった。

「稼げるさ」将軍は静かな自信に満ちていた。

トムは落ち着かない様子で椅子の上で身じろぎし、片手をひじかけに置いた。「将軍……ひらめいたことがある」

「うん？」将軍は鋭い目で見あげた。

「なあ……〈紳士の殿堂〉を……〈家族の殿堂〉に変えたらどうだろう？」

「何だって？」将軍は驚いていた。

「〈家族の殿堂〉だ」

「家族」将軍はくり返し、生まれて初めて聞いた言葉のように、長々と考えこんでいた。

「〈家族の殿堂〉」

「だから、そう言ったんだ」トムはいらいらと言った。「ある階では母親どうしが一緒にお茶を飲み、ある階では父親どうしが酒を飲む。カードやゲームも用意するし、アイスクリームやケーキを食べられる場所もある。男たちが妻を連れてきてショーを楽しむ場所もあるし、子どもたちが小さな海賊船や城で遊べる場所も作るんだ。それから……」

トムは将軍の顔に浮かんだ表情を目で追った。トムの額に手をあてて、熱を計りたそうだ。

「そういうものだ」トムは気まずそうに締めくくった。

将軍は彼らしくもなく、如才ない言葉を探しているようだった。

「トミー、きみはある分野のことをよく知っている」ゆっくり話しはじめた。

「いくつかの分野だ」トムがつっけんどんに訂正した。

「いいだろう」将軍は調子をあわせた。「いくつかの分野について、よく知っている。だから、こうして金持ちになった」

「以前は金持ちだった」トムがまた訂正した。「有り金は一ペニーも残さずに、町の向こうの建物に使ってしまったからな。だから、さっき言ったとおり、今夜大金を稼がないと……」

将軍はじれったそうに、手をふった。「これが……きみの知っている分野だ。ヴィーナスが――」将軍はその言葉を愛おしそうに口にした。ふたりとも、こんな口調でほかの言葉を話せない。「――きみの知っている分野だ。ショーはきみのひらめきからはじまり、ひらめきに従うことで、きみは成功した」

「だからといって、ほかの分野で成功できないわけじゃない」トムは腹を立てて言った。

「それは、そうだ」将軍は同意した。調子をあわせるように。

「それに、悪い考えじゃない。そうだろう?」トムは言いはった。「〈家族の殿堂〉は?」

将軍は肩をすくめた。いくぶん妥協してのことだ。

トムは陰気に黙りこんだ。今度は彼らしくない。「彼女に臆病者と呼ばれて、物を投げつけられた」秘密を打ち明けあうことが、習慣になったようだ。

将軍は何も言わなかった。

・

「フランス女め」ついにそう言って、同情するように頭をふった。

トムは心のどこかで、誰の話をしているのか、将軍がきちんとわかっていることを面白がっていた。だが、驚くことはないのかもしれない。

それから、将軍がトムのほうに顔をぐいと向けた。「ちょっと待て。彼女はきみを〝臆病者〟と呼んだのか？」

「〝意気地なし《ラシェ》〟だ。正確に言えば」

「それなのに、彼女はまだ生きているのか？」

トムは唸るように笑った。

「どうして臆病者と呼ばれたのか、理由を訊いてもいいか？　それは……つまり、その……とうとうダンサーに手をつけたと白状しているのか、トム？」将軍は笑いをこらえているらしく、唇を固く結んだ。

「ダンサーに手をつけた」ぶっきらぼうに答えた。「それも、きみが言っていたとおり、本物のダンサーだ」

「ふむ」それが将軍なりの同意だった。そして、トムの目を見たくないかのように、視線を外した。それから、紅茶を飲んだ。

「バレエは」トムが口を開いた。「彼女は……あれは……」言葉につかえた。

「美しい、か？」将軍が言った。

「ああ」トムは降参したように言った。

「見たのか？」

「見た」少し間があいた。「だが、あれでは金は稼げない」あわてて付け加えた。

「ふむ」将軍がまた目をそらした。

「将軍、最近になって踊り子たちがみんな、少し痩せたと思わないか？」トムは将軍をじっと見た。「何だか、まえより身体を動かしているみたいだ」

「いや、そんなことないだろう」目をそらしたまま答えた。「それで……彼女が物を投げつけて、臆病者呼ばわりしたのは……」

「金持ちのフランス貴族が、彼女と結婚したがっているらしい。だから、結婚するべきだと言ったんだ。しなかったら、ばかだと」

　トムは将軍の顔を見たが、その表情はまったく読めなかった。

　将軍はトムの顔を見つめつづけた。それから、ほんの少し眉をひそめると、妙に困った顔をした。その目は探るように壁画を見つめている。どんな内容であれ、いま静かに彼を悩ませている問題の答えを探すかのように。「トム？」

「何だ」トムはぶっきらぼうに答えた。

「この壁画を描かせたときに、きみが教えてくれたギリシア神話の高貴なやつは、何ていうんだったかな？　ほら、傷を負って生きつづけて、毎日苦しんで、それで賢くなった。「そう、ケイローンか？」トムは戸惑いながら答えた。すってている傷がある。だが、トム・ショーネシー、きみは高貴な人間じゃない。まったくちがう。そんな柄じゃない。きみらしくないんだ。神話のやつとはちがう。それと——」将軍が指さすと、トムはさするのをやめた。「これが——」片手で表現豊かに円を描いて、劇場全体を指した。「きみらしさだ。きみは、これまで闘ってきた。必要とあらば、汚い手を使ってでも、欲しいものを手に入れてきた。劇的なことが好きなんだ。それはみんな、紳士ではないからできることだろう。きみなら——」からかうように、ゆっくりと言った。「黙って引き下がらないはずだ」

トムはじっくりと考えた。「今回のことはちがうんだ、将軍」不愉快そうに言った。将軍は濃い眉の下の真っ黒な目でトムを見つめていたが、その目が鼻の先につきそうになるほど飛びだした。

トムも睨みかえした。

「びっくりだな」将軍はとうとう意外そうに言った。そして、信じられないとでも言うように、短く笑った。上着から懐中時計を取りだし、時刻を確認した。そして立ちあがって、葉巻を揉み消した。

「何なんだ?」トムが鋭く訊いた。

将軍は上着を着てドアに向かい、ふり向いて言った。

「彼女の言うとおりだ」

椅子がきしむ音や上着がすれる音がして、数人が咳ばらいをすると、約束された今夜のお楽しみを隠しているビロードの緞帳のように重い沈黙が場内に垂れこめた。ホワイト・リリーでは開演まえもショーの最中も静まりかえるのではなく、にぎやかなのが普通であり、この沈黙は今夜のショーがいかに重大かを強調していた。観客たちの期待は明らかで、いまにも太鼓を打ち鳴らしそうな勢いだった。

トムは舞台裏から観客席を見わたした。ずらりと並んでいる頭が上を向き、うっとりした顔で舞台を見つめている。そして緞帳の裏の袖では、魚をあおいだり、貝の口を開けたりする若者たちが待機し、モリーがうたいはじめたら舞台に出ていく段取りになっている、海の精の格好をした娘たちが出番を待っている。

トムの胃が引きつった。グリーン・アップルの劇場主からショーで赤字を出したら、喉をかき切ると脅されて以来だ。あまりにも多くのことが、この一夜にかかっているのだ。

暗がりだと青白く見えるジョゼフィーンの顔が、肩越しに合図を待っている。トムがついに指を伸ばすと、彼女はうなずいてピアノの鍵盤の上で、指を滑らせた。ビロードの緞帳が上がった。

一斉に息を飲む声があがると、トムは満足し、ほっとして息を吐きだした。

巨大な貝が舞台に現われた。唇にあたる部分にはしわが寄り、上は波型になっていて、この世のものとは思えない冷光を用いた脚光で照らされて輝いている。そのまわりでは、深緑色に塗られ、木できちんと形を似せて作られた海草が、舞台裏で滑車を前後に引っぱっている若者たちの力で揺れている。また、梁からは凧のような、派手な色に塗られた風変わりな巨大な魚が吊るされ、梁に隠れた若者たちが唸り声をあげながら動かしていた。

トムの隣では、将軍が誇らしげに震えていた。感嘆するほどの美しさ、成功だ。卑猥な歌をうたう薄衣を身につけた乙女たちだけが欠けていたが、それもまもなく現われる。ジョゼフィーンはその瞬間の荘厳さにあわせて、繊細なソナタを組みあわせて演奏していた。あと、三小節で滑車が引かれ、貝が開き……ついにヴィーナスが現われる。

一小節……

二小節……

三小節……

だが、何も起こらなかった。

ジョゼフィーンは弾きつづけた。ソナタがどれだけ劇場に響いても、舞台では何も動かない。まもなく、観客たちのざわめきが、期待ではなく、じれったさに変わりはじめた。

「いったい、どうしたんだ?」トムは将軍にささやいたが、その顔は厳しく緊張している。

とつぜん、ひだが寄った貝の唇から、肉づきのいい白い腕が飛びだした。

観客たちは息を飲んだ。

腕は何か目標を探しているかのように、手助けを求めているかのように、ばたばたと動いた。そして、また貝のなかに引っこんだ。

ああ、やさしく慈悲深い、聖母マリアよ。

「くそっ! あれはモリーじゃない。あれは——あれはデイジーだ!」トムは唸った。

「殺してやる」

観客たちが不思議そうな顔をして、ささやきだした。この商売にとって、ささやきなんてものはあってはならないのだ。

ジョゼフィーンは慌てふためいた目でトムを見たが、その手は忠実にピアノを弾いていた。夢のようなソナタの旋律が、岸に打ち寄せる波のように劇場に響きつづけた。

今度は貝の唇のあいだから、脚が一本飛びだしてきた。観客たちが息を飲み、座席の上で飛びはねたのが見えた。

それは正確に言うと、脚の一部だった。ピンクのシルクのストッキングをはいた足から、太いふくらはぎまでだ。

脚が少しばたついた。

「あれは……貝に食べられているのか？」観客のひとりが、半ば戸惑い、半ば期待して、声に出して言った。

暗がりのなかでも、トムには将軍の顔にひどい汗が浮かび、てかっているのが見えた。

将軍が通路を二、三歩走りかけ、また戻ってくると、貝が開きはじめた。

やっぱり、デイジーだ。天空を支えているという巨人アトラスのように、膝をつき、両手で貝を押しあけている。片脚だけ外に出して。

「何てこった！」将軍が逆上して、両手で頭を抱えた。「あいつらのせいだ！　あの若造たちが！　滑車が！　ああ、どうして――」

デイジーが観客に笑いかけた。ただし、目は少しばかり血走り、頬は貝を押しあけたせいで真っ赤になっていたが。

だが、デイジーの奮闘のかいもなく、貝はゆっくりと容赦なく閉じはじめ、少しずつ彼女を飲みこんでいった。そして、観客とトムと将軍がデイジーの慌てふためいた形相を最後に見ると、貝はぴたっと閉じ、デイジーは消えた。

笑いが起こった。

そのあいだずっと、ジョゼフィーンは忠実にピアノを弾きつづけ、劇場にはやさしいソナタの調べが流れていた。

「何とか、し、し、してくれ」トムが低い声で将軍に命じた。

将軍は舞台裏に駆けだした。

しばらく、劇場は静まりかえっていた。貝は心を落ち着かせる真珠のような色を輝かせながら、じっと動かない。そして、繊細なソナタが流れるなかで、観客はじっと待っていた。今度は心の準備をして。トムにはそれが感じられた。

そのとき、貝がほんの少し開いた。ギィィ……。

観客たちは期待して息を吸った。

すると、急に貝が閉まった。カチリ。

一斉に息が吐きだされた。

すると、また少し貝が開いた。ギィィ……。

また、期待して息を吸った。

すると、また閉まった。カチリ。

それはまるで――ああ、何てことだ――

「噛んでるんだな！　彼女を噛んでいるんだ！」観客のひとりが感心して言った。

そう、そのとおりだった。

観客たちは笑いをこらえきれなくなった。もう、どうしようもない。炎がなめていくように、笑い声が観客席に広がっていく。男たちは座席を叩き、膝や背中を叩いた。

「最高だ！」誰かが叫んだ。「ショーネシー、きみは天才だよ！」

貝がまたギィイィッと開いた。今度は着実に少しずつ開いていった。一インチ、六インチ、一フィート、そして三フィートと。

観客たちは少し落ち着き、身を乗りだして、いまかいまかと待った。

すると、とうとう貝が開き、デイジーが姿を現わした。髪は乱れ、目は血走っていたが、口もとには微笑みが貼りついていた。デイジーはおずおずと両手を上げると、ポーズをとった。同時に、用心深くうしろをふり返って、貝を見た。

するととつぜん、貝が閉まって、彼女は消えた。

観客たちは爆笑した。

ジョゼフィーンは明らかに、ほかにどうしたらいいのか思いつかないらしく、ひたすらソナタを弾きつづけた。トムが立っている場所からでも、彼女の顔にも汗が浮かんでいるのが見えた。

だが、繊細な音楽は男たちが足を踏みならす音と大笑いする声に、ほとんどかき消されていた。

貝がまた、きしみながら開きはじめた。ゆっくり、ゆっくりと。

デイジーはもう楽観的でいられなくなったらしく、両手でかばうように頭を抱えて、貝のなかで縮こまっていた。

だが、貝が開いたままでいると、そろそろとふり返った。真っ赤になった顔のまわりに、すっかり乱れた赤毛が広がっている。

「ディナーにされちゃうぞ、ディズ！」観客が叫んだ。「逃げろ！　できるだけ逃げるんだ！」

「いつか、わたしの貝の真珠にしてやってもいいぞ、デイジー・ジョーンズ！」

貝はまだ開いたままだった。デイジーは用心しながら、おずおずと膝をつき、観客のほうを向いた。そして怪しむようにふり返って、敵である貝を見た。

「怪物を銛《もり》で刺しちゃえ！」誰かが提案した。「食われるまえに殺すんだ、デイズ！」

またしても、どっと笑いが起こった。

これまでの格闘で、デイジーの巨大な胸は優雅に巻きついたトーガから飛びだしそうになっていた。そして、彼女が立ちあがりはじめると、その胸は脚光を浴び、まるで、いま脱出したばかりの貝の縮小版がふたつ並んでいるように見えた。

「こりゃあ……すごい！」誰かがはしゃいで叫んだ。

デイジーは胸を波のように上下させて、目に見えるほど大きく息を吸うと、トーガをひねって乳房を収めた。

ついに、貝がもう閉まらないことがはっきりすると、デイジーは勝ち誇ったように両手を掲げて、片方の膝を折った。

にっこりと笑った、挑発的で胸が大きい、ボッティチェリの絵とは正反対のヴィーナスだ。

「ブラボー！　ブラボー！」

とどろくほどの歓声が湧き起こった。こんなに大きな拍手が起こったのは初めてで、劇場じゅうに足を踏みならす音と歓声がこだました。そして、とつぜん空中にきらきらと輝くものが舞いはじめた。硬貨が雨のように舞台に降りそそがれたのだ。そして、花束も。それからクラヴァットや靴や時計隠しまで。

劇場じゅうが、成功に湧きあがった。

舞台裏に立っているトムからでも、デイジーの目から血走った様子がゆっくりと消えていくのが見えた。必死に作っていた笑顔も、慌てふためいていた顔から、少しずつためらいに変わり……そして……

勝ち誇った顔になった。

ああ、やっぱりデイジーはプリマドンナなのだ。プリマドンナとは、こんなふうに成功するものなのだろう。

将軍がさらに汗をかき、髪をぼさぼさにして戻ってきた。「滑車を引いていたやつらが逃げやがった」

「また顔を見ることがあったら、クビにしてくれ」トムがきっぱりと言った。「どうして、貝がデイジーを噛んだんだ?」

「わたしが滑車を引っぱったんだ——何度か。だが、わたしが引っぱっても、自分が宙に浮いてしまうだけで。充分に貝を開けられなかった」背が小さいことでは数えきれないほどの不便を経験しており、将軍は淡々と話した。「踊り子たちが何人かで手伝ってくれて、それで開けられたんだ」

ふたりはしばらく、デイジーが喝采を浴びるのを見ていた。

「あの困った女には、今週は毎晩これと同じことをやってもらおう」トムが容赦ない顔で、満足気に言った。

ショーの成功を祝う客たちがやっと楽屋からいなくなると、デイジーはひとりで、まさしく山のような花束に囲まれた。彼女は馬車を呼んで帰ろうかと考えた。ひとりで。だが、そのまえにトムのところに寄るべきだろう。

楽しい会話にはならないだろうが。

そのとき、ドアがノックされ、デイジーは驚いた。そして慌てて目を拭うと、いちばん近いランプを吹き消した。部屋が暗ければ、目が赤いことに気づかれないだろう。

「どうぞ」うたうように答え、自分には声がかすれて聞こえたが、ドアの向こうの人物には気づかれていないことを祈った。

ドアが開いた。将軍が立っていた。

彼は何も言わなかった。ただ、あの真っ黒な目でデイジーを見つめていた。そして、彼女も見つめかえした。

「何の用?」とうとう、デイジーが嚙みつくように言った。

「泣いていたんだな」

デイジーは顔をそむけると、花びらをいじりはじめた。公爵や伯爵からしか贈られない温室育ちの花だ。有名になったおかげで、もう何年も贈られている。だが、あとどのくらいつづくだろうか?

将軍はもちろん手ぶらだった。「今夜は大成功だったな」

「ふん」鏡に向かって言った。「〝大成功〟なんてもんじゃないわ」

将軍は答えなかった。

そんなふうに言うつもりはなかった。だが、言ってしまった。デイジーは鼻を鳴らした。まったく。彼は自分が泣いていたことを知っているのだ。

「トムにあやまったほうがいいわね」ためらいがちに言った。

「トムはもう許しているよ」将軍はかすかな皮肉をこめて言った。

しばらく、どちらも話さなかった。

「一ギニー、渡したのよ。モリーに」デイジーが白状した。

「モリーなら、もう少し安くても買収できただろう」

デイジーは微笑みかけた。「きっと……きれいにできると思ったのよ」沈んだ顔で言った。「どうしても、あたしがやりたかったの。ほかの子たちは、みんな意地悪で……。あたしのことを笑ってるのよ」

それは事実だが、デイジーがスター気取りでいるせいでもあった。だが、将軍は何も言わなかった。

「あなたが作ったきれいなショーを台なしにして悪かったわ」デイジーは本気で言った。

将軍は片方の肩をすくめた。「みんな、気に入っていた。観客たちは。きみのことを気に入っていたよ」

「でも、あたしが望んだ理由で気に入られたんじゃないわ」

将軍は黙っていることで、それを認めた。「あれで、よかったのかもしれない」

デイジーはその言葉の意味をわかっていた。これからは若々しい美女ではなく、滑稽な役をやるべきで、いまから慣れておいたほうがいいという意味だ。

「あたしはもうきれいじゃないのね、将軍？」

「ああ、デイジー。きみを、きれいだなんて思ったことはないさ」

デイジーはひどく驚いた顔で目を大きく見開き、将軍のほうを向いた。

将軍はすっと、ふたりのあいだの距離を縮めた。そして、デイジーが驚いたことに、親指で頬の涙をやさしく拭った。

「自分のことを表現するのに〝きれい〟なんて言葉を使うんじゃない、デイジー・ジョーンズ」穏やかに、けれども断固とした調子で、わびることなく言った。「〝きれい〟なんて言葉じゃ、きみのことを表わすのには生ぬるい。誰ひとりとして、きみのことを忘れられないんだから」

すると、お気に入りのピンクのビロードの長椅子の上で公爵や伯爵と戯れ、ロンドンでも有数の金持ちに数多くの贈り物をされてきたデイジー・ジョーンズが、とつぜん将軍の黒い目に記されている気持ちを見て、少女のようにはにかんだ。

将軍はためらうことなく、やさしくデイジーのあごをもちあげて口づけをした。そして、彼女の過去も経験も、ロマンスに対する考えも皮肉も、すべて取りさるキスをすると、残ったのはふたりだけだった。

「わたしが、きみを愛しているのは知っているね？」唇を離すと、将軍がやさしく訊いた。

「ええ、知ってるわ」少女のように、息を切らして答えた。

「それで?」

「あたしも愛してるわ。いやな男ね」

「これで、わたしたちのことは解決した」将軍が唸るように言った。「デイズ、ギニーのことだが……モリーよりいい投資先があるぞ。トムに関わることなんだ」


トムは約束を守った。その週、デイジーは毎晩美しい貝によじのぼり、そこから逃げだそうともがき、嚙まれ、衣装から乳房を出しそうになりながら、最後は盛大な喝采を浴びた。そのあと卑猥な歌もうたうことになっていたが、あまりにも大きな歓声で、それが叶わないこともあった。

劇場はくる日もくる日も梁まで観客で埋まるほどの大盛況で、公演が追加されたため、デイジーはとても忙しくなった。そして、トムも少し息が楽になった。投資家たちに逃げられ、首がまわらないほどの借金を抱えていたが、また少しずつ金庫に金が貯まりはじめており、このまま大繁盛が数週間つづけば、新たな投資家を集める時間が稼げて、〈紳士の殿堂〉の建設費に足を引っぱられずにすむかもしれない。そうすれば、ホワイト・リリーも、そこに頼っているみんなも、トム自身も何とか助かる。

だが、デイジーのヴィーナスがあまりにも観客を盛りあげるので、そのあと何を上演しても、大きな歓声を引きだせなかった。妖精でも、海賊でも、乙女でもだめだった

——おそらく、踊り子たちに馬の格好をさせて走らせても変わらないだろう。

そうだ、曲馬がいい！

ひらめきは、こんなふうに訪れる。

だが、そのときトムは、ひもで引っぱれる〝ちくしょう《ブラッディ・ヘル》〟という名前の木馬を思い出していた。そしてとつぜん、幼い男の子たちがほかの子どもたちと一緒におもちゃの馬で楽しそうに遊んでいる様子が思い浮かんだ。おもちゃの馬をテーマにしたショーを上演したら、子どもたちはどんなに喜ぶことだろう。

いや、人形劇のほうがいいかもしれない……。

〝彼女の言うとおりだ〟将軍はそう言っていた。

〝きみは、これまで闘ってきた〟そうも言っていた。〝必要とあらば、汚い手を使ってでも〟

これまでもずっとそうだったように、それが欲しいものをすべて手に入れる方法にちがいない。

トムのなかで、欲しいものが手に入らないことを受け入れるという考えと、欲しいものを手に入れる方法を使うかどうかという考えがせめぎあっていた。

それから数日間、トムは寝不足で目が赤くなるまで、階段がきしむのを待った。

だが、彼女を見かけるのは舞台の上だけだった。妖精、海賊、乙女……しぶしぶではあるが奮闘し、激しい気性で誇り高く演じている。

一緒に過ごす女性を求めて、出かけた夜もあった。欲望さえ満たされれば、ひとりの女など簡単に忘れられると、厄介事などなくても悦びなんていくらでも得られると思いださせてくれる女を、腕を、手を探しに出かけたのだ。身体だけの関係を求めて。

だが、いつも〈ベルベット・グローブ〉に行く途中で、その気が失せてしまった。自分といたら、まちがいなく相手が寂しい思いをするだろう。そのかわりに〈紳士の殿堂〉に作りかえる予定の建物を眺めながら、フラスコのウイスキーを飲んで計画を立てて、ひと晩を過ごした。そして、心のどこかで辛辣に面白がりながら、自分が愛していると思っている、傷のある者たちのことを思った。小男の振付師と、年をとったプリマドンナと、〝ちくしょう〟という木馬をもつ男の子と、抱きあっているときに、踊っているようにも人生と闘っているようにも思える、美しくて短気な痛々しいほど華奢なバレリーナのことだ。

彼女が寝ている場所がわからないわけではない。自尊心のために、会いにいけないわけでもない。

だが、結局はこれが最善の方法なのだ。彼女はいずれ去る。そうしたら、これまでと同じ、彼女のいない人生に戻るのだから。

オーガスタス・ビードルはあまり美しく年をとっていなかったが、意外なことに、将軍はそれを見ても大してうれしくなかった。かつてはライオンのようにたなびいていた髪はかなり後退し、額にはしわが刻まれている。五本か。将軍は数えた。しわは等間隔で並んでおり、まるで音符を書きこまれるのを待っている五線譜のようだった。それに、ベストも少し膨らんでいる。こいつは、すごいぞ。あの細くて有名だったビードルが、太鼓腹になっている。

髪が薄くなり、額にしわが刻まれていることを考えると、気難しいバレリーナとの結婚はオーガスタス・ビードルが思っていた以上に、骨が折れるものだったのかもしれない。

そう思うと、将軍はほんの少しほろ苦い満足を感じた。

ふたりは互いにお辞儀をした。そしてもう一度、頭を上げると、静かに観察しあった。ビードルは将軍の服装を見て、それがウエストンのものだと気づくと、頭のなかでその価格を計算したようだった。というのは、とうとう渋々ながら感心するような顔をしたからだ。

将軍は以前から身長が足りない分を、お洒落で補ってきた。少なくとも、ビードルはその点では叶わなかったのだ。

「久しぶりだな」やっと、ビードルが言った。「きみの舞台装置の才能は無類のものだったし、振付に対する目は――」

「大昔のことだよ、ビードル」将軍は顔をゆがめた。言いかえれば、その言葉の本心を疑っているということだ。

ビードルは軽い皮肉に気がついて、苦笑した。「きみの才能はすばらしかったし、一緒に仕事をしていて楽しかった。もし、必要なら――」

「いまのところで、幸せにやっている」将軍は一瞬デイジーのことを思い出した。温かくて、丸くて、騒がしくて、正直で、やさしくて、自尊心の高いデイジー。「とても幸せだ」

ビードルは咳ばらいをした。「われわれのあいだに生まれた誤解をあやまる機会をつくってくれたことに、感謝すべきだろうな」

「マリアのことは〝誤解〟じゃないよ、ビードル」

将軍はもうビードルを許していた。ふたりが友人だったとはいえ、マリアが小男を愛さなかったことも、将軍がヨーロッパじゅうの主な都市で、あらゆる酒を飲んで失恋を紛らわせようとしたのも、ビードルのせいではないのだから。だが、将軍の作戦には、彼を動揺させ、罪の意識を感じさせ、しばらく気まずくさせておくことが必要だった。言いかえれば、頼みごとを引き受けさせるのに最適な状態にする必要があるということだ。それが、この日の唯一の目的だった。トム・ショーネシーが何も知らない、トムのための目的だ。

「彼女は元気かい？」将軍は気にかけているそぶりで訊いた。声をかすかに緊張させる。平気なふうを装いながら。「マリアだ」

「ああ、元気だ」高潔な男らしく、かすかに、ほんのかすかにだが、声が緊張している。

将軍は気まずくなるまで沈黙を引きのばし、それから言った。

「オーガスタス、ホワイト・リリーを知っているだろう？」

ビードルは感謝するように微笑んだ。「ああ。トム・ショーネシーの劇場だろう。美人ぞろいだ」

「オーガスタス、もしかしたら興味をもってもらえるんじゃないかと思うんだが、わたしは群舞《コール・ド・バレエ》のダンサーを育てているんだ。みんな、とても才能のあるダンサーだ。全員ホワイト・リリーで雇われている」

オーガスタス・ビードルは愉快そうに目を大きく見開いた。「どこで見られるんだい？」

「それなんだ、オーガスタス。バレエは新しい大型施設のひとつでやるんだ。その……〈家族の殿堂〉というんだが」

「ショーネシーの発案かい？」

「そうだ」

「それなら、大成功まちがいないな」

「確かに」将軍は言った。「それで、ひとつ頼みがあるんだが、オーガスタス」

「何でも言ってくれ」オーガスタスは請けあった。

「できれば、高貴なひとに臨席して欲しいんだ。とくに、有名なバレエの後援者に」

ビードルが答えるまで、一瞬間があった。

それから、彼はにっこりと笑った。「お安いご用だ」

いつものように隣から金づちの音や罵る声が聞こえてくる陽あたりのいい部屋で、シルヴィが静かにジョゼフィーンと妖精の羽の裂け目を繕っていると、家政婦のミセス・プールが入ってきた。

「ねえ、グランサム子爵とそのご夫人っていうひとが、下にきてるの」

シルヴィが急に立ちあがると、妖精の羽が膝から転がり、空から大きな蝶が落ちてきたかのように、逆さまになって床に落ちた。

「シルヴィ・ラム……ラム何とかっていう女性を探しているんですって。変わった名前よね。ホワイト・リリーにいるんじゃないかって言うのよ」ミセス・プールが面白がって、陽気に笑った。「ミスター・ショーネシーから、あなたを呼んでくるように言われたんだけど。帰ってもらう？」

「わたしは――」声にならない悲鳴だった。シルヴィはミセス・プールを見てあえいだ。

それから、ジョゼフィーンを見て、あえいだ。

そして、両手で落ち着きなく髪を撫でつけ、落ち着きなくスカートを直すと、身なりを整えるのをあきらめて、階段を駆けおりた。

劇場の入口の近く、舞台の近くには、三人が立っていた。ふたりは男性で、そのうちのひとりはとても背が高く、髪はブロンド、自然な貫禄とさりげない危うさを感じさせる、まともな上着を着たトム・ショーネシーという雰囲気だ。これがグランサム子爵にちがいない。

もうひとりの男がトムだった。おとなしく、妙に沈んだ顔をしている。シルヴィを見ても笑わない。ただ黙って立ったまま、彼女を見つめていた。シルヴィは彼に見つめられると、その手で引き寄せられている気がした。

だが、シルヴィの目を釘づけにしたのは、三人目の小柄な人物、女性だった。

シルヴィはゆっくりと近づき、彼女の数歩手前で立ち止まると、スカートのまえで両手を組みあわせた。

きれいなひと。わたしと全然似ていない。ああ、でも、母に似ているわ。とてもきれいなドレス。このひとがわたしの家族なのね。わたしの家族。わたしの妹。

シルヴィの頭のなかでは、さまざまな思いがぶつかって、表現と注意を奪いあい、結局は何も話せなかった。彼女は口を少し開くと、スザンナ・ホワイトロー、アンナ・ホルトの娘、レディ・グランサムを見てあえいだ。心の底から感激して、片手で口を覆った。目から涙があふれてくる。

幸いにも、スザンナもほぼ同時にまったく同じことをしていたので、シルヴィは失礼なことをしたのではないかと不安に思わなくてすんだ。

やっとお辞儀をしたのは、シルヴィのほうだった。そして妹、スザンナ、レディ・グランサムもほんの少し笑ってから、お辞儀をした。

ふたりは互いに相手が消えてしまうのではないかと恐れているかのように、ゆっくりと、ためらいがちに歩みよった。そして、手を伸ばして互いにあわせ、しっかりと握りあった。わたしの肉親。シルヴィは不思議に思いながら、妹の冷たい手を握った。

「母にそっくりだわ」シルヴィは息もつけず、やっと言った。

「あなたは似てないわ」スザンナも同じように息を切らし、不思議に思いながら言った。

「きっと、わたしは父親似なのね」シルヴィが答えた。

おかしいことなど何もないのに、ふたりは有頂天になって笑った。その声には喜びと、とても信じられないという気持ちがあふれていた。

それから黙りこんだ。ほんの少しぎこちなく、ほんの少し畏怖を感じて。

トムが口を開いた。「ミス・ラムルー、妹さんを部屋に案内したらどうだい？」

シルヴィはトムの口から自分の名前を、自分の本当の名前を呼ばれて、ぎくりとした。

「ありがとう」シルヴィはその言葉にあらゆる意味をこめて、穏やかに言った。そして、しばらく彼の目をじっと見つめた。

それからスザンナの腕を取って、上の階に連れていった。


スザンナとシルヴィは他人ではないが、内気な知らない者どうしという雰囲気で、並んですわっていた。ふたりとも母親の細密画を手にしている。いわゆる、家族の再会だ。

「あなたのお宅の家政婦が——」スザンナが口火を切った。

「マダム・ガボン？」

「そう。彼女があなたはダンサーだって言ってたわ。有名だって」

「わたしはバレリーナなの」シルヴィは答えた。「それに、有名よ」得意気な様子をちっとも見せずに言った。「少なくとも、パリでは。それから、ほかの国でも知られているわ」

「まあ」妹が、子爵夫人がささやいた。「家族全員、ダンスが得意なのね。わたしを除いて。ワルツを入れてくれれば、わたしも踊れるけど」

「もちろん、ワルツだって入れるわよ」シルヴィがまじめな顔で答えた。

スザンナが笑った。気品のある笑い方で、シルヴィは妹は笑うのが好きで、だからゆったりと笑えるのだろうと思った。

「姉はサブリナというの？」

「ええ。彼女のことも見つけないと」

「サブリナもダンサーかしら」

「ミス・デイジー・ジョーンズが、サブリナは副牧師に育てられているかもしれないと言っていたわ」

「ミス・デイジー・ジョーンズ？」シルヴィはぽかんとした顔で、妹を見た。「どうして、ミス・ジョーンズがサブリナのことを知っているの？」

「お母さまのことを知っているからよ！　知らなかったの？」スザンナは仰天した。

唖然とするほどの話だった。「ホワイト・リリーでは、ミス・ジョーンズはほかのダンサーと話さないのよ」

それがシルヴィにもよく理解できないし、スザンナにも理解できるとは思えない点だった。デイジーはどうしてほかの踊り子たちと距離を置いているのだろうか？　これまで長い年月を生きてきて、自分自身の過去とも安全な距離を置きたいと考えているのだろうか。距離は自分が生きてきた長さを思い出させ、それゆえに過去の重さから距離を置きたいと考えているのだろうか。

「すぐにデイジーと話すわ」シルヴィはそれだけ言った。

会話がとだえた。ふたりはまだ姉妹としてのリズムをつかんでいなかった。

「家政婦が、あなたはとても美しいって言ってたわ」スザンナが穏やかに言った。「踊っているとき」

「ええ」シルヴィがきっぱりと言った。

スザンナはうれしそうに笑った。「いま、わたしたちは血が繋がっているんだってわかったわ」

ふたりは誇らしく、少し澄ましながらも、面白がっているような目で互いを見つめた。おそらく、姉妹として初めてもった連帯感だろう。

シルヴィがスザンナの手を握ると、スザンナも握りかえしてきた。こうして当然のことのように温もりを感じあうのは、いいものだった。

だが、シルヴィにはどうしても訊きたいことがあった。

「あなたは……あなたは短気？」シルヴィはそれが知りたかった。

「急に腹が立って、男のひとを殴ったことがあるわ」スザンナが恥ずかしそうに打ち明けた。「わたしのドレスを取っていこうとした男を花瓶で脅したこともあるの」

シルヴィは心の底からほっとした。「それじゃあ、わたしだけじゃないのね。よかっ《モン・デ》た《ユー》、ずっと不安だったの」

「デイジーがお母さまも短気だったって——短気だって——言っていたわ」

スザンナが過去形で話すと、ふたりは黙りこんだ。

「まだ小さくて、クロードとふたりきりで暮らしていた頃でさえ……どういうわけか、死んだと聞かされても、信じられなかったの。ミスター・ベイルが裁判があったって言ってたけど?」

スザンナが母と父に起きた驚くべき事件について話すと、シルヴィは乾いた土が水を吸いこむように聞いた。夫殺しの嫌疑をかけられて、娘を置いて逃げざるを得なくなった母、アンナ・ホルトのことと、ハンサムで——当然だ——とても愛されていた政治家の父、リチャード・ロックウッドのこと。そして、いまはロンドン塔の牢屋で、リチャード・ロックウッド殺しの罪で絞首刑に処せられるかどうかの決定を待っている、もうひとりの政治家サディアス・モーリーのことも。

「お母さまを見つけられると思う?」シルヴィが訊いた。

「見つけましょう」スザンナがきっぱりと言うと、シルヴィもうなずいて同意した。腰ぬけではないのだ、ホルト姉妹は。

「スザンナ、ご主人の話を聞かせて」

スザンナはゆっくりと頬を愛らしい桜色に染めて、静かになった。

シルヴィは笑った。「ご主人に恋しているのね！」

「彼は……」自己満足のために話したりできないとでも言うように、途中で言葉を切って、首をふった。そして、咳ばらいをした。

「あなただって……あ、愛人がいるのでしょう」スザンナは愛人という言葉でつっかえたが、平静を装うとしているのが、シルヴィにはおかしかった。「エティエンヌ。家政婦が彼の名前はエティエンヌだと言ってたわ」

「マダム・ガボンがエティエンヌのことを話したの？」おしゃべりな家政婦には、ひとこと釘を刺しておく必要がありそうだ。「口が軽いんだから」

「マダム・ガボンは、彼があなたを訪ねてきたから、イギリスに行ったと伝えたと言っていたわ。彼は喜んでいなかったみたい」少し間があった。「その方に恋しているの？」スザンナが恥ずかしそうに尋ねた。

シルヴィは笑って、質問をはぐらかした。「とてもハンサムなひとよ」

スザンナは、ばかではなかった。首をかしげて興味深げに姉を見ており、シルヴィはきまり悪くなった。そして、気がついた。姉妹とはこんなふうにきまり悪く感じる場合もあるのかもしれない。たとえ、必ずしも心が安らぐ場合ばかりではないとしても、お互いを気づかったり、詮索しあったりするのはいいものだ。

「いつ、キットに恋をしていると気づいたの？」シルヴィは思いきって尋ねてみた。女性にこんなことを訊くのは初めてだった。

スザンナは天井を仰いで考えこんだ。「必ずしも、このとき気づいたっていうのはない気がするの。何ていうのかしら……そういう気持ちはずっと抱いていた気がするわ。彼のことは、最初は好きじゃなかった。自分が思い描いていたようなひとじゃなかったから。でも……」人前であることを気にして笑った。「彼が必要だったの。彼は……空気のようなものだったから」スザンナはまた赤くなった。「うまく説明できないわ。ごめんなさい」

シルヴィは何も言わず、ただ妹に見とれていた。彼女はとてもきれいだった。こんなにもきれいで、賢そうな妹ができて、うれしくて仕方なかった。

「ミスター・ショーネシーはとてもすてきね」スザンナが何気なく言った。

「そう思う？」シルヴィは目をそらして、ベッドの上掛けの小さな四角い模様を指でなぞった。

「ええ、思うわ。彼に初めて会ったときのことを憶えている。息が止まるかと思った。キットが隣にいたっていうのに」

シルヴィはすばやく妹を見あげた。そして、同じくらいすばやく目をそらした。

「それは外見のことだけじゃないの。何ていうか」スザンナは口ごもった。「どことなく、キットに似ている気がするわ」

そのあと、会話がとぎれると、シルヴィは妹がじっと見ていることに気がついた。シルヴィはうれしくもあったが、いらだちもした。そして、これも姉妹というものなのだろうと考えた。うれしさといらだちを同時に感じるところも。

「うちに泊まってくれる？　それとも、このホワイト・リリーにいたい？」スザンナは照れくさそうに訊いた。

シルヴィはやっと顔を上げ、上掛けのことを気にするのはやめた。

階段の上に屋根裏部屋があって、そこに彼が寝ることもあれば、寝ないこともある……そんな場所に泊まるのは、何て心が惹かれることだろう。シルヴィはその危うい魅力について思いをはせ、ベッドが空だったときに、胸に穴が開けられたような気持ちになったことを思い出した。

〝たいていの夜は〟

いいえ。ここに泊まるなんて、ばかげてる。無意味だし、危険だし、愚かだわ。

「あなたのお屋敷に泊めてもらえる？」シルヴィは妹と同じく、照れくさそうに訊いた。また、執事のミスター・ベイルに会えるのも楽しみだった。彼の背中で舌を出してやろう。

「ええ、ぜひそうして！」

ふたりは互いに手を伸ばし、姉妹として初めて抱きあった。これからきっと、何度も何度も抱きあうだろうが。

抱きあって約束を交わすと、スザンナは客を迎えることをキットに伝えるために、階段を浮き浮きと下りていき、シルヴィはひとり残ってホワイト・リリーを出ていく仕度をした。

シルヴィが旅行かばんを開けると、折りたたんだ喪服が密航者のように潜んでいた。わたしの変装。トム・ショーネシーはすぐに見破っていた。だが、それは衣装の専門家だからだ。

シルヴィは立ちあがり、壁にかけていた外套に手を伸ばした。そして両手でもつと、この小さな部屋からトムの部屋に行くときに、それで身体を包んでいたことを思い出した。

この外套を足もとに落としたときの、あの目を決して忘れない。シルヴィのことを、受けとれるとは期待さえしていなかった贈り物であるかのように見つめていた。

「話してくれてもよかったんじゃないか、シルヴィ・ラムルー？　いや、シルヴィ・ホルトと言ったほうがいいのかな」

シルヴィは飛びあがった。ふり向くと、トムが広い肩で入口をふさぐようにして立っていた。水面に投げられて跳ねていく石のように、脈拍が軽く乱れた。

あれだけ淫らな悦びをともにしたこの派手な男と、この堅苦しい小さな部屋で顔をあわせるのは、何だか妙な気がした。

トムの言葉はシルヴィを責めていなかった。くだけた調子だった。からかっているようにさえ思えた。わずかに微笑み、はにかんでいる様子さえある。

「話したかったわ」シルヴィは口ごもった。「だから、このあいだ――」

そこでやめた。あの夜、部屋に行ったのに……彼がいなかったなんて、話さなくていい。

自分の腕のなかから、ほかの女性の腕のなかに移ったのだろうかと考えたとき、どう感じたかなんて話さなくていい。

シルヴィはあごをつんと上げた。自尊心のなかに逃げこんだのだ。「わたしのことを、ちがう目で見ていた？」かわりに尋ねた。「最初に打ち明けていたら」

「きみがパリの有名なバレリーナで、子爵の親戚だってことかい？」わずかに皮肉が滲んでいる。

「レディ・グランサムの姉をかたる詐欺師だと思われると思ったの。そんなふうに見られたくなかったのよ」

「報酬のためにきみを突きだすと思ったのか」皮肉っぽく言った。

シルヴィは真っ赤になった。

「きみは詐欺師になんかなれないよ、シルヴィ。考えていることが、目に書いてあるから。きみが詐欺師だなんて、ぜったいに思わなかった」

トムは静かに、熱をこめて言った。

その言葉を聞くと、おかしなことに、シルヴィはぞくぞくすると同時に、ひどく悲しくなった。そして動揺し、うつむいて、手を動かすために、外套をたたみはじめた。

「妹さんは、きみがお屋敷に泊まってくれると喜んでいた」

シルヴィはそう聞くと、うれしさに頬が熱くなった。軽く微笑んで言った。「妹ができて、うれしいわ」

トムはシルヴィが喜んでいる様子をじっくりと味わうかのように、しばらく見つめていた。「わたしもうれしいよ」やさしく言った。

シルヴィはそのやさしさを見つめないようにするために、そのやさしさに動かされる自分の感情を考えないようにするために、すばやく膝をついて、外套を旅行かばんに詰めた。

「イギリスに着いたとき、彼から逃げていたのかい?」トムがふいに訊いた。

シルヴィは驚いて、顔を上げた。「エティエンヌのこと?」

トムはその名を聞いて、かすかに笑った。「そうだ」

また、やられた。シルヴィはびっくりすると、思わぬことを明かしてしまうのだ。今回は恋人の名前だった。確かに、トムの言うことは正しい。これでは詐欺師にはなれそうにない。

「わたしは、たぶん……彼を傷つけたくなかったんだと思うわ。イギリスに行くなとも言われたくなかった。だから、黙って出てきたの」

本当は、それだけではなかった。だが、自分でもまだ本当のところがわからなかった。自分の頭のなかの、手の届かないところに事実はあるのだ。手が届くのが怖くて、それでわざとそんな場所に置いているのかもしれない。ずっと長いこと、ひとつの事実しか知らなかったから。

「そうか」トムはそれしか言わなかった。むっとした顔で、シルヴィから目をそらしたが、この部屋にはずっと見ていられるようなものがなく、仕方なく視線を戻した。

「彼のところに戻るのかい?」軽い口調で訊いた。「しばらく妹さんと過ごしたら」

シルヴィはトムを見た。「ええ」もしも、彼が連れもどしにきたら。おそらく、そうなるだろう。

トムは息を吸って、うなずいた。それから背筋を伸ばし、ポケットの時計に手を伸ばした。トム・ショーネシーは相変わらず忙しいのだ。

「今夜のショーだが。すぐに出ていくのか、それとも今週はいてくれるのか、それを確かめにきたんだ」そっけない口調に戻っていた。

シルヴィは微笑んだ。「あなたのために、今週いっぱいは妖精や海賊や乙女になるわ」

トムは笑わなかった。「きみらしいな。何よりも」

シルヴィは驚いて、短く笑った。

だが、もっと驚いたのは、トムが振付師のように計算尽くした様子で、シルヴィのあごの線を指でゆっくりなぞったことだった。

最後にもう一度、シルヴィの肌の感触を記憶に刻むかのように、トムは目をつぶっていた。

「さようなら。いつまでも元気で、シルヴィ・ラムルー」

トムは背を向けると、出ていった。

18

ヴィーナスの千秋楽である金曜日の夜、ホワイト・リリーの扉が開いて、トムと将軍が劇場に入りはじめた観客を温かく迎えていると、国王の側近であるクラムステッドが現われた。明らかに、落ち着きがない。

トムが見たことのない三人の男がうしろにおり、同じように落ち着きのない様子を見せている。そして、どこか断固とした雰囲気を漂わせている。

「クラミー!」トムが声をかけた。「ずいぶん早いお戻りだね? 金を渡したばかりじゃなかったか?」

「ショーネシー、われわれはこの劇場を閉鎖する」その言葉があまりにも不味《まず》く、できるだけ早く口から出したいかのように、早口で言った。

トムは身をこわばらせた。問いただすように、難しい顔で将軍を見た。彼がいつもクラムステッドに賄賂を渡しているのだ。将軍は戸惑って、肩をすくめた。

トムはクラムステッドに視線を戻した。「冗談を言っているのかい？」

「ショーネシー、悪いとは思うが、これは裁判所の命令なんだ。われわれはホワイト・リリーを閉鎖しなければならない」クラムステッドはあらんかぎりの力をふりしぼって、この知らせを伝えたかのように、背筋を伸ばした。

トムは面白くなさそうに短く笑った。「よせよ、クラミー。もっと金が欲しいなら、そう言えばいい。友だちじゃないか」

クラムステッドが何事かをつぶやいた。

「聞こえないぞ、クラムステッド」トムが鋭く言った。

クラムステッドは咳ばらいをした。「公序良俗に反する。この劇場は公序良俗に反するため、閉鎖する」

クラムステッドは自分の行為を恥じるだけの品位はもちあわせていた。ホワイト・リリーは決してロンドンでいちばん悪質な劇場ではないからだ。いちばん人気があり、いちばん繁盛していて、いちばん独創的な劇場というだけだ。

トムは彼を睨みつけた。クラムステッドは何を言っても理屈にあわないことを承知しており、もうそれ以上何も言わなかった。そして、拳をつくっているトムの手を不安そうに見下ろすと、また視線を顔に戻した。トムは怒りで身体が熱くなるのを感じていた。

「トム、もし劇場を閉めずに、ショーをつづければ、われわれは……」咳ばらいをした。

「きみを、た、逮捕しなければならない」

「逮捕する？」トムが怒鳴った。クラムステッドは後ずさりした。

「わたしを撃ったりしないよな、ショーネシー？」クラムステッドは世界一勇敢な男というわけではないらしい。

「なあ……頼むよ、クラムステッド……これは何なんだ？ 事情を話してくれよ。そうしたら、これまでみたいに何とか対処できるかもしれない。こんなのは、ばかげている。きみだって、そう思うだろう」

クラムステッドは辛そうな顔をした。「話せるものなら、話したいよ、トミー。本当に、そう思う。でも、何も知らないんだ。わたしが知っているのは、命令が下されたことだけだ。頼むよ。ここを閉鎖しなければならないんだ。きみを逮捕したくない」

クラムステッドのうしろに立っている男たちの顔も、同じことを語っていた――不安ではあるが、命じられたことは実行しなければならない、と。

トムが視線を向けると、クラムステッドは青ざめたが、トムが実際に見ていたのは彼ではなかった。驚くべきことに気づき、あまりにも激しい怒りに、身動きできなくなったのだ。いま、やっとわかった。投資家たちに事業から手を引くよう勧めた――いや、脅したと言ったほうがいいだろう――人物が、それではトムを破産させられないとわかり……今度はホワイト・リリーの閉鎖に動いたのだ。人間関係を利用して、こんなことができるのは非常に強大な富と権力をもつ者だけだ。トム・ショーネシーという特定の人間を破産させる方法を見つけられる、計り知れないほどの権力をもった人物だけだ。恐ろしいほどの個人攻撃なのだから。

だが、誰がわざわざそんなことをするのだろうか？　トムには敵と呼べる人物が思い当たらなかった。

「どのくらい閉鎖するんだ？」トムが厳しい口調で訊いた。

「裁判の結果によるだろう」

イギリスの裁判の結果を待っていたら、何年かかるかわからない。

騒ぎに気づいた踊り子たちが舞台袖から集まってきて、緞帳のまえに並んで成り行きを見守っていた。

トムが顔を上げると、白い顔が並んでいた。シルヴィはモリーのうしろに立っていた。トムが立っている場所からでも、生き生きとした目が見える。

彼女を意識せずに、そばにいることはできないのだろうか。

クラムステッドはため息をついた。「トム、ここを閉鎖すると信じてもいいかい？　それとも、連行しなければならないのかな」

トムの頭がすばやく回転し、さまざまな可能性を捨てては拾って検討した。

のだ。

「トム、わたしは本当に――」

「閉鎖する」トムはそっけなく答えた。

「すまない、ショーネシー。どんなにすまないと思っているか、きみにはわからないと思う。モリーによろしく伝えてくれるか?」残念そうに付け加えた。誰よりもよくイギリスの裁判のことを知っており、もうモリーには会えないかもしれないとわかっているのだ。

クラムステッドは一緒に連れてきた男たちとともに、こそこそと帰っていった。

そのとき、彼らのうしろにトムが見たことのない男が立った。トムと同じくらいの長身で、暗がりにいるときは顔がよく見えなかったが、ホワイト・リリーの入口から二歩ほど入ってくると、トムが立っている場所から数フィートのところで立ち止まった。

そしてトムを見つめると、静かに勝ち誇り、かすかに蔑んだ表情を浮かべた。

血筋のよさが後光のように輝いていた。中世の絵に描かれているやさしい聖人のようだ。それがあまりにも目立ちすぎて、うるさいくらいだった。やや陰気だが顔立ちは整っており、身なりもきちんとしていた。あまりにもきちんとしていて、埃も、害毒も、何も寄せつけないかのようだった。そういう男なのだ。きっと誰の邪魔にもならず、邪魔もされたくないという男なのだろう。

トム自身と同じように。

そのときとつぜん、トムはこの男が誰なのかわかった。

だが、トムが想像していたより、かなり年上に見えた。目には疲れが浮かび、顔にはおそらくかなり辛い人生を生きてきた厳しさが表われていた。いや、その厳しさは血縁者がギロチンにかけられた話を見聞きしてきたせいかもしれない。

何といっても、フランス貴族なのだから。

決定的な答えは、驚きのあまり息を吸いこんだシルヴィからもたらされた。「エティエンヌ」

だが、ほかにも同じ名前を呼ぶ女の声が聞こえた。トムはびっくりして、声がしたほうに目を向けた。

モリー。

モリーはトムと視線があうと、目を大きく見開いた。そして首を小さくふって、両手で顔を押さえた。それから顔をそむけた。

エティエンヌはモリーをちらりと見ただけだった。結局、彼女は必要なことを知るために利用した道具にすぎなかったのだ。ちょっとした小物や上等なドレスを使って口説き、その物腰で圧倒し、巧みにトムとシルヴィとホワイト・リリーのことを訊きだしたにちがいない。そして、もう用ずみなのだ。

エティエンヌの視線がもどかしそうに踊り子たちの上を走り、シルヴィを見つけた。

そして、その衣装を、杖とドレスと羽を目にした。

すると、エティエンヌは……

ひどく動揺した。この男は彼女を愛しているのだ。

プリンスであれば、物であれ人間であれ、どんなものでも手に入れられるにちがいない。だが、いくらプリンスでも、愛の移ろいやすさには勝てなかった。将軍が並べたてた様々な要素には勝てなかったのだ。

おそらく、エティエンヌはダンサーに軽んじられたことに激怒したのだろう。たとえ、それが名高いバレリーナである、気高いシルヴィ・ラムルーであっても。よりにもよってイギリスの卑猥な劇場の持ち主が自分のものに触ったなんて、とても信じられなかったにちがいない。

それで、トムを破産させようと企んだのだ。バレリーナに思い知らせるためだろうか？　それとも、劇場主に思い知らせるため？

シルヴィを見つけたときにエティエンヌに浮かんだ表情が何であれ、いまはいらだちと怒りに変わっていた。そして、それはずっと消えずに残っている。

シルヴィはどうしても目を離せないかのように、彼を見つめかえしていた。「いったい、どうやって……」

「シルヴィ、こっちにくるときに話してくれてもよかったんじゃないのか」エティエンヌは言った。ほぼ完璧な英語だった。外国人だということさえ、ほとんどわからない。「きみを追ってくるのは簡単だったよ」見下すように言った。「パリじゅうを探して、それから……ここにたどり着いた」

トムはこの男のクラヴァットをつかんで、首を絞めてやりたくなった。

劇場には観客が集まりはじめ、どうしてひとりの男が愛する劇場の入口をふさいでいるのかといぶかしんでいた。トムは、そのなかにベイトソンの顔を見つけた。そして、ベイトソンのうしろには……ベルストーだ。ほんの数週間まえに、トムに首をつかまれて、ぶら下げられた男だ。女たちのために首を絞めあげてやりたいと思う、もうひとりの男だ。おそらく、トムを破産させるというエティエンヌの企みに、ベルストーも一枚かんでいるのだろう。

「ロンドンに行くと言ったら、止めたでしょう」シルヴィは言った。「わたしは自分と自分の家族のことを知りたかったの。それだけよ」

エティエンヌはシルヴィを見つめた。その顔からは何を考えているのか読めなかったが、シルヴィの言うことは否定しなかった。

「きみのことは許す」エティエンヌは言った。「帰ったら、よく話しあおう」

トムはシルヴィが杖をぎゅっと握りしめているのを見て、投げつけるつもりだろうかと考えた。

これがシルヴィを……奪った男なのだ。それが当然の権利であるかのように。まるで、彼女がかけがえのない類まれな美しい女性だとは思わず、勝ちとり闘いとる価値がない存在だと思っているかのように。

そして、いままた奪いかえしにやってきている。それが当然の権利であるかのように。

〝きみは闘ってきた。必要とあらば、汚い手を使ってでも〟

とつぜん、すべてが明快になった。

「介添人を指名したまえ、エティエンヌ」

息を飲む音がした。トムのなかのショーマンが、心のどこかで満足していた。これまで何度も聞かされてきた言葉をつぶやくとは、自分でも信じられなかったが。トムはジェントルマンではなく、本当はそんな権利はないのだが。

だが、いまは名誉を利用することにした。何といっても自分はトム・ショーネシーであり、名誉のために闘うふりをするという汚い手をあっという間に考えだしたのだ。

エティエンヌが見下すように、かすかに唇をゆがめた。眉も少しもちあがったかもしれないが、そのほかの表情は冷静なままだった。ここでのことなど、何とも思っていないかのように。「わたしに決闘を申し込むつもりかい、ショーネシー？ どうしてそんな権利があると思うのか、よくわからないが」

「きれいな英語を話すから、説明する必要があるとは思わなかったよ。だが、そうだ。

わたしは、きみに決闘を申し込んでいる」

「トム、頼むから……」将軍がつぶやいた。「彼のことを殺してしまうよ。本当に、殺してしまう。ねえ、こいつに殺されてしまうから」将軍は心配しているかのように、最後はエティエンヌに向かって言った。

エティエンヌは将軍の声がしたほうに顔を向け、それから下を向いて、実際にその言葉を発した男を見つけた。そして困惑して、ほんの少し眉を寄せ、またトムに視線を戻した。

咳ばらいが聞こえた。「確かに、彼の射撃の腕は見事だ、エティエンヌ」ベルストーも認めた。

トム・ショーネシーが撃たれて死んだら、ロンドンはあまり面白くない街になるだろう。ベルストーでさえ、トムが死ぬのを見たいとは思わなかった。

「ミスター・ショーネシー、きみにはわたしに決闘を申し込む権利はない」穏やかに言った。「決闘というものは……」ジェントルマンだけに許されているとはっきり言うのは紳士的ではないと考えているかのように、エティエンヌは慎み深く言葉をにごした。

「それに、もしよければ、わたしがどんな罪を犯したのか、教えてくれないか」

トムはエティエンヌをじっと見た。劇場も、そのなかにいる人々も不気味なほど静まりかえっている。

「わたしを恐れているのですか、弱虫殿下？」

あまり出来のいい台詞ではないが、決闘を申し込むのは初めてだし、心の底から腹が立っているのだ。トムは自分を許すことにした。

エティエンヌは顔をこわばらせた。きれいな歯を食いしばっている。「いいのか、シヨーネシー。わたしを殺したら、死刑になるぞ」

「だが、きみのほうがほんの少し先に死ぬ。わたしの射撃は完璧だからね」

「毎回、相手の心臓のど真ん中を撃ち抜くんだ」近くにいたベイトソンが、少し声を震わせながら言った。

いまや怒りを抑えられなくなったエティエンヌが言った。「たとえ、投資家たちがきみの事業に投資しなかったとしても、たとえ、このくだらない劇場の権利を当局が取りあげたとしても――」

「……わたしが聞いた話とは少しちがうな」誰かがつぶやいた。

「……ピンカートン＝ノウルズの奥さんに、彼が劇場に行くのは美人を見たいからだと話したって聞いたぞ」別の者がささやいた。

「――それは当事者が決めたことだ」エティエンヌがつづきを言った。

「エティエンヌ、これはあなたのせいなの？」シルヴィが少しうろたえた声で訊いた。

「あなたが、あなたがホワイト・リリーを閉鎖させたの？」

エティエンヌはシルヴィのほうを向き、答えようとして口を開いたが、すぐに答える必要はないと決めたようだった。そして、トムのほうを向いた。

トムはシルヴィの緑色の目に火花が散ったのを見た。

「介添人を指名したまえ」トムは穏やかにくり返した。

ふたりの視線が絡まった。エティエンヌの表情は変わらなかったが、その黒い目の奥には動揺が走っていた。

「エティエンヌ――」モリーが言った。

エティエンヌが蔑むような目で見ると、モリーの顔は真っ青になった。「ごめんなさい」彼女は絞りだすように言い、トムと目をあわせた。「ミスター・ショーネシー……あたし……」

「やめて」シルヴィが言った。動揺と怒りで、声が低くなっている。「ふたりとも、やめて」

「やめてもいいよ」トムが平然と言った。「彼があやまるなら」

エティエンヌは見下すように唇をゆがませた。「これは事業だよ、ショーネシー――」

「そうじゃない」エティエンヌに対して、はっきり言った。「事業のことを言っているんじゃない。シルヴィにあやまれと言っているんだ。これはシルヴィのことだ。どういう意味か、わかるだろう」

エティエンヌは答えなかった。憎しみのこもった黒い目でトムを見つめている。どうやら、自分の望みとはちがう結論に達したようだった。

「お願い」シルヴィが張りつめた、かぼそい声で言った。「やめてちょうだい」

トムはシルヴィのほうを向いた。「いいだろう。それなら、わたしのことを愛していないと言ってくれ、シルヴィ。そうしたら、決闘はしない」

シルヴィはトムをじっと見つめた。こわばった顔のなかで、目が輝いている。そして、まわりの踊り子たちはみな、かわいい口をぽかんと開けて、シルヴィを見つめていた。

「シルヴィ、わたしを愛していないと言ってくれ」トムは穏やかにくり返した。「わたしの目を見て、ここにいる証人たちのまえで、わたしを愛していないと言ってくれ。そうしたら決闘はしないから、きみは彼とパリに帰ればいい」

すると、シルヴィは少し身動きして背筋を伸ばした。追いはぎのビグシーにキスをするまえのように。

それから落ち着いて、トムの目を見た。

「わたしは、あなたを、愛してないわ」

声も震えていなかった。

三つの言葉を、淡々と言った。永遠に響きわたる音のような、判事が下した判決のような、厳粛な言い方だった。

トムは自分を冷静に見つめるシルヴィの目をじっくりと見た。彼女が決して、目をそらさないように。

「それじゃあ、次はエティエンヌを愛していると言ってくれ。わたしの目を見て、証人たちのまえで、彼を愛していると言ってくれ。そうしたら、決闘はしない」

シルヴィの頬も唇も、すっかり色をなくしていた。その手は震え、こっそりとドレスに押しつけていた。シルヴィはあごをつんと上げた。

「エティエンヌを愛しているわ」

トムはシルヴィをじっと見た。そしてとうとう、うなずいた。

それから、プリンスを見た。「エティエンヌ、夜明けに会おう。細かいことは、介添人どうしで決めてもらおう」

「でも――」シルヴィが驚いて抗議した。

「嘘をついた」トムはシルヴィを見ずに言った。

エティエンヌはいらだたしそうな声を出し、明らかに困惑して、上品な掌を広げてみせた。「いいかい、ショーネシー。きみには証明する名誉も何もない。芝居じみたことはやめるんだ。彼女はきみを求めていない。本人が言ったじゃないか。それに、きみみたいな相手に上等な弾を無駄にするのはいやなんだ」

トムはとても興味深い話であるかのように、エティエンヌの話を聞きながらうなずいた。「だが、きみはシルヴィも含めて、わたしがもっているものをすべて奪ってしまった。彼女はここにいるみんなのまえで、わたしを愛していないと言ったからね。ということは、わたしには、もう何も残されていない。ちがうかい、エティエンヌ？　そうだとしたら、生きようが死のうが、どうでもいいと思わないか？」トムの声は落ち着いていた。まるで、ブランデーを飲みながら、のんびりと哲学の問題について語りあっているかのようだった。

「わたしには、きみを殺すより、破産させたほうが楽しいんだ」エティエンヌがあっさりと言った。「それに、きみは彼女に対して何の権利ももっていない。以前から」トムはほんの少し眉をひそめた。「なるほど。で、わたしを破産させたら……シルヴィはきみを愛するようになるのかい？」心の底から、その論理がわからないという口調で言った。「わたしを破産させようと奮闘したってことは、彼女が本当はきみを愛していないと思っているってことだからね。彼女が何て言おうが」

あまりに激しい怒りに、エティエンヌの顔から血の気が失せていくのを、トムは満足気に見つめていた。

「彼女の言葉を聞いただろう」エティエンヌは冷ややかに言った。「彼女はきみを求めていないんだ、ショーネシー」

「彼女の言うことは、聞いた」謎めいた笑顔を見せた。

いまやエティエンヌの呼吸も言葉も速く、激しくなっていた。「いいだろう。そんなに殺しあいがしたいなら、わたしが夜明けに撃ってやる」

「上等だ。さっきも言ったが、細かいことは介添人どうしで決めてもらおう」

トムは背を向けると、シルヴィや自分を見つめる面々のまえを通りすぎ、息を飲んだりささやきあったりする声を聞きながら、誰の顔も見ずに壁画の部屋に向かっていった。


「本気なのか?」

将軍はこれまで何度も目にしてきたように、トムが拳銃を取りだすのを見ていた。葉巻には火をつけなかった。それは単に、現実的な理由からだ。夜明けまであと一時間しかなく、満足いくまでくゆらせられないからだ。

トムはビロードの袋から拳銃を取りだした。この銃を点検するのも、これが最後かもしれない。辛辣に思った。「ああ、本気だ」

「あの男を撃つつもりか?」

「ああ」トムは片手で銃をもった。「最善を尽くすよ。その件については」

居心地のいい部屋が、また静かになった。外ではグランサム子爵キット・ホワイトローがベルストーと話しあっていた。トムのもうひとりの介添人を買ってでたのだ。ただし、話しあうといっても、形だけのものだった。決闘はいつも変わらない。セントジョンズの森のはずれにある空き地で、少し日が射しはじめた夜明けに、拳銃で撃ちあうのだ。

「息子のことはどうする？」

「父親が臆病者ではなかったとわかってくれるだろう——誰かがわたしのことを憶えていて、あの子に話してくれたら。きっと、きみだと思うが」

将軍が肩をすくめた。もちろんだ。

トムは将軍を見た。「彼女は揉め事の種になると言ったはずだと、言わないのか？」

将軍は首を横にふった。「彼女なら、その価値はある」

将軍が急にトムのほうを向いた。

「ちょっと待ってくれ。〝その件については〟って言ったな。何か、いい案があるのか？」

「なかったことがあるかい？」トムがにやりと笑った。

トムが拳銃を点検しているあいだ、キットは自分が介添人という男としての役割をつとめられるように、スザンナとシルヴィを馬車に乗せて、グランサム家のタウンハウスに帰していた。

グランサム家の居間では、ウイスキーを垂らした紅茶を飲みながら、スザンナがシルヴィの手を握っていた。

シルヴィはまだ妖精の衣装を着ていることさえ気づいていなかった。

「これと似た状況を憶えているわ」スザンナが静かに言った。「ずっと昔の、暗い夜。あなたがわたしの手を握っていてくれた」

「あなたは泣いていた」シルヴィも静かに答えた。「わたしも憶えているわ」

シルヴィはそれ以来、ほとんど泣いていないことも憶えていた。いまも泣いていない。泣けないのだ。感覚が麻痺しているみたいだった。自分が氷でできていて、氷を吸ったり吐いたりしているみたいだ。心臓は動いているのだろうが、それも感じられなかった。

「こうして手を握っていられて、うれしいわ」

シルヴィは何も言わなかった。

「なぜか、姉ができたら刺激的なことが起こる気がしていたの」

シルヴィは無理をして笑った。「母の人生について聞くと、わたしたちが刺激的な人生を送るのは、運命みたいね」

「男のひとたちは決闘をしても、わざと外すことがあるわ。キットもまだ十七歳のときに、ある女性をめぐって親友を撃ったけど、わざと外したの」スザンナなりの慰め方だった。

「エティエンヌは外さないわ」シルヴィはぼんやりと言った。「彼はわざと外したりしない。彼の気性では……。それにトムだって……」その名前を出すと、言葉に詰まった。

「トムだって外したりしないわ」

スザンナはとても静かだった。そして、じっと動かずにいた。シルヴィには彼女が緊張で震えているのがわかった。「ミスター・ショーネシーはとてもハンサムだわ。あ、痛い」

シルヴィがスザンナの手を強く握りすぎたのだ。「ごめんなさい、スザンナ」

また、会話がとぎれた。

「さっき、トムって呼んだわね」スザンナがそっと言った。

正直に言えば、シルヴィには気になっていることがあった。それが凍っていた頭と心を溶かしはじめた。

安心と確かさ。それが、シルヴィがずっと求めてきたものだった。少なくとも、そう思っていた。エティエンヌはそれを約束してくれ、将来は広くて心が休まるものに、裏《ドゥ》社交界《ミ・モンド》を脱したものになるはずだった。

それなのに、どうして息苦しく感じたのだろう？　どうして不安にさえ思うようになったのだろう？　〝イギリスに着いたとき、彼から逃げていたのかい？〟トムはそう訊いた。そして、自分はそれがエティエンヌのことだとわかっていた。

そのとき、シルヴィははっきりわかった。それがエティエンヌのことだとわかったのは、過去の事実を探すためだけでなく、エティエンヌから逃げるためにイギリスにやってきたからだ。

呼吸が速くなりはじめた。エティエンヌはシルヴィを愛していると言っていた。だが、トムの言葉が蘇ってくる。〝で、わたしを破産させたら……シルヴィはきみを愛するようになるのかい？〟

エティエンヌは自分を愛しているわけじゃない。ただ、自分に対する権利があると思っているだけなのだ。

シルヴィはスザンナの言葉を思い出した。キットは……空気のような存在だった。彼が必要だった。でも、最初は自分が思い描いていたようなひとではなかった、と。

シルヴィはトム・ショーネシーのことを考えた。たとえ彼がどんなに派手でも、どんなに卑猥なことを喜んでも、どんなに手と口で自分を罪深い天国に連れていってくれても、彼にはどこか、わたしを……

安心させてくれるところがある。

それは彼がやっていることでも、もっているものでもない。それは彼の一部であり、強さであり、自信であり、それから――

きっと、彼は面白がるだろうが、彼の善良さなのだ。

彼はわたしが知っているなかで、最高の男なのだ。

「スザンナ！　馬車を用意して！　早く！」シルヴィは妹を引っぱりあげた。

「もう！　そう言わなかったら、どうしようかと思っていたわ」スザンナはよろめきながら姉を追った。


トムにとって、この空き地はもう〈マントンズ〉と同じくらい、なじみ深い場所になっていた。空には明るさが半分になった月が、雲と並んで浮かんでいる。夜明けはもう近い。濃紺の空が少しずつ薄くなり、藤色に変わりつつあった。

空き地には二台の馬車が止まり、馬たちが引き綱で繋がれたまま、人間の愚行などは気にせず、穏やかに草をはんでいた。数分後に銃声が響いても、たいして驚かないにちがいない。

空気は冷たかった。何といっても、もう秋が近いのだ。せっかちな風が吹き、髪や上着のすそをなびかせ、馬車の手綱を引っぱった。

介添人が拳銃の弾を装塡した。ベッドから引きずりだされた医師が目をこすりながら、静かにキットと将軍の横に立った。トムとエティエンヌが数をかぞえながら、互いに離れた。

ふたりは殺しあいにふさわしい距離に立ち、腕を上げて、拳銃を構えた。

そのとき、全員の耳に蹄の音が届いた。黒い馬たちに引かれた馬車が、ものすごい速さで近づいてくる。そして完全に止まらないうちに、ドアが開いた。

「待って！」

黒っぽい髪をたなびかせた外套姿の女が馬車から飛びだしてきて、ふたりの男のあいだに立ちはだかった。どうやら、どっちを向いたらいいのか、決めかねている様子だ。

「こんな話をどこかで聞いたことがあるな」将軍がぽつりと言った。

最初、その場はあっけにとられて静まりかえっていた。決闘の規定には、途中で女が飛びこんできた場合の決まりなどはないからだ。

「シルヴィ」沈黙を破ったのはエティエンヌだった。「ばかなことは、やめなさい。そこからどくんだ。わたしたちをふたりきりにしてくれ」

シルヴィはエティエンヌのほうを向くことにした。「拳銃を下ろして、エティエンヌ。さもないと、わたしが撃つわ」

彼女は拳銃をもっており、それを構えた。いったい、誰が拳銃なんかを渡したんだ？　妹か？　トムはそう思った。

ちょうどそのとき、スザンナの顔が馬車からのぞいた。グランサム子爵が睨みつけると、彼女は顔を引っこめた。

「スザンナ」キットが唸った。

ああ、やっぱり。

「残念だが、この点についてはエティエンヌと同感だ、シルヴィ」トムが穏やかに言った。「武器をもって怒っている男に、銃を向けないでくれ」

シルヴィはトムのほうを向いた。早朝の陽ざしが、その目を輝かせている。彼女はスカートを押さえているほうの手を握りしめた。

「最近はルールが変わったのかい？」キットが将軍にささやいた。「普通はふたりだけで闘うものだが」

「シルヴィ――」エティエンヌの声は危険なほど厳しくなっていた。

シルヴィはエティエンヌのほうを向き、この場に居あわせた全員に聞こえるように、声を張りあげた。その声はなかなか話ができないことにいらだっていた。「わたしは嘘をついたの！　嘘をついたのよ！　ふたりとも大ばかだけど、嘘をついたのは、このわたしだわ！」

「どんな嘘をついたんだ、ミス・シャポー？」トムがくだけた調子で、話を促した。

シルヴィはトムのほうを向いて、睨みつけた。風に吹かれた髪が顔にかぶさったり、うしろにたなびいたりして、まるで空を流れる雲のようだった。

シルヴィは、またエティエンヌの方を向いた。声は少し穏やかになっていたが、言葉は揺るぎないものだった。

「ごめんなさい、エティエンヌ。あなたのことを愛していると言ったのは、決闘をやめさせたかったからなの。でも、ふたりとも大ばか者で、どうしても闘うって言うなら……」

とつぜん、シルヴィから怒りが消えた。髪が顔にかからないように、片手で押さえている。「エティエンヌ、わたしは嘘をついたの。わたしはあなたと一緒にいたくない。あなたを愛していないの。わたしが愛しているのは……あなたじゃないのよ」

トムはこの空き地でほくそ笑んでいる者は、ひとりもいないだろうと思った。なぜなら、エティエンヌの構えで、凍りついたような姿勢で、彼はシルヴィに撃たれたも同然の気持ちなのだろうとわかったからだ。

その場は静まりかえり、馬が小さく、いなないているだけだった。

「モリーから……きみが彼に物を投げつけたみたいだと聞いたときから……」エティエンヌは拳銃を下げて、ベルストーに渡した。そして痛々しいような、うんざりしたような笑い声をあげた。「知っていた気がする」

彼なりの威厳の保ち方だった。

シルヴィは黙ったまま、挑戦的な態度でエティエンヌを見つめていた。何かするつもりならしてみるがいいという態度で。

上着や髪を吹きあげる無作法な風を別にすれば、その場の全員がじっと動かずにいた。

エティエンヌはうなずくと、降参の合図なのか、別れの挨拶なのか、解放するという意味なのか、片手を上げた。そして馬車まで歩いていった。ベルストーもすぐあとをついていき、馬車のドアを閉めた。

全員が見守るなか、馬が歩を進め、馬車を引いていった。

とつぜん、シルヴィがふり返った。動かずに、じっとトムを見ている。それから膝をつくと、地面にそっと拳銃を置いた。そして、トムに近づき、止まった。

トムは礼儀正しく、キットに拳銃を渡した。

すると、シルヴィは走りだし、トムの腕に飛びこんだ。トムはしっかり彼女を抱き、髪に顔をうずめ、この世に彼女を抱いて安らぎを得た者がほかにもいたことなど、跡形なく忘れさった。

「嘘をついたの」シルヴィがもう一度ささやいた。

「ああ、そう言っていたね。わたしの腕を信用できなかったなんて、かわいそうに」彼の声はくぐもっていた。「わたしが彼に殺されると思ったんだろう。だから、助けたかったんだね」

「わたしが嘘をついたのは、あなたを愛していたからよ」シルヴィが怒って言った。

「ああ、そんなことはわかっている。わかっていなかったのは、きみのほうさ」

トムはシルヴィを抱きしめた。そして、ざらざらとした指で、頬の涙をやさしく拭った。それから涙の跡を唇でたどった。

「それで？」シルヴィは彼の顔を見あげて、その先をせがんだ。「なあに？」

「ああ、そうだな。これが愛じゃなかったら、世の中に愛は存在しない」

「トム」警告であり、命令だった。

「わかったよ。わたしも、きみを愛している」

トムは早口で言った。できるだけ、軽く聞こえるように。だが、そんな言葉を口にしたのは生まれて初めてで、急に気が動転した。とつぜん、彼女がそこにいることが、自分の腕のなかに彼女の温もりがあることがうれしくなったのだ。なぜなら、自分は決して臆病者ではないが、急にむき出しにされた気がしたからだ。

シルヴィも、わかっていた。だから、彼に微笑みかけた。

「愛している」と告げたあとのキスは、これまで知っていたキスとはまったくちがっていた。トムはシルヴィにキスをすると、自分の身体に引きよせて、もう一度唇を重ねた。このやわらかく完璧な下唇にも、彼女だけがもつ甘さにも決して飽きることはないし、まだ充分に味わってもいなかった。

トムは顔を上げた。

「わたしがどのくらい利口か、わかったろう？」トムは自分で言った。「きみは、わたしがエティエンヌに撃たれて地面に倒れ、血を流して死ぬと思っていた。だから、きみがやってきて、途中で止めるとわかっていたのさ。愛していると伝えずに、わたしを死なせやしないだろ――」

シルヴィはつづきを聞きたくなくて、トムの口を片手でふさいだ。そして、彼の腕のなかで動かなくなった。それから、いま彼が言ったことをよく考えて、顔をしかめた。それから、少し身体を離した。

「あなたは……わたしがここにきて、騒ぎを起こすとわかっていたから、決闘を申し込んだの？」

トムはシルヴィを離さなかった。愛していると言ったばかりなのだから。「当然さ。そうしなかったら、きみが本当はわたしを愛しているなんて、どうやって言わせられたと思う？　きみはどうやって、本当に欲しいものを手に入れる勇気がもてた？　決闘しなかったら、きみはどうやって、わたしがきみを愛していると知ることができた？　きみはわたしの命を救うために、エティエンヌと一緒にフランスに帰っていただろう」

シルヴィはじっくりと考えて、目を細めて彼を見た。「危険な賭けだわ」

トムはかすかに笑った。「確かにね。だが、危険には慣れている」

トムは弱くなってきた月光のなかでさえ、シルヴィの目に危うい火花が飛んだことに気がついた。腕も怒りでこわばっている。

「恋と戦《いくさ》は手段を選ばずだよ、シルヴィ」

そう、トムは汚い手を使って闘ったのだ。エティエンヌとはではなく、シルヴィと。

まだ黙ったまま、自分を睨んでいる彼女と。

「また、物を投げるつもりかい、シルヴィ？　それなら、まずその身体をわたしに投げだしてみたらどうだろう？」

これで、笑顔を勝ちとった。トムはすっかり冷たくなったむき出しの腕に両手を滑らせると、自分の胸に引きよせて抱きしめた。すると、彼女はトムの心臓に頬を押しあてた。トムはそのまましばらく、彼女を抱いていた。

トムはキットと将軍がふたりの愛の告白が聞こえないように、行儀よく距離を開けているのに気がついた。

馬車の近くに、明かりが見えたのだ。将軍の葉巻だった。

「ごめんなさい」しばらくして、シルヴィが言った。「わたしが、ばかだったわ」

「いいさ」トムは寛大に答えた。

「あなたには、妻が必要？」胸に顔を押しあてたまま、ささやいた。

「わたしに結婚を申し込んでいるのかい、ミス・シルヴィ・ラムルー？」

「ええ、そのつもりよ」

「わたしは一文なしの私生児で、きみは子爵さまの親戚のバレエの女王だ」

「一文なしってわけじゃないわ」シルヴィがつぶやいた。

「それに、わたしから求婚させて欲しかったな」トムが付け加えた。

「悪かったわ」心からそう思っているようだった。「どんなふうに求婚してくれるの？猥褻な歌で？」

「わたしは節約家だから、こんな感じだ。わたしの妻になってくれるかい？」

自分の口からこの言葉が出ても、シルヴィが腕のなかで黙ったままでいると、トムは急に恐ろしくなった。それは自分の世界が傾き、頭がくらくらする瞬間であり、次の瞬間にはすべてが変わってしまうとわかっていたからだ。

「うーん」シルヴィはトムの喉もとに、恥ずかしげもなく顔を押しつけて小声で言った。「喜んで」

〝滑稽で、無力で、無様で、愉快で、永遠につづく〟将軍が並べた、恋の要素だ。ふたりはもう一度キスをした。求婚のあとの初めてのキスだ。これもまた、ほかのキスとはちがっていた。驚きと誓いのキスだ。

「ちょっと待ってくれ」トムがふいに言った。「〝一文なしってわけじゃない〟っていうのは、どういう意味だ？」

シルヴィは少しやましそうに顔を上げた。だが、その目はのぼってくる太陽と同じくらいに輝いている。「将軍とわたしから、あなたに話があるの」

一行は二台の馬車に分かれて帰った。シルヴィが今夜は婚約者のミスター・トム・シヨーネシーのところに泊っていいかと訊いたとき、スザンナとキットはじつに物わかりがよかった——引きあげた眉や、意味ありげな微笑みや、トムの背中を勇ましく叩いた様子に気持ちが表われているとすれば、物わかりがいいどころではない。どうせ、家族のなかのことなのだから。医師はひどく眠そうでトム・ショーネシーとその婚約者の噂を広めそうにないし、キットとスザンナは自分たちも噂になることをしてきており、まったく気にしていなかった。

そこで、キットとスザンナと将軍と眠そうな医師が一台の馬車に乗り、もう一台にはシルヴィとトムが乗った。

トムはシルヴィをすぐに抱きよせると、膝に乗せて、外套をふたりの身体に巻きつけ、互いに温めあった。

「まだ妖精の衣装のままなのかい?」トムが驚いて言った。

「う……ん」

トムはシルヴィの冷たい喉もとに温かい唇を押しあて、不器用に衣装をぬがせようとした。暴力沙汰になりそうだった恐怖のあと、すべてが解決して安心したのに加え、抑えきれない衝動に駆りたてられ、シルヴィもトムと同じくらいに欲望が高まっていた。

そこで、彼女も手を貸して、ふたりはすばやく、けれどもぎこちなく、ドレスをまくり、ズボンのボタンを外していった。トムは唇を重ね、シルヴィの胸を手で包んだが、ふたりとも優雅さのかけらもない互いの性急さに驚き、半ば笑いながら、数分後には悦びの声をあげて絶頂に達した。

そのあとには、穏やかさが訪れた。

トムはシルヴィを抱きしめると、外套をしっかり巻きつけた。そして、やわらかな香りがする彼女の肩とあごのあいだに、顔をあてた。どきどきと脈打っている心臓に唇を寄せて。

「ところでシルヴィ、わたしは知っているんだよ」トムがつぶやいた。

シルヴィは身を固くした。「何を知っているの？」わからないふりをした。

トムは穏やかに笑った。「鏡が六枚あることに気づかなかったかい？　ひとりに一枚ずつ。バレエのこととなったら、きみは自分の好きにしたがるだろうと感じたからね」

沈黙が流れた。「利口なのね」

「ああ」

「でも、あなたが知らないこともあるのよ、トム」今度はシルヴィが自惚《うぬぼ》れる番だった。

「そうかい？」

「バレエでもお金は稼げるのよ」

シルヴィは計画を打ち明けた。

ロンドンには多くの塔や橋などの高い場所があり、トム・ショーネシーがシルヴィ・ラムルーと結婚した日には、多くの女性が飛びおり、空から紙吹雪が舞っているように見えたという噂が流れた。だが、トム・ショーネシーが行くところには、誇張と壮大な見せ場がついて歩くのが常だった。そして、トム自身もその噂を面白がり、広めるのに一役買っていた。たとえ、妻があまり感心していないにしても。

だが、あの以前は悪名高かったトム・ショーネシーが、あの美しい妻シルヴィ・ホルト・ラムルー・ショーネシーと腕を組み、銅色の髪をした男の子を肩車して、爆発的な人気を誇る〈家族の殿堂〉を歩いていることが、ひとつの壮大な見せ場だと言う者もいた。

〈家族の殿堂〉が爆発的な人気を誇っているのは、ひとつにはトムが常に友人に恵まれてきたからという理由も大きかった。

オーガスタス・ビードルは将軍から〈家族の殿堂〉の話を聞くと、多くの裕福な投資家たちの興味をかき立てただけでなく、国王であるジョージ四世に、モリー、リジー、ジェニー、サリー、ローズ、そしてシルヴィという美しい女性たちから成る新しいコール・ド・バレエが、将軍が創ったバレエを踊るのを見てみるように勧めたのだ。

将軍の新作バレエとは、もちろん〝ヴィーナス〟だ。

国王陛下の説得は、それほど難しくなかった。美しい女性たちがいる場所に関心がない男など、めったにいないのだから。

「わたしができることなんて、このくらいさ、トム」将軍が言った。

〈家族の殿堂〉では、各階に楽しみが用意されていた。子どもたちが人形劇を楽しんだり、馬や城や海賊船に乗って遊んだりできる階もあれば、大人の男女が一緒に、あるいは別々に、お茶や葉巻やカードを楽しめる階もある。

そして、バレエを見ることは男女がともにできる楽しみで、その最大の理由は、誰もが国王陛下も見たことを知っているからだった。

そして、美しい妻と美しい子ども——ジェイミーはふたりと一緒に暮らしていた——を手にしたトム・ショーネシーが不道徳な面を永遠に捨てたのは、誰の目にも明らかだった。

だが、彼の妻は毎晩、居心地のいい部屋の居心地のいいベッドで、トムがどれだけ不道徳になれるか、思い出させて欲しいと頼んでいた。

訳者あとがき

パリ・オペラ座バレエ団の花形であり、美しさと優雅さの象徴――それが本書のヒロイン、シルヴィ・ラムルーです。シルヴィは両親を知らず、フランスでダンサーの養女として育ち、自らの才能と努力で、有名なバレエ団のプリマ・バレリーナの地位までのぼりつめました。そして、その美しさを見初めたプリンス、エティエンヌに求婚され、安定した将来も約束されました。そんなときに目にしたのが、養母に届いた一通の手紙です。差出人は、ロンドンのグランサム子爵夫人、スザンナ・ホワイトロー。「シルヴィという女性を探している。彼女は、わたしの姉だと思う」という内容でした。

わたしの姉――シルヴィはその言葉に大きな衝撃を受けます。物心がついたときには、すでに養母と暮らしていたシルヴィは、両親は死んだとしか聞かされておらず、血のつながった家族のことは何ひとつ知りませんでした。けれども、唯一うっすらと残っていたのが、真夜中に起こされて、ふたりの女の子たちと一緒に馬車に乗せられたという記憶だったのです。あの子たちは、わたしの姉妹だったんだわ――シルヴィはそう思うと矢も楯《たて》もたまらず、エティエンヌにも知らせずに、ひとりで英仏海峡を渡り、妹であるスザンヌに会うためにロンドンに向かいます。

けれども、グランサム子爵の屋敷に着くと、スザンナは姉を探すために、夫ともにフランスに発《た》ったあとでした。シルヴィは道中で馬車強盗にあって有り金を残らず奪われ、頼れる知りあいもいませんでした。そこで仕方なく、同じ馬車に乗りあわせた男、トム・ショーネシーを訪ねます。トムは怪しげな劇場を経営しており、シルヴィはそこに泊めてもらうかわりに、踊り子として舞台に立つことを承諾しますが、危うい魅力を放つトムに惹かれていき――。

本書はジュリー・アン・ロングによる、スザンナ、シルヴィ、サブリナの三姉妹を主人公とした三部作の第二作で、次女であるシルヴィと劇場主のトムの恋が描かれています。第一作『美女とスパイ』（ソフトバンク文庫）のヒロインであるスザンナが何ひとつ不自由のないお嬢さまとして育ったのに対し、シルヴィは決して楽ではない生活のなか、自らの手でプリマ・バレリーナの座を勝ち取りました。また、ヒーローのトムも貧民街で生まれ育ち、自らの才覚で劇場主にのしあがった苦労人で、スザンナと結ばれるグランサム子爵キット・ホワイトローとはまったく異なります。著者ロングは、同じ両親のもとに生まれながら、まったくちがう環境で育ち、まったく立場が異なる男性を愛した姉妹を描くことで、より広い世界を見せてくれています。

恵まれない環境で育ったがゆえに、トムに惹かれながらも、エティエンヌが約束してくれる安定した将来を捨てきれないシルヴィと、初めて本気で女性を愛したトム。ふたりは気を引きあったり、言い争ったりしながら、互いへの愛と理解を深めていきますが、その陰ではトムの夢を阻む陰謀がひそかに進行していました。ふたりの愛と、トムの夢の行方は……?

スザンナとシルヴィとサブリナの三姉妹が生き別れた経緯は、シリーズ第一作の『美女とスパイ』に詳しく描かれています。その事情をまだご存じない方は、スザンナとキットとともに、謎を追っていただければ幸いです。

また、第三作の *The Secret to Seduction*（ソフトバンク文庫より引き続き刊行予定）では、まだ姉妹と再会を果たしていない長女のサブリナが主人公をつとめます。彼女はどんなふうに育ち、どんな男性と恋に落ちるのでしょうか?　シルヴィやスザンナと再会できるのでしょうか?　そして、母アンナ・ホルトの消息は――。

ショーマンのトムであれば、ここは思い入れたっぷりに、こう宣言するでしょう。
第三作の邦訳刊行を、乞うご期待！

二〇〇八年　盛夏

あなたのために踊《おど》らせて

2008年8月29日　初版発行

著者　ジュリー・アン・ロング

訳者　寺尾《てらお》まち子《こ》

発行者　新田光敏

発行所　ソフトバンク クリエイティブ株式会社
〒107-0052　東京都港区赤坂4-13-13
電話03-5549-1201（営業部）

印刷・製本　中央精版印刷株式会社

デザイン　モリサキデザイン

フォーマット・デザイン　モリサキデザイン

写真　Laurence Monneret/ ゲッティ イメージズ
Tetra Images/ ゲッティ イメージズ

本文組版　アーティザンカンパニー株式会社

落丁本、乱丁本は小社営業部にてお取り替えいたします。
定価は、カバーに記載されております。
本書に関するご質問は、小社ソフトバンク文庫編集部まで書面にてお願いいたします。

ISBN 978-4-7973-4701-2

http://blog.sbcr.jp/romance/

あたしはメトロガール
ジャネット・イヴァノヴィッチ／川副智子訳

行方不明の弟を探しにマイアミに飛んだあたしを待っていたのは、殺人事件と人気レーサーとの出会いだった。メカに強く、タフでキュートなバーニー、初登場

甘く危険な香り
ロイス・グレイマン／石原未奈子訳

セクシーだけど、恋に臆病な精神分析医クリスティーナ。患者を殺した容疑をかけられた彼女は、真犯人を探しはじめる……注目のロマンティック・サスペンス

ひとりにしないで
ロイス・グレイマン／石原未奈子訳

超美人の親友とオタク男が恋人に？ しかもその男は出張先で謎の失踪を遂げた。親友のため、男の行方を追うクリスティーナのまえに、巨大な陰謀の影が……

もう一度キスを
ロイス・グレイマン／石原未奈子訳

ついにリヴェラ警部補と初デートの日を迎えたクリスティーナ。が、当日にリヴェラの元恋人が殺され、彼に疑いが……複雑な心境を抱えて彼女は真相を追う。

理想の花嫁
サマンサ・ジェイムズ／松井里弥訳

貧民街に暮らす娘と運命的に出会ったセバスチャン。しかし彼には、侯爵家の長男としてふさわしい花嫁を迎える義務があった。身分違いの恋に落ちた二人は？

完璧な花婿
サマンサ・ジェイムズ／森嶋マリ訳

イングランド一の美男子で放蕩者のジャスティン。彼でも落とせない相手、アラベラ。ふたりは嫌いあっていたが、十一年の時を経て、舞踏会で再会する……。